LES TROIS VIES
DE SUZANA BAKER

Du même auteur :

Tous les rêves de ma vie, Flammarion, 2013
Le petit roi du monde, Plon, 2019 ; Pocket, 2020

Philippe Amar

Les trois vies de Suzana Baker

Roman

MAZARINE

Couverture :
Conception graphique : © Le petit atelier
Motifs : © Kharbine-Tapabor
La citation page 8 de Moussa Abadi
est extraite de son allocution
lors des *Colloques des enfants cachés*,
Palais du Luxembourg, le 21 mai 1995.
La citation page 9 de Georges Santayana
est tirée de *The Life of Reason or the Phases of Human Progress*,
5 vols, 1905.

ISBN : 978-2-86374-865-7

Dépôt légal : février 2021

« Qu'est-ce qu'un enfant caché ?
C'était un enfant en danger.
C'était un enfant qui avait besoin des autres.
C'était un enfant qui risquait de mourir.
Alors faites quelque chose. Criez, hurlez,
n'acceptez pas que dans ce monde on tue
à quelques centaines de kilomètres
de chez vous. »

Moussa Abadi

« Le progrès n'est pas le changement,
mais la capacité à se souvenir.
Ceux qui ne peuvent se souvenir de leur passé
sont condamnés à le répéter ».

Georges Santayana

En hommage à ma mère, Rachel
(Raymonde Raymond
de sa fausse identité pendant la guerre),
qui a échappé à la barbarie nazie
grâce aux Justes qui l'ont sauvée.
Pour mon père, Maurice, disparu en octobre 2020.
Son âme restera mon guide à jamais.
Pour mon fils, Alexandre, unique et présent
envers et contre toutes les épreuves.
Et pour les enfants qui ignorent encore aujourd'hui
l'histoire de leurs parents et leurs grands-parents.

1

Lauren
Un cadeau empoisonné

Vendredi 3 mai 2019
Brookline, Massachusetts

Il était six heures quand je fus réveillée, comme chaque matin, par *Wannabe,* le tube des années quatre-vingt-dix des Spice Girls. J'avais programmé cette chanson sur mon smartphone, car elle remplissait à merveille la fonction de réveille-matin en m'insufflant son plein d'énergie. Avant de mettre un pied par terre, je consultai mes e-mails sur mon portable. J'étais impatiente de recevoir les résultats du test ADN que ma fille m'avait offert quelques semaines plus tôt, pour mes cinquante ans. Il était censé déterminer mes origines ethniques et me permettre d'identifier des *cousins génétiques* dont j'ignorais même l'existence. Si je n'attendais pas grand-chose de cette analyse, mis à part son aspect divertissant, je n'en demeurais pas moins très curieuse. Mais, à ma grande déception, je n'avais reçu aucun message de My Origin DNA, le laboratoire de généalogie génétique auquel j'avais renvoyé mon échantillon de salive.

La cafetière électrique était réglée pour que le café ait coulé à mon réveil. Je me servis une grande tasse, et sans perdre de temps, j'ouvris le frigo. J'en sortis tous les ingrédients que j'avais achetés la veille et les disposai sur le plan de travail, comme je l'avais vu faire à la télé dans les émissions culinaires. C'était à moi de jouer. Je n'avais pas une minute à perdre si je voulais que mon dîner soit prêt à temps pour mes invités.

*

En début de soirée, toute la famille se réunit pour fêter les quatre-vingt-neuf ans de ma mère. Un bel âge, même si elle ne pouvait pas vraiment partager ce moment de bonheur avec nous. Pour l'occasion, je l'avais néanmoins accompagnée chez le coiffeur pour qu'on lui fasse une couleur, ses cheveux blonds avaient blanchi d'un coup à la mort de mon père. Elle ne l'avait jamais assumé, et pour y remédier, nous veillions avec Emily, ma fille, à ce qu'aucune racine blanche ne vienne ternir sa vision d'elle-même. Elle était grande, ma mère, le poids des ans l'avait à peine rétrécie, elle se tenait aussi droite qu'elle était fière. Toute sa vie, elle avait admiré la reine d'Angleterre et s'était habillée comme elle, mais depuis quelque temps elle était incapable de choisir ses tenues toute seule. Alors nous l'assistions dans cette tâche, privilégiant toujours ses tailleurs pastel. Elle était si mignonne aujourd'hui dans son ensemble rose bonbon. Elle avait de la classe, ma mère. C'était inné. Sa maladie avait fait un hold-up sur sa mémoire, mais ne lui volerait jamais son allure et sa belle gestuelle. Et chaque jour je priais pour qu'elle la prive le moins souvent possible de son si joli sourire. Si tendre. Celui-ci étant devenu l'unique indice de sa bonne humeur. Quand elle souriait, nous devinions qu'elle était sereine. Comme elle l'était à l'instant. Observant à travers la fenêtre le manège d'une pie qui volait d'arbre en arbre dans le bosquet de bouleaux que traversaient les rayons rasants du soleil couchant.

Nous avions décidé que les festivités dureraient deux jours. Notre maison était assez spacieuse et confortable pour que nos invités y passent la nuit. Mes parents l'avaient acquise dans les années soixante-dix, quand l'inflation immobilière n'existait pas encore. J'avais grandi dans ce petit coin de paradis à l'est de Boston, dans l'état du Massachussetts, et depuis dix ans, j'habitais de nouveau la maison de mon enfance. Une chaleureuse demeure victorienne, construite en dix-huit-cent quatre-vingt-quinze, et entièrement recouverte de bardage en bois blanc. Nous avions emménagé suite à l'accident vasculaire cérébral dont ma mère avait été victime. Un épisode dramatique qui l'avait beaucoup diminuée. Mon père nous avait quittés quelques mois plus tôt, et je n'avais pas eu le cœur à la voir livrée à elle-même dans cette grande bâtisse chargée de souvenirs. Oliver, mon ex-mari, ne s'était pas enflammé à l'idée de déménager chez sa belle-mère, même s'il l'aimait comme sa propre mère, mais la perspective de tripler notre surface habitable avait plaidé en ma faveur. L'enthousiasme de notre fille, qui avait sept ans à l'époque, acheva de le convaincre. Ainsi avions-nous abandonné le quartier de South Brookline pour nous installer à North Brookline, à quelques minutes en voiture du Boston College où j'enseignais l'Histoire contemporaine. Ce déménagement fut fatal à mon couple, mais bénéfique à ma fille qui adorait sa grand-mère.

Cette dernière jouissait ce week-end d'une permission exceptionnelle qui l'autorisait à demeurer avec nous jusqu'à dimanche. Deux ans déjà que je m'étais résignée à la faire admettre à la « maison bleue ».

C'était ainsi que ses pensionnaires avaient baptisé la Ellen Carroll House, grande bâtisse bleue édifiée au milieu d'un immense parc. Elle était parfaitement adaptée aux personnes atteintes de la maladie d'Alzheimer. J'avais résisté durant huit ans. Huit années durant lesquelles j'avais surestimé mes capacités physiques, et mes connaissances de cette pathologie. Mais au fil du temps, ma mère était devenue de plus en plus dépendante, nécessitant un suivi médical et des soins quotidiens et appropriés.

Je prenais un immense plaisir à organiser ces réunions de famille, même si celle-ci était plus ou moins restreinte à celle que j'avais moi-même fondée suite à mon mariage avec Oliver. Née en France, ma mère était seule au monde depuis qu'elle avait perdu ses parents au début de la deuxième guerre mondiale. Époque à laquelle ils travaillaient à l'ambassade américaine à Paris. Je n'avais connu ses ancêtres qu'à travers de vieilles photos jaunies. De ma lignée paternelle, cependant, il me restait des cousins germains à Houston, au Texas. Mais n'ayant pas grandi ensemble, nous étions comme des étrangers. Mon père ne s'était jamais entendu avec son frère, qu'il estimait trop conservateur, alors qu'il était, lui, un pur démocrate. Mon oncle avait appris à faire de l'argent, mon père à aimer et instruire son prochain. L'un avait fini dans le pétrole, l'autre professeur d'histoire au Boston College. L'éloignement géographique avait contribué à nous écarter de leur monde et à les exclure du nôtre. Mon père détestait ce que son frère représentait et avait rarement accepté d'honorer ses invitations. Je me souvenais malgré tout d'avoir assisté au deuxième mariage de mon oncle. Ce fut la seule fois où nous nous étions rendus dans leur ranch, au Texas. Mais, ce jour-là, mon père n'avait pas mâché ses mots à l'encontre de son frère. D'après ma mère, leur conflit remontait à leur adolescence, quand mon oncle glorifiait le Ku Klux Klan. Devant presque cinq cents invités, mon père lui lança au visage les mille et un reproches qu'il avait tus pendant des années. Ma mère avait beau lui tirer la manche pour qu'il cesse ses invectives, il était éméché et s'en donnait à cœur joie : « Je félicite les… les plus très jeunes mariés… », avait-il commencé. Puis, après avoir balayé l'assistance du regard, il poursuivit avec ironie : « Je ne suis qu'à moitié étonné qu'aucun Noir ne fasse partie des convives, ni même des serveurs… Sacré frérot, tu es tellement prévisible ! Mais coureur de jupons comme tu l'es, il doit bien exister un petit métis dans un tiroir ! » Il fut le seul à rire de ses mots. Et l'opprobre qu'il venait de jeter sur son frère avait définitivement rétrogradé les relations de nos deux clans à l'ère glaciaire. Ce fut la dernière fois que nous fûmes conviés au ranch et que je revis mes cousins. Nous apprîmes le décès de mon oncle par hasard, dans un bulletin de l'industrie pétrolière. Personne ne nous en avait informés. À mon tour, je ne jugeai pas utile de leur faire part de celui de mon père, lorsqu'il survint brusquement peu de temps après. Me coupant à jamais du reste de cette branche-là de la famille.

Fille unique, et confrontée à un tel désert familial, je m'étais considérablement attachée à mon ex-belle-famille. Les White. Avec le temps, ils étaient devenus ma seule et authentique tribu. C'étaient des gens bien. Des gens de compassion. « Tu vois, *babe*, je suis la seule républicaine de notre clan, mais ça ne m'empêche pas d'avoir un cœur ! » plaisantait souvent Evelyn, la sœur de mon ex-mari. Nous nous connaissions depuis si longtemps que mon divorce n'avait en rien entaché notre amitié. Même nos petites querelles de belles-sœurs n'avaient pas maculé nos rapports. J'avais rencontré Oliver durant mon deuxième cycle à l'université. Un coup de foudre digne d'une comédie romantique. Sa sœur, Evelyn, célibataire, terminait ses études de droit à cette époque. Convaincue qu'ils étaient faits l'un pour l'autre, je décidai de lui présenter Steve, mon meilleur ami depuis la *high school.* Un sans-faute : ils se marièrent quelques années plus tard. Ma mère avait vu défiler tous mes amis à la maison. Elle faisait souvent office de confidente lorsque l'un d'entre eux avait le blues. Elle savait écouter. Nous étions une bande. Nos destins s'étaient croisés et nous avaient unis pour le meilleur et pour le pire. Même si Oliver et moi avions fini par divorcer.

Exceptionnellement, j'avais décalé mes cours de la journée à la semaine suivante pour enfiler mon tablier de cheffe. Je ne l'avais pas quitté depuis le début de la matinée, consciencieusement postée devant mon fourneau, appliquant à la lettre les instructions dictées par les tutoriels de cuisine française que j'avais dégotés sur YouTube. J'étais une laborieuse, mais, au prix de multiples efforts, de très brèves apparitions à table et de nombreux allers-retours en cuisine, je parvenais à satisfaire mes invités.

— Alors ce test ? me lança Evelyn. Tu as reçu les résultats ?

— On va voir ça tout de suite ! lui répondis-je, motivée.

Je dégainai mon smartphone de la poche de mon tablier pour consulter mes e-mails.

— Toujours rien, lui répondis-je, un peu déçue.

— Mon cousin Freddy l'a fait, lui aussi ! s'exclama Steve.

— Le suprémaciste ? interrogea Oliver.

— Oui ! Figure-toi qu'il est à 15 % africain ! NOIR africain, précisa-t-il, narquois.

— Ça va peut-être l'inciter à devenir démocrate ! rétorquai-je.

Tout le monde éclata de rire.

Il était près de huit heures du soir, quand on sonna à la porte. Je m'empressai d'aller ouvrir.

— Je suis désolée, *babe*, fit Tess avant même que j'aie l'occasion de l'embrasser. Tu sais ce que c'est, poursuivit-elle. Les réunions à l'université…

— Je t'ai gardé une part de mon filet en croûte, la rassurai-je gentiment.

Tess était ma meilleure amie. Et constituait une autre pièce rapportée de la famille que je m'étais fabriquée.

Elle émit un soupir de soulagement tout en me tendant un magnum de champagne français et un énorme bouquet de fleurs. Excusant son mari, médecin urgentiste de garde tout le week-end, au Mass General Hospital de Boston.

Elle déboula dans la salle à manger en s'excusant de son retard. Elle savait pertinemment que nous dînions tôt pour que ma mère se couche au plus tard avant neuf heures.

— Joyeux anniversaire, Suzana ! Vous êtes magnifique, ajouta-t-elle en l'embrassant.

Ma mère réagit à peine, souriant du coin des lèvres.

Suivant des recettes dénichées sur Internet, j'avais préparé un gâteau à étages sur la base d'une forêt noire. Celui-ci trônait dans la cuisine, attirant toutes les convoitises. Comme tout le monde attendait le dessert, Tess proposa de ne pas nous retarder dans notre timing :

— Fais-moi un *doggy bag*, *babe* ! lança-t-elle, en louchant sur sa part de filet en croûte.

D'autorité, Emily retira la télécommande de la télé des mains de James, le fils d'Evelyn et Steve. Frustré, il se rabattit sur sa tablette numérique. À douze ans, sa seule préoccupation était virtuelle. Son père le sermonna pour le ramener à la réalité :

— Dans la vie, il y a aussi des vraies gens, tu sais, lui fit-il remarquer.

Le gamin lâcha poliment la tablette et se redressa sur sa chaise, tandis que je déposais délicatement le gâteau devant ma mère. Elle fut surprise par les flammes des bougies et le crépitement des cierges magiques. J'avais commandé sur Internet une plaque en pâte d'amande sur laquelle était inscrit « Joyeux anniversaire Suzana ».

Nous entonnâmes tous en chœur le *Happy Birthday* de Stevie Wonder.

— Souffle, maman ! C'est ton anniversaire ! insistai-je en la regardant avec amour.

Même si elle ne semblait pas concernée, j'étais heureuse de l'avoir encore près de moi, à son âge. Et en même temps si triste, car j'aurais tout donné pour qu'elle le sache. Emily immortalisait l'instant magique avec son smartphone, et malheureusement ma peine serait visible sur sa vidéo. J'étais incapable de la dissimuler.

Comme tout le monde l'incitait à souffler ses bougies, ma mère finit par s'exécuter. Huit grosses et neuf petites qu'elle souffla mécaniquement. Le petit James l'aida à toutes les éteindre. En regardant les flammes expirer, je ne pus m'empêcher de penser que ma mère s'éteignait, elle aussi. Lentement. Je savais qu'elle finirait par s'en aller rejoindre mon père, mais j'avais le cœur lourd en la voyant s'effacer un peu plus chaque jour, tels les traits d'un dessin qui s'éclipsent sous la gomme.

Elle me surprit alors en me tendant la main. Et la serra. Fort. Très fort.

— Merci, me dit-elle.

Il lui arrivait de me reconnaître. Ce qui me bouleversait instantanément. Dans ces moments, si rares, je la serrais dans mes bras, comme si je ne l'avais pas vue depuis longtemps. Un peu à l'image de retrouvailles après des mois de séparation.

Elle m'offrit son sourire le plus gracieux. Elle semblait s'excuser de ne plus avoir toute sa tête. Je me penchai et l'embrassai en enveloppant affectueusement sa joue dans ma main.

— Merci, mademoiselle, insista-t-elle alors en recouvrant ma main de la sienne.

Elle l'ignorait, mais elle venait de me faire perdre mes illusions. Je sentis les larmes me monter aux yeux. Elle ne m'avait pas reconnue.

— Un jour, je vous parlerai de ma fille. J'ai une fille, vous savez, ajouta-t-elle avec difficulté. Depuis son AVC, elle n'avait jamais récupéré la fluidité de la parole.

Elle lâcha ma main et prit la cuillère à dessert pour déguster sa part de gâteau, dont tout le monde se régalait déjà sans tarir de compliments à mon égard. La gorge serrée, je me dérobai vers la cuisine pour pleurer.

Assis à côté de ma mère, Oliver avait tout entendu. Dès qu'il me vit m'enfuir, il se leva pour me rattraper. Sans dire un mot, il me laissa m'épancher sur son épaule. Il comprenait ce que je ressentais. Il avait vécu la descente aux enfers avec moi, lorsque nous vivions encore tous ensemble sous le même toit. Emily nous surprit dans l'office. Elle ne posa pas de questions. Elle savait qu'il m'arrivait de m'effondrer et en connaissait les raisons. Elle me posa un baiser sur le front. Émue.

Non pas de me découvrir tendrement lovée dans les bras de son père, mais de me voir malheureuse.

— Ça va aller, maman, fit-elle en me caressant la joue. Elle sera centenaire, ajouta-t-elle pour me réconforter.

J'avais de la chance d'avoir une fille comme elle. Et je culpabilisais de lui faire partager ce calvaire depuis tant d'années. Sa sensibilité avait été mise à rude épreuve depuis que sa grand-mère avait montré les premiers signes de sa maladie. Elle avait dix ans et, convaincue que ma mère avait inventé un nouveau jeu, elle s'amusait de ces petites pertes de mémoire. Avec le temps, je fus contrainte de lui expliquer que sa grand-mère était atteinte d'une altération de la mémoire. Ce qu'elle ne fut pas en mesure d'intégrer avant l'âge de treize ans. L'aspect irréversible de la maladie la chagrina profondément. « Il faut qu'elle me raconte le plus de choses possible avant qu'elle oublie tout ! » s'exclama-t-elle spontanément. Par la suite, elle lui posa des questions sur tout et n'importe quoi. À tel point que ma mère lui avait appris à peu près tout ce qu'elle savait de la vie. Emily venait d'avoir dix-huit ans, et je l'invitais le plus souvent possible à vivre sa vie de jeune fille. Sans culpabilité. Même si elle continuait de faire preuve d'une extrême attention à l'égard de sa grand-mère.

Elle prit le relais d'Oliver pour me serrer dans ses bras. La sentant au bord des larmes et refusant que cette soirée vire au drame, je lui interdis de se laisser abattre et je l'engageai à rejoindre nos invités.

— On ne peut pas être deux épaves au milieu de la fête.

Cette formule amusa Oliver, qui nous entourait d'un bras rassurant.

Ma relation avec mon ex pouvait sembler ambiguë, mais tout était très clair entre nous malgré tout. Si épris l'un de l'autre à dix-huit ans, nous pensions ne plus jamais nous quitter. Nous étions en réalité bien trop jeunes et sans expérience. Trop idéalistes. Jusqu'au jour où nous fûmes surpris par la disparition de nos désirs. Quelques mois avant de déménager chez ma mère. Notre relation était devenue fraternelle, faite de beaucoup de respect. Nous avions décidé malgré tout de ne pas capituler aussi facilement en stimulant nos libidos : sex-toys, films coquins, jeux de rôles, déguisements, lingerie fine, nous avions tout tenté et même consulté des psys. Chacun de notre côté, puis ensemble, et nous avions fini par nous moquer de leurs discours. Après notre déménagement, Oliver m'aida à prendre soin de ma mère affaiblie par les séquelles de son AVC. Il était un soutien de chaque instant. Ce qui sonna définitivement le glas d'une possible résurgence de notre intimité. Nous prîmes alors la décision commune de nous séparer.

Nous n'avions pas divorcé à cause d'une femme, nous n'avions pas divorcé à cause d'un homme, nous avions divorcé, car nous ne nous aimions plus pour les bonnes raisons : nous étions devenus les meilleurs amis du monde. Emily avait du mal à comprendre que ses parents se séparent sans se disputer, sans se dénigrer. Ni son père ni moi n'avions su lui expliquer les raisons de notre divorce. Elles relevaient trop de l'intime. En fin de compte, ses parents divorçaient, mais continuaient de se fréquenter presque quotidiennement. Pour elle, c'était l'essentiel. Un temps, je crus naïvement qu'elle entretenait l'espoir qu'Oliver et moi comptions reprendre une vie commune. Mais j'avais eu tort, car Emily ne tarda pas à m'encourager à trouver un nouvel amoureux. Peut-être par souci d'équilibre naturel, vu que son père avait désormais une nouvelle petite amie dans sa vie.

— Es-tu certain que Caroline ne prend pas mal que tu dormes à la maison ?

— Elle finira par venir elle aussi. Il faut lui laisser du temps. Elle est encore jalouse du passé.

— Et si elle te quittait ?

— Je n'ai plus l'âge de m'inquiéter.

— Mais elle, oui.

Il en convint.

J'avais une fois de plus convié sa nouvelle compagne, mais celle-ci refusait systématiquement mes invitations. Si sa présence ne me gênait absolument pas, la mienne en revanche la perturbait. Elle avait vingt ans de moins que moi et, d'après mon ex, je la complexais. Dommage, car nous étions plutôt du genre à respecter la recomposition des familles et à accueillir les nouvelles têtes, sans médire. Avant de devenir sa petite amie officielle, Caroline avait été la stagiaire d'Oliver. Un cliché. Mon ex était journaliste au *Boston Globe* et jouissait de l'aura que lui avaient conférée ses multiples investigations. Il avait notamment participé à dévoiler le scandale des abus sexuels dans l'archidiocèse de Boston en 2002.

Quand son père était tombé amoureux d'une « jeunette », Emily n'en avait pas pris ombrage. Au début, Oliver était d'ailleurs bien plus gêné qu'elle. « Tu étais sa première, il était ton premier ! Alors amuse-toi, maman, toi aussi ! », m'avait-elle déclaré, riant de la situation.

Le dîner terminé, Emily accompagna sa grand-mère jusqu'à sa chambre. Nous l'avions conservée telle qu'elle l'avait toujours connue, avec l'espoir que la décoration d'antan lui évoquât des souvenirs de son passé : Avec les mêmes tableaux, le même couvre-lit capitonné bleu lavande, et la photo de son mariage posée sur une table de chevet, à droite du lit. Nous n'avions pas non plus déplacé sa vieille coiffeuse devant laquelle elle m'avait lissé les cheveux tant et tant de fois. Et curieusement, notre stratégie s'avéra fructueuse : lorsqu'elle séjournait à la maison, elle reprenait ses gestes habituels, sans que nous ayons besoin de l'orienter. Elle dormait à gauche, comme elle y était accoutumée quand mon père était encore de ce monde. Elle rangeait seule ses vêtements dans la penderie et, il y a quelques mois encore, était même en capacité de choisir ceux qu'elle porterait. Elle entrebâillait volontairement les volets pour profiter de la lueur de la lune puis de celle de l'aube. L'obscurité totale la paniquait. Les soirs sans lune, elle n'éteignait pas la lampe posée sur la commode, rassurée par la lumière que diffusait le vieil abat-jour jaune safran. Mon père s'en était accommodé toute sa vie pour lui faire plaisir.

Une heure plus tard, Evelyn et Steve montèrent se coucher à leur tour. Ils avaient fait la route depuis New York, où ils exerçaient dans un très célèbre cabinet d'avocats. Inutile de leur désigner leur chambre, celle-ci leur était dédiée lorsqu'ils venaient passer le week-end à la maison. Emily et son père ne tardèrent pas à les imiter. Oliver s'était depuis longtemps attribué d'office l'ancien bureau de mon père, dans lequel j'avais installé un canapé-lit. Il adorait l'atmosphère de ce lieu abondamment garni de livres et tapissé de lambris de noyer. Tess n'habitait pas très loin de chez nous et rentra dormir chez elle, me promettant qu'elle serait présente le lendemain à la première heure pour m'aider à préparer le brunch.

Je n'eus pour ma part aucun mal à trouver le sommeil après mon marathon en cuisine.

Le lendemain matin, les yeux à peine entrouverts, je tendis le bras pour attraper mon smartphone et je cliquai machinalement sur l'icône de la boîte mail. My Origin DNA m'avait répondu.

Comme une enfant qui ouvre son cadeau, je dévoilai le contenu du message. Passant directement aux conclusions du test :

Juif ashkénaze 50,1 %
Irlandais 35,2 %
Anglais 7,8 %
Norvégien 6,9 %

Nous, les Américains, étions tous des enfants et petits-enfants d'immigrants, nos origines étaient brassées depuis plusieurs générations, néanmoins le résultat de cette recherche génétique m'apparaissait absolument extravagant. J'en étais abasourdie. « Irlandaise », « Anglaise », et pourquoi pas « Norvégienne », me semblaient des appartenances ethniques cohérentes, dont j'aurais pu hériter de mes familles respectives. Mais je n'avais pas imaginé détenir un pourcentage d'ascendance juive. Qui plus est, pour la moitié de ma filiation. J'étais catholique, baptisée, j'avais fait ma première communion, ma communion solennelle, et je participais parfois à la messe de minuit le soir de Noël ! « Juif », c'était une religion ! Une confession ! Pas une nation ! Comme l'étaient l'Irlande, la Norvège ou l'Angleterre ! Alors que signifiait être juive à *50,1 %* ? Je manquai pouffer de rire, mais j'étais tellement sidérée que j'en fus incapable. Je commençai à soupçonner que ce test était en réalité destiné à une autre Lauren Moore. Après tout, je portais un nom banal. Comme des dizaines de milliers de Lauren Moore en Amérique du Nord. Les mains crispées sur mon smartphone, je m'empressai de contacter My Origin DNA. On transféra mon appel à une biologiste qui me confirma mes résultats et, après une double vérification, écarta toute erreur de destinataire.

Je raccrochai. Mon pouls était aussi rapide que lorsque je courais le quatre cents mètres à l'université. Mais je le supportais beaucoup moins bien à mon âge.

Je m'adossai de tout mon poids contre la tête de lit capitonnée. Et comme je relisais les conclusions du test, le néant s'empara de mon cerveau : je ne me reconnaissais plus. Un peu comme si j'avais vécu cinquante ans dans le corps d'une autre.

2

HANNAH

LA FIN D'UNE GUERRE, LE DÉBUT D'UNE AUTRE

JEUDI 11 JUILLET 1940

Esther Braunstein ne lâchait pas la main d'Hannah. Une jolie poupée blonde de dix ans à la peau de porcelaine. Elles étaient venues attendre Meyer sur le quai du port de Marseille, en zone libre. La petite fille portait des sandalettes sans chaussettes et, malgré cela, cherchait une tache d'ombre pour rafraîchir ses pieds. Les pavés étaient brûlants, chauffés par un soleil de plomb. Derrière des barrières en bois, des policiers encadraient les familles des soldats que l'on rapatriait d'Algérie. Elles s'amassaient depuis le matin, et nombreux étaient celles et ceux qui s'étaient évanouis, victimes de la soif et des insolations. La France venait de capituler devant l'armée de l'Allemagne nazie, bien trop puissante pour elle, mais, depuis la signature de l'armistice le 22 juin 1940, les Français commençaient à peine à comprendre qu'ils avaient été livrés à l'ennemi par le maréchal Pétain. Leur pays avait été divisé en deux zones, l'une occupée par les nazis au nord, l'autre au sud, où Esther et Hannah vivaient en liberté. Pour l'instant.

Dans les grands yeux de la fillette, gris-bleu comme des perles d'agate, se lisaient à la fois la joie et la détresse. Le cargo de la marine marchande était censé accoster à quatre heures de l'après-midi, mais, à près de sept heures du soir, l'horizon était inlassablement plat et nu. De temps à autre une fiancée, une sœur, un enfant, un père, une mère, criaient, convaincus d'avoir aperçu le navire tant attendu, mais ils déchantaient rapidement, ayant associé au bâtiment de la marine ce qui n'était qu'un chalutier qui rentrait tardivement de la pêche.

La nuit ne chassait pas la canicule. Au contraire. Elle collait à la peau. Les corps suintaient et les esprits commençaient à s'échauffer. Les partisans du maréchal Pétain saluaient ce qu'ils appelaient « son courage », ses opposants étaient prêts à en découdre. D'autres policiers avaient été appelés en renfort pour contenir tout débordement violent qui aurait pu avoir des conséquences dramatiques, vu la présence de femmes, d'enfants et de personnes âgées dans la foule. Soudain un coup de poing s'envola, surgi de nulle part, écrasant le nez d'un « fasciste », bienheureux que son fils de dix-sept ans fût vaincu, démobilisé, mais vivant. Les policiers furent incapables de distinguer l'auteur de l'agression tant les gens étaient serrés comme des sardines. D'autres bras et d'autres poings jaillirent avec difficulté du peu d'espace dont ils disposaient pour se mouvoir. Malgré leur autorité naturelle et la popularité de leur accent chantant, les policiers eurent bien du mal à rétablir l'ordre. Et lorsqu'ils voulurent interpeller un homme qui les traitait de « collabos », la foule s'avança dangereusement sur eux, telle une vague prête à les submerger pour les noyer dans le port. Ils durent faire usage de leurs sifflets et de quelques coups de bâton pour se défendre.

L'un d'eux tira Hannah par la main pour lui éviter d'être écrasée.

— Viens, mets-toi sur le côté avec ta maman !

Esther et la petite fille tentèrent de s'extraire de l'amas humain, mais elles subirent une nouvelle poussée qui venait de derrière, manquèrent de trébucher et de basculer dans l'eau. Le policier les retint de justesse, Esther se retrouva quasiment dans les bras du sauveur.

— Merci monsieur, fit-elle, gênée et rouge de confusion.

Elle avait une pointe d'intonation allemande qu'elle tentait de masquer en s'exprimant le moins possible. Elle était aussi blonde que la petite Hannah, et ses yeux en amande, gris-bleu, qui lui conféraient un regard perçant, la gratifiaient d'un magnétisme envoûtant. Hypnotisé, le policier ne put s'empêcher de la fixer un instant avant de reculer de quelques pas, embarrassé.

Il se retourna vers Hannah.

— Alors, tu attends ton papa ? bredouilla-t-il.

Elle hocha la tête, timide. Inquiète, elle s'attendait à d'autres questions, qui par chance ne vinrent pas. Elle avait peur de ne pas répondre comme il fallait.

Le policier se rapprocha d'Esther et lui parla discrètement à l'oreille. Il prononçait tous les « e » muets et rallongeait la fin des syllabes.

— Vous faites pas de bile, on finira par les avoir, les fascistes, mademoiselle !

Mais il corrigea et s'excusa :

— Madame, pardon…

Esther avait trente ans, mais avait conservé un air juvénile et fragile qui laissait souvent douter de son âge véritable.

Le policier dégaina son bâton de la ceinture et partit rejoindre ses collègues tout en soufflant dans son sifflet. Les insultes fusaient de toutes parts, les barrières étaient piétinées et les gardiens de la paix se faisaient déborder quand, d'un coup, l'échauffourée cessa net. Plus personne ne poussait. Les policiers étaient convaincus qu'ils avaient eu raison de la rébellion, mais c'était bien autre chose qui avait stoppé le début de l'émeute. C'était le bras d'une enfant, pointé vers l'horizon. Le doigt de la petite Hannah qui désignait les feux d'un navire en approche.

Il était un peu plus de dix heures du soir.

Tout le monde se tut. Le ciel était clair. La lune se reflétait enfin dans le port. C'était silencieux, calme, comme en temps de paix. Soulagée, Esther fixait le bateau, dont on ne distinguait pas encore le sillage. Elle n'avait jamais perdu espoir. Elle allait enfin retrouver son mari.

Amarré un peu plus loin, à un autre quai, un paquebot embarquait des passagers qui ne ressemblaient en rien à des touristes. Ils avaient fui les bombardements de la zone occupée par les envahisseurs nazis. Sûrement pour toujours.

— Où est-ce qu'ils vont, tous ces gens ? demanda Hannah.

— En Amérique, lui répondit Esther.

La gamine semblait éblouie par les trois cheminées géantes du paquebot. Elle songeait à ce continent lointain qu'elle n'avait vu que sur la mappemonde de l'école et dans les livres de géographie. Ce continent où les gens étaient libres. Où il n'y avait pas de guerre.

— Je suis tellement heureuse, si tu savais, déclara Esther. Ton papa rentre aujourd'hui, insista-t-elle en la secouant gentiment, puis répéta :

— Ton papa ! Ton papa !

Hannah sembla légèrement effrayée par cette attitude excessive. Esther s'accroupit et la pressa tendrement contre elle.

— Excuse-moi. Excuse-moi, ma fille.

Elle lui caressa les cheveux, puis lui tamponna délicatement les yeux avec son mouchoir, alors que quelques larmes roulaient déjà sur ses joues.

— Nous partirons un jour en Amérique, nous aussi. Je te le promets. Ne sois pas malheureuse.

Le cargo était précédé par un bateau de lamanage qui le guidait à travers le port afin qu'il évite les hauts-fonds. Le silence se fit de plus en plus épais jusqu'à ce qu'il accoste enfin. Ce fut alors un déluge d'applaudissements qui accueillit les centaines de soldats amassés sur les ponts du navire. Les marins lancèrent plusieurs aussières du cargo en direction des lamaneurs postés le long du quai. Une fois les aussières capelées sur les bollards d'amarrage, on déploya les passerelles. Les cris de joie se mêlaient à ceux qui interpellaient leur fils, leur père, leur mari. Esther cherchait le sien. Elle agrippa la main d'Hannah et se rua dans la direction des passerelles. Elle appelait Meyer, sans le voir, effrayée à l'idée de le louper. Elle hurlait son nom, sans pause : « Meyer ! Meyer ! Meyer ! » Alors que les effusions se multipliaient sur le quai, elle cherchait toujours son Meyer. Perdue dans une forêt de jambes, Hannah non plus ne le voyait pas, même en se haussant sur la pointe des pieds. Alors deux bras l'attrapèrent vigoureusement et la hissèrent au-dessus de toutes les têtes. Elle se retrouva d'un coup sur les épaules du policier sauveur. Au-dessus de la marée humaine. Il mesurait certainement plus de deux mètres. C'était un solide gaillard. Probablement le plus costaud de tous ceux qui avaient été déployés.

— Comme ça, tu vas pouvoir le trouver, ton papa ! fit-il.

Esther le remercia, tout en continuant de dévisager tous les hommes qui portaient un uniforme de légionnaire. Meyer s'était engagé dans la Légion étrangère quand l'Allemagne nazie avait déclaré la guerre à la France, en 1939.

— Alors, tu le vois ? questionna le policier.

Non, ni Hannah ni Esther ne l'avaient localisé.

Le policier fixa la jeune femme et sembla la reconnaître.

— Mais bien sûr, je me disais bien que je vous connaissais ! Vous êtes pas la boulangère du Panier, madame ? L'Alsacienne ?

— Oui, c'est moi, répondit Esther, en souriant, mais sans quitter des yeux les abords des passerelles.

Lorsqu'elle s'était installée à Marseille quelques mois plus tôt, elle avait justifié son accent allemand en laissant croire qu'elle était originaire de Strasbourg. En 1940, ce n'était pas de bon ton d'être juive, et encore moins une émigrée allemande.

Constatant qu'il ne restait presque plus de soldats sur le cargo, Esther commença à paniquer. À imaginer qu'il était arrivé quelque chose à son homme.

— Vous êtes sûre qu'il se trouvait à bord ? interrogea le policier.

— Mais oui ! fit Esther en hochant la tête. Il m'a envoyé un télégramme d'Alger avant d'embarquer !

Elle commençait à s'affoler, imaginant qu'il était peut-être tombé par-dessus bord. Son comportement commençait à attirer l'attention d'autres familles. Le policier reçut alors un signe de son supérieur pour le rejoindre sur le pont du cargo.

— Ah, pardon, petite, le chef a besoin de moi, s'excusa-t-il auprès d'Hannah en la déposant sur les pavés avant de se frayer un chemin jusque sur le pont, où il rejoignit l'inspecteur en civil qui l'avait hélé.

Un légionnaire qui venait de retrouver sa fiancée s'approcha d'Esther, qu'il sentait désemparée. Il avait un fort accent espagnol.

— Comment s'appelle votre mari, madame ?

— Meyer. Meyer Braunstein.

— On a voyagé ensemble. Il va descendre.

Le légionnaire serra la main de la jeune femme et se présenta.

— Je m'appelle Diego. J'étais à Sidi Bel Abbès avec Meyer.

C'était bien insuffisant pour rassurer Esther qui ne voyait toujours pas son mari débarquer, alors que plus personne n'empruntait les passerelles.

— Mais où est-il ? s'écria-t-elle avec des larmes dans la voix.

Diego s'adressa calmement à elle sur le ton de la confidence :

— Il y a eu un petit souci à bord.

— MAIS QUEL SOUCI ?

— Rien de grave. Quelqu'un l'a traité de sale Juif, il ne l'a pas supporté et… il l'a roué de coups. Il a bien fait ! tonna Diego, fier de la réaction de son camarade qui ne s'était pas laissé faire.

Au même moment, Meyer apparut sur la passerelle, encadré de deux policiers. L'un des deux était le géant sauveur. Esther se précipita au-devant de lui en tirant Hannah par la main. Elle barra le passage aux deux policiers et sauta au cou de son mari. Veillant à ce que personne ne l'entende, elle s'adressa discrètement à lui, en yiddish. Une langue judéo-allemande, faite de termes germaniques et hébreux et parlée par les communautés juives d'Europe de l'Est. Il la tranquillisa avec des mots tendres. Mais, menotté, il fut bien incapable de la serrer dans ses bras.

Il s'adressa gentiment à la petite Hannah.

— Tu as grandi, *bubeleh*. Tu es belle comme un cœur.

Il avait nettement amélioré son français durant son séjour en Algérie. Mais « *bubeleh* » était un mot yiddish. « *Bubeleh* » était une expression qui véhiculait tant d'affection qu'il était illusoire d'espérer la traduire en français par une formule littérale et désincarnée. Hannah sourit à Meyer et s'agrippa à sa cuisse. À son pantalon sale dont la puanteur ne la gênait même pas. Car cet homme-là était son repère.

— Je suis désolé, madame la boulangère, fit le policier géant. Il faut nous laisser passer maintenant. Les ordres du chef.

Il avait l'air sincèrement contrarié de devoir y obéir malgré tout.

Meyer s'adressa à voix basse à Esther et Hannah pour leur dire qu'il les aimait :

— *Ikh hob aïkh beïdè azoï lib.* Je vous aime tant toutes les deux.

Cela sonnait presque comme de l'allemand, mais c'était du yiddish. Leur langue maternelle. Mais que la petite Hannah comprenait à peine.

Esther décrocha Hannah de la cuisse de son mari, puis s'écarta pour laisser passer les policiers. Ces derniers furent alors la proie d'une rumeur de huées qui s'éleva dans la nuit.

— Libérez nos légionnaires ! cria un anonyme.

Phrase qui fut scandée en chœur par toutes les âmes présentes.

Meyer grimpa dans un fourgon qui usa de sa sirène pour se frayer un passage dans la foule indignée qui haranguait les policiers. Puis le véhicule disparut rapidement dans la nuit.

Diego prit Esther par l'épaule, rassurant, et resta silencieux.

Avant de partir avec sa fiancée française, il griffonna un nom sur un reste de paquet de cigarettes et le confia à Esther.

— Vous pourrez toujours me joindre ici s'il ne rentre pas. C'est le café de mon oncle.

Esther le remercia, sécha ses larmes et quitta les abords du port.

Quelques minutes plus tard, elle rejoignit l'appartement qu'elle habitait avec Hannah au-dessus de la boulangerie. Elle n'avait pas dit un mot de tout le chemin.

Il était presque minuit, et il faisait abominablement chaud dans les appartements qui donnaient sur les rues étroites du quartier du Panier. Esther plongea Hannah dans un grand baquet d'eau bien fraîche. La petite fille profita avec bonheur de ce bain salvateur, mais, la température extérieure frôlant les quarante degrés, l'eau ne tarda pas à tiédir.

Une fois couchée dans des draps blancs qui sentaient bon la lavande, Hannah s'endormit rapidement. Il était temps pour la boulangère de descendre superviser la fabrication du pain et des croissants du lendemain matin.

Le gros ventre de Lucien, le boulanger enfariné, jaillissait ostensiblement sous son tricot sans manches. Il n'était pas grand, adipeux, et suait tout le temps. Même l'hiver. Mais c'était un bon ouvrier.

En arrivant d'Allemagne, les Braunstein avaient vécu quelque temps à Strasbourg, chez Louis, le frère de

Meyer. De nationalité allemande, et donc ressortissant d'un pays ennemi, Meyer fut contraint de s'enrôler dans la Légion étrangère dès le début de la guerre, en septembre 1939, pour éviter d'être mis en détention dans un camp d'internement. Quant à Louis, il avait réussi à obtenir des visas et, avec sa famille, il émigra aux États-Unis.

Grâce aux économies du couple, Esther partit dans le sud de la France avec Hannah et ouvrit une boulangerie à Marseille. Avec Meyer, elle en tenait une à Munich avant la guerre. Elle savait faire le pain et les gâteaux, mais ce labeur devenant rapidement trop lourd à assumer toute seule, elle avait placardé une petite annonce sur la devanture du commerce. Lucien Vernon ne tarda pas à se présenter. Il avait fui pendant l'exode, suite à l'invasion du nord de la France par l'armée de l'Allemagne nazie. Esther le trouva plutôt dégourdi. Il avait vingt-cinq ans et, malgré son embonpoint, il travaillait vite. Chaque nuit, il arrivait pile à l'heure pour pétrir la pâte, et même si les contingences et les rationnements de la guerre touchaient tous les négoces, Lucien connaissait des réseaux d'approvisionnement qui ne lui faisaient jamais défaut. Il ne manquait jamais de farine et livrait son pain chaque jour aux Marseillais.

S'il était rigoureux et mettait tout son cœur à l'ouvrage, il s'était néanmoins montré un peu trop entreprenant avec Esther qui l'avait remis à sa place à de nombreuses reprises. Il se permettait parfois des allusions déplacées, proposant ainsi de prendre la place de Meyer dans le cœur de la boulangère si son mari ne revenait jamais de la guerre. Lui-même avait vu comment sa propre mère avait rapidement remplacé son père, mort dans les tranchées de la Grande Guerre.

Ce soir-là, quand Esther redescendit de l'appartement, il lui offrit son sourire le plus cynique :

— Alors, à peine arrivé, et déjà en taule !

L'arrestation de Meyer avait fait le tour de Marseille comme une traînée de poudre.

Esther ne sut que répondre. Mal à l'aise. Évitant de contrarier Lucien. S'il s'énervait, elle savait qu'il était bien capable de la planter là, l'obligeant à pétrir les miches elle-même. Mais l'homme jeta brutalement la pâte qu'il venait de bouler sur sa table et se rapprocha de la jeune femme avec du désir dans le regard. Il suait à grosses gouttes. Son gros ventre s'interposa entre elle et lui. Il puait la transpiration, comme toujours. Mais Esther le supportait, car elle avait besoin de lui pour faire le pain.

— Je vous avais prévenue. Les légionnaires, c'est de la mauvaise graine.

Il lui prit la main. La sienne était collante. Elle la repoussa.

— Vous savez ce qu'ils disent, les gens ?... Que je ne devrais pas travailler pour une femme. Et encore moins pour une Juive !

Esther ne put se contenir et gifla Lucien très violemment.

Sidéré, il posa une main farineuse sur sa joue rougie, puis retira son tablier, qu'il jeta par terre.

— Fais-le toi, ton pain ! Sale Juive !

3

Lauren
Un mensonge originel

Le laboratoire qui s'était chargé de tester mon ADN m'avait bien confirmé les résultats que j'avais reçus par e-mail : j'étais Irlandaise à 35,2 %, Anglaise à 7,8 %, Norvégienne à 6,9 %, et majoritairement Juive ashkénaze à 50,1 %. Depuis, je n'avais cessé de focaliser sur ce dernier chiffre. Incapable d'élucider toute seule cette énigme : comment ce test pouvait-il scientifiquement établir que j'avais des origines juives ? C'était incompréhensible au regard de celles de mes parents, et de la foi catholique dans laquelle ils m'avaient élevée.

Professeure de biologie moléculaire au MIT[1], seule Tess était susceptible de m'éclairer quant à l'interprétation de ces conclusions qui me semblaient bien étranges.

Ma mère célébrait ses quatre-vingt-neuf ans, et nous avions décidé de profiter du week-end pour faire durer les festivités, mais, ce samedi matin, mon esprit était ailleurs. Tess m'avait promis qu'elle arriverait à la première heure pour m'aider à préparer le brunch, et je l'attendais impatiemment. Je regardai l'heure, il était sept heures et demie, elle ne tarderait plus.

1. Massachusetts Institute of Technology.

Après avoir pris ma douche, je descendis à la cuisine. Emily venait de préparer son café à ma mère. C'était un doux et délicieux mois de mai, et celle-ci en avait profité pour s'installer sous le porche, dans le vieux rocking-chair de mon père.

— Tess est arrivée ? demandai-je à ma fille.

— Bonjour ! fit-elle, surprise par mon manque de courtoisie matinale.

— Oui, bonjour ma fille, repris-je en m'excusant.

Puis j'insistai :

— Tess devait venir nous aider...

— C'est bon, maman, on a assez de bras ! rétorqua-t-elle, alors qu'Evelyn et Steve débarquaient à leur tour, sereins, idolâtrant la vie à la campagne, tant ils avaient passé une bonne nuit.

Je les embrassai pour les accueillir, les invitai à se servir en café, remplis ma tasse à ras bord, attrapai mon paquet de cigarettes et mon briquet, et filai vers ma mère. Je posai simplement ma joue contre la sienne en exerçant une légère pression, pour lui faire ressentir mon affection.

— Bonjour maman.

Elle me sourit. Je lui étais familière, mais elle ne m'avait pas reconnue.

Je m'éloignai dans le jardin pour aller m'assoir près du massif d'hortensias mauves. J'y avais installé un fauteuil et une petite table à proximité, car c'était un coin d'ombre qui me permettait de moins souffrir de la chaleur durant l'été. J'allumai ma première cigarette et avalai une gorgée de café. Pendant que je fixais ma mère de loin, je m'interrogeai : avait-elle connaissance de nos origines juives ? Les interrogations et les conjectures m'affluaient de toutes parts. Si l'on se fiait aux résultats du test, au moins l'un de mes deux parents était forcément juif ! *Juif ashkénaze !* Je savais que l'on appelait ainsi les Juifs originaires d'Europe de l'Est. Comment toutes ces informations pouvaient être inscrites dans mes gènes ?

Emily sortit sur le pas de la porte et s'adressa à moi en criant :

— Maman ! Tu viens préparer les galettes de pomme de terre ?

Je lui fis signe que je terminais mon café et ma cigarette.

J'ignorais comment j'allais parvenir à gérer cette découverte génétique vis-à-vis de ma fille, de ma mère, et de tout le monde, d'ailleurs. Alors que je tentais de joindre Tess sur son portable, je la vis sortir de la maison et se diriger vers moi.

— Dis donc, je me sens particulièrement désirée, ta fille m'a dit que tu m'attendais comme le Messie !

— MON messie ! fis-je, soulagée de la voir.

— Je te signale qu'ils sont tous en train de se battre pour la recette de tes galettes de pomme de terre ! rétorqua-t-elle, le pouce pointé dans la direction de la cuisine.

— Ils vont y arriver sans moi ! Il faut absolument que je te parle.

— Je te sens bien mystérieuse. Tu as rencontré un mec ? m'interrogea-t-elle, coquine.

Percevant mon air grave, elle se reprit aussitôt :

— Non, il est évident que tu ne ferais pas cette tête ! Bon alors... dis-moi tout.

Après avoir pris soin de zoomer sur les résultats de mon test ADN, je lui collai mon portable devant les yeux.

— Tu les as reçus ? Mais c'est génial ! s'exclama-t-elle en attrapant le smartphone.

— Ça, je n'en suis pas aussi convaincue que toi !

À son expression, je voyais bien qu'elle était stupéfaite par ce qu'elle découvrait. Je la suppliai de m'éclairer. Ce qu'elle tenta de faire. Mais j'avais beau avoir une formation universitaire, j'étais bien incapable d'assimiler sa démonstration. Elle prit soin de synthétiser sa réponse :

— Le laboratoire a comparé ton ADN à ceux de plusieurs millions d'individus testés et identifiés dans sa banque de données. Ce qui leur a permis d'isoler des segments communs entre ton ADN et tous les autres. C'est ainsi qu'ils ont pu déterminer ton appartenance à ces différents groupes ethniques. Tu es donc à moitié Juive ashkénaze parce que, pour simplifier, *babe,* tu partages plus de 50 % de gènes avec des personnes qui se déclarent Juifs ashkénazes et qui viennent donc des pays de l'est de l'Europe, ponctua-t-elle, amusée.

Je sentais qu'elle était presque ravie de trouver en moi une part d'elle-même. Une nouvelle coreligionnaire. Tess était juive à 99 %. Avec un tout petit pourcent d'origine italienne, dont elle était très fière, mais dont elle ignorait la provenance. Elle s'était testée et avait testé la moitié de sa famille. Son père avait ainsi reconstitué une bonne partie de leur arbre généalogique. Mais, en tout état de cause, Tess avait toujours su qu'elle était juive. Elle avait été élevée dans cette tradition et avait reproduit ce schéma avec ses enfants. Alors que j'avais été élevée dans la tradition catholique et l'avais transmise à ma fille.

Je fis part à Tess de mon scepticisme sur le fait d'amalgamer origine ethnique et religion. Ma brillante amie m'expliqua que le peuple juif était une population à part entière. Et par tradition, une population endogame : qui se mariait le plus souvent au sein de sa communauté. Ce qui permettait aux biologistes d'identifier facilement leurs correspondances génétiques puisqu'ils se mélangeaient peu.

— Tes origines irlandaises, anglaises et norvégiennes ont été recoupées de la même façon. Par des segments génétiques communs à chacun de ces peuples... Ton cas est vraiment très intéressant ! conclut-elle avec passion.

Je me sentais devenir un cobaye de laboratoire quand Tess nuança ses propos :

— Attention, ton ascendance juive demeure une forte probabilité, *babe*. Cela ne signifie pas pour autant que tu es juive. Il faudrait que tu puisses tester le plus d'ancêtres possible pour savoir lequel de tes parents t'a transmis ces gènes.

Je lui rappelai que mon père était décédé, et que je n'avais plus aucun de mes grands-parents.

Nous étions dans une impasse.

— Essaye peut-être de te souvenir de détails qui pourraient te mettre sur la piste. Des prénoms parfois peuvent indiquer des identités implicites. Ta mère a-t-elle évoqué des cousins éloignés ?

— Ils sont tous morts.

— Du côté de ton père ?

Je haussai instinctivement les épaules. Papa descendait d'une famille catholique irlandaise. Comme celle de John Fitzgerald Kennedy, l'idole de mes parents, lui aussi né à Brookline. Nos ancêtres, immigrés irlandais, avaient débarqué par milliers dans le port de Boston dès 1845 pour fuir la grande famine de la pomme de terre qui sévissait dans leur pays.

— On peut avoir des surprises, parfois ! mentionna-t-elle.

Je lui rappelai alors que j'étais fâchée avec mes cousins texans et que ce serait bien délicat de débarquer dans leur ranch avec un test ADN à la main.

Elle désigna gentiment Suzana du regard.

— Et Suzana ?

— Pourquoi maman serait-elle juive ?

— Elle ne le sait peut-être pas elle-même. Mais, au vu de ta situation familiale, elle est la seule personne que tu puisses tester.

Elle hésita.

— À moins que…

Mais elle s'interrompit d'un coup.

Cela dura quelques secondes.

Trop longues.

Elle poursuivit, perplexe.

— … À moins que…

— À moins que quoi ? m'exclamai-je, agacée par ce moment de flottement.

— Il y a une autre hypothèse, enchaîna-t-elle, un peu gênée… C'est que Suzana ne soit pas ta mère biologique.

Puis elle se tut. Attendant ma réaction qui ne venait pas.

Elle m'avait terrassée.

J'étais sans voix et m'accordai quelques secondes pour reprendre possession de mes moyens.

Tess tenta de me rassurer :

— Non, mais *babe*, oublie ce que j'ai dit. Suzana est bien ta mère. N'en doute pas. Tu lui ressembles tellement !

Ce n'était pas un argument recevable :

— Les maîtres finissent tous par ressembler à leur chien, fis-je avec un brin d'humour qui me venait difficilement.

Emily me faisait de grands signes, visiblement désespérée.

— Je crois bien qu'ils ne s'en sortent pas sans toi, me fit remarquer Tess.

Je la suppliai de ne pas ébruiter notre discussion, puis retournai vers la maison.

Tess m'avait éclairée, mais ses lumières m'avaient tant éblouie que ma vision s'en trouva déformée dès que je remis les pieds en cuisine. J'eus néanmoins un mal fou à faire illusion.

— Ça va, maman ?

— Oui très bien, très bien, pourquoi ?

Je m'attelai néanmoins à la préparation des galettes de pomme de terre que tout le monde attendait et que je réussissais sans consulter Internet. La matinée se poursuivit dans la bonne humeur des préparatifs du déjeuner. Chacun y allait de sa spécialité. Oliver nous avait réservé celle de son fameux *cheesecake*, qu'il réussissait comme personne.

Nous déjeunâmes dans le jardin. Ce deuxième opus en l'honneur de ma mère fut très réussi.

— Suzy s'endort, me fit remarquer Emily, en désignant sa grand-mère du regard.

Elle avait cessé de l'appeler *Grand Ma* le jour où ma mère était venue la chercher à l'école primaire. Ce jour-là, personne ne la crut lorsqu'elle présenta sa « grand-mère » à ses petites copines tant celle-ci ne paraissait pas son âge. De retour à la maison, Emily chercha comment la nommer, et l'appela « Suzy », comme sa poupée préférée. Ma mère accepta volontiers ce surnom à condition que sa petite-fille en ait l'usage exclusif. « Je vous présente Suzy… ma grand-mère. » était devenu au fil du temps une sorte de formule magique qui avait scellé leur complicité.

Ma mère fixait le portique sur lequel je m'étais balancée durant toute mon enfance. Mais ses paupières semblaient lourdes et tendaient à se refermer.

— Elle ne s'endort pas, elle songe, lui rétorquai-je gentiment avec un sourire ému.

Nous lui avions toujours connu cet air songeur. Dans la lune. Même avant sa maladie. Mais cet air rêveur qui avait tant charmé papa était-il une manière de fuir quelque chose ? Désormais, je ne pouvais m'empêcher de me le figurer. Car, si Suzana n'était pas ma mère, comment avait-elle pu passer du songe au mensonge ?

Après déjeuner, Tess se porta volontaire pour faire couler le café, puis tout le monde partit s'installer sur les transats. Escortée par Emily, ma mère monta faire la sieste dans sa chambre.

Evelyn s'était endormie dans le sofa, sous le kiosque d'été, contre l'épaule de Steve. James cahotait nonchalamment sur la balançoire du portique, tout en jouant sur son iPad. Quant à moi, j'allai m'écrouler à l'ombre du saule pleureur près de mon ex qui se berçait sur la balancelle. Oliver avait toujours adoré ce vestige de mon passé, auquel il donnait lui-même un coup de peinture chaque année. C'était là que nous avions flirté pour la première fois, en l'absence de mes parents. Il était attaché aux symboles. Comme il était resté très attaché à ma mère, qu'il passait voir le plus souvent possible à la maison bleue. Pour ainsi dire, elle l'avait presque élevé depuis ses dix-huit ans, les parents d'Evelyn et d'Oliver vivaient dans une ferme du Vermont et venaient très rarement « en ville ».

Je le fixai droit dans les yeux :

— Oliver, maman t'a-t-elle déjà demandé de garder un secret ?

Il m'évalua sérieusement, surpris, semblait même déstabilisé.

Il se frotta le menton, c'était sa façon de maturer ses réponses.

— Oui, me répondit-il, calmement. Mais elle serait fâchée que je rompe ma promesse.

— Tu abuses ! Tu lui as promis de me mentir ?

Il confirma en hochant la tête :

— Par omission seulement.

— Nous étions encore mariés quand tu as juré ?

Il confirma une deuxième fois.

— C'est dégueulasse ! Tu peux trahir ta promesse aujourd'hui. De toute façon, elle ne s'en souvient plus.

— C'est délicat, mais cela fait quelques années déjà que je souhaitais t'en parler.

Pourquoi diable ma propre mère avait-elle confié un secret à Oliver plutôt qu'à sa propre fille ?

— Suzana..., commença-t-il, nous étions dans sa cuisine et...

J'étais à l'écoute, mais le bruit des battements de mon cœur semblait étouffer ses paroles.

— ... Suzana m'a demandé de ne jamais le répéter...

— Ça suffit maintenant, Oliver ! Vas-y, je veux savoir.

Il se résigna :

— Suzana m'avait fait jurer de ne jamais te dévoiler... sa recette de *cheesecake*. C'est pour cette raison que je le réussis mieux que toi ! conclut-il en éclatant de rire.

— Je te déteste, lui rétorquai-je en lui collant de rage un coup de poing dans l'épaule, qu'il ne para même pas.

Je me levai et retournai à l'intérieur de la maison. Je croisai Emily, qui me rassura en me disant que sa grand-mère s'était endormie.

Je montai dans sa chambre et m'assis près d'elle. Je caressai sa joue et posai un tendre baiser sur son front. Elle me manquait tellement depuis que ses souvenirs s'évadaient que j'avais besoin de l'embrasser, de la toucher, de sentir sa peau. Si son esprit était absent, son corps, lui, était bien présent.

Je m'adressai à elle dans son sommeil. Avec infiniment de douceur pour ne pas la réveiller. Je posai délicatement ma main sur la sienne.

Je m'en voulais de la soupçonner de ne pas être ma mère biologique.

— Maman, en d'autres temps je t'aurais demandé si j'étais une enfant adoptée. Aujourd'hui, je ne tiens plus à le savoir. Je t'aime comme tu es. Je serai tellement en colère le jour où tu t'absenteras définitivement. Je maudis ce jour où je ne pourrai plus prononcer le mot « maman ». Tu partiras peut-être sans savoir qui je suis, mais je te promets que je serai avec toi jusqu'au bout de ton chemin. Avant de partir vers un autre monde, tu sentiras la chaleur de ma main dans la tienne. Mon pouls sous tes doigts. Mon souffle qui t'embrasse. Tu sentiras mon âme qui caresse la tienne, maman. Tu sentiras que je ne suis pas complètement une étrangère. Je veux que tu partes dans la mort, comme tu m'as donné la vie. Paisible et heureuse.

C'était ainsi qu'elle m'avait mise au monde. Sans souffrir. Un cas rare selon les médecins accoucheurs de l'époque. Elle m'avait confié qu'elle m'avait tant attendue, persuadée alors qu'elle ne pourrait jamais avoir d'enfant. Un psychologue lui avait déclaré que la perte de ses parents durant la guerre avait induit un blocage inconscient. Mais le ciel en avait décidé autrement.

Sous le coup de l'émotion, je préférai descendre mettre de l'ordre dans ma cuisine pour éviter de gamberger.

En fin de journée, mes invités prirent congé. Avec Emily, nous profitâmes de cette soirée avec sa grand-mère. Elle se nourrissait peu, mais nous nourrissait de sa présence. Même silencieuse. Et nous étions déjà déchirées à l'idée de la raccompagner le lendemain à la maison bleue.

Cette nuit-là, je ne pus fermer l'œil. Je me levai plusieurs fois pour aller vérifier qu'elle dormait paisiblement. Je contrôlai à nouveau que tous les accès vers l'extérieur étaient verrouillés. Car à plusieurs reprises elle avait fugué au beau milieu de la nuit.

*

Il était trois heures du matin.

J'avais peur.

Mais je ne savais pas ce qui m'effrayait le plus : découvrir que ma mère risquait de ne pas être ma mère biologique, ou avoir découvert que j'avais une ascendance juive ? Pourquoi cette révélation me pesait-elle autant ? Après tout, ce n'était qu'une étiquette apposée sur quelques-uns de mes gènes. Une étiquette invisible, de surcroît. Et qui ne m'enjoignait pas de changer de religion. Mes 6,9 % d'ADN norvégien ne m'imposaient pas non plus d'apprendre à parler cette langue. Je trouvais même très amusant d'avoir du sang viking et serais bien capable d'en jouer en société. Mais voilà, j'étais professeure d'histoire, et je savais bien que ce n'était pas anodin d'être juif.

Il était quatre heures du matin.

J'allai me rafraîchir dans la salle de bains. Passai un peu d'eau froide sur mon visage et restai là, à m'observer dans le miroir. Tess avait raison, je ressemblais tant à ma mère ! Elle m'avait légué ses boucles blondes, ses yeux clairs, un délicat mélange de couleurs bleue et verte, qui changeait avec la lumière. J'étais grande, comme elle. J'avais ses mains, ses longs doigts. En revanche, mon sourire était celui de mon père, ce sourire qu'on disait franc et joyeux. Qui trahissait son assurance inébranlable. Mais que je n'avais pas, moi.

Je descendis à la cuisine me servir un verre de soda. J'avais besoin d'un goût sucré pour m'apaiser. La porte du frigo était tapissée de tous les pense-bêtes que ma mère y collait. Nous les avions conservés, et parfois recollés lorsqu'ils se détachaient. Elle disait qu'elle les rédigeait à notre intention. Autant d'alibis qui lui permettaient de rester dans le déni de sa maladie naissante. « Ah, tu vois, tu oublies toujours tout ! » me lançait-elle lorsqu'elle avait elle-même oublié de se rendre au pressing. J'en relus quelques-uns avec émotion. Elle aimait depuis toujours écrire des petits mots. Il suffisait qu'elle passe devant un magasin de souvenirs pour acheter des cartes postales de Boston. Elle nous les envoyait, ou les glissait discrètement dans nos sacoches. Elle y écrivait des « je t'aime, ma fille », des « je t'aime, ma chérie » à l'intention d'Emily, « tu es le gendre idéal » à l'intention d'Oliver. Et lorsqu'elle commença à perdre la mémoire, ces brèves déclarations d'amour s'étaient transformées en pense-bêtes : « N'oublie pas de me rappeler que j'ai rendez-vous chez le médecin, jeudi matin », « N'oublie pas de me rappeler d'acheter des céréales pour Emily », « N'oublie pas de me rappeler d'acheter l'engrais pour les rosiers » ! Ces mots doux, nous les avions conservés. Oliver avait même emporté les siens quand il était parti. Et soudain, j'eus comme un flash. Une évidence. Cette lettre.

Cette lettre que ma mère serrait dans sa main le jour de son attaque cérébrale. Ce jour-là, je l'avais retrouvée allongée sur le sol en venant lui rendre visite. Sa main crispée s'était refermée sur une feuille de papier. Comme si elle avait tenté de s'y raccrocher avant de tomber. Les pompiers me l'avaient rendue, toute chiffonnée. Maman avait commencé à la rédiger juste avant l'accident.

Elle avait à peine écrit quelques mots :

« Lauren, ma fille,

il faut que tu saches… »

Cela ressemblait au début d'une confession. Je m'en souvenais comme si c'était hier. Son cerveau s'était très vraisemblablement mis en veille avant qu'elle ne pût écrire la suite.

Maman fut sauvée in extremis, mais à jamais incapable de se souvenir de ce qu'elle souhaitait « que je sache ». Et moi, j'avais classé cette lettre dans la catégorie « pense-bêtes et mots doux ». Puis j'avais oublié à mon tour…

4

Frida
Le billet vert

Mardi 13 mai 1941

Depuis quelque temps, les parents de la petite Frida se disputaient chaque soir, chaque nuit, même. En yiddish. Principalement parce que c'était leur langue maternelle et qu'ils parlaient mal le français. Mais aussi parce qu'ils s'exprimaient ainsi lorsqu'ils ne voulaient pas que les filles les comprennent. Néanmoins, Frida était maligne et percevait leurs intentions. Comme l'italien, le yiddish s'accompagnait de gestes, de regards et d'intonations, qui fournissaient autant de sous-titres au texte original. Elle s'imaginait trop souvent qu'elle ou Ruth, sa petite sœur de deux ans, étaient la cause de l'altercation.

— Ils vont te garder ! s'exclama Fruma. Demain, c'est le spectacle de ta fille au théâtre ! Et si tu ne revenais pas ?

— Pourquoi dis-tu ça, dis ? Nous sommes en France ! s'indigna Samuel. Le pays des droits de l'homme ! C'est juste une formalité.

— Tu devrais en parler à monsieur Le Gendre.

— Je ne vais pas le déranger pour ça. Je viendrai au théâtre demain, ne t'inquiète pas.

Ce soir-là, Frida sortit de son lit, car le ton montait et qu'elle s'inquiétait. Cette petite brunette aux grands yeux noirs n'avait que dix ans, mais déjà l'assurance d'une grande. Après avoir ordonné à Ruth de rester couchée, elle quitta la chambre sur la pointe des pieds pour éviter de faire couiner le vieux plancher. Pieds nus, elle débarqua dans la cuisine, qui faisait aussi office de salon, de salle à manger et de salle de bains. Elle y trouva ses parents assis à la table.

— Pourquoi vous parlez si fort ?

Son père devait être furieux, car il lui répondit en yiddish et partit s'enfermer dans sa chambre en claquant la porte. Sa mère se cacha le visage dans les mains pour pleurer. Frida s'approcha doucement d'elle et lui caressa les cheveux. Elle était son portrait craché. Fruma était brune et portait toujours ses cheveux attachés dans le dos. Elle avait de grands yeux noirs, un regard profond et franc.

— *Mame*[1], pourquoi tu pleures ? lui demanda-t-elle.

Un billet officiel, sur papier vert, était posé sur la table recouverte d'une vieille nappe en dentelle usée. Suite aux lois antisémites du 4 octobre 1940 du gouvernement de Vichy, ce document invitait les hommes juifs étrangers habitant Paris et la région parisienne à se rendre dans divers centres administratifs pour « examen de situation ».

Frida tendit sa main pour l'attraper, supposant qu'il était l'objet des disputes. Mais son père revint et s'en empara, sans dissimuler son agacement.

Fruma essuya ses larmes du dos de la main, puis serra sa fille contre elle pour la rassurer.

---

1. « Maman » en yiddish.

— Papa ne va pas venir demain ?
— Mais bien sûr qu'il sera là, *bubeleh*.

*

Le lendemain matin, Samuel embrassa sa femme et ses filles et se rendit le plus naturellement du monde au commissariat de la rue Pierre-Bullet dans le 10e arrondissement de Paris.

Frida se concentra toute la journée sur ses pas de danse, mémorisant la chorégraphie mise au point par sa professeure. Ruth lui servait de spectatrice, pendant que sa mère s'appliquait à repriser son tutu.

Fruma passait très souvent la tête à la fenêtre, guettant le retour de son mari. À quatre heures de l'après-midi, comme il n'était toujours pas rentré, elle quitta l'appartement pour se rendre au théâtre avec ses filles.

Sur le chemin, Frida interrogea sa mère :

— *Mame*, pourquoi est-ce que tu as peur ?

— Je n'ai pas peur, *Bubeleh*, je n'ai pas peur.

Elle se força à sourire, mais son cœur ne mentait pas, lui. Elle sentait que son mari était tombé dans un piège. Cette convocation ne lui semblait pas justifiée.

Elle s'obligea cependant à ne plus y penser dès qu'elle passa la porte du théâtre Daunou, rue Daunou, dans le 2e arrondissement.

Une heure plus tard, dans les loges, toutes les petites filles avaient enfilé leur tutu tandis que leurs mères se disputaient un bout de miroir pour les maquiller. Celles qui étaient fin prêtes pour la représentation s'échauffaient dans les couloirs étroits. Levant la jambe, s'élevant sur leurs pointes ou rivalisant d'arabesques. Se bousculant en éclatant de rire. Elles avaient entre six et quinze ans. Et chaque classe participait au spectacle.

Frida adorait l'odeur des coulisses. Ce parfum de vieux bois mêlé à celui du rideau de la scène, légèrement poussiéreux. Elle aimait sa couleur rouge unique qui, à ses yeux, symbolisait le succès. Cette atmosphère la faisait vibrer. Rêver. Elle fit discrètement glisser le bout du rideau pour apercevoir le public, dont elle entendait la rumeur de plus en plus présente. Le trac l'envahit lorsqu'elle découvrit que la salle était pleine. Elle ne fit pas cas de la présence de soldats nazis dans les premiers rangs. Elle était habituée à les croiser partout dans Paris. Elle chercha son père, mais il n'était pas encore arrivé. Elle laissa le rideau se refermer, quand madame Léger, sa professeure de danse, l'agrippa gentiment. Une dame d'une cinquantaine d'années, portant haut son chignon, et vêtue d'un tailleur des plus chics.

— Frida, où se trouve ta maman ? demanda-t-elle soucieuse.

— Dans les loges, madame, elle maquille les autres filles.

Madame Léger repartit dans les coulisses et s'engagea dans le labyrinthe qui menait jusqu'aux loges. Il y avait des petites danseuses partout. Bien assez pour interpréter *Le Lac des cygnes*, se dit-elle.

Frida était fière de sa mère. Fruma était devenue très populaire auprès des petites danseuses de la classe de danse du conservatoire du 11e arrondissement. Elle avait un goût très sûr et n'avait jamais manqué de maquiller les filles à chacune des représentations de fin d'année. Elle participait aussi à la création des costumes, et même son mari, tailleur de métier, avait été mis à contribution. Elle prenait son rôle très à cœur.

Ça jacassait fort dans les couloirs et dans les loges, où d'autres mères s'étaient portées volontaires pour assister Fruma. Ça riait de bon cœur. Toutes ces petites ballerines en herbe ne se souciaient guère de l'occupation nazie à Paris, et leurs parents mettaient tout en œuvre pour leur faire oublier la lourdeur de la situation.

— Madame Horowitz, puis-je vous parler, s'il vous plaît ? interrogea madame Léger.

— Bien entendu, je vous écoute, répondit-elle avec une pointe d'accent polonais.

Comme Fruma continuait de maquiller une petite danseuse, la professeure de danse se pencha pour lui parler discrètement à l'oreille. Elle interrompit son œuvre, interpella l'une des mères pour qu'elle la remplace et suivit madame Léger jusque dans un coin plus reculé des coulisses.

On entendait déjà les applaudissements des spectateurs qui s'impatientaient. Pour la plupart, des familles des élèves.

— Je suis très mal à l'aise, madame Horowitz, mais… malheureusement, vous n'allez pas pouvoir assister à la représentation.

Elle ne simulait pas son embarras face à la situation. Fruma avait compris.

— Je suis désolée…

— Je ne m'attendais pas à ce que l'on me refuse d'entrer dans un théâtre parce que je suis juive. Surtout le soir où ma fille danse dans le ballet.

La professeure baissa le regard. Elle se tapa légèrement sur la cuisse en signe d'impuissance. Fruma était en colère, mais avait surtout le cœur gros pour sa Frida. Elle fit preuve de dignité, s'interdisant de montrer sa peine ou de laisser filtrer une seule plainte.

— J'ai été obligée de confirmer au commandant qu'aucune des enfants n'était juive, ajouta madame Léger. Il vaudrait mieux qu'il ne découvre pas le contraire.

Fruma resta clouée au sol. Lourde. Mais cela ne dura que quelques secondes. Car elle savait que les danseuses allaient bientôt entrer en scène et qu'il valait mieux filer au plus vite. Fuir pour éviter le drame.

Elle retrouva Frida qui virevoltait dans les couloirs avec Jacqueline, sa meilleure amie, mais aussi sa voisine. Admirative des prouesses de son aînée, Ruth tentait de les imiter maladroitement. À ce moment-là, Fruma sentit sa gorge se nouer.

— Maman ! s'exclama Frida, regarde, j'ai réussi !

Elle monta sur ses demi-pointes et fit trois tours.

— Tu es merveilleuse, ma chérie.

Elle prit Ruth dans ses bras, Frida par la main, réunit rapidement les affaires de celle-ci dans la loge, enfouit son maquillage dans son sac, et fonça avec ses enfants vers la sortie de secours.

— Mais, maman, où on va ? Le spectacle va commencer !

Jacqueline vit sa copine passer devant elle comme un ouragan.

— Tu vas où ? lui demanda-t-elle, étonnée. Ça va être à nous !

Frida non plus ne comprenait pas ce qui était en train de se jouer.

On entendit les trois coups de bâton du brigadier qui annonçaient la levée de rideau.

Frida se mit à tirer dans le sens inverse. Pour elle, il était hors de question de quitter le théâtre.

— *Mame !* Je dois rejoindre les filles, on va entrer en scène !

Elle se mit à crier, à traiter sa mère de « méchante » !

— Tais-toi ! lui lança celle-ci, discrètement, mais assez sèchement pour que sa fille lui obéisse. On n'a pas le droit d'être ici parce qu'on est juives ! Tu as compris maintenant.

— Pourquoi ?

— Viens ! On risque d'être arrêtées ! Toutes les trois.

Frida se tut et suivit sa mère en pleurant.

Elles passèrent la porte de secours et se retrouvèrent dans une rue derrière le théâtre.

Il était cinq heures de l'après-midi, et les regards des passants s'attardaient sur le tutu de Frida qui ne s'était pas changée. Elle pleurait à chaudes larmes. Fruma attendit de l'entraîner sous le porche d'un immeuble pour la réconforter. Elle s'agenouilla pour être à sa hauteur et lui dit quelques mots en yiddish. Quelques mots parmi lesquels la gamine n'en comprenait toujours qu'un seul : « *bubeleh* ». De sa main, elle essuya délicatement les larmes de sa fille.

— Pourquoi les Juifs n'ont pas le droit de danser, *mame* ? interrogea-t-elle, en sanglotant.

— Un jour, tu danseras. Parce que tu es forte. Mais tu devras te battre. Et ne jamais perdre espoir. Tu sais que nous ne sommes pas aimés. C'est la guerre.

Frida ne l'ignorait pas. La présence des drapeaux nazis qui flottaient sur l'Arc de Triomphe et la tour Eiffel, les panneaux de signalisation en allemand, les affiches obligatoires *JÜDISCHES GESCHÄFT*, *Entreprise juive*, placardées sur les vitrines des commerces détenus par des Juifs, étaient là pour le lui rappeler chaque jour. Pourtant ce fut la première fois qu'elle subit de plein fouet cette haine antisémite. La première fois qu'elle prit conscience qu'elle était différente.

Ils espérèrent croiser Samuel sur le chemin du retour pour le prévenir avant qu'il ne se déplace pour rien au théâtre, mais en vain. Lorsqu'elles rejoignirent leur petit appartement de la rue de la Roquette, Fruma constata que son mari n'était pas rentré. Elle descendit à l'étage d'en dessous et sonna à la porte de monsieur Le Gendre, un commissaire à la retraite. Pour un prix dérisoire, Samuel les avait habillés sur mesure, lui et toute sa famille, pour le mariage de son fils.

Bien qu'il soit retraité, le commissaire n'avait jamais perdu contact avec ses amis au sein de la police. Et depuis que les nazis occupaient Paris, Fruma le soupçonnait même de faire partie d'un réseau de résistance : il lui arrivait de sortir la nuit, pendant le couvre-feu, elle l'entendait descendre l'escalier sur la pointe des pieds pour ne pas se faire remarquer. Elle le guettait à travers les volets lorsqu'il traversait discrètement la cour de l'immeuble, pour rentrer au petit matin. Elle l'avait un jour croisé dans les caves, avec un inconnu auquel il confiait un sac. Il disait faire un peu de marché noir et, de temps à autre, apportait quelques victuailles aux Horowitz.

— Vous auriez dû me prévenir, que votre mari avait reçu cette convocation, fit le commissaire. Je l'aurais mis en garde.

— Pourquoi, commissaire ? Que s'est-il passé ? questionna Fruma, morte d'inquiétude.

Monsieur Le Gendre avait le téléphone. Un privilège dont il jouissait de par son statut d'ancien policier. Il passa un appel à un collègue qui lui confirma que Samuel s'était présenté au commissariat de la rue Pierre-Bullet, muni de sa convocation de couleur verte. Suite à quoi il avait été arrêté et transféré le jour même par un des quatre trains spéciaux, au camp de Pithiviers. Un camp d'internement dans le Loiret.

Fruma s'effondra dans les bras du commissaire.

5

Lauren
En suspens

Comme je l'avais promis à la directrice de la maison bleue, j'avais raccompagné ma mère le dimanche suivant son anniversaire. Elle avait ainsi repris son suivi médical et ses rituels. Cette belle et grande maison victorienne recouverte d'un bardage en bois bleu trônait au milieu d'un immense parc planté d'érables de Norvège et de chênes rouges d'Amérique. Dès l'automne, ils fardaient le paysage de feuilles jaunes et rouges qui ne tardaient pas à recouvrir les allées d'un tapis flamboyant.

Ma mère occupait un petit appartement avec une chambre, un salon, une salle de bains et une kitchenette. La décoration était douillette et apaisante. Faite de moquettes épaisses, de rideaux fleuris, d'un canapé capitonné et de reproductions de meubles anciens en bois verni. De la petite terrasse du salon, elle profitait d'une vue romantique sur les nénuphars de l'étang, qui, du printemps à l'automne, se couvraient de fleurs roses et jaunes. Elle pouvait passer des heures devant ce paysage apaisant. Cet hébergement très confortable coûtait les yeux de la tête, mais, fort heureusement, ma mère avait bénéficié d'une belle retraite grâce à mon père, qui avait su la protéger.

Quelques jours après avoir fêté son anniversaire, j'avais retrouvé sa confession inachevée au fond d'un tiroir de sa commode. Cette lettre qu'elle avait commencé à rédiger juste avant son AVC. Et dont l'unique phrase, « il faut que tu saches », devenait obsédante. Il était vital « que je sache ». J'avais ainsi pris la décision de suivre les conseils de Tess et commandé le jour même un kit pour tester l'ADN de ma mère. Dès réception, inventant un prétexte thérapeutique, il me fut aisé de recueillir un échantillon de sa salive sans qu'elle s'en étonne. Évidemment à l'insu de tous, et avant tout de ma fille. Mais, depuis que j'avais retourné la pipette par la poste, je ne cessais de culpabiliser. Redoutant l'ouragan que déclencherait la vérité sur ma filiation.

De son côté, Emily m'interrogeait chaque jour pour savoir si je disposais enfin des résultats de mon propre test. Malgré son insistance, je jouais la comédie en lui répondant chaque fois par la négative. Feignant une réelle déception. Je préférais lui épargner des émotions et tout un tas de questions qui l'auraient certainement déconcentrée : elle terminait sa dernière année de *high school* et il lui restait encore quelques *credits* à obtenir pour son diplôme. Il était préférable que je teste sa grand-mère avant de lui révéler quoi que ce soit. La connaissant, elle ne m'économiserait pas d'une explication tangible pour commenter mon bilan génétique. Jugeant les délais interminables, ma fille avait contacté le laboratoire. On lui répondit que les informations qu'elle sollicitait étaient confidentielles, puisque établies à mon nom. L'incident fut clos.

Mais pas pour longtemps.

Car mon comportement s'était altéré et j'avais du mal à masquer mes angoisses. La gorge serrée, Emily me demanda si je lui cachais un problème de santé affectant sa grand-mère. Je la rassurai sur ce point, évacuant tout quiproquo médical. Mais je ne l'avais pas tranquillisée pour autant. Elle scrutait toutes mes attitudes et me demandait à tout bout de champ si je me sentais bien. Commençant dès le petit-déjeuner, car je loupais toutes mes galettes de pomme de terre. Jamais je ne ratais mes galettes ! Pour Emily, c'était mauvais signe. Ma mère m'avait appris à les faire avec des pommes de terre râpées, des oignons et des œufs battus dès que je fus en âge d'allumer le gaz. Des années plus tard, j'avais découvert au détour d'un déjeuner avec Tess au Michael's Deli, sur Harvard Street, que les Juifs ashkénazes faisaient exactement les mêmes et appelaient ça des *latkes*. Aujourd'hui, je ne pouvais m'empêcher de me demander où ma mère avait appris à faire des *latke*s. Et chaque matin je perdais mes moyens en cassant mes œufs.

Cela faisait plus de trois semaines que j'avais renvoyé la pipette qui contenait l'échantillon de salive de ma mère. L'hypothèse de découvrir que j'avais été adoptée m'obsédait. Ce « il faut que tu saches » me taraudait : ma mère avait-elle eu l'intention de m'annoncer qu'elle n'était pas ma mère biologique ? Qu'elle le soit ou pas ne changerait rien à la composition de mon ADN, certes. Mais si elle ne l'était pas, j'imaginais dans quelles démarches vertigineuses j'allais m'engager pour savoir d'où je venais. Je n'étais pas historienne pour rien. Mon père, lui aussi professeur d'histoire au Boston College, s'était bien chargé de planter la graine de la curiosité dans mon esprit. Nous étions fiers dans la famille de perpétuer cette tradition, espérant qu'Emily suive nos traces. Mais elle voulait briser la chaîne en choisissant d'entrer à Harvard.

Ces derniers temps, j'avais de plus en plus de mal à me concentrer pendant mes cours. Comme j'enseignais l'histoire contemporaine, je ne pouvais faire l'impasse sur cette période maudite que l'Europe avait connue entre 1933 et 1945. C'était mon « fonds de commerce ». Mais, depuis que j'étais porteuse de 50,1 % d'origine juive, j'en parlais avec encore moins de détachement qu'auparavant. J'évoquais avec une amertume non dissimulée l'antisémitisme viscéral d'Adolf Hitler. Deux de mes étudiants me le firent remarquer. Applaudissant même mon parti pris. Durant toute ma carrière, je m'en étais froidement tenue à une analyse purement factuelle de l'Histoire. C'était la première fois que je laissais transpirer une émotion.

En fin de journée, je me dépêchai de rendre quelques ouvrages à la bibliothèque avant de quitter le collège. Les voûtes gothiques des hauts plafonds, les colonnes de pierre plate et froide, les lustres en fer forgé, les vitraux qui garnissaient les fenêtres, le lourd mobilier en bois rustique, donnaient à cette salle l'apparence d'un tribunal moyenâgeux. Pendant que je me dirigeais vers la sortie, je sentais les regards appuyés de certains de mes étudiants. J'avais le sentiment d'être jugée par mes pairs, espérant atteindre la sortie sans qu'aucune réflexion ne fuse.

J'avais besoin de respirer.

Je pris le temps de marcher sur le campus, et me retrouvai face à l'église Saint Ignatius de Loyola. J'y entrais presque machinalement, me signai et me rapprochai du Christ en bois. Cela m'arrivait de temps à autre, c'était facile, l'église faisait partie intégrante du campus. Je tentai de prier, mais, confuse, je ne savais plus qui, ou quoi, invoquer. Étais-je à ma place avec mes 50,1 % d'ADN juif ?

Je récupérai mon véhicule sur le parking de l'université et pris la direction de la maison. Mais, quelques *miles* plus loin, mes mains se mirent à trembler sur le volant. Je respirai avec difficulté, comme victime d'une soudaine crise de panique. Je sortis de la route pour rejoindre une aire de stationnement sur Beacon St. et patientai là, le temps de reprendre mon souffle et retrouver mes esprits. Quelques minutes plus tard, je tentai de m'engager de nouveau sur la route, mais j'étais incapable de conduire. J'envisageai alors de dîner sur place… Je fis rapidement le point : personne ne m'attendait à la maison, Emily dormait chez sa copine Madison pour réviser un contrôle. Ce qui m'ôta toute culpabilité de ne pas rentrer immédiatement au bercail. Je souris toute seule en me rappelant les mots de Tess : « Tu es une vraie mère juive ! Tu te sens toujours coupable ! » Elle me le répétait souvent. Estimant que je couvais trop ma fille et qu'il était temps d'accepter de « couper le cordon ». Je descendis de voiture et me dirigeai vers le *dinner* juste en face. Je pris place au bar. J'adorais regarder les employés cuisiner devant moi. Cela m'apaisait. Je commandai un énorme burger bien trop gras, accompagné de bien trop de frites et d'un soda bien trop sucré. De quoi définitivement inhumer mon anxiété. Au moins pour la soirée.

Deux heures plus tard, je me couchai, repue. Je m'endormis en relisant pour la énième fois le relevé de mon test ADN, comme si j'espérais encore pouvoir y trouver une faille.

*

Le lendemain matin, les résultats du test de ma mère s'affichèrent dans la boîte de réception de mon ordinateur. J'avais complété le formulaire qui m'autorisait à gérer moi-même son compte.

Étrangement, je ne fus pas surprise lorsque j'ouvris l'e-mail. Depuis l'incident au collège, j'avais anticipé toutes les hypothèses, afin de gérer au mieux mes réactions. Je fonçai directement au MIT, où Tess m'attendait dans son bureau. Après avoir pris connaissance des conclusions du test, elle s'inquiéta de savoir comment avait réagi Emily.

— Je ne lui ai encore rien dit.

Je lui expliquai que j'avais pris la décision d'endosser toute seule le poids de ce secret. J'avais longuement réfléchi : d'une part ma fille allait bientôt passer ses examens et n'avait pas à porter ce fardeau supplémentaire. De l'autre je refusais de jouer les trouble-fête, car, si Emily réussissait brillamment, elle avait déjà planifié son année sabbatique avant d'intégrer Harvard : elle avait réservé ses billets pour Burning Man[1], puis programmé un voyage de trois mois en Amérique du Sud, à l'automne.

Tess marqua un temps avant de s'exprimer :

— Si Suzana n'était pas atteinte d'Alzheimer, lui en parlerais-tu ?

— Jamais ! m'exclamai-je.

— Tu as toujours été complaisante avec ta mère, *babe*. Et avec ta fille, ajouta-t-elle.

Ma meilleure amie m'encouragea à ne plus me sacrifier sur l'autel de la famille. Mais protéger ma mère et épargner ma fille étaient les deux missions que je m'étais imposées. « Au cas où », comme il m'arrivait de le justifier fréquemment.

---

1. Rencontre musicale et festive qui réunit, durant la dernière semaine du mois d'août, une communauté de plusieurs milliers de participants dans le désert de Black Rock, dans le Nevada.

— « Au cas où » quoi ??? m'interpella Tess. Tu n'es pas responsable de leurs actes ! Cesse une bonne fois pour toutes de culpabiliser. Tu as cinquante ans !

Je savais à quoi elle faisait allusion. Nous avions le même âge. Nous étions toutes les deux divorcées, avions toutes les deux des enfants, mais elle était remariée depuis dix ans. Moi, j'étais devenue la meilleure amie de mon ex, à l'occasion, sa psy, et n'avais permis à aucun homme de s'installer dans ma vie, de peur qu'il fasse de l'ombre à ma fille.

— Vis ta vie comme tu aimerais la vivre !

Aurais-je souhaité la vivre autrement ? Je ne m'étais jamais posé la question.

Tess pencha la tête en arrière et fixa le fond de la pièce, songeuse, comme si elle se concentrait pour trouver les mots justes :

— Quand tu portes un enfant dans ton ventre, tu partages le même sang ! Tu partages tout ! Tu dois expliquer à ta fille ce qu'il se passe. Elle a le droit de savoir d'où elle vient, elle aussi. Même si ça peut devenir douloureux de l'apprendre. Si tu lui mens, crois-tu qu'elle t'en sera reconnaissante ?

J'étais mal à l'aise. Je savais que Tess avait raison, mais elle me poussait à agir contre ma volonté. Et je n'avais pas envisagé cette éventualité.

— Je ne veux pas faire de vagues, lui rétorquai-je en tournant la tête vers la fenêtre pour ne pas affronter son regard.

— Quand il n'y a pas de vague, cela signifie qu'il n'y a pas de vent. Et sans vent, le bateau n'avance plus.

— Toi, avec tes métaphores scientifiques !

Je sentais que j'allais craquer et tentai de contenir ma peine au fond de ma gorge. Mais ma voix se mit à trembler malgré tout :

— J'ai honte d'avouer que ma mère m'a menti toute ma vie !

Tess se rapprocha de moi et m'entoura de ses bras. Je m'écartai pour sécher mes larmes. Elle me regarda avec compassion, puis me posa la question que je redoutais :

— Honte pour elle, ou pour toi ?

Je voulais à nouveau protéger ma mère.

Nous étions un vendredi. Je savais qu'Emily avait prévu de passer le week-end chez Madison. Je me doutais qu'elle n'aurait pas forcément envie de bouleverser ses plans pour passer sa soirée avec moi.

Je montai dans sa chambre, où je la trouvai en train de réunir quelques affaires.

— On va dîner à Boston ?

— Pas ce soir, m'man ! Tu as oublié ? Je vais chez Madison ! me rétorqua-t-elle, tout en glissant un pyjama dans son sac à dos.

J'insistai en lui disant que ça nous ferait du bien de nous retrouver un peu.

— Mais on vit ensemble, on ne s'est pas perdues de vue ! répliqua-t-elle, en accompagnant sa phrase d'un sourire en coin.

Je la sentais soucieuse malgré tout. Ce sourire était forcé, je savais déceler quand ma fille était perturbée.

— Tu as un problème, Emily ?

— Non, excuse-moi, maman, je suis juste préoccupée par l'obtention de mes derniers *credits*... Mais on se voit dimanche pour déjeuner avec Suzy de toute façon ! me rappela-t-elle.

Elle ne me concédait là aucun privilège, car chaque dimanche nous déjeunions avec sa grand-mère à la maison bleue. Comme beaucoup de familles qui rendaient visite à leurs proches ce jour-là.

— Emily, il faut que je te parle et ça ne peut pas attendre dimanche. Je suis désolée.

Mon insistance la fit se raviser.

— Que t'arrive-t-il, maman ? me questionna-t-elle spontanément, à la fois agacée et suspicieuse.

— Je te déposerai chez Madison après dîner, c'est promis, rétorquai-je pour la contenter. Mais, avant, il faut que tu écoutes ce que j'ai à te dire.

— Tu m'as caché quelque chose, c'est ça ? C'est à propos du test ?

Comme je ne contestai pas, elle croisa les bras et me fixa droit dans les yeux, avec une moue réprobatrice. Celle d'une enfant déçue. Ce fut difficile de soutenir son regard. Je me sentais coupable de lui avoir menti et, en même temps, tellement soulagée d'avoir le courage de l'assumer.

— Vas-y, maman, je t'écoute. C'est inutile d'aller au restaurant pour ça. Ce n'est pas une affaire d'État !

— Je t'ai effectivement caché quelque chose, Emily, lui avouai-je, mais je préfère te dire de quoi il retourne devant un verre de vin blanc. Je n'ai plus de chardonnay dans le frigo.

— Bon, d'accord, finit-elle par accepter. Mais tu es vraiment bizarre ces derniers temps !

— Je t'attends dans la voiture, ponctuai-je sans omettre de lui offrir un sourire satisfait.

Je m'éclipsai et descendis patienter au volant. J'ignorais si je devais me réjouir de bientôt partager mon secret avec ma fille ou bien craindre sa réaction. Dès qu'elle me rejoignit, je me préparai à ce qu'elle me presse de questions, mais elle s'isola dans des échanges ininterrompus de SMS jusqu'au port de Boston.

J'avais choisi un restaurant sur les quais, le Legal Harborside, dans le quartier de Seaport. Presque à l'embouchure de la célèbre Mystic River qui avait donné le titre à un non moins célèbre roman de Dennis Lehane.

Nous prîmes place sur la terrasse.

Malgré une vue splendide sur l'Atlantique, Emily n'avait toujours pas quitté son portable des yeux depuis qu'elle était descendue de voiture.

— Peux-tu commander pour moi, s'il te plaît ? me proposa-t-elle sans abandonner sa conversation virtuelle.

— Avec plaisir, mais ce serait bien que tu lâches un peu ton portable !

Elle se contenta de ronchonner. Ce qui ne lui ressemblait pas, étant souvent la première à me faire remarquer que je m'éternisais sur les réseaux sociaux.

Je lui commandai des huîtres et un *boiling crab*, le tout accompagné d'un verre de chardonnay. Ses mets favoris.

— Emily ! Avec qui parles-tu ?

Elle ne m'entendait plus. Ne me voyait plus. Et commençait à m'exaspérer. À tel point que je faillis lui déclarer que je n'avais plus rien à lui dire.

Mais les recommandations de Tess flottaient toujours dans mon esprit.

Je déposai les résultats de mon test ADN dans son assiette encore vide. Même ce geste ne fut pas suffisant pour attirer son attention. Elle tapait de plus en plus vite sur son portable, tout comme la personne avec laquelle elle correspondait, à en juger aux chapelets interminables de SMS qu'elle recevait.

C'en était trop.

J'allais lui voler dans les plumes, quand elle releva la tête de son smartphone en m'offrant cette fois-ci son vrai sourire, et un regard larmoyant. Ce qui me coupa aussitôt dans mon élan.

— Pardon, maman. Je suis un peu énervée ce soir.

— Tes *credits*, je sais, ripostai-je, ironiquement. Mais ce n'est pas « une affaire d'État » ! lui lançai-je à mon tour, reprenant volontairement ses propres mots. Tu t'es disputée avec Madison ? Avec qui parlais-tu ?

— Avec Greg…, me répondit-elle, hésitante.

Comment avais-je pu me montrer aussi naïve ? Ma vie sentimentale étant réduite à néant, j'avais fini par oublier que ma fille était en droit d'en avoir une à son âge. Quelle égoïste je faisais !

Emily avait déjà mentionné « ce » Greg. Mais à peine. Étrangement, elle se confiait très peu. Ce qui n'avait pas été mon cas avec ma mère. Cette dernière n'avait pas mâché ses mots le jour où elle m'avait crûment briefée sur le sujet, la veille de mon premier rapport sexuel. Sans pudeur aucune. Un vrai cours magistral. On en riait avec Oliver quand je lui rappelais cette anecdote, car mon premier homme, ce fut lui. Il m'avait d'ailleurs trouvée plutôt douée.

Avec mon ex, nous échangions souvent à propos de la sphère intime de notre fille. Et sur ma frustration d'en être exclue, contrairement aux autres mères. Elle se confessait cependant sans compter à son père. Selon lui, elle me voyait comme une victime : j'avais très mal vécu la mort de mon père, je portais la maladie de ma mère à bras-le-corps et n'avais pas eu le courage de refaire ma vie après mon divorce. Au vu de ce tableau peu réjouissant, Emily avait choisi de m'épargner, avait-elle avoué à son père. En évitant volontairement de me polluer avec ses « petites histoires de cœur ». Je ne manquais cependant aucune occasion pour m'immiscer habilement dans sa vie privée, espérant qu'elle accepte un jour de m'y faire une place.

— Alors ? Greg… ? fis-je.

— On avait rompu, me confia-t-elle.

J'en conclus que l'emploi de l'imparfait signifiait qu'ils étaient à nouveau ensemble.

Je mourais d'envie d'en savoir plus.

— Quel âge a-t-il ?

Elle hésita.

— Il est plus vieux que moi. Mais tout va bien, maintenant. Ne t'inquiète pas, maman, tu as d'autres soucis à gérer, me rassura-t-elle en posant sa main sur la mienne.

Je compris que je n'en apprendrais pas plus ce soir-là. Ce qui me sautait aux yeux cependant, c'était ce regard d'amoureuse que ma fille était incapable de dissimuler. Et je partageais son bonheur.

— Qu'est-ce que c'est ? fit Emily en découvrant les feuillets dans son assiette.

Elle en prit immédiatement connaissance.

— Tu les as reçus ? s'exclama-t-elle, sans tenir compte du plateau d'huîtres et du *boiling crab* que le serveur venait de poser sur la table.

Je l'épiais, craignant qu'elle ne se décompose dès qu'elle prendrait conscience de la situation.

Pendant qu'elle lisait, je conservais le test de ma mère sous la main.

— Tu es juive, maman ??? s'étonna-t-elle. Mais le judaïsme est une religion. Ce n'est pas un gène !

Je tentai de reprendre du mieux que je pus les explications de Tess. En lui exposant que le judaïsme était à la fois une religion et une appartenance ethnique.

— Une partie de mon ADN correspond à celui d'autres Juifs ashkénazes répertoriés dans la base de données du laboratoire. Ce qui tend à indiquer que j'ai bien une ascendance juive.

Je nuançai mon propos pendant qu'elle relisait mes résultats :

— Ce n'est pas parce que l'on a une ascendance juive que l'on est juif pour autant !

— Tu es juive de quel côté ?

Je lui présentai le deuxième test.

— Qu'est-ce que c'est ? me questionna-t-elle, tout en lisant le document.

Elle ne dissimula pas sa surprise.

— Tu as testé Suzy ?

Je lui expliquai que son grand-père étant décédé, ainsi que le frère de ce dernier, Tess m'avait conseillé de tester sa grand-mère, qui était toujours parmi nous. Je lui rappelai que notre relation avec la branche texane de la famille n'était pas au beau fixe et que, leur origine catholique irlandaise étant établie sans ambiguïté depuis des siècles, j'étais très sceptique sur le fait d'y trouver un parent juif. J'insistai sur le fait que j'étais cependant bien plus perplexe quant au passé de ma mère.

— Suzy est juive à 99 % ???

— Avec 1 % russe.

Emily pointa une longue liste : il y avait plus de mille cinq cents « cousins » éloignés qui partageaient des segments d'ADN communs avec sa grand-mère. Mais dans des quantités bien trop insignifiantes pour que l'on s'y intéresse. Avec mes fameux 50,1 %, j'étais celle avec qui elle en partageait le plus. Ce qui prouvait en même temps que ma mère était bien ma génitrice. Dans le cas contraire, et malgré les recommandations de Tess, je n'aurais jamais divulgué les conclusions de son test à Emily.

— Baker, c'est juif ? s'enquit-elle, sceptique.

Baker, c'était le nom de jeune fille de ma mère : Suzana Baker. Et j'avais bien évidemment eu la curiosité d'aller rechercher sur Internet si ce nom, somme toute assez banal, avait des origines juives. J'étais parvenue à un résultat mitigé : il existait des Baker juifs et d'autres qui ne l'étaient pas.

— Suzy savait-elle qu'elle était juive ? enchaîna ma fille, sur un ton hésitant.

Je lui fis part de mes doutes en lui rappelant alors l'existence de la lettre que ma mère avait commencé à rédiger le jour de son AVC. Elle s'en souvenait très bien, mais, comme moi, n'y avait accordé aucune importance à l'époque. Je la sortis de mon sac. La feuille de papier que j'avais retrouvée chiffonnée dans le poing de ma mère en portait encore les stigmates. Cette lettre prenait un tout autre sens. Emily en convenait : cette potentielle confession constituait un indice irréfutable.

— Elle voulait que tu saches qu'elle était juive, j'en suis convaincue ! déclara-t-elle, sur un ton péremptoire. C'est ça, qu'elle voulait « que tu saches » !

Je le soupçonnais tout autant, mais tempérai son exaltation. Nous devions vérifier cette hypothèse. Et malheureusement, nous ne pouvions plus compter sur ma mère pour nous aider. Si nous souhaitions ressusciter sa mémoire, il fallait enquêter sur son passé. Et le reconstituer.

Emily n'avait pas entamé son dîner. Le grand tablier que le serveur lui avait noué autour du cou était encore immaculé.

— Et moi ? Je suis quoi alors ? Je suis juive, moi aussi ?

Il était prévisible qu'elle s'interroge sur sa propre identité puisque son hérédité se trouvait, elle aussi, bouleversée.

— Mais pourquoi Suzy aurait-elle caché qu'elle était juive ? poursuivit-elle, sans attendre que je lui réponde.

— Elle n'avait peut-être pas le choix !

Dans son regard, je sentais ma fille déterminée à en savoir plus. C'était bien légitime.

— Il faut aller sur Internet, maman !

Emily connaissait mes compétences pour y dénicher les informations les plus improbables. Cela faisait partie de mon métier d'historienne. « Chercher », c'était mon quotidien. « Trouver », c'était une obligation de résultat.

6

Hannah
Marseille terre d'asile

10 août 1941

Ce 11 juillet 1940, comme il venait d'être arrêté, Meyer Braunstein tentait de se justifier auprès de l'inspecteur de police qui prenait sa déposition. Il s'excusa d'avoir réagi violemment suites aux insultes à répétition du légionnaire qui l'avait harcelé durant toute la traversée, depuis l'Algérie jusqu'à Marseille.

— Vous êtes né en Allemagne, constata le fonctionnaire en épluchant les papiers d'identité de Meyer.

— Je me suis engagé pour la France !

— Vous êtes juif ?

— Je suis légionnaire, monsieur le policier !

— Vous parlez bien français pour un Boche !

Meyer exhiba ses papiers militaires, avec lesquels il fouetta le bureau.

— J'ai risqué ma vie pour la France !

— Vous êtes démobilisé, le Boche, on a signé l'armistice ! crut-il bon de lui rappeler.

L'inspecteur lui signifia sa garde à vue.

— Pour vous, la guerre, c'est fini. Mais la prison, ça commence !

Meyer passa ainsi le reste de la nuit en cellule, mais après les excuses formulées par l'homme qui l'avait traité de « sale juif », il recouvra sa liberté au petit matin, sans poursuites judiciaires. Au grand regret de l'inspecteur de police.

Le policier géant qui avait pris soin d'Esther et de la petite Hannah, lors de l'amorce d'émeute qui avait précédé l'arrivée du navire, proposa de le guider dans les ruelles du quartier du Panier :

— Je connais bien la boulangerie de votre dame. Je vous escorte ? Enfin, je vous accompagne, rectifia-t-il.

Meyer semblait dubitatif.

Esther lui avait indiqué l'emplacement de leur commerce dans les courriers qu'elle lui avait adressés durant tous ces mois de cantonnement en Afrique du Nord. Mais jusqu'à aujourd'hui il n'avait jamais mis les pieds à Marseille et, après trois jours et trois nuits de mer, il se sentait désorienté.

Il accepta la proposition du policier.

Ce quartier était le plus vieux de la ville. Du fait de son emplacement, niché derrière le port, il avait depuis toujours abrité des réfugiés de toutes origines, et souvent des marins. Aujourd'hui, c'étaient des Juifs.

— Je m'appelle Roland Cesari, fit le policier.

Il donnait toujours l'impression de chanter lorsqu'il s'exprimait. Meyer trouva cet accent bouleversant d'humanité. Instantanément, il ne regardait plus cet homme qui le dépassait de deux têtes au moins comme un colosse un peu débile ou une bête de cirque, mais comme une bonne âme.

Meyer ne sentit pas utile de se présenter en retour, se disant que son nom était déjà connu de l'homme de loi. Ce dernier retira son képi et adopta volontairement un air débonnaire en retroussant ses manches de chemise, pour que les habitants du coin évitent de stigmatiser le nouvel arrivant. D'autant que son uniforme de légionnaire n'était pas très populaire dans le coin. La Légion avait mis à sac de nombreux bars par le passé, lors de ses virées à Marseille.

— Vous savez, ici, le bouche-à-oreille, ça souffle aussi fort que le mistral ! fit le policier en ponctuant d'un sourire. Il vaut mieux que les gens nous prennent pour des collègues !

Meyer comprit l'allusion et lui rendit son sourire.

— Merci monsieur, je comprends.

— Roland ! insista-t-il. Mais tout le monde m'appelle « le Grand », ajouta-t-il en éclatant de rire.

Ils gravissaient les larges marches de la rue Beauregard en direction de la montée des Accoules. Meyer commençait à peiner. Son barda pesait bien dans les cinquante kilos. Roland lui tendit une main salvatrice, mais le légionnaire déclina gentiment.

— Vous pouvez être fier de vous, monsieur Meyer. Y en a pas beaucoup des étrangers qui s'engagent pour la France. Entre les déserteurs et ceux qui ont pactisé avec les fachos de Pétain, faudra pas pleurer si on nous traite de lâches !

Meyer le remercia d'un sourire du coin des lèvres. Il n'était décidément pas causant.

— Savez-vous pourquoi ils n'ont pas appelé la police militaire ?

— Je leur ai dit que je connaissais bien la famille. Que vous étiez un bon gars.

Meyer stoppa net. Interloqué.

— Pourquoi avez-vous fait ça ?

— Par solidarité, je suis fils d'immigré italien. Et papa de deux petites filles. Des jumelles.

Meyer fut touché par cette réponse. Mais restait néanmoins méfiant. Après ce qu'il avait traversé depuis qu'il avait quitté l'Allemagne, où il avait rencontré Esther, il avait appris à ne plus avoir confiance en personne.

Lorsqu'ils arrivèrent à l'angle de la rue du Refuge, le policier désigna la boulangerie du bout du doigt :

— Vous êtes arrivé : c'est à deux cents mètres sur la gauche. Vous donnerez bien le bonjour à votre dame !

Meyer l'invita à l'accompagner, il voulait le remercier de l'avoir convoyé jusque-là. Avouant que, sans lui, il aurait tourné en rond toute la journée.

Roland accepta la proposition, et les deux hommes entrèrent ensemble dans la boulangerie. Alertée par la clochette de la porte d'entrée, Hannah releva la tête. Assise à la caisse, elle bondit, courut vers Meyer et lui sauta au cou.

Le légionnaire avait retrouvé le sourire.

— Où est ma femme ? s'écria-t-il en yiddish.

Fort. Pour la faire accourir.

À ces mots, Esther déboula de la cuisine. Enfarinée des pieds à la tête. Elle serra son mari dans ses bras.

— J'étais tellement inquiète…

Puis elle se tourna vers le géant :

— Heureusement que vous m'avez appelée pour me dire que mon mari était libéré !

— Vous avez fait ça ? s'exclama Meyer à l'intention du policier.

Ce dernier en rougit presque. Faisant comprendre que son geste était bien normal.

Les étreintes familiales se poursuivirent, et, gêné, le géant proposa de revenir plus tard. Mais Meyer insista pour qu'il reste, expliquant à son épouse que « le Grand » l'avait guidé jusqu'à la boulangerie et méritait de goûter à leur meilleur pain !

— Vous êtes devenu notre ange gardien, monsieur, lui déclara Esther, en joignant les mains en signe de prière.

Le géant déclina à nouveau son prénom, et elle accepta de l'appeler ainsi. Puis elle fila en cuisine récupérer une miche de pain encore toute chaude, et des croissants qu'elle réservait au marché noir.

— Il ne faut pas le dire. Ils sont à la margarine, bien sûr. Mais ce sont quand même les meilleurs de Marseille !

— Oh ça, je n'en doute pas ! Mes filles vont se régaler grâce à vous. Merci infiniment, madame. Je reviendrai vous voir bientôt. Vous êtes des gens bien, vous savez.

— Appelez-moi Esther.

— Bien... madame Esther ! fit Roland.

Esther éclata de rire.

Meyer serra la main du policier et le remercia une dernière fois.

La clochette retentit lorsqu'il passa la porte.

— La France des droits de l'homme ! s'exclama Meyer en serrant ses deux petites femmes contre lui.

Esther caressa le haut du crâne de la petite Hannah :

— Dis donc, toi ! Essaye d'être un peu plus joyeuse ! Tu as toujours l'air triste, lui fit-elle remarquer.

Hannah baissa les yeux et partit s'asseoir derrière le comptoir, où elle reprit un dessin qu'elle avait interrompu. Elle avait dans le regard une lumière qui s'éteignait malgré elle.

— Tu m'avais écrit que tu avais engagé un ouvrier, lui rappela Meyer, en avisant le tablier que portait sa femme.

— Il a démissionné ce matin. Mais tu es là maintenant ! Nous n'avons besoin de personne !

Esther conduisit son mari dans l'arrière-boutique et pria Hannah de ne pas bouger de la caisse.

Il faisait une chaleur de fournaise à cause du four à pain.

Meyer retira sa veste et resta en tricot sans manches et pantalon. Il avait les muscles dessinés d'un soldat bien entraîné. Il passa derrière Esther pour dénouer son tablier. Elle le laissa faire, s'empara du tablier, le jeta sur la table de boulange et colla son dos contre le ventre de son mari. Elle tourna le cou et attira le visage de Meyer vers sa bouche. Ils s'embrassèrent longuement. Elle conserva la même position, se frottant sensuellement contre son mari et s'enroula dans ses bras.

— Pas ici, lui dit-il en yiddish, gêné.

Mais il ne put résister aux désirs de sa femme. Ils firent ainsi l'amour, debout, dissimulés derrière le four à pain. Vite. Mais l'intensité était proportionnelle à la carence de passion qu'ils avaient supportée durant des mois.

Pendant ce temps, les clients commencèrent à faire la queue devant la boulangerie. La petite Hannah avait commencé à les servir. À dix ans, c'était déjà une habile négociatrice, elle ne se laissait pas rouler quand un client tentait de tricher avec ses tickets de rationnement.

*

En septembre 1940, Hannah fit sa rentrée en septième dans une école publique du Panier. Malgré le déracinement qu'elle avait subi, et une scolarité chaotique, c'était une très bonne élève. Elle aimait étudier, apprendre, la connaissance était un cadre qui la sécurisait. À la fin du premier trimestre, elle fut récompensée du tableau d'honneur avec félicitations. Ce jour-là, elle comprit que l'éducation était non seulement une arme pour exister, mais aussi pour se défendre.

Elle adorait la géographie. Meyer lui avait offert une encyclopédie et un vieux globe terrestre qu'il avait trouvé chez un brocanteur. Même si les frontières des pays qui y figuraient n'étaient plus d'actualité, elle se prenait à rêver de visiter tous les continents. Elle faisait tourner la planète et la stoppait au hasard en fermant les yeux. Puis elle s'inventait un personnage né dans le pays que son index avait choisi. Se prenant tour à tour pour une Africaine, une Marocaine, une Américaine, une Anglaise, une Italienne, une Espagnole, une Esquimaude même. Mais si par malheur son doigt s'arrêtait sur un pays situé à l'est de la France, elle faisait tourner le globe une nouvelle fois.

La famille Braunstein faisait désormais partie du quartier. Les Marseillais traversaient parfois toute la ville pour venir acheter leur pain chez eux. Meyer et Esther envisageaient même d'ouvrir un deuxième commerce. Roland Cesari, le policier, était devenu un ami et leur facilitait les transactions lors des achats de matières premières. Ils l'invitèrent un soir de shabbat, avec sa femme et ses filles. Même s'ils célébraient traditionnellement le dîner de shabbat, les Braunstein ne s'interdisaient pas pour autant de travailler le samedi. Meyer faisait le pain chaque jour de l'année. Même les jours du Yom Kippour, le jour du Grand Pardon, et de Roch Hachana, le Nouvel An juif, il ne s'était pas abstenu. Des fêtes religieuses qu'ils ne respectaient que très rarement depuis qu'ils avaient quitté l'Allemagne, en 1938. Traumatisés par les persécutions antisémites des nazis, ils n'avaient plus qu'une seule préoccupation, celle de s'intégrer humblement et discrètement dans la société française. Comme ils travaillaient beaucoup toute la semaine, Meyer souhaitait néanmoins faire du vendredi soir une occasion de se réunir en famille, et de se réjouir autour d'une belle table garnie d'une nourriture abondante. Malheureusement, en temps de guerre, cette abondance manquait. Heureusement, la Méditerranée n'était pas loin et regorgeait de poissons.

Ce vendredi matin, comme chaque semaine, Marius, le pêcheur, posa sa cagette en bois sur la table du boulanger.

— Regarde cette bonite comme elle est belle, Meyer !

Le poisson semblait gigantesque et débordait généreusement de la cagette remplie de pains de glace.

— Elle fait trente kilos, précisa le pêcheur.

— Tu me gâtes, Marius !

— C'est toi qui fais le meilleur pain de Marseille ! Alors, tu mérites le meilleur poisson !

— Et ça, qu'est-ce que c'est ? interrogea Meyer, interpellé par un gros mollusque gris clair et tentaculaire, avachi dans le fond de la cagette.

— Un poulpe. Mais je te le propose pas. « Pas de nageoires et pas d'écailles », je crois que vous avez pas le droit de manger ça chez vous !

— Tu es bien renseigné, Marius !

— Les Juifs sont mes meilleurs clients, mon ami Meyer ! Il y en a beaucoup qui sont arrivés dans la région.

— Nous ne sommes pas religieux. Alors je prends aussi le poulpe !

— Tu sais, je comprends pas ce qu'on dit sur les Juifs. Quand on vit à Marseille, on est tous pareils ! Tous Marseillais, non ?

— Oui, Marius. Tu as raison. Tous Marseillais ! Et fiers de l'être !

Marius quitta l'arrière-boutique avec une cagette pleine de pain frais que Meyer avait recouvert d'un linge propre. Il salua courtoisement la femme du boulanger avant de s'en aller. Celle-ci acheva de servir les membres d'une famille qu'elle raccompagna à la porte.

— *Zey gezunt* ! fit-elle avec le sourire.

Ils lui répondirent la même chose.

Ce qui signifiait simplement « Portez-vous bien » en yiddish.

Puis ils s'éloignèrent, les bras chargés de quelques miches encore tièdes.

Comme il n'y avait pas de client, Esther s'empressa d'aller retrouver son mari dans le cellier, là où ils entreposaient la margarine, bien au frais. Meyer était en train de découper la bonite et le poulpe. La vision de cette masse difforme dégoûta Esther, qui fit un pas en arrière.

— Tu vas adorer ça. Je vais le préparer avec un peu d'ail et de l'huile d'olive, tu vas te régaler, *meyn ziskeyt*[1].

— Mais ce n'est pas kasher !

— Est-ce que nous mangeons kasher ? C'est la guerre, Esther !

Elle en convint, et enchaîna.

— Je viens de servir des Bauchmann. De Galicie, comme ta mère. On a parlé en yiddish, fit-elle, nostalgique. J'ai un peu triché, ils n'avaient pas assez de tickets de rationnement. J'ai doublé leurs rations de pain.

— Tu as bien fait, *meyn ziskeyt*.

— Ils vivaient à Paris. Ils ont passé la ligne de démarcation il y a huit jours. Ils m'ont dit que ça devient très difficile pour les Juifs en zone occupée. Ils ont tous des cartes d'identité avec le tampon « *Juif* » !

---

1. « Ma chérie » en yiddish.

Comme cette information semblait la tourmenter, Meyer tenta de la rassurer.

— Ça n'arrivera pas ici ! Nous sommes en zone libre. Les Juifs aussi sont libres ! Tout le monde est libre ! Allez, ne pense plus à tout ça. Et si les Bauchmann reviennent, triple leurs rations.

Esther semblait néanmoins très affectée par ce qu'elle avait appris et contenait difficilement ses émotions. Meyer essuya sur son tablier ses mains poisseuses, qui dégageaient de forts relents de poisson, et prit sa femme dans ses bras. Il lui sourit tendrement tout en caressant sa joue. Elle grimaça à cause de l'odeur.

— Je suis là. N'aie pas peur.

— Oui, tu es là. Heureusement. Merci mon Dieu.

— Il va falloir préparer les fêtes de Noël, cette année, enchaîna Meyer, résigné.

— Je n'y arriverai pas, lui rétorqua Esther, au bord des larmes.

— Les gens ne comprendraient pas que nous ne fassions pas de pain pour Noël.

Les Braunstein détestaient cette période de fête durant laquelle, quelques années plus tôt, ils avaient traversé un terrible drame. Depuis, ils n'avaient célébré ni les fêtes juives de Hanoukka, ni celles de Noël. Les deux tombaient souvent en même temps.

Esther se colla à son mari, joue contre joue.

— Je voudrais un enfant, lui murmura-t-elle à l'oreille.

— Tu es prête ?

Elle hocha la tête, en même temps que son visage s'épanouit d'un beau sourire.

— Alors mettons ce bébé en route, *meyn lib*[1].

1. « Mon amour », en yiddish.

Heureuse, Esther embrassa Meyer. Ce baiser d'abord tendre devint très vite sensuel, mais la clochette de la porte de la boulangerie tinta, rappelant la patronne à son labeur.

*

Ce 24 décembre 1940, ainsi que le lendemain, Meyer ne bouda pas son pétrin, et les clients furent satisfaits. La famille Braunstein fut invitée à réveillonner chez les Cesari et pour l'occasion, Esther s'était occupée de cuisiner le poulet qu'elle avait dégoté dans une ferme près d'Aubagne en le troquant contre son poids en pain. Après l'avoir égorgé, le fermier avait demandé à Hannah de l'aider à le plumer. Dégoûtée, elle fut incapable d'en manger. Meyer quant à lui s'était débrouillé pour trouver un peu de poudre de cacao pour leur concocter une bûche. Les filles du policier avaient fabriqué une crèche qui fascina Hannah, elle n'en avait encore jamais vu de sa vie. Elle eut droit à son premier cours de catéchisme.

— On va t'apprendre à faire le signe de la croix, proposa l'une des filles.

Et elles s'en amusèrent toutes les trois, car Hannah se signait dans le mauvais sens. Leurs éclats de rire mettaient Esther mal à l'aise. Même si elle n'était que très peu pratiquante, se « signer » représentait pour elle une forme de sacrilège. Et, de retour chez eux, elle laissa éclater sa colère :

— On t'a sauvé la vie ! C'est comme ça que tu nous remercies ?

— Mais c'était juste un jeu ! se défendit Hannah.

Meyer eut beau tenter de minimiser la gravité de la situation, Esther ne décolérait pas :

— Nous sommes juifs ! On ne se signe pas chez nous ! s'exclama-t-elle en assénant une violente gifle à la fillette.

— C'était pour jouer !!! s'écria la petite fille, terriblement malheureuse.

Elle partit en courant se réfugier dans sa chambre en se tenant la joue endolorie.

Regrettant instantanément son geste impulsif, Esther voulut se rattraper. La fillette était sur le lit, en chien de fusil, le visage enfoui dans l'oreiller, sanglotant et pleurant à chaudes larmes. Esther s'assit délicatement près d'elle et la prit dans ses bras.

— Excuse-moi, *bubeleh*. Excuse-moi. Je suis toujours très tourmentée à cette époque de l'année. Ne m'en veux pas. Je sais que c'est dur pour toi aussi.

Remplie de culpabilité, elle passa la nuit ainsi, allongée près d'Hannah pour qu'elle ne fasse pas de cauchemars.

*

Un peu avant la fin de l'année 1940, les Bauchmann rendirent visite à Esther à la boulangerie pour lui apprendre que tous leurs amis juifs de la zone occupée se voyaient peu à peu dépouillés de leurs biens. À Paris, le magasin de meubles de leur cousin était désormais géré par un administrateur aryen nommé par le Commissariat général aux questions juives. Cet individu qu'il n'avait jamais vu de sa vie occupait même son appartement. Suite à ces nouvelles inquiétantes, les Bauchmann avaient décidé de quitter la France. Monsieur Bauchmann prit Esther à part et lui confia secrètement qu'ils avaient bon espoir de pouvoir partir en Amérique. En passant clandestinement en Espagne, ils pourraient se rendre au Portugal, puis embarquer à Lisbonne dans un bateau pour New York. Il lui conseilla de fuir avec son mari et sa fille.

Esther n'osa pas rapporter ces faits à Meyer, car ils ranimaient en elle les pires souvenirs. Elle s'enferma alors dans sa peur et, n'ayant pas le cœur à la fête, refusa dans un premier temps de célébrer le réveillon du Jour de l'an. Conscient qu'il était maladroit de se couper de leurs amis marseillais, Meyer insista pour qu'ils invitent les Cesari. Cette fois-ci, le dîner fut bien plus frugal que celui de Noël. Ils trinquèrent malgré tout à la paix avec une bouteille de vin pétillant fabriqué clandestinement par un paysan du Var. Hannah en but un petit verre et fut malade toute la nuit. Esther la veilla jusqu'à ce qu'un rayon de soleil filtrât à travers le volet, au petit matin. Tout en fixant tendrement le visage d'ange de la blondinette endormie, elle espérait du fond du cœur qu'ils échappent encore cette fois à la barbarie nazie.

Les jours suivants, Esther n'entendit plus parler des Bauchmann. Elle supposa qu'ils étaient partis comme ils l'avaient projeté et en fit part à Meyer. Lui relatant cette fois les dernières confidences de monsieur Bauchmann…

— Et si on partait, nous aussi ?

Cela devint un leitmotiv. Chaque soir, avant de s'endormir, elle posa la même question à son mari. Esther, qui jusque-là se préoccupait peu des événements survenus en zone occupée, se mit à interroger d'autres familles juives qui avaient trouvé refuge à Marseille. Se tenant ainsi informée des dernières lois antijuives promulguées par le gouvernement du maréchal Pétain, elle se montra de plus en plus pessimiste. Même les clients la trouvèrent triste et tourmentée. Meyer était bien conscient que sa peur était avant tout la conséquence de la tragédie qu'ils avaient vécue à Munich. Il eut beau tenter de l'apaiser, il se sentit impuissant face à sa femme, qui sombrait chaque jour dans une mélancolie de plus en plus profonde. Le constat qu'elle ne parvenait pas à tomber enceinte aggravant encore la situation.

Une nuit qu'il voulut lui faire l'amour, elle le rejeta, plongeant son visage larmoyant dans l'oreiller :

— Je n'arriverai jamais à avoir un autre enfant, s'épancha-t-elle. Jamais !

Cette nuit-là, Meyer pleura, lui aussi. Priant silencieusement que Dieu leur accorde une nouvelle chance. Car voir la femme qu'il aimait souffrir autant intérieurement le détruisait lui aussi.

Il tint bon durant plusieurs semaines. La soutenant moralement et parfois physiquement, car elle se nourrissait peu et montrait des faiblesses. Jusqu'au printemps, à l'arrivée des beaux jours. Le boulanger de la rue du Refuge eut alors la bonne idée de louer un cabanon dans les calanques pour les vacances de Pâques, début avril 1941.

— Ça te changera les idées, *meyne lib*, annonça-t-il à sa femme.

Elle lui fut reconnaissante de se montrer si patient et attentionné à son égard. Mais s'inquiéta néanmoins de ce qu'il adviendrait de leur commerce durant leur absence :

— On ne peut pas fermer la boulangerie !

— J'ai engagé une vendeuse pour te remplacer. Je veux que tu te reposes. Et que tu profites des bains de mer.

Esther tenta bien de protester, mais il coupa court.

— J'ai payé le cabanon d'avance, déclara-t-il, fier de son annonce.

Perchée sur les rochers, la baraque en bois était petite, mais, aux yeux d'Esther, elle constituait un refuge à l'abri des dangers de la guerre. Ce changement d'univers restitua son sourire à la boulangère du Panier.

Chaque soir, Meyer rentrait à Marseille par le car de sept heures pour faire son pain, et revenait le lendemain matin au cabanon par celui de huit heures.

Le boulanger invita les Cesari à se joindre à eux. Ses émoluments ne permettaient pas au policier d'emmener les jumelles en vacances. Sans cacao, désormais introuvable, même au marché noir, le boulanger fut bien à la peine pour confectionner des œufs de Pâques. Il se débrouilla pour les fabriquer avec du sucre, aromatisé de jus de citron ou de jus d'orange. Ces fruits qu'il pouvait chaparder facilement sur le bord des routes plantées d'arbres fruitiers. Puis il les distribua généreusement aux enfants.

Comme les Pâques catholiques tombaient cette année-là le même week-end que les Pâques juives, Meyer fabriqua du pain azyme et en offrit à toute la famille Cesari, qui se régala de ces galettes sans levain.

— On n'a pas le droit de manger de pain, expliqua Hannah aux Cesari. Quand on est sortis d'Égypte, on n'avait pas le temps de le laisser lever.

— Tu es égyptienne ? s'exclama l'une des jumelles, effarée.

— Pas moi !!! rectifia Hannah en éclatant de rire.

Communiquant ainsi son fou rire à tout le monde.

Ainsi la joie et la bonne humeur s'invitèrent à nouveau dans la famille Braunstein. Esther profita de ces quelques jours de répit pour annoncer à son mari qu'elle était enceinte. La perspective de cette naissance à venir la transforma en lui apportant à nouveau l'enthousiasme qu'elle avait perdu. La petite Hannah fut saisie par un profond sentiment d'abandon à l'annonce de l'arrivée de ce deuxième enfant, car tous les regards étaient désormais rivés sur le ventre d'Esther. Un soir, après dîner, elle se retira sur un rocher à quelques mètres du cabanon. La mer était calme, l'image de la lune qui s'y reflétait se gondolait au rythme des vaguelettes.

Hannah sentit une main se poser sur son épaule. C'était celle d'Esther. Elle s'assit près d'elle et l'attira doucement contre son flanc. Elles restèrent ainsi quelques minutes, communiant dans le silence.

— Cet enfant, c'est aussi ta famille, *bubeleh*. Et n'oublie pas, s'il nous arrive quelque chose, tu seras là pour t'occuper de lui.

Émue, la fillette se pencha sur le ventre d'Esther pour lui faire un énorme câlin.

*

Une fois les vacances de Pâques terminées, la boulangère du Panier décida de louer un appartement plus grand pour accueillir le bébé. Roland Cesari proposa de lui prêter son concours, la caution morale d'un policier se voulant rassurante à l'égard d'un propriétaire. Mais, le 2 juin 1941, une loi du gouvernement de Vichy obligea tous les Juifs à se faire recenser. En zone occupée comme en zone libre. Et pas uniquement les Juifs étrangers. De ce jour, de plus en plus de logeurs, même à Marseille, refusèrent de louer à des Juifs. Et ses collègues conseillèrent au grand Roland de mieux choisir « ses amis ». Ce à quoi il répondit en haussant les épaules.

Meyer avait appris assez tôt que, ayant servi dans la Légion étrangère, il était dispensé de tout recensement, quant à Esther, elle avait refusé d'emblée d'aller se faire recenser.

Ce dimanche 6 juillet 1941, Esther avait dispensé Hannah de l'aider à la boulangerie. La fillette avait passé la journée à jouer dans les rues du quartier du Panier avec les jumelles Cesari. Elle avait trouvé sa place dans cet univers où les cultures étaient brassées, se laissant aller à prendre l'accent marseillais pour ressembler aux autres. La fin de l'année scolaire se profilant, les trois fillettes avaient appris qu'elles avaient décroché les félicitations et qu'elles rentraient au lycée.

Ce soir-là, Hannah examina la liste des matières qu'elle allait étudier à la rentrée, sur l'excellent bulletin scolaire d'une petite voisine.

— Ça veut dire quoi, « Instruction morale » ?

— La « morale » ? C'est l'art de savoir vivre avec les autres, lui exposa Meyer.

— Ça doit être intéressant. Moi j'aime vivre avec tout le monde !

Meyer ne put s'empêcher de coller un baiser sur le front de la petite fille, alors qu'Esther servit à dîner.

Il était un peu plus de sept heures du soir quand le grand Roland se pointa chez les Braunstein à l'improviste. Il avait emprunté l'entrée de l'immeuble qui menait à l'appartement juste au-dessus de la boulangerie, mais son gabarit n'était pas adapté à ce vieil escalier étroit et raide construit au Moyen Âge pour résister aux envahisseurs.

Bien que surpris de le voir, Meyer l'accueillit avec un enthousiasme immuable. Remarquant son attitude inhabituelle, Esther fut moins naïve. Et avait vu juste. Le Grand venait d'apprendre par un collègue que des lois bien plus assassines étaient en projet, et que les

Juifs de la zone libre seraient bientôt traqués comme des bêtes, eux aussi.

— Moi, si j'étais vous, je vendrais tout avant que ça sente le roussi.

— Vendre ? Pour aller où ? rétorqua Meyer.

Esther resta muette. Tâchant de maîtriser son anxiété en serrant la cuiller en bois avec laquelle elle avait commencé à servir le repas.

— Vous risquez de tout perdre, insista le Grand.

Hannah voyait d'un coup ses rêves partir en fumée. Le lycée, sa bande de petites Marseillaises et les cours d'instruction morale.

— Tu seras là pour nous protéger, mon ami ! s'exclama Meyer, à l'intention de Roland.

Puis il explosa de rire.

— Avec tout ce que nous avons partagé, nous sommes une grande famille maintenant !

Tout en lui donnant une tape amicale sur l'épaule, il invita le Grand à partager leur repas. Mais, incapable de cacher son embarras, celui-ci déclina la proposition.

— Merci, pas ce soir, Meyer. Ma femme m'attend pour manger, on se reverra bientôt.

Il lui serra la main, le salua et s'en alla, la tête basse.

Le lendemain, comme chaque jour, Hannah rejoignit les jumelles Cesari à l'angle de la montée des Accoules, pour se rendre à l'école.

— Toi, t'es pas comme toutes les Juives ! Nous, on t'aime quand même, tu sais ! lui déclara l'une d'elles.

Stupéfaite, Hannah les fixa droit dans les yeux et ne manqua pas de répartie :

— Je suis juive, comme toutes les Juives ! rétorqua Hannah.

Fière.

Puis elle s'écarta des filles et poursuivit sa route toute seule.

Dans la cour de l'école, à la récréation, les jumelles tentèrent de renouer avec elle, mais elle leur fit comprendre que plus jamais elle ne leur parlerait et refusa de s'asseoir sur le même banc qu'elles.

Lorsqu'elle rentra le soir, elle s'attacha à ne rien laisser paraître de sa détresse en passant le seuil de la boulangerie. Mais, quand elle partit se coucher, elle ne put s'empêcher de pleurer. Alertée par le bruit de ses sanglots, Esther se précipita pour la consoler et lui demanda ce qui avait provoqué son chagrin. Après lui avoir expliqué ce qu'il lui était arrivé quelques heures plus tôt, Hannah s'effondra dans ses bras.

— Je ne veux pas être « la Juive qu'on aime » ! s'exclama-t-elle, en larmes.

— Nous sommes juifs. Les gens l'accepteront un jour, *bubeleh*. Ce n'est pas à nous de baisser les yeux, ne l'oublie jamais.

Elle se dit que les jumelles changeraient grâce aux cours d'instruction morale, ce qui lui permit de s'endormir paisiblement.

Quand le lendemain, Esther lui raconta l'incident, Meyer le minimisa volontairement et refusa d'y voir là de l'antisémitisme. Imputant le comportement des jumelles à des ragots enfantins. Mais au milieu de la nuit, pendant qu'il pétrissait sa pâte, il entendit des murmures dans la rue. Intrigué, il sortit et aperçut des jeunes partir en courant. Ils venaient de peindre une étoile de David sur la vitrine. Il leur courut après sur une centaine de mètres, mais ils étaient plus rapides. Ses cris réveillèrent Hannah et Esther qui descendirent dans la rue pieds nus. Cet événement n'était pas sans rappeler ce qu'ils avaient vécu tous les trois à Munich le

9 novembre 1938, pendant la nuit de Cristal. Choquée, Hannah se blottit contre Esther.

Estimant que sa peur était désormais justifiée, la boulangère supplia Meyer de partir.

— Je n'ai pas fait tout ça pour me sauver comme un lâche ! Pas une deuxième fois !

— Tu n'es pas un lâche, Meyer ! Tu es un mari ! Un père ! Je veux que l'on vive ! Je veux que l'on voie notre enfant ! fit-elle, en caressant son ventre qui prenait quelques rondeurs… Hannah ! Et maintenant la vitrine de la boulangerie ! Ça va finir comme à Munich ! ajouta-t-elle en haussant le ton.

Meyer ne sut quoi répondre, même s'il était bien conscient qu'elle avait raison.

Esther recoucha Hannah, puis passa le reste de la nuit à effacer l'inscription avec de l'essence. Dès le lendemain, tout le quartier fit preuve de compassion à l'égard des Braunstein. Des voyous qui vivaient dans le Panier monnayèrent leurs services en proposant de monter la garde, mais Meyer refusa d'entrer dans cette logique de guerre. Considérant que c'était à la police française de le protéger. Malheureusement, la police se lava les mains de cet acte antisémite. Roland resta introuvable, et quand Meyer sonna chez lui, madame Cesari l'accueillit plutôt froidement. Lui apprenant que son mari avait été promu et muté dans un autre service. À compter de ce jour, la clientèle de la boulangerie commença à se raréfier. Quant à Roland, il continua à prendre ses distances avec les Braunstein. Inventant toutes sortes de prétextes, pas toujours plausibles, pour refuser les invitations du couple.

*

Le matin du 10 août 1941, assise sur un tabouret derrière la caisse de la boulangerie, Esther était plongée dans la comptabilité. Sous son joli tablier blanc, on pouvait deviner le ventre arrondi d'une jeune femme enceinte de cinq mois. Durant les grandes vacances, Hannah s'occupait du service pour soulager la boulangère, à laquelle le médecin avait conseillé d'éviter les efforts. Il n'y avait plus la queue depuis longtemps, et seuls les habitués qui les soutenaient étaient fidèles aux Braunstein. Meyer s'était absenté, car, sans l'entremise du grand Roland, il avait de plus en plus de difficultés à s'approvisionner en farine. De peur d'être inquiétés par la police de Vichy, les minotiers hésitaient désormais à fournir les commerces tenus par des Juifs.

Quand la clochette de la porte d'entrée retentit, Esther releva la tête. Et blêmit.

— Lucien ! s'écria Hannah, tout en se précipitant vers lui.

Elle l'adorait et n'avait jamais compris pourquoi il avait démissionné. Il lui fabriquait des petits animaux en pain, et des brioches à la margarine, rien que pour elle. Il lui avait même appris à faire des tartes avec des myrtilles sauvages.

Tout en fixant Esther avec un grand sourire provocateur, il se pencha pour prendre Hannah dans ses bras.

— Tu as bien grandi, dis donc ! lui fit-il remarquer.

— J'ai eu les félicitations et j'entre au lycée, déclara-t-elle fièrement.

— J'ai toujours su que tu étais plus maligne que ta maman ! rétorqua-t-il, ironique.

En reposant la gamine par terre, il s'aperçut que sa réflexion l'avait embarrassée.

— Je plaisantais, ma chérie... Comment vous dites déjà, chez vous ? demanda-t-il à Esther. C'est comment le petit nom que vous lui donnez à votre fille ? insista-t-il.

Esther hésita, encore sidérée de le revoir après une année.

— *Bubeleh*, répondit Hannah, réjouie.

— Voilà, c'est ça !

La clochette de la porte tinta dans le dos de Vernon, s'ouvrant sur Meyer qui portait un sac de cinquante kilos de farine sur l'épaule. Il peinait à cause de la chaleur. Chargé comme une mule, il ne prêta pas attention à Vernon, qu'il prit pour un client, et fila directement vers l'arrière-boutique pour déposer son sac, qui blessait son épaule dénudée.

Vernon avait bien compris qui était cet homme et fit un clin d'œil complice à Esther. Sans tarder, il sortit une feuille de papier de la poche de son veston et la déplia. Il suait. Il puait même, et son odeur envahissait désormais toute la boulangerie. Esther s'était toujours demandé comment il faisait pour ne pas en être lui-même conscient.

Il lut le pli qu'il tenait entre ses doigts boudinés à voix haute :

— Dans le cadre de l'aryanisation des biens juifs, Lucien Vernon est nommé administrateur de la boulangerie qui appartenait à Meyer et Esther Braunstein.

— Qu'est-ce que ça veut dire... administrateur, bredouilla-t-elle.

Elle avait très bien compris le sens de cet acte officiel. Elle se souvenait de ce qui était arrivé au magasin de meubles du cousin des Bauchmann, à Paris. Des mots du grand Roland, quelques semaines plus tôt, lorsqu'il leur avait conseillé de tout vendre et de partir. Tout cela fila dans son esprit à toute vitesse.

Vernon ricana, puis haussa le ton. Autoritaire.

— Je suis chez moi, la Juive ! Toi et ton mari, vous allez me foutre le camp d'ici, tout de suite ! ajouta-t-il en colère.

Alerté par les éclats de voix, Meyer sortit de son fournil.

— Qui êtes-vous ? demanda-t-il à Vernon.

Ce dernier lui lança un sourire ironique.

— C'est mon ancien ouvrier, fit Esther.

— Lui ??? s'exclama Meyer en éclatant de rire.

Il ne put s'en empêcher en dévisageant cet homme arrogant qui semblait prendre un peu trop ses aises. Vernon était petit et rond, ce qui lui conférait un aspect carré. Et malgré le costume noir qu'il portait, il avait tout d'un clown dégingandé. Sa fine moustache faisait ressortir ses grosses pommettes rosies par le soleil de la Méditerranée. Meyer se dit que cet homme-là ne bronzait pas, mais qu'il rougissait.

Hannah partit se cacher dans l'angle du comptoir, surprise de voir Lucien sous cet aspect si despotique.

— Qu'est-ce que vous voulez ? interrogea Meyer, se montrant lui-même vindicatif.

Vernon relut l'acte officiel qui faisait de lui l'administrateur de la boulangerie.

— C'est moi le patron, ici ! Fichez le camp !

Vernon éclata de rire.

— Depuis cinq minutes, t'es plus le patron, le Juif ! C'est moi le patron ! Allez ! *Raus* ! cria-t-il.

Meyer regarda sa femme sans comprendre alors que Vernon lançait à ses pieds l'acte qui le nommait administrateur de la boulangerie. Meyer n'apprécia pas le geste, mais ramassa la feuille de papier et la lut lentement.

— T'as pas appris à lire, le Juif ? lança Vernon avec mépris.

Choquée, Hannah pleurait derrière le comptoir.

Vernon s'en aperçut et s'adressa à elle.

— Tu pourras revenir quand tu voudras, il y aura toujours une brioche à la margarine pour toi, *bluebeuleu*, fit-il en écorchant l'expression yiddish.

— Je suis chez moi ! J'ai payé pour ce commerce ! s'exclama Meyer.

— Ben moi non, le Juif ! Tu t'es fait avoir.

Meyer empoigna Vernon par le col, mais ce dernier resta campé sur ses deux pieds. Sans bouger. Solide. Rivé au sol par son poids et son arrogance.

— Tu cherches la bagarre, le Juif ?

Vernon lança un regard à travers la vitrine, et d'un mouvement de la tête incita deux hommes qui montaient la garde à le rejoindre. Lorsqu'ils entrèrent dans la boulangerie, Meyer n'eut aucun mal à reconnaître l'un d'eux… Le grand Roland. Il n'avait pas fait attention à lui en arrivant.

Il retira ses mains du col de Vernon.

— Roland !!! s'exclama Esther, sidérée de le voir habillé en civil.

— Ah je vois ! fit Meyer à l'intention du géant.

Roland Cesari portait un costume noir. Comme sa femme l'avait annoncé à Meyer, il avait bien bénéficié d'une promotion, et semblait œuvrer désormais pour l'administration du maréchal Pétain.

— Je suis désolé, Meyer. C'est la loi. Je suis inspecteur maintenant.

Le géant était accompagné d'un autre policier en civil.

— Salaud ! lui asséna Esther.

Roland avait honte et baissa le regard.

— Un salaud, escorté par deux salauds, voilà ce qu'est devenue la France, conclut Meyer.

— Tu crois pas qu'on va laisser un Juif faire le pain des Français ! surenchérit Vernon. On veut pas mourir empoisonnés ! dit-il en éclatant de rire.

Meyer leva la main, prêt à frapper Vernon.

— Meyer ! s'écria Esther. Non, Meyer !

Vernon ne bougeait pas. Comme s'il attendait que le boulanger frappe le premier. Mais Roland s'interposa.

— Je suis désolé, mon ami, il faut partir.

Meyer fixa le géant et lui cracha au visage.

Le Grand s'essuya de la main, mais ne bougea pas.

Vernon, lui, réagit au quart de tour :

— Vous allez le laisser vous humilier, Cesari ?

— Laissez-les tranquilles, rétorqua Roland. Ils vont partir.

— Allez, les Juifs ! Vous avez entendu ? Barrez-vous ! insista Vernon, dédaigneux. Vous prenez vos petites affaires, et vous rentrez dans votre pays !

Hannah, accroupie derrière le comptoir, était en larmes.

— Viens, Meyer... Viens, on s'en va ! lui dit Esther. On va monter chez nous.

— Ah, mais vous avez rien compris ! Là-haut, non plus, c'est plus chez vous ! leur déclara Vernon, tout en désignant l'acte que Meyer avait reposé sur le comptoir.

— Relisez bien...

Meyer et Esther étudièrent l'acte ensemble et accusèrent le coup, dépités.

Esther entreprit de récupérer les tickets de rationnement que contenait son tiroir-caisse.

— Hep là ! Touche pas à mon pognon, la Juive !

— Mais on l'a gagné, Lucien !

— C'est la loi. Et appelle-moi monsieur Vernon !

Puis il s'adressa à Meyer.

— Toi, le Juif, je te donne dix minutes pour aller faire vos valises. Je garde tes femmes ici en attendant.

La gorge serrée, la rage contenue, Meyer monta au premier dans leur appartement. Vernon se rapprocha d'Esther et caressa son gros ventre de femme enceinte. Prostrée, toujours accroupie dans un coin, Hannah était en état de choc.

— Si tu m'avais pas repoussé, il serait à moi, ce petit. Et toi, tu serais ma petite femme. On ferait tourner le commerce ensemble, avec ta petite Hannah. Je l'élèverais comme ma fille. En bonne catholique.

À son tour, Esther cracha à la figure de Vernon. Ce dernier s'empara d'un couteau à pain et le brandit.

— Mon rêve, ce serait de t'ouvrir le ventre pour faire sortir ce petit Juif. Ça en ferait un de moins.

La main du géant abaissa le bras de Vernon, qui reposa le couteau sur le comptoir.

Meyer redescendit de l'appartement. Il portait deux grosses valises pleines, et le sac à main de sa femme, qu'il avait rempli de tous ses effets ainsi que du peu de maquillage qu'elle avait acheté au marché noir.

Traumatisée par les mots de Vernon, Esther aida Hannah à se relever.

— Regarde comme ils t'aiment, tes parents, lança Vernon à la gamine. Vous vous aimez trop, vous les Juifs ! Vous êtes des tendres. Ça vous tuera, conclut-il en éclatant de rire, convaincu d'avoir fait un bon mot.

Les Braunstein sortirent de la boutique. Meyer se retourna vers Roland et lui lança un long regard assassin. Le géant baissa de nouveau les yeux et referma la porte sur la petite famille.

— La France des droits de l'homme ! reprit Esther, ironique.

Ils remontèrent la rue du Refuge. Meyer portait les valises, Esther marchait lentement, une main sur son ventre, l'autre tenant celle d'Hannah. Mais à une centaine de mètres, au croisement avec la rue du Panier, la fillette courut vomir en s'appuyant contre un mur.

Esther prit soin de lui tenir le front pour la soulager, puis lui humecta le visage avec un mouchoir et un peu d'eau de la gourde qu'ils avaient emportée.

Meyer posa les deux grosses valises sur les pavés et regarda autour de lui en se demandant où ils passeraient la nuit. Les hôtels du quartier du Panier étaient tous malfamés, pour la plupart fréquentés par des voyous et des prostituées.

Alors Esther se souvint de cet homme, sur le port, le jour où Meyer avait été arrêté en débarquant d'Algérie. Cet inconnu qui l'avait rassurée et lui avait proposé son aide si son mari n'était pas libéré.

— Comment s'appelait-il ?

— Je ne sais plus… je me souviens juste qu'il portait un képi blanc.

— Alors c'était un légionnaire, comme moi.

Elle s'accroupit, vida son sac par terre et commença à chercher quelque chose au milieu de tout son fatras.

— Il m'a dit que vous étiez ensemble à Sidi Bel Abbès.

Meyer ne put s'empêcher de sourire.

— Diego ? Cet homme s'appelait-il Diego ?

— Oui, c'est ça ! Diego !

Elle put mettre la main sur ce qu'elle cherchait : un petit morceau d'un paquet de cigarettes. Elle l'avait conservé. Prévoyante. Craignant qu'un autre incident ne se produise de nouveau. Diego y avait écrit un nom : le Brûleur de loups.

— C'est le café de son oncle, précisa-t-elle. C'est ce qu'il m'a dit.

7

Lauren
In memoriam

Après notre dîner sur le port de Boston, j'avais raccompagné Emily chez Madison. Les filles étaient convenues de réviser leur dernier contrôle. Sa *graduation* en dépendait. Ma fille me fit néanmoins promettre de lui rapporter mes premières découvertes concernant les ascendances juives de sa grand-mère.

Sur le chemin du retour, je me laissai porter par tout ce que ma mère m'avait appris de son passé : elle m'avait toujours raconté qu'elle était née en France, en 1930. À Paris. Ce qui avait entretenu pendant longtemps un fantasme romantique dans la famille. On l'appelait « la Parisienne ». Ses parents, Lucy et Lionel Baker, étaient employés à l'ambassade américaine. À de nombreuses reprises, ma mère m'avait dépeint leur vie comme étant festive et joyeuse. Ses souvenirs d'enfance avaient été marqués par les nombreuses fêtes que les Baker donnaient chez eux, à Saint-Germain-des-Prés. Et par les pâtes de guimauve que son père lui rapportait chaque soir, en rentrant du bureau. Ils avaient baigné dans une sorte d'insouciance jusqu'au début de la Seconde Guerre mondiale, en 1939. En juin 1940, après la défaite de l'armée française, vaincue par celle de l'Allemagne nazie, ils prirent la décision de regagner les États-Unis. Ils embarquèrent tous les trois sur le *Lancastria*, un paquebot transatlantique, à Saint-Nazaire. Malheureusement, le navire fut coulé par les nazis juste après avoir quitté le port. Dans sa malchance, ma mère s'était estimée chanceuse. Elle racontait qu'elle avait abandonné ses parents sur le pont arrière du bateau pour aller jouer avec d'autres petites filles de réfugiés, sur le pont avant. C'est ce qui la sauva, car les avions commencèrent par bombarder la poupe du navire, et ses parents périrent aussitôt. Un homme providentiel lui céda son gilet de sauvetage et la fit monter dans un canot avec sa propre femme. C'était un vieux monsieur. Elle n'avait jamais oublié son nom : il s'appelait Léon. Mon père m'avait rapporté que, lorsqu'il lui arrivait de faire des cauchemars, ma mère criait encore son nom. Le pauvre homme avait été englouti avec le paquebot sous les yeux de son épouse, qui regagnait le rivage à bord du bateau de survie. Le *Lancastria.* Je m'étais toujours demandé comment ma mère avait bien pu se souvenir d'un nom pareil. Elle m'avait expliqué que ce traumatisme l'avait gravé à jamais dans sa mémoire. Cette histoire m'avait marquée toute mon enfance. Je la racontais fièrement à mes copines pour faire l'intéressante. Personne ne pouvait rivaliser avec un récit aussi romanesque. Suite au naufrage, ma mère avait été soignée dans un hôpital de Saint-Nazaire avec les autres rescapés, puis avait passé le reste de la guerre dans un orphelinat de la région. Comme elle était encore mineure, les autorités mirent tout en œuvre pour retrouver sa famille américaine. Une famille qu'elle n'avait jamais connue. Plus de deux ans après la Libération, elle fut rapatriée aux États-Unis et accueillie par ses grands-parents paternels à Chicago. C'était les seuls parents qu'il lui restait et qui acceptèrent de la recevoir. De sa branche maternelle, personne ne s'était manifesté, et ses grands-parents n'étaient déjà plus de ce monde à sa naissance. Elle vécut ainsi chez les Baker jusqu'à leur décès, à peine trois ans plus tard.

Orpheline, et sans soutien familial, elle se débrouilla pour se faire embaucher à la réception d'un hôtel. Quand elle rencontra mon père, elle fut rapidement adoptée par sa famille et réussit par la suite à créer la sienne. Sa vie fut longtemps un exemple pour moi. Elle m'avait transmis cette force de ne jamais baisser les bras. Et ce courage qui m'avait permis de reconstruire à mon tour une famille autour de moi.

De retour à la maison, je me connectai sur le site Geneancestor.com. Il répertoriait toutes sortes de documents officiels et regorgeait d'informations qui m'avaient presque toujours permis de faire aboutir mes recherches. Je trouvai une « Suzana Baker » née à Paris en 1930, et dont l'orthographe concordait. Étaient annexés à la recherche une amende pour avoir fumé du cannabis en 1963, et son acte de mariage avec Ryan Moore, mon père, en 1960, qui confirmait bien qu'il s'agissait de ma mère. Étrangement, il n'y avait aucune information datant d'avant 1950, date à laquelle elle avait été recensée dans la ville de Chicago. J'indiquai les prénoms des parents de ma mère dans les indices de recherches : il y avait des milliers de Lucy et de Lionel Baker, et même si je supposais, par déduction, qu'ils étaient nés autour de 1905, je détenais trop peu d'informations sur eux pour les identifier avec exactitude parmi cette multitude d'homonymes. Je tentai alors ma chance sur un site dédié aux personnes de confession juive. Il existait de nombreux Baker et, en cochant une case spécifique, le site en délivrait tous les dérivés phonétiques : *Backer, Beker, Becker, Bockerr...* mais pas de Suzana, de Lucy ou de Lionel, dont les dates de naissance, ou de décès, pouvaient coïncider. Pensive, je fixais l'écran de l'ordinateur. M'efforçant alors de me remémorer les prénoms des grands-parents de ma mère. Ceux chez qui elle avait vécu après-guerre, à Chicago. Mais voilà, ma mémoire semblait me jouer un sale tour.

Je ne me souvenais plus de leurs prénoms.

Plus du tout.

Pourtant ma mère m'en avait très souvent parlé. Me décrivant la maison dans laquelle elle vivait en banlieue, le jardin, le chien, Peppy. Je ne l'avais pas oublié, ce cocker, joueur et gaffeur.

Je pestais intérieurement.

Quand j'eus la vision d'un prénom au dos d'une photo. Une vision claire et nette. Je ne pouvais pas me tromper.

Je fonçai à l'étage, où j'empruntai le petit escalier qui menait aux combles. Je n'y avais plus mis les pieds depuis des mois, voire des années. L'ampoule du plafonnier semblait grillée. Je fus prise d'une quinte de toux soudaine à cause de la poussière. Je levai le bras au-dessus de ma tête. Afin de se prémunir en cas d'une éventuelle panne, mon père nous avait imposé de laisser une torche électrique au-dessus de la porte, à portée de main, sur une des poutres basses de la charpente. Je la trouvai instantanément. Je la saisis et la débarrassai avec dégoût des toiles d'araignée qui l'enveloppaient. Il me restait à espérer que les piles n'étaient pas mortes. Je fus bien naïve. D'un coup, je lâchai la lampe sur le sol et redescendis rapidement l'escalier sans avoir refermé la porte derrière moi. Le souffle coupé, je m'arrêtai sur le palier du premier étage et m'assis sur une marche. J'avoue que cette pièce plongée dans le noir m'avait épouvantée. Petite, j'avais peur des fantômes, et je ne m'y aventurais jamais seule. Je me sentais ridicule.

Je redescendis à la cuisine, j'avais envie d'un café. Mais la pendule marquait deux heures du matin. Je remis ma visite sous les toits au lendemain, éteignis mon ordinateur et partis me coucher.

Pourtant, je n'avais pas sommeil. L'adrénaline m'avait dopée. J'avais envie d'appeler Oliver pour partager avec lui le cauchemar que je vivais depuis ces dernières semaines. Il travaillait souvent la nuit, je ne le réveillerais probablement pas. Mais je me doutais que Caroline apprécierait moyennement qu'il reçoive un appel de son ex à cette heure tardive. J'allais reposer mon smartphone sur la table de nuit, quand je découvris un SMS de ma fille. Elle me l'avait envoyé deux heures plus tôt, je culpabilisai de ne pas m'en être aperçue. Emily me demandait si j'avais trouvé quelque chose sur sa grand-mère. Puis mentionnait qu'elle m'aimait et m'embrassait. Ajoutant qu'elle était fière d'avoir une « maman » comme moi. C'était la première fois qu'elle le formulait ainsi. Je lui répondis que je n'avais repéré aucune information sur laquelle nous pouvions nous appuyer pour l'instant et que j'étais fière de ma fille, moi aussi. Et que je l'aimais. Signé d'un *Love*. Ma mère avait toujours dit qu'il fallait exprimer son amour à ses enfants. Elle l'avait fait toute sa vie avec Emily et moi.

J'avais très peu dormi quand le réveil me rappela à l'ordre à six heures. C'était mon quotidien de me lever très tôt. J'aimais le matin. Parfois, j'allais courir dans le bois à proximité de la maison, parfois je rédigeais un article pour une revue historique. J'avais besoin de sortir de mon lit pour sentir la vie.

Emily m'avait renvoyé un autre SMS. Elle avait eu du mal à dormir elle aussi. La nuit avait décuplé sa curiosité et son impatience. « Alors ? Toujours rien ? Je t'embrasse. »

Je lui répondis par la négative et grimpai dans les combles sans avoir même avalé mon café.

Quand je me déplaçais, la poussière se soulevait du sol et me faisait tousser. Les premiers rayons du soleil perçaient à travers les lucarnes. Je montai sur un vieux tabouret branlant et les fis basculer pour aérer la pièce. L'air frais du matin finit par enrichir celui de cette grande pièce qui s'étendait sur toute la surface de la maison. Je pus enfin respirer sans me calfeutrer le nez dans mon avant-bras.

Il régnait ici un véritable capharnaüm, d'où j'espérais déterrer un trésor. Ma mère avait stocké ici une bonne partie de notre vie. Je m'en voulais d'avoir trop souvent négligé ce lieu, dans lequel je me retrouvai perdue au milieu d'un amas de cartons, de livres et d'objets que je n'avais pas revus depuis ma plus tendre enfance. Je m'attardai un instant en les regardant, poussiéreux et heureux que je vienne leur rendre visite : mon vieux tricycle sur lequel ma fille avait elle aussi pédalé pour la première fois, mon ours en peluche, devenu chauve avec le temps, des poupées empilées dans un carton ouvert, certaines entières, mais aussi des bras, des têtes, des jambes, comme si un tueur en série les avait mutilées avec une tronçonneuse. Enfant, Emily préférait plutôt jouer avec mes vieilles poupées qu'avec celles flambant neuves que sa grand-mère lui offrait. J'étais émue de revoir ce petit monde. Mes livres, mes encyclopédies ! En cuir rouge, bordées de fresques dorées. Les reliures n'étaient pas altérées. Contrairement à ce qu'elles racontaient de notre monde, qui avait tant changé depuis. Tous ces objets réveillaient la nostalgie d'un passé dans lequel ma mère avait toute sa tête. J'étais chamboulée. J'ouvris un à un les cartons bien scotchés, les déplaçant parfois avec difficulté. L'un d'eux était recouvert d'un vieux drapeau irlandais. Ce vieil étendard avait longtemps flotté sur le toit du chalet-cabine que nous possédions autrefois dans les bois, à Cape Cod. J'éventrai le carton en tirant de toutes mes forces sur les bandes collantes, me rappelant que je l'avais moi-même recouvert de cette bannière pour l'identifier facilement.

Tous les albums photo s'y trouvaient.

Avec une véritable frénésie, je m'assis par terre, en tailleur, et les consultai un à un. Je ne pouvais pas prendre mon temps, car je donnais un cours à dix heures à l'université. En quelques minutes, je les avais tous parcourus. Sans m'attarder. Et pourtant, j'en mourais d'envie. J'y aurais passé la journée, entre rires et larmes. Ma mère était dans tous les albums. C'était sans doute pour cela que j'avais donné tant de tours de scotch à ce carton-là. Pour oublier. Je ne supportais pas de revoir ce que nous avions vécu autrefois. Comme lorsque l'on rompt avec l'amour de sa vie et que l'on détruit toutes les photos qui témoignent de notre ancien bonheur. Je pris alors conscience que j'étais désormais prête à revisiter ces moments de notre vie. J'étais même heureuse de tomber sur tous ces instants de joie. Car il faut être honnête, ce sont bien les seuls moments que l'on immortalise. Jamais personne ne vous prend en photo lorsque vous êtes en train de vivre le pire épisode de votre vie.

J'avais extrait tous les albums du carton. Mais celui de la famille Baker ne s'y trouvait pas. Pourquoi manquait-il le plus essentiel à l'instant où j'en avais le plus besoin ? De mauvaise foi, j'accusai spontanément ma mère de l'avoir dérobé, mais, en réfléchissant quelques secondes, j'eus une illumination : je visualisai parfaitement où il était rangé.

Moi qui prenais en général le temps de déborder sur mes cours, je terminai cette fois quelques minutes avant midi. Je rangeai mes feuillets dans ma sacoche et filai. Excepté une réunion avec la directrice de mon département pour déterminer le programme de la prochaine rentrée, j'avais mon après-midi de libre.

Je fis un détour par Michael's Deli pour acheter une part de strudel. C'était le préféré de ma mère. Quand j'arrivai à la maison bleue, je constatai qu'elle n'était pas dans son appartement. Il était pourtant l'heure de sa sieste. Une soignante qui effectuait la tournée des pensionnaires me rassura, m'informant qu'elle se trouvait dans le parc. Avant de la rejoindre, je tâchai de mettre la main sur le Graal qui m'avait conduite jusqu'ici. Il ne me fallut qu'un rapide coup d'œil : il se trouvait où je l'imaginais, en bonne place sur une étagère. L'album ! C'est moi-même qui le lui avais apporté à la demande des médecins. Le consulter périodiquement faisait partie de la thérapie. Il fallait tenter de sceller ses souvenirs, la faire parler de sa famille le plus souvent possible pour éveiller sa mémoire et ralentir le processus d'effacement.

Je l'ouvris. À cette époque, le passé défilait en noir et blanc et sépia. Ma mère apparaissait sur deux photos uniquement. Datant de la période où elle était en orphelinat en France, m'avait-elle dit. Avec d'autres filles du pensionnat. Elle devait avoir une douzaine d'années et était méconnaissable. Il y avait des photos de ses parents, Lucy et Lionel, le jour de leurs fiançailles, en 1929, la date était inscrite au dos. Ils étaient jeunes, c'était avant leur départ pour l'Europe. Au fur et à mesure que je tournais les pages, je redécouvrais toute la famille Baker : Lionel avec ses deux sœurs, des petits-cousins et cousines, mais aucun prénom n'était inscrit au dos des photos. Sauf pour les grands-parents, dont les clichés occupaient les trois dernières pages : Grace et Stanley Baker. Sur les nombreuses photos, on sentait que les Baker formaient une famille unie et heureuse. Grace et Stanley étaient accompagnés d'une ribambelle d'enfants et petits-enfants, sauf ma mère, qui à cette époque vivait en France avec ses parents. Il n'y avait aucune photo datant de l'après-guerre et de l'arrivée de ma mère en Amérique. Celle-ci m'avait dit qu'elles avaient toutes été égarées après le décès de ses grands-parents. Je m'appliquai à photographier toutes les pages de l'album avec mon smartphone avant de descendre dans le parc de la maison bleue. Ma mère tricotait, assise sur un banc, à l'ombre du chêne. Je me dirigeai vers elle, et quand ma silhouette lui fit de l'ombre, elle releva la tête et me sourit. J'avais établi un certain nombre de codes : quand elle se bornait à me recevoir en souriant, c'est qu'elle voyait en moi une personne familière. Quand elle me serrait dans ses bras, j'étais convaincue qu'elle reconnaissait sa progéniture. Et quand elle restait mutique, je la suspectais d'être totalement indifférente à ma présence. C'était la situation la plus difficile à supporter.

Son sourire un peu forcé me remplit malgré tout le cœur de joie. Je m'en contentai.

— Bonjour maman.

Je l'embrassai. Il fallait faire comme si de rien n'était pour laisser filtrer la tendresse. Sans se plaindre, car elle ne se plaignait jamais elle-même. Il fallait respecter qu'elle vive dans un monde légèrement parallèle au nôtre.

Je m'assis près d'elle et la regardai tricoter une écharpe en laine.

— Croyez-vous qu'elle lui plaira ? m'interrogea-t-elle.

Elle répétait cette question dès qu'elle reprenait son tricot. Je lui répondais chaque fois par l'affirmative. Encore une trentaine de centimètres et Emily pourrait l'enrouler autour du cou.

— Je la fais pour ma fille, précisa-t-elle. Elle s'appelle Emily.

— Maman, c'est moi, ta fille ! j'insistai.

Elle tourna la tête pour me dévisager, marquant un temps.

— Ah oui, bien entendu. Pardonnez-moi.

— Sais-tu comment je m'appelle ?

Elle hésitait à répondre.

— Mais oui, bien sûr.

Elle n'en dit pas plus.

— Je t'ai apporté une part de strudel, maman.

Elle se défit de son tricot, qu'elle posa sur le banc, prit la petite boîte en carton et les couverts en plastique que je lui tendais et dégusta le gâteau. Je n'étais pas en mesure de discerner si elle le mangeait sans se régaler, ou si elle se régalait sans le montrer.

J'en profitai pour ouvrir à mon tour un autre type de boîte, celle de Pandore : l'album photo.

— Ça fait longtemps que nous n'avons pas fait nos petits exercices, lui déclarai-je.

Elle le confirma tout en continuant de manger. Savait-elle seulement à quoi je faisais référence ?

Je désignai alors des gens sur les photos. Il fut un temps où elle avait une petite histoire à raconter sur chacun d'eux. Une anecdote toute prête à chaque fois. Et j'avais fini par faire vivre tous ces personnages en les présentant à mon tour à Emily. Par souci de faire exister cette famille, même si nous ne l'avions jamais connue. Car ils étaient nos ancêtres malgré tout.

— Maman, te souviens-tu de ce jeune homme ? commençai-je en lui désignant son père, lors de ses fiançailles.

Elle ne prit même pas la peine de regarder la photo que je lui indiquai.

Je poursuivis mon inventaire :

— Et lui ? C'est bien Harry, n'est-ce pas ? Harry Baker, ton grand-père ? Tu t'en souviens ?

Je l'avais volontairement nommé différemment pour tenter de la faire réagir. Mais, sans surprise, elle afficha un air perplexe.

— Il avait bien épousé Cynthia, une infirmière ?

J'avais aussi substitué le prénom de Cynthia à celui de Grace. Ce qui ne produisit aucun effet non plus.

Je lui mis sous les yeux les photos de deux autres femmes. Ma mère m'avait dit qu'il s'agissait des sœurs de son père.

Comme j'insistai, elle finit par tourner la tête pour les observer.

— Vous les connaissez ? me demanda-t-elle.

Je fus stupéfaite de constater qu'elle suivait la conversation.

— Bien sûr. Ce sont les sœurs de ton père. Scarlett et Gilda. C'est écrit au dos de leurs photos.

— Mon père ?

Elle semblait tomber des nues, alors que j'avais déjà cité ce dernier quelques minutes plus tôt. Le regard vide, elle avala une bouchée de strudel, tout en fixant l'étang.

Je restai silencieuse un instant. Puis enchaînai, sur un ton léger, comme si je lui narrais une anecdote :

— Emily m'a offert un test ADN pour mon anniversaire ! Et finalement j'ai accepté de le faire. C'est fou, les bêtises que ces gens-là sont capables d'inventer : figure-toi qu'ils m'ont trouvé des origines juives !

Et je me forçai à rire.

— C'est vraiment n'importe quoi ! lui lançai-je avec désinvolture, espérant qu'elle réagisse à mon annonce.

Mais je n'obtins aucune réaction de sa part. Aucun mouvement de tête. Ses yeux ne cillèrent même pas.

Je m'abstins de lui annoncer que je l'avais testée elle aussi.

Et la fixai.

Elle demeurait impassible.

Je restai là quelques minutes à observer ma mère qui ne me voyait pas. Dieu seul savait où son esprit était parti se réfugier. J'aurais donné une fortune pour être dans sa tête à ce moment-là. Ma mère était bien vivante, mais trop souvent morte. Et si elle bénéficiait de moments de lucidité, elle les gardait bien pour elle. Sans jamais nous les faire partager.

Je préférai m'en aller sans lui dire au revoir. Décidément, je ne supportais plus qu'elle me regarde sans me voir.

En roulant vers l'université, je me disais que cette sorte de retraite à l'abri de toute émanation de son passé ressemblait bien à ce que ma mère avait toujours vécu. Elle s'était acharnée à vivre en immersion, sans jamais faire de vagues. Jamais elle n'avait eu un seul avis politique. Jamais elle ne s'était battue pour une idée, quelle qu'elle soit. Elle n'avait jamais été féministe, antiraciste, raciste, pour ou contre la peine de mort. Elle avait tout mis en œuvre pour se rendre transparente, mais sans jamais oublier de se montrer bienveillante, de se faire apprécier du plus grand nombre. Elle avait ainsi veillé à ce que je lui ressemble. Que je ne fasse pas de vagues, moi non plus. Que je me fonde dans le paysage. Sans me faire remarquer. S'ils avaient des revenus importants, mes parents se comportaient comme s'ils appartenaient à la classe moyenne américaine. Par humilité, je pense, et avant tout parce qu'ils aimaient les gens simples, les gens vrais. Quand ma fille eut l'âge de prendre une place dans la société, sa grand-mère lui prodigua les mêmes règles de camouflage organisé. Elle détestait qu'Emily se fasse remarquer au lycée. Même pour le meilleur.

Après ma réunion avec la directrice de mon département d'histoire, je m'enfermai dans mon bureau et m'attelai à mes prospections. En possession des noms de mes arrière-grands-parents et de dates de naissance approximatives, je les retrouvai aisément sur Internet. Grace et Stanley Baker étaient enterrés au Mont Olivet Catholic Cimetery, à Chicago. Pas loin du mausolée d'Al Capone. Ce n'était pas un cimetière juif. Sur la tombe figuraient leurs noms, mais aussi celui d'une certaine Mary Baker, 1910-1990, leur fille, et celui d'une Dorothy Pierce née Baker, 1937-2018. Ma mère n'avait jamais évoqué l'existence de ces deux dernières. Si je me fiais à elle, ses grands-parents avaient eu trois enfants : Lionel, son père, disparu en mer, et sans sépulture, Scarlett et Gilda. Ces deux dernières, qui n'avaient plus l'âge d'être en vie, ne semblaient pas enterrées avec leurs parents et ne figuraient pas non plus sur Internet. Je retrouvai en deux clics Mary et sa fille, Dorothy. Il y avait même leurs photos. Pourtant aucune des deux ne figurait dans l'album. Il me semblait étrange que ma mère ne les ait jamais mentionnées. Et Dorothy étant à peu près de sa génération, que les deux cousines ne se soient jamais rencontrées !

À ce stade, seul Oliver était en mesure de m'aider.

Je lui avais très rarement rendu visite au *Globe*. Il s'en plaignait d'ailleurs. Il adorait m'exhiber tel un trophée. Quand j'étais jeune et belle, à ses yeux en tout cas. J'avais vingt-cinq ans quand il m'avait outrageusement draguée dans la rue. En 1994, il était permis, voire recommandé, d'accoster une femme dans la rue, lui courir après avec un bouquet de fleurs acheté sur le vif chez un marchand à la sauvette, poursuivre cette jeune femme, qui refusait le bouquet, jusque dans le bus qu'elle attrapait pour rentrer chez elle, s'asseoir sur le siège à côté d'elle et l'entendre éclater de rire, amusée de rencontrer un homme aussi motivé. C'est ce qu'avait osé Oliver après m'avoir croisée dans la rue.

Pendant que j'attendais mon ex à l'accueil du journal, ces souvenirs m'inspirèrent la joie et la bonne humeur que j'avais perdues quelques heures plus tôt.

— Tu es très belle, fit-il, à peine sorti de l'ascenseur.

Je me recoiffai machinalement, regagnant un point de féminité grâce à son compliment.

Je l'accompagnai dans sa cantine préférée. Depuis vingt ans, il s'agissait toujours du même restaurant. Plutôt de la même adresse. Aujourd'hui, c'était devenu un restaurant italien, après avoir été un restaurant chinois, qui avait lui-même muté en restaurant français, après avoir été vendu à un Libanais.

J'attaquai sans préambule.

— Maman est juive, Oliver.

J'avais demandé à Emily de me laisser la primeur de le lui annoncer. Il savait que ma fille m'avait offert un test pour mon anniversaire.

— Tu as testé ta mère ?

Je le lui confirmai.

— Après avoir découvert que j'étais juive à 50,1 %, je n'avais pas le choix. J'ai même craint qu'elle ne m'ait adoptée.

— Bon, cela procurera encore plus d'options à ta fille pour trouver un mari, me lança-t-il, réjoui.

C'était son humour, mais je savais qu'il le pensait vraiment.

Je lui présentai alors toutes les photos de l'album, je les avais imprimées au bureau, puis synthétisai les conclusions de mes recherches sur la famille Baker.

— Ta mère t'a menti ?

— Mais non ! lui rétorquai-je agacée.

Je ne voulais surtout pas croire qu'elle avait agi intentionnellement. Et Oliver, en bon journaliste d'investigation, n'avait pas manqué de la charger instantanément.

Sans me froisser, je poursuivis mon exposé :

— Dorothy a eu deux enfants, je les ai identifiés sur Internet, mais ils ont dû changer d'adresse récemment.

Un homme et une femme, tous deux un peu plus jeunes que moi.

— Je dois entrer en contact avec eux, Oliver. Il est impensable qu'ils n'aient jamais entendu parler de ma mère ! Ou de leur grand-oncle disparu pendant la guerre ? Ce genre d'histoire se transmet de génération en génération !

Grâce à ses relations dans la police, Oliver avait accès à toutes sortes de fichiers. Il avait même des informateurs attitrés, payés par le journal.

Il estima mon dossier assez solide pour se pencher dessus. Et me fit remarquer le paradoxe de mon enquête : un *cold case* sans victime. In memoriam de ma mère qui était pourtant bien vivante. In memoriam de ma mère qui avait perdu sa propre mémoire.

8

Hannah

Un continent sans guerre

15 août 1941

Meyer se rendit tout seul au Brûleur de loups, un café de la Cannebière qui appartenait à l'oncle de Diego, son camarade de garnison qu'il avait connu en Algérie dans la Légion étrangère. En attendant, Esther et Hannah s'installèrent dans un square à proximité. Hannah fut surprise de découvrir que des gens, sans doute des réfugiés, semblaient vivre à l'ombre de buissons, entourés de leur barda. Elle fut ainsi rassurée que personne ne fît attention à elles et à leurs deux grosses valises. Meyer était sceptique sur le fait de pouvoir retrouver Diego, un an après leur retour d'Algérie. Il se présenta au comptoir du Brûleur de loups et s'adressa discrètement à celui qui semblait être le patron du lieu. Signalant qu'il souhaitait voir Diego. Puis il patienta près d'un groupe d'intellectuels qui étaient en train de refaire le monde. Un étrange manège se mit en place, fait d'échanges de regards qui avaient tout l'air d'être des codes. Suivirent des appels téléphoniques et des va-et-vient à l'extérieur. À peine une heure plus tard, Diego entra dans le café, un grand chapeau masquant le haut de son visage. Meyer lui sourit, mais l'homme resta volontairement impassible et froid et rejoignit directement l'arrière-salle. D'un signe de tête, le patron invita Meyer à l'y rejoindre.

Alors, seulement, les deux hommes se donnèrent l'accolade, comme s'ils s'étaient quittés la veille.

— Ils nous ont pris la boulangerie, lui annonça Meyer.

Diego écoutait, l'air grave. Frappant régulièrement la table avec le poing serré pendant que son camarade lui contait ses déboires.

— Un salaud de Français a été nommé administrateur. Il s'appelle Vernon. Il vit chez nous. On ne sait plus où aller avec ma femme et ma fille.

Diego lui proposa instantanément de l'héberger provisoirement dans une chambre de bonne avec sa famille.

— Je peux vous faire partir en Amérique, déclara-t-il ensuite.

Il savait que la situation des Juifs n'allait pas s'améliorer. Que le gouvernement de Vichy commençait à se débarrasser de tous les Juifs étrangers de la zone occupée en les regroupant dans des camps d'internement.

— N'oublie pas que vous êtes allemands. Bientôt, ils vont s'en prendre à vous. Ici. En zone libre. Vous êtes en danger, Meyer. Toi et ta famille. Il faut partir.

— Mais j'ai servi dans la Légion étrangère !

— Tu te souviens de Moskovitz ? Et Cohen ?

Meyer acquiesça. Ces deux hommes étaient dans leur bataillon. Diego lui apprit qu'ils étaient retournés à Paris après avoir été démobilisés. À peine avaient-ils retrouvé leur famille qu'ils avaient été arrêtés et internés dans un camp du Loiret.

Depuis son arrivée à Marseille, Diego avait mis en place une filière qui lui permettait de gagner

« honorablement » sa vie, ajouta-t-il, légèrement cynique. Il exfiltrait vers l'Espagne des antifascistes, des communistes, des Juifs étrangers, dont un grand nombre d'intellectuels. Une fois en Espagne, des réseaux les convoyaient jusqu'à Lisbonne, où ils embarquaient sur des bateaux pour rejoindre le continent américain. Diego proposa à nouveau à Meyer de lui faire quitter la France avec sa famille. Le voyage était risqué, cher et fatigant, mais il promit à son ami qu'il prendrait tout à sa charge en payant les passeurs. Depuis l'Algérie, il se sentait redevable envers Meyer. Celui-ci lui avait sauvé la mise une nuit de beuverie où Diego s'était engagé dans une partie de poker sans pouvoir payer ses dettes. Meyer avait payé à sa place.

— J'ai fait passer une famille juive il y a quelques semaines, les Bauchmann, témoigna fièrement Diego. J'ai appris qu'ils étaient arrivés hier en Amérique.

Meyer se souvenait de cette famille que son épouse affectionnait. Et se remémorait en même temps l'empressement de celle-ci à vouloir quitter la France, il accepta la proposition de son camarade.

Tous deux s'en allèrent trouver Esther et Hannah dans le square où elles patientaient. Diego leur expliqua leur plan de fuite : ils devraient partir le 15 août. C'était un vendredi, et les transports seraient plus encombrés à cause du long week-end de l'Assomption. Ils pourraient ainsi se fondre dans la masse des voyageurs et rejoindre la frontière espagnole en autocar. Depuis le mois de mars, la zone frontalière devant être vidée de tous ses étrangers, il y avait bien plus de contrôles dans les gares et les trains. Il s'engagea à leur fournir des faux papiers d'identité, des cartes de ravitaillement et des cartes de vêtements et d'articles textiles. Hannah fut tout émoustillée à l'idée de partir en Amérique. Elle en rêvait depuis ce jour où, sur le port de Marseille, elle avait vu de chanceux passagers embarquer à bord d'un majestueux paquebot. Elle allait enfin partir vers un continent où il n'y avait pas la guerre.

Lorsque Diego découvrit qu'Esther était enceinte, il se montra beaucoup plus sceptique sur le fait qu'elle puisse franchir les Pyrénées à pied.

— J'y arriverai, affirma Esther, que rien n'effrayait.

Diego accompagna les Braunstein jusqu'à une chambre de bonne où ils pourraient être tranquilles en attendant leur départ. La petite famille se retrouva ainsi dans un immeuble de la rue de la Caisserie. Un véritable bouge qui abritait un essaim de crapules au grand cœur. Avant qu'il ne reparte, Esther confia à Diego deux petites photos d'identité qu'elle gardait en souvenir, pour qu'il puisse fabriquer les faux papiers. Hannah n'en avait pas besoin, les enfants n'ayant pas de carte d'identité à cette époque. Il était entendu que, vu la pointe d'accent allemand qu'ils avaient conservée, Diego indiquerait qu'ils étaient originaires de Strasbourg. Comme Esther l'avait d'ailleurs toujours clamé depuis son arrivée dans le Sud.

Ainsi les Braunstein durent cohabiter quelques jours avec des prostituées, des proxénètes, des marchands de sommeil, des repris de justice en cavale, et des voyous de tous horizons. Hannah se sentait un peu perdue dans cet univers, mais se dit que tous ces gens étaient meilleurs que Lucien Vernon et Roland Cesari. Ils vivaient dans une seule pièce, les cabinets étaient sur le palier et souvent occupés par des prostituées qui les utilisaient pour leurs passes. Du coup, Hannah dormait avec un pot de chambre près de son matelas. Chaque instant, elle se rassasiait du bonheur de l'arrivée prochaine d'un petit frère ou d'une petite sœur. Elle adorait poser sa main sur le ventre de sa mère pour sentir les vaguelettes qui s'agitaient quand le bébé bougeait.

Le 14 août au soir, une prostituée qui habitait dans la chambre voisine vint frapper à la porte des Braunstein. Elle transmit à Meyer un message de la part de Diego.

Le lendemain, dès sept heures du matin, Meyer se dirigea vers le Brûleur de loups. Il se posta sur le trottoir d'en face, caché derrière un camion de charbon, comme Diego l'avait souhaité. Ce dernier était en retard sur l'horaire. Soudain, il le vit arriver au loin. Il ne semblait pas tranquille, scrutant les alentours en même temps qu'il marchait. Quand une grosse Citroën noire, une traction avant, lui barra le passage. Diego tenta de fuir en courant, mais trois policiers en civil bondirent du véhicule et le prirent en chasse. Ils étaient armés, le mirent en joue et lui ordonnèrent de s'arrêter. Diego dégaina son arme et tira dans la direction de la voiture dont les vitres volèrent en éclats. Puis son pistolet s'enraya. Il était fait. Les policiers s'emparèrent de lui et le poussèrent dans le véhicule. Juste avant, le légionnaire eut le temps de laisser glisser une enveloppe par terre. De là où il était posté, Meyer comprit qu'elle lui était sans doute destinée. Mais l'un des policiers avait surpris le geste de Diego et la ramassa. La traction fit demi-tour et passa à quelques mètres de Meyer, stupéfait de découvrir que Roland Cesari était au volant. À l'intérieur du véhicule, le policier décacheta l'enveloppe qui contenait les faux papiers que Diego destinait aux Braunstein ainsi que des billets pour prendre l'autocar. Meyer entendit Diego dire d'un ton cynique :

— Si vous croyez que vous allez pouvoir les identifier avec ça !

Cesari le pouvait, lui. Mais personne ne demanda au géant son avis. Depuis sa promotion, on lui refilait les tâches les plus ingrates, car on le trouvait trop grand et trop lourd pour courir après les voyous. Alors quand il rentra au commissariat et qu'il vit les photos des Braunstein sur les faux papiers, il ne broncha pas.

Par contre, Meyer n'en savait rien et aurait même parié que les policiers n'allaient pas tarder à ratisser le Panier pour les retrouver. Il se dépêcha de rentrer rue de la Caisserie.

Esther avait préparé les bagages puisqu'ils devaient prendre le car le jour même. Diego leur avait conseillé de s'alléger au maximum et de s'habiller comme des petits-bourgeois marseillais. Elle s'était donc délestée de la plus grande partie de ses vêtements en les distribuant aux prostituées qui habitaient l'immeuble. Avait offert ceux de Meyer à des réfugiés espagnols, et quelques-uns des habits d'Hannah à une famille de Gitans. Puis Esther et la petite fille attendirent Meyer dans l'entrée de cet immeuble vétuste auquel elles avaient fini par s'attacher. Parce qu'il regorgeait d'humanité.

En arrivant, en sueur, Meyer conta à Esther le drame auquel il venait d'assister.

— Nous n'avons pas de papiers ? s'exclama sa femme.

Meyer confirma que Diego avait bien tenté de les lui transmettre, mais qu'un policier avait récupéré l'enveloppe.

— Maintenant ils connaissent nos visages ! fit-elle remarquer, anxieuse.

Son mari la rassura, omettant volontairement de lui dire que Cesari conduisait la traction des policiers. Et espérant que, cette fois-ci, il se tairait au nom de leur ancienne amitié.

— Ils ne vont pas nous traquer, ne t'inquiète pas, *meyn lib*, fit-il en caressant tendrement la joue de sa femme. Mais il faut éviter de prendre le car. S'ils ont trouvé les billets, ils vont contrôler tous les passagers.

Comme elle se mit à pleurer, une prostituée de l'immeuble lui apporta une chaise pour s'asseoir dans la rue, devant l'immeuble. Cette jeune femme gardait toujours une chaise planquée dans l'entrée, car, au bout d'une journée de travail, elle commençait à avoir la jambe lourde et préférait travailler assise, la fente de sa robe largement ouverte sur ses cuisses.

Hannah se rapprocha d'Esther et lui prit la main.

— Ne pleure pas. Ça va faire pleurer le bébé.

Cette réplique attendrit Esther, qui prit la petite sur ses genoux. Hannah protesta, craignant d'écraser le ventre, mais Esther insista et posa la tête de la gamine contre sa joue. Meyer caressa d'une main attendrie les cheveux de sa femme.

— Qu'allons-nous faire maintenant ? interrogea Esther.

À ce moment-là, un jeune homme arriva du bout de la rue en courant. Et stoppa pile devant les Braunstein.

— C'est vous Meyer ? demanda-t-il.

— Et toi, qui es-tu ?

Le jeune homme avait à peine quinze ans. Il entraîna Meyer un peu plus loin, pour lui parler discrètement.

— Je m'appelle pas.

— Pa ? Pa, comment ? lui demanda Meyer, qui ne comprenait rien à cette nuance de langage français.

— Pas ! répéta le jeune. Je peux pas vous dire mon nom… Bon, Diego est chez les poulets. Ils vont le cogner un peu, mais il dira rien.

Par le biais du jeune messager, Diego demandait à Meyer de patienter quelques jours, afin que le réseau puisse lui fournir de nouveaux faux papiers et organiser un autre départ.

Le gamin ne donna pas à Meyer l'occasion de rétorquer quoi que ce soit.

— On vous préviendra ! lança-t-il avant de repartir en courant dans l'autre sens.

Meyer expliqua à son épouse qu'il trouvait la proposition raisonnable et savait que Diego et son réseau ne les lâcheraient pas. Il décida qu'il était plus prudent de ne pas partir. Mais Esther n'en pouvait plus. Enceinte de six mois, elle se sentait faiblir chaque jour un peu plus. Elle n'avait pas le courage d'attendre.

— Si on ne part pas maintenant, on ne partira plus.

Meyer se laissa convaincre et ils prirent la direction de la gare. Ils étaient peu chargés. Esther avait conservé une seule valise, la plus petite et la plus légère. Hannah portait sa valisette d'enfant en carton rouge, usée et tachée d'encre. Elle ne s'en séparait jamais depuis qu'ils avaient quitté l'Allemagne. Elle contenait son livre préféré : *Les Malheurs de Sophie*, de la comtesse de Ségur. Le premier livre qu'elle avait réussi à lire en entier en langue française.

La petite famille se présenta à la gare Saint-Charles. Comme Diego l'avait prévu, le hall était bondé de Marseillais qui en profitaient pour rendre visite à leur famille. Meyer remarqua que des policiers surveillaient et contrôlaient les passagers qui achetaient des billets pour Banyuls, une ville située à la frontière espagnole.

— Il vaut mieux attendre de nouveaux faux papiers.

Esther parla en yiddish à l'oreille de son mari.

— Et si Diego nous dénonce ?

La peur la rendait encore plus suspicieuse.

Meyer la rassura. Son camarade légionnaire était un voyou, mais avait un code d'honneur.

— Une fois que j'aurai accouché, on ne pourra plus faire ce voyage ! s'énerva-t-elle.

Il lui fit remarquer que, s'ils parvenaient jusqu'à Lisbonne, Esther risquait d'accoucher sur le bateau qui les emmènerait en Amérique. Et qui sait, dans des conditions sanitaires probablement très précaires.

Hannah les regardait se disputer dans cette langue dont elle comprenait à peine quelques mots, mais dont elle saisissait le ton. Elle tira sur la main d'Esther.

— Arrêtez ! fit-elle, au bord des larmes.

Hannah ne supportait plus ces apartés destinés à l'exclure de la conversation. Esther s'agenouilla et la prit dans ses bras en s'excusant. Pour lui redonner le sourire, elle lui demanda si elle avait choisi des prénoms pour le bébé. Le visage d'Hannah s'illumina.

— Si c'est un petit frère, Saul. Si c'est une fille, Rivka.

— C'est très joli, *bubeleh*. N'est-ce pas, Meyer ?

— Magnifique, confirma-t-il avec émotion. On y va. On quitte ce pays.

Afin de ne pas attirer l'attention des policiers, Meyer décida qu'ils prendraient le train pour Montpellier, puis le car de Montpellier à Banyuls. Il se débrouillerait pour trouver un passeur une fois sur place. Il prit Hannah par la main, et ils firent la queue au guichet. Avec son chapeau panama blanc, qui lui masquait volontairement une partie du visage, accompagné d'une belle enfant de onze ans, il avait tout du bon père de famille. Il prit soin de contrôler la pointe d'accent allemand qu'il lui restait lorsqu'il commanda trois billets pour Montpellier. Avec ses nattes, un joli chapeau de paille provençal bordé de lavande, et une robe en tissus vichy rose et blanc, confectionnée par Esther, Hannah ressemblait à une vraie petite fille modèle. Le policier en faction près du guichet se rapprocha de la fillette en souriant. Elle ne broncha pas. Meyer retint sa respiration, espérant que l'homme de loi ne lui pose pas de questions sur leur destination.

— Tu es toute belle, dis donc ! fit-il gentiment remarquer.

Esther était assise à distance, sur la valise, et son cœur battait la chamade alors qu'elle assistait de loin à la scène. Effrayée à l'idée que le policier demande à Meyer de lui montrer ses papiers et qu'ils soient ainsi découverts.

— Merci monsieur le policier, répondit Hannah.

— Et bien polie, avec ça.

Depuis qu'elle était arrivée en France, en 1938, Hannah avait quasiment perdu son accent allemand, sauf quand l'émotion l'empêchait de le contrôler. Mais, cette fois-ci, elle l'avait maîtrisée.

— Félicitations, monsieur, ajouta le policier à l'intention de Meyer. Ah, si nos enfants étaient tous aussi bien élevés !

Meyer adressa un sourire en guise de remerciement. Récupéra ses billets et, en tenant fermement la main d'Hannah, rejoignit Esther, soulagée. Satisfait, il lui montra les billets de train, mais son enthousiasme s'estompa brutalement, quand il remarqua que des agents de police contrôlaient les papiers d'identité des passagers qui montaient dans le wagon marqué *Montpellier*. Diego avait bien raison, la ligne de chemin de fer qui conduisait en Espagne était très surveillée.

Meyer mit en place une petite mise en scène pour éviter le contrôle : ils se dirigèrent d'abord vers l'entrée de la troisième voiture de deuxième classe. Celle sur laquelle était affichée la pancarte *Montpellier*. Meyer marchait juste derrière Esther et Hannah, lentement.

Comme s'ils ne se connaissaient pas. Il était préférable que l'on croie qu'ils ne voyageaient pas ensemble.

À quelques mètres des marches d'accès au train, Esther se mit à tituber, simulant un malaise.

— Monsieur ! cria Hannah à l'intention de Meyer, bien fort pour que l'agent de police qui contrôlait les passagers l'entende. Monsieur ! Ma maman ne se sent pas bien !

Esther s'évanouit alors quasiment aux pieds du policier, et Meyer réussit à la récupérer avant qu'elle ne tombe à terre.

— Maman ! Maman ! s'écria Hannah, simulant son inquiétude.

Puis elle s'adressa, paniquée, à Meyer :

— Monsieur ! Ma maman est morte ! Ma maman est morte ! répéta-t-elle.

Elle la secoua et se mit même à pleurer.

— Maman ! Maman ! Réveille-toi.

Meyer fit semblant de la rassurer.

— Ça va aller, ne t'inquiète pas, petite !

Esther entrouvrit les yeux.

Remarquant qu'elle était enceinte, le policier s'adressa à Meyer et lui proposa d'aider « cette dame » à monter dans le train. Les pressant même pour qu'ils embarquent, le départ étant proche.

Meyer ne se fit pas prier. Il laissa ensuite Esther et Hannah partir devant et prit volontairement un peu de distance. C'était une voiture à compartiment unique. Il n'y avait plus de place. Ils furent obligés de traverser ainsi deux autres voitures avant de trouver où s'asseoir. Meyer cala la valise dans le porte-bagages, puis s'assit délibérément derrière Esther et Hannah. Comme s'il ne les connaissait pas.

Le train partit à l'heure, l'agent de police était resté sur le quai. Heureuse, Hannah se blottit contre Esther. Elles s'endormirent soulagées, sous le regard tendre de Meyer.

Ils étaient enfin saufs.

Jusqu'en gare de Nîmes.

Quand le train s'arrêta, des gendarmes et des policiers en civil montrèrent à leur tour pour effectuer des contrôles. Ils avançaient de chaque bout du couloir. De sorte que les voyageurs étaient pris en étau. Les uns après les autres, ils exhibèrent leurs papiers d'identité à la demande des représentants de la loi, qui les dévisageaient longuement à chaque vérification. Évaluant la moindre réaction suspecte. Comme ils se rapprochaient, Meyer s'adressa discrètement à Hannah, assise devant lui.

— Va aux cabinets et ne sors pas tant que le train n'est pas reparti.

Hannah se leva et, fixant ses pieds, se faufila ente les jambes des gendarmes qui arrivaient. Elle se pressait, quand une main l'agrippa par l'épaule.

— Eh toi ! Où vas-tu, petite ?

— Pipi, monsieur ! fit Hannah tout en appuyant avec sa main sur son entrejambe.

Elle serrait les cuisses et grimaçait en même temps.

— Comment tu t'appelles ? interrogea le gendarme.

Il était grand. Long et maigre. Son képi laissait apparaître le bas de son crâne, chauve.

Meyer assistait à la scène le cœur serré. Il ne pouvait rien dire. Il tremblait de l'intérieur.

— Madeleine, répondit la petite fille. Madeleine de Fleurville, monsieur le policier.

De Fleurville ! Esther et Meyer se demandaient où Hannah était allée chercher ce nom aussi pittoresque

— De Fleurville ? interrogea le gendarme, suspicieux.

Sceptique, il poursuivit en avisant les passagers :

— Où sont tes parents ?

Hannah désigna Esther de la tête.

— D'où viens-tu ? Tu as un accent !

Cette fois-ci, à cause de l'émotion, elle n'avait pas réussi à le masquer. Et en temps d'occupation allemande, cet accent était bien reconnaissable.

— Tu es française ? poursuivit le gendarme.

— Oui, monsieur. Mais je suis née trop tôt, m'a dit ma maman. Parfois je n'arrive pas à parler.

Pourquoi avait-elle délivré cette réponse ? Parce qu'une petite fille qu'elle avait connue à l'école, prématurée, avait des problèmes d'élocution. Elle s'en était souvenue. Et c'était la raison qu'on lui avait fournie pour expliquer le handicap de la gamine.

L'homme, menaçant, la fixa, dubitatif.

Esther et Meyer observaient la scène. Pétrifiés.

Mais Hannah continuait de sourire au gendarme. Et son air innocent finit par avoir raison de la curiosité de l'homme de loi.

— C'est bon, va faire pipi, lâcha-t-il, avec un petit sourire amusé, alors que la gamine se tortillait dans tous les sens. Ma fille aussi est née trop tôt. À sept mois. Elle a du mal à marcher, elle, ajouta-t-il, presque ému. Allez, file !

Hannah courut jusqu'au fond de la voiture sans oser se retourner vers Esther et Meyer. Et disparut dans les toilettes.

Le gendarme s'avança alors vers Meyer et lui demanda de présenter ses papiers. Mais, voyant que son collègue s'apprêtait à contrôler Esther, ce dernier voulut détourner l'attention sur lui.

— Vous nous emmerdez avec vos contrôles ! fit-il en haussant le ton. J'ai oublié mes papiers à Marseille !

Plus il ferait de scandale, plus Esther serait en sécurité, se disait-il. Ainsi il parvint à monopoliser l'attention des gendarmes. Aucun des deux ne s'intéressait plus à Esther ou aux autres passagers.

Il sortit enfin son livret militaire de sa poche et le leur tendit.

— Ah, un légionnaire ! fit l'un des deux gendarmes, sans masquer une bonne dose d'ironie. Vous savez que la guerre est finie depuis longtemps pour vous ! ajouta-t-il.

Esther fut stupéfaite de constater que son mari avait conservé sur lui ses papiers militaires.

— J'ai défendu la France, monsieur ! riposta Meyer convaincu que son statut de légionnaire lui épargnerait l'arrestation.

— La France de qui ? rétorqua le gendarme en ricanant. Sûrement pas la France du Maréchal !

Il continua de lire le document présenté par Meyer.

— Tu es allemand ?

Meyer confirma. Précisant avant tout qu'il était boulanger dans le quartier du Panier à Marseille. Et qu'il allait acheter un nouveau four à pain à Montpellier.

— Tu es juif ? lui demanda le deuxième gendarme, celui qui s'était pourtant montré magnanime avec la petite Hannah.

Il haussa le ton :

— Braunstein ! C'est juif, ça !

Hannah avait entrouvert la porte des cabinets. Son regard croisa celui du gendarme qui bousculait un peu

Meyer. D'un geste discret de la main, il lui fit signe de retourner dans les toilettes.

Seule à l'intérieur de ces lieux puants, elle ne put s'empêcher de pleurer.

Esther n'osait rien dire. Contenant sa terreur. Sa rage. Plantant ses ongles dans la chair de ses bras pour s'interdire de bouger.

Alertés, les deux policiers en civil se joignirent à leur tour aux gendarmes.

— Vous allez nous suivre dans la gare, lança l'un d'eux.

— Il n'en est pas question, je dois aller à Montpellier. Je... je ne suis pas...

Il fut incapable de poursuivre sa phrase. Incapable de dire qu'il n'était pas « juif ».

Il se débattit lorsque les gendarmes l'attrapèrent pour le faire descendre du train. Il se mit à crier qu'il était légionnaire et boulanger. Qu'il s'était battu pour la France. Il refusa de marcher et se laissa traîner sur le quai jusqu'à ce que le sifflet de la locomotive retentisse et que la vapeur de la machine envahisse le quai. Alors Meyer se releva et tourna une dernière fois la tête vers sa femme. Dès qu'elle entendit le train repartir, Hannah se précipita vers la plateforme qui séparait les deux voitures. Elle eut juste le temps de faire un signe discret de la main à Meyer. Le cœur lourd, les yeux mouillés, elle alla se rasseoir à sa place. Esther la serra contre elle et ne put maîtriser ses larmes.

— Ces Juifs ! Je suis certaine qu'on a pris du retard à cause de lui ! s'exclama une passagère, assise en face d'Hannah.

Une dame âgée, pressée de retrouver sa famille à Narbonne.

Esther et Hannah descendirent du train en gare de Montpellier.

Seules.

Comme abandonnées au milieu de nulle part.

Il faisait bien plus chaud qu'à Marseille, où le mistral soufflait tout l'été. Esther se sentait perdue. Avec Hannah, elles s'assirent sur un banc dans le hall de la gare, cherchant les courants d'air pour se rafraîchir. Tout son passé avec Meyer défilait dans la tête d'Esther. Leur rencontre à Berlin après avoir émigré de Pologne. Leur installation à Munich. Leur premier enfant, leur départ pour la France, l'attente du retour de Meyer d'Algérie, et ce bébé qui allait naître. Esther se demandait s'il connaîtrait son père et elle éclata en sanglots. Hannah se colla contre elle pour la réconforter. Mais Esther la rejeta.

— Laisse-moi, lui dit-elle. Tu ne pourras jamais le remplacer.

La petite fille se détourna pour pleurer, seule, courbée sur ses genoux.

Esther tenta de se ressaisir.

À qui pouvait-elle s'adresser pour essayer de savoir où l'on avait emmené son mari ? En qui pouvait-elle avoir confiance en ces temps si troubles ? Si seulement Meyer lui avait dit comment il comptait trouver un passeur ! Elle s'en voulait d'avoir insisté pour quitter Marseille, se disait que, s'ils n'avaient pas pris ce train, son mari n'aurait pas été arrêté. Sa colère redoubla sa peine. Jamais elle ne passerait en Espagne sans lui, elle voulait rentrer à Marseille. Elle y connaissait encore du monde qui pourrait les aider. Tous ces gens de la rue de la Caisserie. Et il y avait le réseau de Diego. Peut-être qu'ils pourraient lui dire où Meyer avait été emmené. Peut-être même qu'ils le feraient libérer.

Elle se rapprocha du tableau d'affichage. Il n'y avait pas de train pour Marseille avant le lendemain matin. Où dormir ? L'hôtel en face de la gare affichait un écriteau « complet ».

Elle entra au buffet de la gare avec Hannah, demanda un annuaire téléphonique et rechercha le numéro de téléphone du Brûleur de loups, à Marseille.

9

Lauren
L'impasse

Oliver m'avait promis d'activer tous ses réseaux pour contacter les enfants de Dorothy. Fille de Mary Baker, potentiellement elle-même la sœur de Lionel, mon grand-père, Dorothy avait de fortes chances d'être une cousine germaine de ma mère.

Particulièrement concernée, Emily s'était proposée d'épauler son père. Le métier d'Oliver la fascinait, et elle avait bien l'intention de devenir journaliste d'investigation à son tour. Mais mon ex tenait à ce qu'elle reste en dehors des terrains sur lesquels il s'aventurait. Souvent contraint de fréquenter des gens peu recommandables pour obtenir des informations, il refusait que sa fille prenne des risques inutiles.

En l'occurrence, l'un des deux enfants de Dorothy était un repris de justice. Oliver l'avait localisé en Californie. Il était en liberté conditionnelle après trois condamnations pour trafic de drogue. Cet individu refusait de raconter quoi que ce soit sur sa vie et sa famille, si on ne le payait pas pour le faire. Oliver refusa ce type d'arrangement, et, quelques jours plus tard, il parvint à localiser la fille de Dorothy par d'autres moyens. Elle s'appelait Kathleen Baker. Elle était serveuse dans un bar à danseuses au Texas, mère célibataire de deux enfants en bas âge, et son casier judiciaire était vierge, me précisa ironiquement Oliver.

Elle accepta de s'entretenir avec moi par téléphone. L'entretien eut lieu dans un bureau qu'Oliver avait mis à ma disposition au *Globe*. La perspective que cette jeune femme soit de ma famille était assez excitante. Je lui fis parvenir par SMS les photos de ses arrière-grands-parents, Grace et Stanley Baker. J'étais contente de pouvoir enfin raccrocher le passé de ma mère à des « êtres vivants ». Mais même si Kathleen était une jeune femme charmante, prête à nous aider, je fus extrêmement déçue : les photos qu'elle venait de recevoir n'étaient pas celles de Grace et Stanley Baker. Elle n'avait jamais vu « ces gens-là » ! Personne dans sa famille n'avait par ailleurs entendu parler d'une Suzana Baker ou d'un Lionel Baker disparu durant la Seconde Guerre mondiale. Kathleen me confirma que Mary Baker, sa grand-mère, était fille unique. Elle n'avait aucun frère se prénommant Lionel, et aucune sœur du nom de Scarlett ou Gilda.

Implicitement, Lionel Baker, mon grand-père, n'était donc pas le fils de Grace et Stanley, comme ma mère me l'avait toujours indiqué. Pire : ces découvertes me conduisaient à en conclure que Lucy et Lionel Baker n'avaient jamais existé.

Quand je raccrochai, je ne pus lâcher le regard d'Oliver, qui en disait long. Et je crois bien que je le rejoignais dans ses suppositions : il y avait fort à parier que ma mère s'était inventé une famille.

Pour quelle raison ?

Ce dont nous étions néanmoins certains, c'était que mes parents s'étaient rencontrés à Chicago, alors que mon père était venu y donner une conférence dans une université.

Oliver poursuivit la démonstration :

— À cette époque, Suzana travaillait à Chicago comme réceptionniste dans un hôtel. Il lui était facile de choisir n'importe quelle tombe pour valider la légende qu'elle allait mettre en place.

— « Une légende » ? Mais nous ne sommes pas dans un film d'espionnage, Oliver ! Pourquoi ma mère se serait-elle créé un autre passé que le sien ? Et pourquoi nous l'a-t-elle caché ?

Je balayai de rage les clichés que j'avais posés sur la table :

— D'où viennent toutes ces photos ?

— D'un marché aux puces ! D'une foire aux vieilles photos ! Je n'en sais rien ! Ces gens peuvent être n'importe qui ! Suzana n'avait sûrement pas imaginé que tu irais un jour fouiller dans son passé. Ah, si seulement Emily ne t'avait jamais offert ce cadeau pour ton anniversaire…

J'interrompis mon ex en brandissant ma main à son encontre. Signifiant qu'il était inutile d'en rajouter.

Il obtempéra, chagriné.

Pourquoi ma mère avait-elle romancé sa vie ?

J'étais déconcertée, incapable même de croire qu'elle l'ait fait sciemment. Refusant d'admettre qu'elle nous l'ait caché toute sa vie durant.

Une fois le déjeuner terminé, je reçus l'appel d'une soignante de la maison bleue. Elle tenait absolument à me parler, en personne, et me convia à la rejoindre dès que possible à la maison de retraite. Une fois sur place, elle m'exposa que, depuis ma dernière visite, ma mère passait des nuits très agitées. C'était si inhabituel qu'elle avait même enregistré ce que ma mère criait dans son sommeil. Elle me fit écouter l'enregistrement sur son smartphone. Cela ressemblait un peu à de l'allemand. Elle me rapporta qu'elle parlait désormais très souvent en dormant. Et s'exprimait toujours de façon confuse, dans ce langage énigmatique. Je la sollicitai pour qu'elle poursuive les enregistrements les jours suivants et me les transfère. Ensuite je gagnai le salon où ma mère était confortablement installée.

J'eus l'impression qu'elle m'attendait. Elle était assise face à l'entrée, dans un profond chesterfield beige, comme si elle surveillait les allées et venues des pensionnaires. Près d'elle était posé son tricot. Qui ne progressait pas. Elle changea d'attitude dès qu'elle m'aperçut. Comme si elle se montrait reconnaissante de ma visite. L'album photo était ouvert sur ses genoux. Je l'embrassai pour la saluer, même si aujourd'hui, pour la première fois de ma vie, je n'avais pas envie de me montrer tendre avec elle. Elle me fit part de ce qu'elle avait mangé au déjeuner, et même de la pluie qui tombait depuis le début de la matinée et l'avait empêchée de sortir dans le parc. Elle râlait presque, et les traits de son visage bougeaient en même temps qu'elle s'exprimait.

— J'ai été très sage, me dit-elle.

Ce qui me désarçonna instantanément. Parfois, ma mère me prenait pour sa propre mère. Et c'était bien celle-ci qu'elle attendait ce jour-là. Rassurée, elle continua de tourner les pages de l'album. Je ne comprenais plus pourquoi elle regardait ces photos. Quel était le lien qu'elle entretenait avec ces gens qui ne représentaient rien pour elle.

Alors que je devenais pour ma mère l'étrangère qu'elle avait le plus connue de sa vie, désormais, c'était elle qui devenait une étrangère pour moi. Et j'avais peur qu'elle s'en aille en emportant son secret avec elle. Après avoir menti toute sa vie, elle continuerait de mentir dans sa mort. Je me sentis si impuissante que j'en eus la rage au cœur.

Comme elle me souriait en me regardant, je décidai de tenter le choc frontal :

— Qui es-tu, maman ? Je sais que tu n'es pas Suzana Baker. Pourquoi as-tu inventé toute cette histoire ?

Elle ne laissa paraître aucune réaction.

J'avais espéré provoquer un électrochoc. Que son cerveau se fende pour me laisser entrer. Une petite fissure de rien aurait été suffisante. Si, en la secouant manu militari, j'avais pu remettre en place les pièces du puzzle, je l'aurais bousculée. Jusqu'à ce qu'elle m'entende, jusqu'à ce qu'elle m'ouvre ses bras comme avant. Je lui pris la main. Et la serrai de plus en plus fort. Pour qu'elle me sente, qu'elle résiste, qu'elle se réveille de ce trop long coma. Elle me fixa, surprise, et retira sa main en tirant de toutes ses forces.

— Vous me faites mal.

Je sentis le sang rougir mes joues sous l'influx de la culpabilité.

— Pardon, maman.

Je l'embrassai sur le front et m'en allai. Honteuse.

Emily avait réussi son contrôle de maths, son dernier examen de l'année. Elle comptabilisait désormais tous les *credits* nécessaires pour obtenir sa *graduation*. J'avais réservé une bouteille de vin pour cette occasion. Je l'ouvris et nous bûmes à son succès. Elle se pressa d'avaler une gorgée et passa rapidement au sujet qu'elle trouvait bien plus exaltant. Celui des origines juives de sa grand-mère. Son enthousiasme fut contrarié quand je lui appris que nous étions dans une impasse et ne saurions probablement jamais qui était Suzana Baker.

— Ta grand-mère s'est inventé un passé, ma chérie. J'ai retrouvé ses grands-parents Baker, mais personne n'a jamais entendu parler d'une Suzana dans leur famille.

Comme elle crut dans un premier temps que je la faisais marcher, je lui résumai les étapes de mes recherches. Photos à l'appui.

— Mais pourquoi ? Pourquoi ? répéta-t-elle, déçue et presque désemparée. Alors nous ne saurons jamais qui nous sommes, nous non plus ?

— Tu peux être certaine que Suzy est ta grand-mère. Et qu'elle nous a donné beaucoup d'amour.

J'ajoutai que nous devrions apprendre à vivre avec ce qu'elle nous avait offert de plus beau de sa personne. En évitant de passer dans l'ombre de ce passé mystérieux.

Pendant que je nous préparais à dîner, je tâchai de faire diversion pour qu'Emily évite de gamberger. Je la sentais d'un coup comme désorientée. Certainement autant que je l'avais été moi-même en me heurtant à un mur.

— Pourquoi Suzy nous a menti ? me demanda-t-elle.

— Ta grand-mère a toujours tout fait pour notre bien. Il faut croire, que cette fois-ci encore, elle pensait bien faire.

Ma fille hocha la tête, compréhensive.

Pour lui changer les idées, je lui proposai de refaire la décoration de notre maison. Celle-ci présentait bien trop de rides apparentes. Un bon lifting lui redonnerait sa fraîcheur. Depuis la naissance d'Emily, rien n'avait bougé. Et ma fille l'adorait telle quelle. Ce lieu resté dans son jus la réconfortait. Si cette maison était celle de mon enfance et de mon adolescence, elle restait la maison de sa grand-mère et de son grand-père. Remplie de cet apaisement et de cette bienveillance que ressentent les enfants lorsqu'ils rendent visite à leurs grands-parents. Elle m'interdit de toucher à quoi que ce soit pour l'instant, car elle n'était pas prête. Je trouvai sa réaction plutôt saine et rassurante, elle prouvait qu'Emily vouait un attachement inébranlable à sa grand-mère, malgré son mensonge. Et cela me touchait.

Après dîner, ma fille m'invita néanmoins à ne pas baisser les bras et m'incita à l'accompagner dans le garage. Il y avait là des cartons et des dossiers que je n'avais pas explorés. Des archives de banque et des boîtes remplies de toutes sortes de factures. Comme elle s'y plongea sans plus attendre, je fus contrainte de l'imiter, au risque qu'elle se fâche si je ne suivais pas le mouvement.

Il était déjà minuit. Le sol du garage était jonché d'un tas de documents prescrits et bons à jeter aux ordures. Emily s'appliquait à éplucher les relevés des factures téléphoniques. Une heure plus tard, je tombai sur un imprimé qui pouvait offrir une perspective intéressante. Il correspondait à la location d'un coffre-fort dans une banque. Soixante-quinze dollars étaient annuellement prélevés à cet effet sur le compte de ma mère par la banque JP Johnson. Celle-ci étant sous tutelle, j'étais habilitée à gérer à sa place tous les actes administratifs la concernant. Je gérais périodiquement son compte, mais n'avais jamais prêté attention à ce prélèvement, convaincue qu'il s'agissait d'une assurance complémentaire qui couvrait sa responsabilité civile.

Il me restait donc à retrouver la clé de ce coffre.

Ma fille me proposa de remuer toute la maison, mais j'étais trop exténuée pour cela.

Nous partîmes nous coucher.

Cette nuit-là, même si Emily occupait la chambre à côté, je me sentis terriblement seule. Plongée dans un mensonge qui avait duré trop longtemps. C'était comme si on venait de me retirer à ma mère. Je me sentais abandonnée. Comme une enfant née sous X. Les médecins de la maison bleue avaient beau me répéter que ma mère était dans son monde, je ne l'acceptais plus. Car, toute sa vie, elle s'était fabriqué un monde duquel elle m'avait exclue par cette mystification. Et ma fille devrait désormais continuer à se construire sur cette imposture.

Le lendemain matin, abandonnant Emily à sa grasse matinée bien méritée, je me rendis à l'université une heure plus tôt. J'avais préalablement consulté le planning de mon ami et professeur d'allemand, James Koogan. Je le surpris dans son bureau avant son cours.

— De quoi s'agit-il ? me demanda-t-il.

Il était terriblement à cheval sur les principes et ne tenait pas à s'associer à quelque chose qui pourrait se révéler illégal. Je lui expliquai le contexte pour le rassurer, et il accepta sans détour de m'aider. Il écouta jusqu'à la fin les trois enregistrements que m'avait transférés la médecin de la maison bleue. Puis les repassa quatre fois d'affilée.

— C'est bien de l'allemand, n'est-ce pas ? m'enquis-je.

— Oui, presque.

Je ne comprenais pas.

Il commença par me les traduire.

— « *Es brennt* », cela signifie « ça brûle »… « *Feuer* », signifie « Au feu ». C'est bien de l'allemand, mais la prononciation fait plutôt penser à du yiddish.

— Du yiddish ? Tu en es certain ?

— Oui. L'intonation est très éloquente. Ta mère parle le yiddish ? Je ne savais pas que tu étais juive, ajouta-t-il.

— Moi non plus, vois-tu.

Je le remerciai et filai voir Max Ravner. Max était le professeur de théologie le plus renommé du Boston College. Une sommité. Il était juif et enseignait les théologies des trois grandes religions avec une science et une objectivité inégalées. Quand je frappai à la porte de son bureau, son assistante, il avait la chance d'en avoir une, m'apprit qu'il faisait déjà cours. Je lui fis savoir que je l'attendrais à l'extérieur, sous l'horloge. Un rendez-vous traditionnel pour les professeurs du campus.

Je dus l'attendre deux heures durant. Max ne pouvait se retenir de déborder sur ses horaires, et ses étudiants étaient insatiables.

Je lui accrochai mes écouteurs aux oreilles et laissai défiler les messages. Il me confirma la traduction et l'opinion du professeur Koogan. Max avait plus de soixante ans, était lui-même juif ashkénaze et parlait yiddish depuis son plus jeune âge.

— Je ne savais pas que tu étais juive, fit-il à son tour.

— Moi non plus, Max. Moi non plus. Mais dis-moi plutôt comment ma mère aurait pu apprendre cette langue ?

— Dans son enfance, certainement.

— Mais où ça ? fis-je, naïvement.

— Toi, il y a sûrement beaucoup de choses que ta mère a dû te cacher ! s'exclama-t-il en éclatant de rire.

Il compléta son discours par un exposé sur les origines des Juifs ashkénazes.

— Ta mère est forcément née quelque part en Europe de l'Est. Tout au moins ses parents en étaient originaires. Et vu son âge, c'est avec ses parents qu'elle a appris le yiddish.

Il m'expliqua qu'en Pologne, ou ailleurs en Europe de l'Est, presque tous les Juifs, à cette époque, s'exprimaient dans cette langue dérivée de l'allemand et de l'hébreu.

— Ma mère est née à Paris ! lui fis-je remarquer.

— Alors ta mère est probablement une survivante de l'Holocauste ! Elle ne t'en a jamais parlé ?

Je secouai la tête en signe de négation.

— Les enfants de réfugiés ne comprenaient pas forcément la langue. À part quelques mots qu'on leur répétait. Mes grands-parents parlaient yiddish quand ils ne voulaient pas que l'on comprenne ce qu'ils disaient. Mais, à force de les entendre, j'ai fini par appendre.

Puis Max s'excusa et m'abandonna à mon triste sort pour aller affirmer sa popularité auprès de quelques étudiants qui l'attendaient à proximité.

Je ne pouvais me résoudre. L'allemand, le yiddish ? Comment mes amis pouvaient-ils être si affirmatifs en écoutant les mots confus d'une vieille dame dans son sommeil ? Après tout, elle avait grandi en Europe pendant la Seconde Guerre mondiale et pouvait parfaitement connaître quelques mots d'allemand. Non, il m'en fallait beaucoup plus que les témoignages de mes deux brillants confrères pour en conclure que ma mère savait qu'elle était juive.

Pour ma part, j'en avais terminé avec les cours de cette année universitaire. Mes glorieux étudiants étaient tous admis dans le cycle supérieur. Et chaque année, à la même époque, je me sentais un peu inutile.

Je récupérai mon véhicule sur le parking du campus et pris la direction de Boston. Je connaissais un rabbin qui de temps à autre donnait des conférences au Boston College.

Mais, sur la route, je reçus un SMS d'Emily. Elle disait avoir récupéré la clé du coffre-fort de ma mère. Je garai ma voiture sur le bas-côté pour poursuivre notre échange sans danger. Elle m'envoya la photo de la clé sur mon portable. En zoomant dessus, je distinguai un numéro qui pouvait effectivement correspondre à celui d'un coffre-fort. Je la rappelai. Elle l'avait retrouvée dans un sachet parmi un tas de vieilles clés rouillées. Seule celle-ci semblait inaltérée.

Je changeai de direction et donnai rendez-vous à Emily devant JP Johnson sur Harvard Street, à Brookline.

L'employée de banque qui gérait le compte avait visiblement été mutée dans une autre agence. Sa remplaçante mit un temps fou avant de retrouver les documents signés par le juge qui m'autorisaient à agir au nom de Suzana Baker. Les dates d'accès au coffre étaient consignées dans un registre, et, au moment de le signer, je m'aperçus que la dernière fois que ma mère s'était rendue en salle des coffres datait de bien avant son AVC. Mon père l'avait lui aussi signé à plusieurs reprises, avant son décès. J'appris à cette occasion qu'il avait une procuration pour accéder au coffre, ce qui sous-entendait qu'il savait peut-être ce qu'il contenait. Ma mère le louait depuis les années soixante. La banque avait juste changé d'enseigne, depuis qu'elle avait été rachetée par un autre groupe.

Après avoir composé un code, l'employée nous abandonna, Emily et moi, derrière les grilles de la salle. Ma fille inséra la clé qu'elle avait retrouvée, tourna deux tours et déverrouilla le coffre. Elle en sortit une cassette métallique qu'elle posa sur la petite table au centre de la salle. Puis souleva le couvercle.

Il n'y avait pas grand-chose à l'intérieur. Ma mère conservait le peu de bijoux qu'elle possédait à la maison. Je l'avais souvent grondée à ce sujet, mais il est vrai qu'ils n'avaient pas une grande valeur marchande. Sauf peut-être le collier de perles que mon père avait été si fier de lui offrir pour leurs quarante ans de mariage. Malgré tout, elle le conservait dans une boîte en carton. Moi-même, je n'avais jamais eu la présence d'esprit de les mettre en lieu sûr et les planquais tout bonnement au milieu de mes dessous.

La cassette ne contenait qu'une vieille enveloppe marron. Je l'ouvris délicatement et en sortis ce qui s'y trouvait : il y avait la photo Polaroid de la tombe de Grace et Stanley Baker. Telle que je l'avais moi-même identifiée sur Internet. Sauf que les noms de Mary et Dorothy n'y figuraient pas encore. S'y trouvait aussi une vieille revue d'histoire de 1958. Elle n'offrait a priori aucun intérêt, mais, en la feuilletant par curiosité, Emily y releva un article qui contait l'histoire du bombardement du paquebot *Lancastria*, au large de Saint-Nazaire, en France. Ce bateau avait donc bien existé. Mais ma mère était-elle montée à bord ? Ou, comme pour la tombe des Baker, s'était-elle inspirée de l'actualité de cette époque pour s'inventer un passé ? J'avais désormais tendance à opter pour la deuxième hypothèse.

Pour quelle raison avait-elle conservé ces deux documents ?

— Elle voulait que tu saches, maman, me rappela Emily. Elle se doutait qu'un jour tu viendrais ouvrir ce coffre.

Je ne partageais pas son point de vue. Persuadée que ma mère craignait que l'on puisse la confondre. Non, ces documents étaient en quelque sorte les marque-pages de ses mensonges. Comme des pense-bêtes.

Aujourd'hui, je me rendais compte que mon père connaissait le contenu de ce coffre. Et qu'il avait ainsi partagé le secret de son épouse. Je n'avais pas les moyens de le vérifier, mais, si tel était le cas, j'en étais soulagée.

Je ne me faisais pas à l'idée que ma mère ait pu lui mentir, à lui aussi. Jamais je n'avais connu de couple qui s'aimait autant que mes parents. Il était cohérent que mon père ait été son complice. Et quoi qu'il nous ait caché, c'était sans doute par amour pour ma mère. Je ne lui en voulais pas, je ne le jugeais pas, car il nous avait tant aimées, Emily et moi.

Alors que celle-ci rangeait la revue et la photo dans son sac, une lettre glissa du magazine qui narrait le drame du *Lancastria*. J'en pris connaissance en même temps que ma fille. Nous fûmes sidérées. Il s'agissait d'une demande de débaptisation. Elle était signée de la main de ma mère et adressée à la St Patrick Church de Boston.

J'ignorais que l'on pouvait se faire débaptiser.

10

HANNAH
NICE, BAIE DES ANGES

15 AOÛT 1941

Hannah patientait sur une banquette du buffet de la gare de Montpellier. Esther lui avait commandé une limonade et un sandwich garni d'une espèce de pâté infâme. Mais la gamine avait faim et dévorait son sandwich tout en veillant aux valises. Pendant ce temps, Esther était partie téléphoner dans la cabine de la brasserie.

Elle composa le numéro du Brûleur de loups et, lorsqu'on lui répondit, elle fit rapidement un résumé de la situation dans laquelle elle se trouvait. Implorant de l'aide pour rentrer à Marseille. Elle espérait que ce message serait interprété comme un SOS. Quelques minutes plus tard, on la rappela. On lui apprit que Diego était en prison, mais qu'il guidait toutes les actions depuis sa cellule et qu'une voiture viendrait les récupérer, elle et Hannah, d'ici une heure. Lorsqu'elle s'informa sur le sort de Meyer, on lui signala qu'il avait été transféré au camp pour étrangers de Gurs, près de Pau. Elle raccrocha et pleura de toute son âme avant de retourner en salle.

Hannah remarqua qu'elle avait pleuré. Esther la rassura :

— Nous allons rentrer à Marseille.

Elle ajouta que, une fois sur place, elle ferait tout pour faire libérer Meyer.

Comme prévu, un couple en voiture se présenta une heure plus tard devant la gare et prit en charge Esther et Hannah. Après l'arrestation de Meyer, il avait été décidé de cacher la jeune femme enceinte et sa fille à Nice, car elles étaient activement recherchées par la police de Marseille.

À cause du couvre-feu, ils furent contraints de s'arrêter dans une ferme au milieu d'un vignoble, dans le Var. Hannah passa une partie de la nuit à respirer l'odeur des sarments de vigne et à regarder les étoiles. Priant le ciel. Pleurant. Priant de nouveau. Jusqu'à ce qu'Esther vienne la chercher. Elles s'endormirent l'une contre l'autre sur un matelas de paille, à même le sol. Mais ça sentait bon. Bon la campagne, le foin, l'herbe, et toujours la vigne. Ces parfums embaumaient l'esprit de la petite fille. Ils éveillaient uniquement des sensations bienfaitrices. Esther la serrait fort contre son ventre, contre l'autre enfant. Comme pour se faire pardonner de s'être montrée si odieuse envers Hannah juste après l'arrestation de Meyer. Au fond, elle était totalement dénuée d'espoir. Car, depuis la nuit de Cristal, la vie lui avait puisé tant de sève qu'elle se sentait desséchée. Elle se faisait tellement de mauvais sang pour son mari qu'elle avait peur de ne pas retrouver sa vigueur pour accoucher.

Au petit jour, ils reprirent la route, évitant les grands axes, où ils auraient risqué de se faire contrôler.

Jusqu'à ce que la Grande Bleue s'ouvre devant leurs yeux.

La baie des Anges était la plus belle des merveilles qu'Esther et Hannah aient jamais vues dans leur vie. Un paradis à la frontière de l'Italie fasciste. Elles ne savaient pas que cela pouvait exister.

Nice ! Une cachette en bas de la France à gauche, si on tourne le dos à Paris. Un refuge idéal au bord de la mer. Loin du Nord de la guerre. Loin de l'Est de l'extermination des Juifs. Loin de la haine. Nice entourée de galets chauffés par le soleil, et de montagnes.

Leurs convoyeurs accompagnèrent Esther et Hannah jusqu'à la rue du Congrès, au centre-ville. À quelques centaines de mètres de la promenade des Anglais. Le réseau de Diego leur avait trouvé une chambre de bonne sous les toits. Et pour Esther, du travail dans une boulangerie du boulevard Gambetta. Elles purent emménager en arrivant. Il y avait de quoi dormir, un petit réchaud pour cuisiner, les toilettes et la douche étaient sur le palier.

Un autre destin était organisé pour Hannah.

— Nous allons placer Hannah dans une famille. Il faut séparer les enfants des parents. C'est plus prudent, expliqua l'un des convoyeurs.

— Il n'en est pas question, allégua Esther.

Hannah lui rendit un sourire empli de reconnaissance. Celui d'une enfant que l'on vient de sauver.

Une fois leurs bienfaiteurs repartis, Esther décousit d'abord la doublure de sa robe pour récupérer ses papiers d'identité au nom de Braunstein ainsi que leurs cartes de ravitaillement. Puis elle s'occupa de récupérer le bulletin scolaire d'Hannah, qu'elle avait dissimulé dans la doublure de la robe de la petite fille. Si seulement Meyer n'avait pas montré leurs papiers aux policiers, pensa-t-elle à cet instant.

Il n'y avait qu'un seul lit dans la petite chambre. Esther s'allongea pour se reposer du voyage. Hannah vint se lover contre elle.

— Pourquoi tu ne voulais pas que j'aille dans la famille ? l'interrogea-t-elle, en posant sa main sur le ventre de la jeune femme.

— Je t'ai sauvée une fois, alors je ne veux pas qu'il t'arrive un autre malheur.

Esther recouvrit la petite main d'Hannah. À ce moment-là, elles sentirent toutes les deux le pied du bébé se manifester.

— Il a bougé ! fit Hannah. Il a bougé.

La petite fille posa son oreille sur le ventre de la jeune femme enceinte.

— Je l'entends. Il me parle, dit-elle, en plaisantant.

Elle colla un tendre baiser sur le ventre et s'endormit ainsi.

Le lendemain, Esther se présenta à la boulangerie du boulevard Gambetta, où elle semblait attendue. Elle n'eut curieusement qu'à enfiler un tablier et passer au fournil, où on lui demanda si elle se sentait capable de travailler malgré sa grossesse. Elle confirma qu'elle était opérationnelle. Monsieur Gambini, le boulanger, lui apprit qu'il pourrait faire passer du courrier à Meyer.

Elle commença à lui écrire le soir même en yiddish et demanda à Hannah de participer. Celle-ci préféra rédiger en français pour témoigner de ses progrès :

« Tu nous manques tellement. J'espère que tu seras plus fort qu'eux. Comme tu l'as toujours été. Nous sommes bien logés et nous t'attendons. Ta petite Hannah. »

Grâce à son bulletin scolaire très élogieux, Hannah put faire sa rentrée scolaire au lycée de jeunes filles. Dès le premier appel, dès que son nom fut annoncé, tous les regards se tournèrent vers elle. À la récréation, les insultes ne se firent pas attendre : « Eh, la Juive, va t'asseoir ailleurs ! », « La Juive, rentre dans ton pays ! », « Pourquoi on dit sale Juive ? Parce que vous ne vous lavez pas, les Juifs ! » Personne n'intervint. Ni les professeurs présents, ni les surveillants !

Le soir, quand Esther rentra de la boulangerie, elle trouva Hannah en larmes, prostrée sur le lit. La petite fille s'écroula dans ses bras et pour la première fois de sa vie refusa de retourner à l'école le lendemain. Esther lui avait rapporté un peu de pain, et une brioche qu'elle avait faite elle-même. Le boulanger lui avait donné du miel de lavande de Sospel. Le producteur le vendait au marché noir.

Hannah ne se présenta plus à l'école. Elle n'avait jamais été aussi malheureuse de toute sa vie. Être privée d'instruction, c'était pour elle comme être privée d'oxygène. Esther était furieuse et voulut aller se plaindre auprès du proviseur du lycée, mais monsieur Gambini l'en dissuada. Elle était en situation irrégulière, étrangère, non recensée, avec un mari interné. Elle risquait d'être arrêtée si elle faisait trop de remous. Le boulanger proposa alors de prendre la petite Hannah comme apprentie, mais celle-ci se révéla très maladroite et se renferma dans sa mélancolie. Esther ne savait plus comment lui redonner l'envie de sourire. Une semaine plus tard, madame Gambini, la femme du boulanger, institutrice, s'engagea alors avec enthousiasme à lui faire l'école chez elle.

— Une petite aussi douée, on n'a pas le droit de la retarder ! s'exclama-t-elle en chantant les syllabes et les lettres muettes.

Comme à Marseille, se dit Hannah.

Elle avait lu son bulletin et la trouvait brillante. Même si elle n'était qu'institutrice, elle était capable de couvrir la plupart des matières. Esther n'avait pas les moyens financiers de payer des cours particuliers, mais madame Gambini s'offusqua, car elle n'avait pas l'intention d'être rémunérée. Hannah se réjouit de cette nouvelle perspective. Chaque jour, à partir de quatre heures et demie de l'après-midi, elle prenait le car pour Saint-Pancrace, qui se trouvait à une trentaine de minutes sur les collines de Nice.

Les échanges de courrier avec Meyer étaient rares, parfois Esther recevait trois lettres en même temps. L'acheminement par le réseau de Diego était aléatoire. Dans la dernière, qui datait du mois d'octobre, il avait envoyé une photo prise dans le camp. Il apparaissait avec trois collègues, en chemise et semblait en forme, mais Esther remarqua néanmoins qu'il avait maigri, car son pantalon bâillait au niveau de la ceinture. Même s'il souriait, à l'arrière-plan, on devinait des gendarmes couverts de pèlerines épaisses, ce qui laissait penser qu'il faisait très froid.

Le dimanche 23 octobre, Esther arriva vers quatre heures du matin à la boulangerie. Elle avait de plus en plus de difficultés à porter les sacs de farine pour les verser dans le pétrin. Monsieur Gambini lui avait pourtant répété à de nombreuses reprises de se faire aider par le commis. Ce matin-là, elle souleva des sacs et fut prise d'une contraction si douloureuse qu'elle en perdit connaissance.

Quelques heures plus tard, elle se réveilla à l'hôpital Saint-Roch. En voyant la couleur vert d'eau des murs, elle prit conscience du lieu où elle était et imagina le pire. Elle fondit en larmes, et ses lourds sanglots tirèrent

Madame Gambini, qui s'était assoupie au chevet d'Esther, de sa torpeur méridionale.

— Ma petite, calme-toi...

Elle se releva, caressa le front de la jeune femme et sortit un mouchoir de sa poche pour lui sécher ses larmes.

— Mon bébé !!! cria Esther.

— Tout va bien, la rassura madame Gambini. Il est juste arrivé avec trois semaines d'avance sur le terme. C'est rare, dans la région on prend plutôt notre temps !

Son humour n'eut aucun effet sur Esther qui, sans cesser de pleurer, chercha son bébé dans la chambre.

— Où est-il ? Mon bébé !

— Il va bien. Il est bien au chaud.

Elle s'effondra dans les bras de l'institutrice en la remerciant.

— Alors comment on va l'appeler, ce petit ?

— Je veux le voir.

Madame Gambini s'absenta un instant et revint quelques minutes plus tard, accompagnée d'une infirmière qui portait le bébé enveloppé dans une couverture bleu pâle.

— Bonjour madame, voilà votre petit, fit celle-ci.

Esther accueillit l'enfant dans ses bras. Elle pleurait toujours.

— C'est un garçon, spécifia l'infirmière.

— J'avais tellement prié pour que son père le voie.

Elle fixa le bébé un long moment, quand Hannah entra, accompagnée de monsieur Gambini.

— On va t'appeler Saul, décida Esther en regardant la petite Hannah.

Celle-ci lui offrit son plus beau sourire et s'approcha.

— Regarde, fit-elle en s'adressant au bébé, c'est ta grande sœur ! Elle s'appelle Hannah.

Elle présenta le bébé, dont les yeux étaient à peine entrouverts, à la petite fille.

— Tu veilleras sur lui si un jour il m'arrive quelque chose ?

Hannah opina.

— Allez, allez ! Il ne t'arrivera rien, s'exclama joyeusement l'institutrice.

Esther posa un baiser sur le front du petit Saul.

— On va le nourrir avec du lait en poudre en attendant vos montées de lait, madame, précisa l'infirmière. Ne vous inquiétez pas, ça se passe souvent comme ça quand un enfant arrive avant terme.

Elle emmena Saul avec elle.

Les semaines qui suivirent, Esther n'eut toujours pas de montée de lait. Elle se dit que ce petit bonhomme ne connaîtrait peut-être jamais son père et tendait à désespérer. Elle ne sortait plus de son lit. Madame Gambini proposa de garder le bébé chez elle pour la soulager, mais Esther lui assura qu'Hannah était apte à prendre soin de son petit frère. Celle-ci avait improvisé un berceau dans le tiroir de la commode, en le capitonnant avec une vieille couverture, et préparait elle-même les biberons avec le lait en poudre que monsieur Gambini échangeait au marché noir contre de la farine.

Après avoir pleuré durant des jours et des jours, Esther avait serré la petite fille dans ses bras : « Je n'oublierai jamais tout ce que tu as fait pour nous, tu sais. » Dans l'incapacité de prendre conscience du bonheur que ce petit Saul lui apportait, elle répétait sans cesse les mêmes phrases : « Je ne le mérite pas. Meyer a été arrêté à cause de moi. Si je n'avais pas insisté pour quitter Marseille, nous serions tous réunis aujourd'hui ! » Meurtrie par la culpabilité, Esther s'en voulut jusqu'au jour où Hannah lui confia qu'elle avait besoin « de sa maman », elle aussi. Qu'elle n'était qu'une enfant. Et que Saul avait lui aussi besoin « de sa maman ». « Nous sommes comme deux orphelins », confessa-t-elle en pleurant. Esther redevint une maman, et quelques semaines plus tard, le petit Saul avait déjà pris trois bons kilos. Rétablie grâce au soutien d'Hannah, Esther fut à même de reprendre son poste à la boulangerie, un peu avant les fêtes de Noël.

En ce mois de décembre, il faisait un temps estival.

Ce Noël à Nice, sous les palmiers, ressemblait à celui qu'Hannah avait vécu à Marseille. Avec Esther et Saul, ils furent invités à réveillonner chez les Gambini. Hannah adorait les moments qu'elle partageait avec eux. Ils étaient sa nouvelle famille. Saint-Pancrace, c'était la campagne pour elle. Elle s'y sentait libre, courant derrière les poules et les lapins et chapardant les œufs dans le poulailler des voisins.

Deux mois plus tard, par un bel après-midi du mois de février comme Nice en connaissait, souvent plus chauds que ceux du mois de mai, un homme se présenta à la boulangerie et demanda à voir Esther. Monsieur Gambini ne l'avait jamais vu, mais, lorsqu'il lui donna son nom, ce dernier le reçut avec déférence et le fit entrer dans le fournil.

Esther reconnut immédiatement le légionnaire :

— Diego !

Elle lui sauta au cou.

Il lui annonça qu'il avait été libéré après quelques mois de prison. De sa cellule, il avait organisé la fuite vers l'Amérique d'un haut fonctionnaire du ministère de la Justice et de sa famille. Un homme que personne ne soupçonnait d'être juif, mais qui se doutait que tôt ou tard il serait découvert. Les lois de Vichy interdisant aux Juifs l'accès et l'exercice de fonctions publiques, le fonctionnaire avait quitté le pays, juste après avoir blanchi le casier judiciaire de Diego. Depuis, ce dernier avait repris son réseau en main.

Monsieur Gambini était honoré de rencontrer pour la première fois le chef du réseau auquel il collaborait. Il connaissait juste ce nom de « monsieur Diego », qu'il fallait d'ailleurs éviter de prononcer.

Esther se doutait que Diego n'avait pas fait tout ce chemin dans le seul but de lui faire part de sa libération et était convaincue qu'il était inévitablement porteur d'une mauvaise nouvelle.

Elle s'attendait au pire.

— Meyer est dans la voiture, fit discrètement Diego, sans masquer sa compassion. On l'a fait évader du camp de Gurs.

11

Lauren
Survivante de l'Holocauste

Si nous n'avions pas découvert que ma mère était juive et qu'elle s'était inventé une famille, trouver une demande de débaptisation dans son coffre-fort nous aurait probablement choquées. Mais désormais nous espérions qu'elle nous ouvrirait une nouvelle piste.

Prétextant que ses parents n'étaient pas très pratiquants pour la faire baptiser à sa naissance, ma mère l'avait été sur le tard, à l'occasion de son mariage avec mon père. Le curé qui l'avait baptisée, puis mariée à St Patrick, n'était plus de ce monde. Son successeur nous reçut dans son presbytère. Quand je lui tendis la demande de débaptisation, il me confirma qu'il l'avait bien reçue il y a quelques années. Ce fut d'ailleurs la seule fois qu'on lui fit une telle requête. Il consulta rapidement ses archives : la demande de ma mère avait été faite il y a plus de dix ans. Il nous expliqua qu'il n'avait pu donner suite, car il lui manquait des documents la concernant. Il en avait fait part à ma mère, qui n'était jamais revenue vers lui. Très certainement parce qu'elle avait été victime de son AVC entre-temps.

— Savez-vous pourquoi ma mère souhaitait se faire débaptiser ? demandai-je.

Je sentis le curé embarassé par ma question, car il m'opposa le secret de la confession.

— Mon père, nous savons aujourd'hui grâce à un test ADN que ma mère est juive. Alors si tel était l'objet de sa confession, sentez-vous libre de nous parler, vous ne commettrez aucun péché.

Le curé sembla soulagé par cette protection divine que nous lui apportions sur un plateau et nous révéla que ma mère souhaitait bénéficier des rites de la religion juive, le jour où elle mourrait.

Lorsque nous ressortîmes de l'église, nous n'avions plus aucun doute. Toute sa vie, ma mère avait su qu'elle était juive. Pourquoi nous l'avait-elle caché ?

Je changeai d'avis et décidai de ne pas aller consulter le rabbin que j'avais connu lors d'une de ses conférences au Boston College. Il me tiendrait probablement le même discours que mon ami Max Ravner et n'aurait pas plus d'outils pour retrouver une aiguille dans une botte de foin, que j'en avais moi-même.

Emily et moi, nous prîmes le temps d'aller nous poser dans un café de Beacon Hill. Nous adorions ce quartier avec ses maisons de briques rouges si typiques et ses réverbères qui nous transportaient dans un autre siècle. Devant deux énormes bagels garnis de saumon fumé et de *cream cheese*, nous étions désormais prêtes à nous résigner. Nous n'avions plus aucune piste. Nous étions devant un mur insurmontable. Comme Max Ravner l'avait supposé, ma mère était très probablement une survivante de l'Holocauste, et nous étions à peu près certaines que mon père le savait. Elle n'aurait pu garder pour elle un tel secret tant ils s'étaient aimés. Nous avions pris la décision de nous faire une raison. Et surtout, de ne plus chercher à « savoir ».

— On pourrait refaire la déco de la maison ! me proposa alors Emily.

— Je croyais que tu souhaitais conserver intacts tes souvenirs !

— Ça ne les effacera pas.

— Tu es certaine de vouloir tourner cette page ?

— Je suis sûre que Suzy serait d'accord de la tourner, maman. Et puis ce n'est que de la peinture. Alors on le fait pour elle. Pour Suzy. On efface tout, et on recommence. Comme elle l'a fait toute sa vie.

J'eus la larme à l'œil. Ma fille me prit la main, la pressant tendrement dans la sienne. Un contact, des confidences graves, et malgré tout remplies de nouvelles perspectives dans lesquelles elle s'incluait. Notre connivence semblait évoluer de jour en jour. Différente de celle que nous avions bâtie jusque-là.

Ce soir-là, Emily comptait fêter sa *graduation*. Une soirée avec ses amis, avant la remise officielle des diplômes deux semaines plus tard. Elle rejoignit Madison dans un bar, alors que je rentrais me réfugier à la maison. J'avais l'intention de me consacrer à des choses frivoles. Lesquelles ? Je n'en avais pas encore la moindre idée. Je me servis un verre de vin rouge de Californie et craquai pour un fromage de chèvre que j'avais acheté dans une épicerie française. Mais je restais debout. Sans parvenir à me poser. Mon verre de vin à la main, je vagabondais de la cuisine au salon, ressortais dans le jardin, repassais par mon bureau, montant à l'étage, traversant les chambres une à une, puis les salles de bains, tout en essayant d'imaginer notre nouvelle déco, les couleurs, les tissus, les matières des sols, et même la disposition du mobilier.

Mais je sentais bien que mon esprit était ailleurs.

Je me couchai et consultai des catalogues de décoration en ligne sur ma tablette numérique. Sans rien voir. Sans avis. Sans goût. Jusqu'à ce que je sente le sommeil m'envahir. Enfin. Dormir pour oublier. Ne plus me demander pourquoi ma mère nous avait dissimulé son passé. M'endormir pour me réveiller en lui pardonnant de nous l'avoir caché. En respectant sa décision.

J'éteignis la lumière, fermai les yeux et fus envahie d'images plus horribles les unes que les autres. Des images de camps de concentration, de fils barbelés, de cris, de wagons à bestiaux, de crânes rasés, de pyjamas rayés, de baraquements. De toutes ces horreurs dont j'avais vu les photos au Musée du mémorial de l'Holocauste de Washington où j'avais entraîné mes étudiants à plusieurs reprises. Je rallumai la lumière et m'assis au bord du lit.

J'étais en nage.

Je manquais d'air.

Je savais que cela ne serait pas productif, mais il fallait que je nourrisse mes obsessions. Je descendis jusqu'à mon bureau et me postai devant Internet. Je me connectai sur le site du musée, qui me renvoya à une base de données de survivants et des victimes de l'Holocauste. Je tapai *Bakerman*, *Bacherman*, *Bachermann*, *Bachmann*, j'ajoutai un *n*, remplaçai les *h* par des *z*, les *w* par des *v*. Un frisson d'effroi me parcourut tout entière. Il y avait des listes de milliers de victimes tirées du passé, de femmes, d'hommes et d'enfants assassinés par les nazis. De la mort à la douzaine. À la tonne. Par millions. Des cadavres dans une base numérique à l'usage des vivants. Sans sépulture. Nulle part. Ils avaient été calcinés, dissous. Et n'existaient plus qu'à travers la mémoire de ceux qui avaient survécu et pouvaient se souvenir de certains d'entre eux. Cette mémoire, toujours elle. Ma vraie famille, mes vrais ancêtres, faisaient probablement partie de l'une de ces bases de données. Et ils auraient probablement souhaité que je le sache.

« Que je le sache. » C'était ce que ma mère avait souhaité elle aussi avant son accident cérébral.

Je m'apprêtai à éteindre l'ordinateur pour respecter la décision d'Emily : « On le fait pour elle. Pour Suzy. On efface tout, et on recommence. Comme elle l'a fait toute sa vie. » Mais, au moment de cliquer sur *éteindre*, je reçus deux notifications de My Origin DNA. Parmi des centaines d'utilisateurs avec lesquels ma mère et moi partagions des bouts d'ADN, deux se distinguaient par des quantités significatives.

Deux *matchs*.

Deux correspondances : deux « cousins » avec lesquels ma mère et moi partagions des quantités significatives d'ADN. Ils habitaient Vilnius, en Lituanie. Après la leçon de génétique de Tess, je pouvais sans me tromper affirmer que ces deux personnes pourraient représenter le premier maillon de ma famille.

J'en conclus qu'il était impensable de négliger une telle concordance.

Je me servis un autre verre de vin et sortis le siroter en fumant une cigarette sous le porche à l'arrière de la maison.

Quand Emily rentra de sa soirée, elle fut surprise de me voir debout à plus de deux heures du matin. Et presque joyeuse.

Comme elle se montra curieuse, je déposai mon verre sur la table basse, ma cigarette dans le cendrier, et lui demandai de m'accompagner jusqu'au bureau. Je la collai devant l'écran de l'ordinateur.

— Ta grand-mère présente 15 % d'ADN commun avec un utilisateur et 8 % avec l'autre. Du coup, je partage moi aussi de l'ADN avec ces mêmes utilisateurs, mais pour moitié. Et si on te teste, on trouvera certainement que tu en partages toi aussi pour un quart.

— Nous avons des cousins en Lituanie ?

— Ces gens font partie de la famille de ta grand-mère. On a une piste, Emily !

Le visage de ma fille s'éclaira. Curieuse et impatiente, elle s'assit et détailla les notifications que j'avais reçues.

— Il n'y a pas leurs noms ! s'exclama-t-elle, déçue

Il fallait espérer que nous pourrions rapidement contacter ces utilisateurs dont nous ne connaissions pour l'instant que les pseudonymes.

12
Frida
L'enfer de Pithiviers

12 janvier 1942

Depuis l'arrestation de Samuel, le 14 mai 1941 à Paris, occupé par les nazis, et son internement au camp de Pithiviers, dans le Loiret, Fruma avait imploré le commissaire Le Gendre de le faire libérer. Mais, malgré ses relations au sein de la police, il avait échoué. Se faisant passer pour un fervent partisan du maréchal Pétain, il avait réussi à décrocher une fonction, aux prérogatives un peu nébuleuses, de « chargé de mission temporaire ». Ce qui lui permit non seulement de rester informé de toutes les décisions les plus sensibles, mais aussi d'avoir accès aux camps d'internement des Juifs étrangers. Il avait ainsi obtenu que Samuel Horowitz, interné à Pithiviers, bénéficie d'un statut amélioré. Ses rations alimentaires furent plus importantes, on lui accorda une couverture supplémentaire et des chaussures neuves. Généreux par nature, il partagea le rab de nourriture et offrit les chaussures à un pauvre Gitan qui n'en avait pas. Chaque semaine, depuis huit mois, le commissaire trouvait un nouveau prétexte pour visiter le camp afin de transmettre le courrier que le couple s'échangeait. Ces nombreuses visites lui avaient donné l'occasion de repérer les détails du fonctionnement du camp et de planifier l'évasion de Samuel.

Ce samedi 10 janvier 1942, Fruma, Frida et la petite Ruth prirent le bus place de la République jusqu'à la gare d'Austerlitz, avec une correspondance pour Pithiviers. La température était négative. La maman et ses deux fillettes devaient rejoindre le commissaire à Étampes, situé à quelques kilomètres avant le camp, et d'où la famille repartirait au complet après l'exfiltration de Samuel. Le commissaire Le Gendre avait tout organisé pour que la famille puisse passer la ligne de démarcation quelques jours plus tard. Ignorant où elles se rendaient, les filles questionnèrent leur mère.

Il avait neigé dans la nuit et, lorsqu'elles descendirent du car, Frida et Ruth manquèrent de glisser à chaque pas. Chaussées de leurs petites bottines, elles suivirent leur mère, qui avait appris l'itinéraire par cœur pour ne pas sembler suspectes dans cette petite ville où personne ne les avait jamais croisées. Fruma leur avait confectionné des manteaux chauds avec des vieux vêtements récupérés dans des poubelles. Elle était bonne couturière et savait faire du neuf avec du vieux. L'hiver, elle superposait les couches de laine. De telle sorte que les filles ressemblaient à de vrais bibendums.

Fruma était attendue par le commissaire dans un garage automobile, situé derrière un vieux pavillon. Elle frappa deux coups sur la porte en fer, puis patienta cinq secondes avant de frapper de nouveau deux fois. C'était le signal dont ils étaient convenus. Le rideau métallique s'ouvrit au tiers de sa hauteur. Fruma et ses filles se glissèrent en dessous, puis un homme actionna une manivelle pour le faire redescendre dès qu'elles furent à l'intérieur. Le garage abritait une ambulance et une Peugeot 402 noire équipée d'un gazogène sur le toit. Les deux fillettes, d'abord émerveillées par l'ambulance, se précipitèrent dans les bras du commissaire dès qu'elles l'aperçurent. Depuis qu'elles l'avaient connu dans l'immeuble, il faisait un peu office de grand-père. Elles avaient même été invitées au mariage de son fils. Elles se souvenaient encore de cette chaleureuse réception donnée dans une grande brasserie des Grands Boulevards et en parlaient durant des heures. Frida s'était malheureusement habituée à ne plus voir son père depuis plus de huit mois. Et cherchant l'autorité d'un homme pour la rassurer, elle l'avait trouvée auprès du commissaire, qui lui apportait une forme de sécurité.

Frida et Ruth commencèrent à courir autour des voitures, pour jouer à cache-cache.

Il y avait deux ambulanciers et un agent de police. En réalité, ils portaient tous les trois des costumes de théâtre et faisaient partie du plan d'évasion, stipula le commissaire à Fruma, qui semblait sur ses gardes.

— Nous avons un problème, confessa Le Gendre. L'infirmière n'a pas pu venir.

— Vous allez tout annuler ?

Le commissaire prit la jeune femme à part :

— Il n'y a qu'une seule option, c'est que vous preniez sa place.

Fruma resta d'abord sans voix.

— Vous n'avez que très peu de temps pour prendre votre décision.

Le silence se fit. On n'entendait plus que les fillettes rire et s'amuser. Tous les regards étaient dirigés sur Fruma. Elle se retourna vers ses filles, hésita et fixa la croix rouge peinte sur l'ambulance. Comme hypnotisée et sans tourner la tête, elle s'adressa au commissaire :

— J'accepte.

— Sachez que vous n'êtes pas aguerrie à ce genre d'action et que cela pourrait s'avérer dangereux. Si vous êtes découverte, vous ne ressortirez pas du camp.

— J'accepte, commissaire, répéta Fruma.

Ils partirent tous les deux s'enfermer quelques minutes dans une petite guérite vitrée au fond du garage. Le Gendre lui communiqua les consignes qu'elle devrait suivre à la lettre. Lorsqu'elle en ressortit, Fruma expliqua à ses filles qu'elles allaient faire une promenade à la campagne avec le commissaire. Frida et Ruth exultèrent.

— Et toi, *mame*, tu ne viens pas avec nous ?

— Je vais vous rejoindre plus tard. Monsieur Le Gendre m'a demandé de lui rendre un petit service.

Elle leur fit promettre de rester sages. Elles grimpèrent à l'arrière de la Peugeot alors que Le Gendre en prenait le volant. Il démarra. Le faux policier tira sur une chaîne pour remonter la porte du garage. La voiture disparut.

Une heure plus tard, l'ambulance conduite par l'un des ambulanciers se présenta devant le camp de Pithiviers. Le faux policier était installé à sa droite. Transformée en infirmière, Fruma se trouvait avec le deuxième ambulancier dans la cabine arrière du véhicule. Un jeune garçon d'à peine vingt ans qui, à l'entendre, était prêt à tout pour « résister à l'envahisseur ». Durant le trajet, il avait cru rassurer Fruma, mais son sang-froid l'avait plutôt effrayée.

— Ne vous inquiétez pas, madame, j'ai planqué deux pistolets sous le brancard. Si ça tourne mal, vous en prenez un, et vous tirez ! C'est eux ou nous ! lui avait-il lancé.

Le faux policier tendit un laissez-passer au gendarme qui contrôlait l'entrée du camp.

— Nous venons récupérer le prisonnier Horowitz.

— Vous l'emmenez à l'hôpital ?

— Oui, ce sont les ordres du préfet. Il faut le remettre sur pied pour pouvoir l'interroger. C'est un communiste, ajouta-t-il, ferme.

Fruma priait intérieurement pour que le contrôle ne dure pas trop longtemps, et que le gendarme ne vienne pas inspecter la cabine arrière. Mais celui-ci se planta devant le véhicule, lisant et relisant le document officiel. Il semblait sceptique sur la procédure et en fit part au policier.

— Collègue, moi je me contente d'obéir aux ordres, lui rétorqua ce dernier. Et entre nous, j'aime pas les communistes. Je préférerais être bien au chaud au poste, plutôt que de traîner dans votre cambrousse.

Fruma apprécia l'aplomb dont il faisait preuve en répondant sur ce ton et crut un moment que le gendarme les laisserait passer. Malheureusement, ce qu'elle avait craint se produisit. Celui-ci fit le tour du véhicule et ouvrit la portière arrière. Il jeta un coup d'œil à l'intérieur de l'ambulance, dévisagea rapidement l'ambulancier, qui resta de marbre, puis Fruma. Il la fixa quelques secondes. Elle eut bien du mal à se contrôler et commença à paniquer, incapable de soutenir le regard du gendarme.

L'ambulancier s'en aperçut :

— Bon, on se les gèle ! Vous la fermez, cette porte, s'il vous plaît, chef !

Le titre de « chef » l'avait-il flatté, le gendarme esquissa un léger sourire et referma la portière. Fruma reprit sa respiration. Son cœur battait à tout rompre.

Le gendarme partit récupérer un registre dans son poste de garde, puis indiqua au chauffeur de l'ambulance le numéro du baraquement où se trouvait le prisonnier Horowitz. Il s'écarta enfin pour laisser entrer le véhicule sanitaire.

À l'intérieur, Fruma ferma les yeux, remerciant Dieu dans sa tête.

Le véhicule passa la ligne de barbelés, puis longea les baraquements en bois jusqu'à celui de Samuel. Il n'y avait personne à l'extérieur, tant le froid était pénétrant. Le sol était boueux et recouvert de givre.

En pénétrant dans la baraque, les ambulanciers, l'agent de police et Fruma furent pris d'un haut-le-cœur à cause de la forte odeur qui y régnait. Il n'y avait qu'un poêle pour un bâtiment de trente mètres de long, et trois fenêtres seulement. Les hommes étaient entassés dans des lits superposés sur trois étages. Souvent deux par paillasse pour se tenir chaud. Il faisait sombre, même en plein jour à cette époque de l'année. Certains avaient la chance de s'éclairer à la bougie et s'étaient installés sur le dernier étage des châlits, sous le plafond. L'arrivée du petit groupe les interrompit dans leur discussion.

— Horowitz ! cria autoritairement le faux policier.

Le Gendre avait volontairement choisi un dimanche pour faire évader Samuel. Il savait que, ce jour-là, les prisonniers ne travaillaient pas aux champs, ou dans les fermes environnantes, et qu'ils seraient donc tous présents.

Personne ne répondit à l'appel du policier. Alors Fruma l'appela à son tour. Bien qu'elle eût beaucoup de difficulté à contenir son émotion.

— Monsieur… Monsieur Horowitz !

Sa voix tremblait.

Elle dut répéter trois fois.

Surpris, Samuel finit par reconnaître le timbre de voix de sa femme et releva lentement la tête. Il était à l'étage du bas. Sur son lit. Enroulée dans une vieille couverture. Fruma aperçut le mouvement de ce corps amaigri et se dirigea vers lui avec l'agent de police et les ambulanciers qui portaient un brancard.

— Bonjour monsieur, se força Fruma, en retrouvant enfin son mari.

Il fut incapable de lui répondre tant il fut bouleversé de la voir. Une véritable infirmière l'aurait examiné dans les règles de l'art, mais Fruma dut faire semblant. Il fallait qu'elle prenne son pouls. Sa main resta alors crispée sur son poignet, incapable de lâcher l'homme qu'elle aimait et qu'elle n'avait plus revu depuis des mois. Le faux policier fut contraint de lui déplier les doigts pour dégager sa main, en même temps qu'il la regardait avec insistance, pour l'inciter à se ressaisir. Samuel pleurait. Il ne comprenait pas ce qu'il se passait, mais il pleurait. Parce qu'il avait pleuré chaque jour depuis son arrestation. Si, au début, il se cachait parce qu'il avait honte, après il ne dissimulait plus sa douleur. Ici, personne ne s'interdisait de souffrir.

Les ambulanciers l'allongèrent sur le brancard, tout en le rassurant.

Puis l'ambulance traversa le camp avec Samuel à son bord. Et stoppa devant la barrière, qui était baissée. Sur les miradors, des gendarmes armés de fusils n'ignoraient rien de la scène, alors que d'autres avaient pris leur tour de garde, postés à la sortie du camp, en renfort.

Le commissaire Le Gendre avait garé son véhicule à cinq cents mètres de là, caché derrière un talus. Il tenait à rester à proximité, au cas où il aurait besoin d'intervenir. De là où il se trouvait, il pouvait voir le camp, mais on ne pouvait pas le repérer. Il suivait ainsi tout le déroulement de la scène dans ses jumelles. Ce qui intrigua Frida, qui lui demanda si elle pouvait « regarder », elle aussi. Il lui promit de les lui prêter un peu plus tard et l'invita à aller jouer avec sa sœur.

— Alors c'est vous qui venez me piquer mes prisonniers ? interrogea l'un des gendarmes.

Le faux policier avait compris qu'il avait été prévenu de leur présence dans le camp. Ce gendarme-là semblait plus gradé que le précédent. D'autorité, il ouvrit la portière arrière de l'ambulance. Fruma tenait la main de Samuel, allongé sur le brancard.

— Descends de là Horowitz, fit le gendarme.

Samuel dut obéir.

Il tenait debout.

— T'as pas l'air si mal en point !

Puis il s'adressa à Fruma.

— Vous l'emmenez à quel hôpital ?

Elle hésita.

— À Paris.

Le gendarme ne semblait pas naïf et se mit à sourire.

— Vous avez vos papiers, vous ? demanda-t-il à Fruma et aux ambulanciers.

Alors le faux policier leva la voix.

— Vous nous emmerdez, les collègues ! Vous allez nous laisser faire notre boulot ! On a des comptes à rendre au préfet, nous !

Le gendarme savait bien que la police et la gendarmerie ne faisaient pas bon ménage et que dans le doute il était préférable de ne pas miner les relations.

— Cher « collègue », je vais garder mon prisonnier. Je vous le donnerai quand j'aurai un ordre signé de mes supérieurs. Nous n'avons pas la même hiérarchie, je suis désolé, « collègue » !

Le gendarme claqua la portière arrière de l'ambulance et ordonna à ses occupants de quitter les lieux.

À l'intérieur, Fruma se mordit la main jusqu'au sang et s'écroula en larmes dans les bras du jeune ambulancier.

De son point de vue, derrière le talus, le commissaire avait suivi toute la scène, dépité. L'ambulance ne tarda pas à le rejoindre. Frida fut surprise de voir sa mère ainsi « déguisée » en infirmière.

Fruma fut incapable de mentir à sa fille.

— J'ai vu ton papa, *bubeleh*. Il m'a dit qu'il vous aimait, toi et ta sœur.

— Pourquoi il n'est pas revenu ?

— Il ne peut pas. Il est…

Elle ne put terminer sa phrase, s'efforçant de ne pas pleurer devant ses filles. Plus un son ne sortait de sa gorge. Le commissaire l'entraîna à l'écart pour la réconforter. Il lui promit qu'ils tenteraient leur chance une nouvelle fois. Peut-être pendant que les prisonniers s'en allaient travailler aux champs.

Pendant ce temps, Frida avait filé.

Elle s'appropria les jumelles que Le Gendre avait abandonnées sur le tronc d'arbre qui lui avait servi d'appui. Elles étaient grosses et lourdes pour ses petites mains. Comme lui, elle cala ses coudes sur le tronc et plongea son regard dans les œilletons. La vision était floue. Au hasard, elle fit tourner la petite molette entre les deux lunettes, et l'image devint nette.

Et elle le vit.

Elle vit son père derrière les barbelés. Il fixait l'horizon de la liberté. Comme s'il savait qu'elles étaient là, pas loin, sa femme et ses filles. Des gendarmes lui parlaient, mais il ne leur répondait pas. Il était en chemise et devait avoir très froid. C'était son père, oui, elle n'avait pas de doute, même s'il était si maigre qu'elle l'aurait à peine reconnu dans la rue. Mais ce sourire, c'était bien le sien. Elle se demandait pourquoi il souriait. Se dit que les gendarmes avaient dû le faire rire et qu'il n'était donc pas si malheureux. Mais la crosse d'un fusil s'éleva devant les jumelles et le frappa si fort qu'il s'écroula au sol.

— Papa ! s'écria-t-elle.

Personne ne l'avait vue s'échapper et s'emparer des jumelles. Il était trop tard pour la protéger de cette vision d'horreur.

Certes, elle avait eu peur, mais elle avait vu son père. C'était l'essentiel. Quand Fruma voulut lui arracher les jumelles des mains, elle tint bon, le regard toujours fixé sur le camp.

Elle tourna la tête vers sa mère en souriant, soulagée :

— Il s'est relevé.

13

Lauren
La première pierre à l'édifice

Après avoir découvert que nous avions des « cousines » éloignées en Lituanie, ma fille et moi-même étions impatientes d'entrer en relation avec elles. Pourtant, quelques heures plus tôt, nous avions pris la décision de ne plus creuser dans le passé de sa grand-mère.

Par souci de vraisemblance, je me rendis au MIT pour interroger Tess à propos de ces résultats. Elle m'en confirma la pertinence, indiquant même qu'il existait un cousinage au second degré et m'engagea vivement à prendre contact avec ces utilisateurs de Lituanie.

— Tu vas découvrir l'horreur, prépare-toi, crut-elle bon d'ajouter pour m'avertir.

— Je la connais déjà par cœur. Je l'enseigne quotidiennement. Mais…

— Tu as peur, *babe* ?

Elle lisait mes craintes dans mon hésitation.

— Peut-être…

Je savais pertinemment ce qui m'était réservé, si je m'investissais dans cette recherche. Comme l'avait justement envisagé Max Ravner, mon ami et professeur de théologie au Boston College : « Vu son âge, il y a une forte probabilité pour que ta mère soit une survivante de l'Holocauste. » Mais ma peur de savoir n'était pas liée à ce que je risquais de découvrir, non, elle était un alibi pour ne pas chercher. J'appréhendais de porter ce passé dont je venais d'hériter et qui pourtant ne m'appartenait pas. J'enrageais. Si seulement ma mère m'avait dit qui elle était, alors je n'aurais pas aujourd'hui cette terrifiante sensation d'être personne.

— Est-ce que tu es capable de renoncer ? s'enquit très justement Tess.

Étais-je capable de jeter l'éponge ? D'oublier que ma mère, elle-même, avait souhaité que « je sache » qui elle était ? Qu'elle avait même commencé à l'écrire ? N'était-ce pas un devoir de mémoire vis-à-vis d'elle que je me devais de remplir ? Comme si je réalisais ses dernières volontés ?

Tess avait su trouver les bons mots pour m'aider à réfléchir.

Je me rapatriai chez moi, allumai mon ordinateur et me connectai sur My Origin DNA.

Qui se dissimulait derrière ces pseudonymes ? Ces suites de lettres et de chiffres ? Derrière ces gens avec lesquels nous partagions un bout de notre ADN, un bout de vie. Un bout de notre énergie vitale, de nos racines ? Qui se cachait derrière ces deux codes anonymes qui abritaient peut-être notre fil d'Ariane, celui qui nous permettrait peut-être de percer le secret du mensonge de Suzana Baker ?

Comme je n'avais encore rien avalé de la soirée, je m'offris un verre de vin de Californie, une bonne imitation de bordeaux, et me préparai un sandwich sans pain, fait d'une mousse de thon tartinée entre deux feuilles de salade verte. Je posai tout cela sur un plateau et partis me caler dans le vieux rocking-chair de mon père, sous le porche arrière de la maison. Je débutai à peine mon frugal dîner quand je reçus une alerte sur mon portable. Un e-mail de My Origin DNA. Mon smartphone s'éteignit d'un coup quand je voulus le consulter. Plus de batterie.

Je fonçai dans mon bureau pour ouvrir cet e-mail sur mon ordinateur. Cette fois-ci, le laboratoire servait juste d'intermédiaire, l'expéditeur était une certaine Elina Prunskiene. Elle m'expliquait qu'elle gérait désormais les comptes d'Andrius, son fils, et de sa mère, Monika. Andrius et Monika étaient les fameux « cousins » lituaniens avec lesquels nous partagions nos ADN, ma mère et moi. Je me sentis envahie d'une poussée d'adrénaline, oubliant même mon sandwich et mon verre de vin sous le porche. Je me hâtai de poursuivre ma lecture tout en en dégustant chaque mot : Elina m'apprenait qu'elle avait quarante-huit ans et qu'Andrius était décédé quelques semaines plus tôt à l'âge de vingt-cinq ans. Préoccupée par l'engagement politique de son fils dans des partis d'extrême droite, elle avait demandé à un ami informaticien de récupérer le mot de passe pour accéder à son ordinateur. Ainsi avait-elle eu accès à toutes les informations sensibles de son fils, ainsi qu'à sa boîte mail. Elle venait seulement de découvrir qu'il avait fait un test ADN et que, dans la foulée, il avait testé sa grand-mère maternelle, Monika, âgée de soixante-douze ans.

L'idée d'avoir une « cousine » américaine fascinait la Lituanienne, mais découvrir que sa mère était juive ne l'avait pas vraiment étonnée. Bien qu'elle ait été élevée, comme moi, dans la tradition catholique.

14
FRIDA
LA FUITE NATIONALE

15 JUILLET 1942

Le commandant du camp de Pithiviers avait fini par apprendre que le document concernant le transfert de Samuel Horowitz à l'hôpital était un faux. Suite à cette tentative d'évasion, Samuel fut malmené par ses geôliers et ses rations alimentaires furent divisées par deux. On le faisait travailler plus longtemps que les autres prisonniers, et même le dimanche.

Depuis qu'elle avait vu son père derrière les barbelés du camp à travers les jumelles du commissaire Le Gendre, Frida faisait des cauchemars chaque nuit. Avec Fruma, elle continuait de lui écrire, mais son courrier était confisqué.

Le commissaire avait promis de faire libérer Samuel, mais, démasqué, il devait désormais se cacher. Malgré tout, Frida ne désespérait pas de revoir son père. Elle était fière de son talent de tailleur et le rappelait souvent au commissaire lorsqu'il passait prendre des nouvelles de Fruma et ses filles. Il lui avait appris la couture pour habiller les vieilles poupées que sa mère récupérait parfois dans les poubelles des beaux quartiers. La plupart du temps, elle les transformait en danseuses en leur fabriquant de mini-costumes de scène. Depuis qu'elle avait été exclue du spectacle de danse donné au théâtre Daunou, elle avait refusé de retourner prendre des cours, mais rêvait toujours de devenir danseuse étoile. Elle virevoltait dans l'appartement, avec cette discipline qu'elle n'avait jamais perdue. Elle avait si peur de ne plus avoir le niveau après la guerre qu'il n'y avait pas un seul jour où elle ne s'entraînât pas.

Pour remonter le moral de sa fille, Fruma l'avait finalement inscrite dans un patronage juif, place de la Bastille. Deux fois par semaine, elle prenait des cours de danse folklorique, mais Frida préférait danser seule, ou avec sa meilleure amie, Jacqueline, sa voisine d'en dessous. Toutes les deux dansaient partout, même dans la cour de l'immeuble de la rue de la Roquette. Usant leurs pointes sur les pavés.

Ce soir du 13 juillet 1942, Jacqueline était montée faire ses devoirs de vacances chez Frida. Elles fréquentaient le lycée de jeunes filles Victor-Hugo, rue de Sévigné, dans le 3e arrondissement. Depuis le 7 juin 1942, les Juifs étaient contraints de porter l'étoile, ce qui avait causé à Frida quelques agressions verbales de la part de ses camarades. Jacqueline prenait toujours la défense de son amie. La veille, elle s'était même battue pour la protéger, alors que Frida était cette fois agressée physiquement par trois autres filles. Il en résulta une robe déchirée et Fruma dut recoudre l'étoile de sa fille.

— Je ne veux plus la porter, lui opposa Frida.

— C'est la loi.

— Je ne veux plus être juive !

Fruma ne put s'empêcher de lui retourner une gifle.

La gamine partit pleurer dans sa chambre. Gênée, Jacqueline salua Fruma poliment et redescendit chez elle.

Frida en voulut à sa mère. Non pas pour la gifle, mais pour la ferveur qu'elle mettait à recoudre cette étoile. Cousue à la place du cœur, elle lui semblait cousue avec son cœur. Si Fruma obéissait simplement à la loi, sa fille avait le sentiment que sa propre mère la trahissait. C'était le sentiment légitime d'une enfant, incapable de comprendre pourquoi les Juifs avaient cédé aussi facilement à toutes les interdictions et obligations auxquelles on les soumettait. Pour elle, une étoile s'admirait dans le ciel. Les étoiles représentaient la joie, l'espoir, la fête même, elles étaient le symbole d'une belle histoire, d'un conte. Pas celui de l'humiliation et de l'exclusion. Elle ne comprenait pas pourquoi tout le monde avait le droit de l'humilier parce qu'elle était juive. Elle la détestait, cette étoile en tissu jaune marquée « Juif ». Parce qu'on en avait fait l'étoile de la honte. Depuis qu'on la forçait à la porter, elle était furieuse contre le ciel, surtout lorsqu'il était étoilé.

Un peu plus tard dans la soirée, Fruma vint au chevet de Frida, recroquevillée sur le lit. Même Ruth, sa petite sœur de trois ans, n'avait pas réussi à la consoler. Le chagrin lui avait coupé l'appétit, elle refusa de dîner. Sa mère la prit dans ses bras et lui fredonna une berceuse en yiddish. C'était la première fois de sa vie qu'elle la giflait. Et c'était d'autant plus blessant qu'elle l'avait fait devant Jacqueline.

— Tu seras toujours juive. Tu es née juive, *bubeleh*.

— Pas comme ça, rétorqua-t-elle. Je ne veux pas avoir peur d'être juive.

Frida se retourna vers le mur, sans embrasser sa mère. Elle se jura que jamais on ne lui imposerait d'avoir honte d'être ce qu'elle était. Jusqu'à ce qu'on lui colle cette étoile sur la poitrine, elle se moquait bien d'être juive. Et aux yeux des autres, même si son nom pouvait fortement le laisser croire, rien ne signifiait qu'elle l'était. Après tout, elle était née en France, et il lui arrivait de dire que son nom était d'origine russe. Personne ne la contredisait. Les enfants de son âge la croyaient. À la maison, elle vivait son judaïsme de façon traditionnelle. Ses parents n'avaient jamais été très pratiquants et se contentaient de célébrer les fêtes les plus importantes.

Ce soir-là, avant de se coucher, et comme elle le faisait le plus souvent possible, Fruma sortit le poste de radio qu'elle cachait dans le fond du buffet de la cuisine, derrière de la nourriture. Et à l'insu des filles, déjà endormies, elle écouta Radio Londres. Les Juifs n'avaient pas le droit de posséder de poste de radio et risquaient des sanctions si cela s'apprenait. Elle régla le volume très bas, colla l'oreille contre la grille en tissu jaune du poste et écouta le discours du général de Gaulle. Le général appelait la population de la zone libre à manifester en masse le lendemain, 14 juillet, jour de la fête nationale.

Ce jour du lendemain fut un jour férié comme les autres, mais pas un 14-Juillet comme ceux que l'on fêtait avant la guerre. Il n'y eut aucune festivité. Fruma avait peur que l'appel de De Gaulle ne soit suivi aussi en zone occupée et exigea de Frida qu'elle reste à jouer dans la cour de l'immeuble. Furieuse, Frida faisait depuis la veille la tête à sa mère et refusait de lui parler.

Fruma attendit le commissaire Le Gendre toute la journée. Il devait lui rapporter des nouvelles de son mari. Mais il ne vint pas lui rendre visite.

Le lendemain, le 15 juillet, le commissaire frappa discrètement à sa porte en début d'après-midi. Il dissimulait son visage sous un chapeau de feutre à larges bords. Il avait pris des risques pour venir et affichait un air sombre et inquiet qui ne dit rien de bon à Fruma.

— Je n'ai plus reçu de courrier de mon mari depuis une semaine, déclara-t-elle, inquiète. Est-ce qu'il va bien ? Avez-vous des informations concernant sa libération ?

Voyant la petite Ruth qui coloriait sur un cahier, le commissaire fit comprendre à Fruma qu'il tenait à s'entretenir avec elle, en toute discrétion. Fruma emmena sa petite fille dans la chambre avec ses crayons et son cahier de coloriage, l'installa sur le lit, referma la porte et rejoignit le commissaire dans la pièce principale.

Frida était descendue jouer dans la cour.

Le commissaire s'assit à la table. Fruma lui proposa un café qui ressemblait plus à de l'eau teintée à cause des restrictions.

— Madame Horowitz… votre mari…

Les mots lui venaient difficilement. Même si cet homme de loi avait vu sa carrière traversée de nombreux de drames, le sort que le gouvernement du maréchal Pétain réservait aux Juifs le dégoûtait.

Il poursuivit tout en baissant le regard.

— Madame Horowitz. Votre mari a été emmené vers l'est. Vers une destination inconnue. Peut-être un camp de travail. Il est parti par le convoi n° 4, le 25 juin.

Il venait d'apprendre le drame.

Il gardait la tête basse. Cet homme d'une soixantaine d'années, encore grand et de forte corpulence, cet ours qui avait dû en faire baver aux voyous qui étaient passés entre ses mains, se tassait sur sa chaise. Vaincu. Il considérait qu'il s'agissait du plus grave échec de sa vie.

Le visage de Fruma se déforma instantanément. Ses yeux semblaient sortir de leurs orbites, ses pommettes s'étaient contractées, sa bouche, envahie par l'horreur, s'était ouverte démesurément, son menton rejoignait son cou soudain pétrifié de rigidité, mais aucun cri ne sortit de sa gorge. Elle le bloquait pour ne pas effrayer Ruth, qui l'aurait entendu. Et quand elle fut incapable de se contenir, elle cacha son visage et cria. Un cri étouffé, long, qui s'éternisa, comme si on l'étranglait. Ses yeux se fermèrent, et ses larmes déferlèrent le long de ses joues. Monsieur Le Gendre n'osait dire mot. Il se leva, passa derrière Fruma et posa ses mains larges et réconfortantes sur ses épaules. Fruma apprécia le geste et posa ses mains sur les siennes.

— Je ne sais pas où il est parti, madame Horowitz.

Malheureusement, ce jour-là, monsieur Le Gendre n'était pas porteur d'une seule mauvaise nouvelle. Il annonça qu'une grande rafle était prévue le lendemain, jeudi 16 juillet. La préfecture était en train d'organiser ses équipes dans le but d'arrêter tous les Juifs recensés à Paris. Aussi bien les femmes que les enfants. Sur ordre des nazis, avec la collaboration des autorités françaises du gouvernement de Vichy.

— Il faut que vous quittiez Paris !

— Mais quand ?

Elle était perdue. Sans son mari. Et avec l'espoir désormais si ténu de le revoir un jour.

— Il faut partir, madame Horowitz. Vous êtes sur la liste. Il faut partir avant le couvre-feu. Faites vos valises. Je vais vous faire passer en zone libre avec vos filles.

— Mais Frida n'est pas là, s'inquiéta-t-elle. Elle est sortie jouer.

— Il faut partir. Cette nuit, ce sera trop tard. Et surtout, ne portez pas l'étoile. Vous m'avez compris ?

Fruma n'était pas en mesure de répondre. Mais elle avait entendu.

— Vous avez compris, madame Horowitz ? Ne portez pas l'étoile !

Elle hocha compulsivement la tête pour acquiescer. Choquée.

Il lui promit de lui glisser dans l'heure, sous la porte, les directives qu'elle devrait suivre scrupuleusement. Puis quitta l'appartement après avoir contrôlé qu'il ne croiserait pas les voisins de palier. Il avait bien l'intention de prévenir également la famille Rabinowicz, qui habitait au sixième étage, mais il craignait les réactions de certains locataires qu'il savait antisémites.

Dès qu'il eut refermé la porte d'entrée, Fruma se précipita dans la chambre et demanda à Ruth si elle savait où était sa sœur. La gamine n'en savait rien et replongea sa tête dans le cahier de coloriage qu'elle n'avait pas lâché depuis une heure.

Fruma se pencha à la fenêtre qui donnait sur la cour. Elle appela Frida. D'autres filles jouaient à la marelle, mais pas la sienne.

Elle descendit chez les Marcelin, sonna à la porte. La mère de Jacqueline lui ouvrit. Cela sentait bon la viande en sauce. Sur le coup, Fruma fut surprise d'inhaler ce genre d'odeur en temps de guerre et de rationnement. Elle se dit qu'il y en avait qui étaient mieux lotis que d'autres. Madame Marcelin ne l'aimait pas. Cela se voyait dans son regard. Elle se montra très froide.

— Oui ? fit-elle, sans même la saluer.

— Pardon de vous déranger, avez-vous vu ma fille ? Serait-elle chez vous ?

— Non, votre fille n'est pas chez moi, répondit-elle sèchement.

— Elle est peut-être sortie jouer avec Jacqueline ?

— Ça, je ne crois pas ! s'exclama-t-elle. Je le lui ai interdit.

Puis elle claqua la porte au nez de Fruma, désemparée. Jamais elle n'aurait imaginé que madame Marcelin puisse empêcher sa fille de fréquenter Frida. Jamais. Pourtant, elle n'en fut pas si surprise. Elle sentait que toutes les carapaces qu'elle avait revêtues pour se protéger finiraient par peser un jour aussi lourd qu'une camisole.

Elle descendit les escaliers en courant jusque dans la rue. Devant la porte cochère, elle parcourut les alentours, désespérée.

Puis elle prit la direction du patronage. Il fallait marcher jusqu'à la place de la Bastille. Sous un soleil de plomb. Elle arriva en nage au local de l'association juive. Mais personne n'avait vu Frida.

Elle rentra chez elle, passa un peu d'eau fraîche sur son visage. Elle avait besoin de reprendre ses esprits avant de réunir le nécessaire pour faire ses valises.

Elle s'en voulait d'avoir giflé Frida. Elle connaissait la sensibilité de sa fille, mais aussi son caractère bien trempé. Dieu seul savait où elle se trouvait. Il était presque six heures du soir, et il ne lui restait plus qu'à espérer que Frida rentrerait avant sept heures. Après, elles ne pourraient plus sortir ou prendraient le risque d'être contrôlées. Les Juifs n'avaient pas le droit de sortir dans la rue entre huit heures et six heures du matin.

Si Frida ne rentrait pas à temps, elles risquaient d'être piégées.

15

Lauren
Les mystères de l'Est

— Il est cinq heures du matin à Vilnius ! me fit remarquer Emily, après avoir vérifié sur Internet.

Dès qu'elle rentra à la maison, je lui fis découvrir l'e-mail que venait de m'envoyer Elina Prunskiene, notre « cousine » lituanienne. Il était déjà dix heures passées à Boston.

— Elle est peut-être insomniaque, poursuivit ma fille.

— Ou aussi passionnée que moi.

Nous échangeâmes un regard qui se passait de débat : il était temps pour nous aussi d'écrire à Elina. Même s'il était tard.

Celle-ci répondit instantanément, dans un anglais parfait. Elle était guide touristique et promenait des visiteurs occidentaux un peu dans toute l'Europe de l'Est. De jour, mais aussi de nuit, lorsqu'ils voulaient faire la fête. Elle venait donc de rentrer chez elle et s'était précipitée sur son ordinateur pour m'envoyer un e-mail. Elle proposa de communiquer par visioconférence, mais Emily et moi-même n'étions pas encore prêtes pour cette confrontation. Je prétextai que ma caméra ne fonctionnait pas pour ne pas la vexer. À ma demande, elle nous apporta quelques éléments pour préciser le contexte dans lequel son fils avait procédé à ces tests. Elle expliqua qu'Andrius avait réalisé ces tests dans le but d'adhérer à un parti néonazi. Un parti extrêmement radical. Elina avait retrouvé une charte de ce parti dans les affaires d'Andrius. Pour y être affilié, le postulant devait prouver qu'il était aryen. La charte reprenait ainsi la définition des lois de Nuremberg promulguées par Adolf Hitler : il ne devait être ni juif, ni métissé de Juif. Et pour cela, ne pas descendre de grands-parents juifs. Ils avaient réduit le nombre à deux grands-parents. C'était sans doute la raison pour laquelle Andrius avait testé sa grand-mère, Monika.

Je me fis la réflexion que la démocratie avait aussi ses limites à l'est de l'Europe. Ici, en Amérique, la liberté d'expression autorisait les pires salauds à défiler avec des croix gammées tatouées au plus profond de leur chair et de leur âme, et là-bas, les néonazis continuaient d'envoûter les plus jeunes. J'aurais cru naïvement que, après avoir assassiné tous les Juifs qui vivaient dans leurs pays, ils se seraient indignés de revoir ces assassins ressusciter.

Ce qui m'interpella dans les propos d'Elina, c'était qu'elle ne fut pas surprise d'apprendre que sa mère était juive. Elle nous confirma que bon nombre de gens des pays de l'Est se découvraient aujourd'hui des origines juives et des grands-parents qui avaient fui l'extermination des Juifs pendant la Seconde Guerre mondiale. Ils étaient revenus dans leur pays après la guerre et avaient fait le constat qu'il n'était pas de bon ton de déclarer son judaïsme, depuis que ces pays étaient sous l'emprise du communisme, et laïques.

Pour quelle raison avez-vous testé votre mère, finit par demander Elina.

Je m'attendais à cette interrogation plus que légitime. Par honnêteté, je lui racontai l'objet de notre quête et lui demandai ce qu'elle connaissait des ancêtres de Monika, sa mère.

Malheureusement, ma mère n'a jamais vraiment parlé de son passé, m'avoua-t-elle par écrit.

J'insistai pour qu'elle essaye d'en apprendre plus, et comme il se faisait tard, je proposai à Elina de poursuivre nos échanges le lendemain.

Elle nous salua chaleureusement. Nous la sentîmes particulièrement réjouie de nous avoir parlé. Même à une heure si tardive de la nuit.

Emily était émue :

— Tu crois que Suzy aimerait retrouver sa famille ?

Je n'en savais rien, car jusqu'à ce jour, elle avait tout fait pour nous la cacher.

Il était un peu plus de deux heures lorsque nous rejoignîmes chacune notre lit avec l'espoir qu'Elina obtiendrait assez d'informations pour nous permettre de remonter l'arbre généalogique de notre famille. Nos hésitations à poursuivre nos investigations étaient définitivement obsolètes. Nous étions à nouveau dans l'action.

Le lendemain matin, je me levai très tôt, comme à l'accoutumée. Je partis courir au Brookline Reservoir Park. J'avais besoin de faire de la place dans mon esprit pour mieux réfléchir. J'adorais courir autour de ce plan d'eau. Mon attention était concentrée sur mon souffle, mon rythme cardiaque, mes foulées. Quand je courais, je m'interdisais de me laisser polluer par mon imagination. J'aimais cette sensation de redevenir une machine, juste un corps, une mécanique.

Quand je rentrai, ma fille prenait son petit-déjeuner. Elle me fit remarquer que je n'étais pas en sueur. Malgré cette météo exceptionnelle du mois de juin.

— Je n'ai pas couru. J'ai marché. Impossible de faire le vide !

Ma rencontre en ligne de la nuit passée m'avait obsédée durant tout le parcours. Elina, sa mère, son fils, la Lituanie, les racines de ma mère, sa vraie famille, et la mienne !

Je partis prendre une douche, puis me collai devant mon ordinateur. Emily m'apporta un café et s'assit près de moi. Elle aussi attendait un message d'Elina.

Il n'y en avait pas.

Une heure plus tard, non plus.

Aucun message de la journée.

Ma fille cessa au bout d'un moment de me demander s'il y avait « du neuf ».

J'avais entamé des recherches sur cette famille, mais, dépourvue d'informations suffisantes, je n'avais rien trouvé.

Nous nous étions armées de patience, et chaque jour, je consultai ma boîte mail au moins une trentaine de fois. M'interdisant aussi d'envoyer un mail à Elina.

— Écris-lui, me proposa Emily, après huit jours sans nouvelles de Lituanie.

Elle me convia à m'asseoir près d'elle devant l'écran de l'ordinateur et attendit que je m'exécute. Mais je n'en fis rien. J'avais peur d'être intrusive.

— Si elle n'a pas repris contact, c'était probablement parce qu'elle ne le souhaitait pas.

Emily soupira, perdant patience. J'étais bien plus pudique que sa génération ne l'était. J'osais difficilement. Tel avait été mon principal écueil dans la vie.

Ma fille prit l'initiative de la contacter à ma place, pendant que je nous préparais deux sandwichs. Avec du pain cette fois-ci, j'avais besoin de glucides pour nourrir mes neurones.

— Elle m'a répondu ! fit-elle quand je débarquai avec nos collations.

J'étais presque en colère qu'elle ait pris cette résolution sans m'avertir.

— T'inquiète, j'ai signé « Lauren » !

C'était encore pire.

Mais je fus néanmoins terriblement curieuse d'en savoir plus.

Elina était confuse d'avoir mis tant de temps à revenir vers moi. Elle me remerciait d'avoir fait le pas de lui écrire. Elle m'informa qu'elle avait parlé à Monika, sa mère, et que l'entretien s'était avéré apparemment très désagréable. Quand Elina lui annonça qu'elle était juive, elle la gifla violemment, la traita de tous les noms et lui fit jurer sur sa vie de ne jamais reparler de cela à quiconque. Depuis, la relation avec sa mère s'était distendue. Elle ne l'avait pas revue, alors qu'elle lui rendait normalement visite chaque jour pour lui apporter des courses.

J'étais vraiment désolée pour Elina. Je regardai Emily, impuissante.

— Demande-lui quand même les infos ! s'exclama-t-elle. Demande-lui le nom de jeune fille de sa mère ! On trouvera le reste sur Internet !

Elle s'habituait aux bons réflexes.

Prunskiene n'était pas un nom juif, je n'avais trouvé personne portant ce nom sur les sites de généalogie juive. Ce qui sous-entendait que Monika était juive par sa mère. Emily avait raison, il nous fallait connaître le nom de jeune fille de Monika pour remonter sa filiation. Mais je trouvai indécent de mettre Elina en porte-à-faux vis-à-vis de sa mère. De m'immiscer ainsi dans la vie de cette famille que je ne connaissais pas.

— C'est NOTRE famille ! insista Emily.

Après tout, ma fille avait raison. Ce n'était pas l'impliquer que lui demander le nom de sa grand-mère et ceux de ses arrière-grands-parents. J'étais dans mon bon droit et lui posai la question. Mais je la sentis embarrassée. Comme j'aurais pu l'être moi-même dans sa situation, car Elina en savait très peu sur nous, elle aussi. Mis à part son enthousiasme de se découvrir une famille « américaine », elle n'était pas habitée par la même quête que nous. Elle conclut en me disant que, si un jour je passais par Vilnius, je serais toujours la bienvenue, et qu'elle serait très heureuse de me rencontrer. Ajoutant que, si elle visitait un jour l'Amérique, elle me le ferait savoir, mais que, pour l'instant, ce rêve lui était malheureusement inaccessible. Elle resta polie et me donna cette fois-ci un numéro de portable afin de la joindre facilement.

Elle signa « ta cousine, Elina ».

Nous avions été bien naïves. Cette fin de non-recevoir teintée de politesse bienveillante de la part d'Elina semblait clore la dernière piste que nous avions pour parvenir un jour à découvrir la véritable identité de Suzana Baker.

16

Frida
La fuite

15 juillet 1942

Sans se douter que sa mère était morte d'inquiétude et l'avait recherchée jusqu'au patronage, Frida se promenait place des Vosges. La tête entre les barreaux, mais du mauvais côté de la grille, elle regardait les enfants qui pataugeaient dans le bassin de la fontaine du petit parc. Il faisait déjà très chaud, l'occupant nazi n'avait pas encore le pouvoir de contrôler le cycle des saisons. Jacqueline s'approcha d'elle, l'air dépité. Elle était brune, comme elle, elle avait de grands yeux noirs, comme elle, elle était gaie, drôle, comme elle, mais elle n'était pas juive. C'est ce qui interdisait à Frida d'aller jouer dans le parc. C'était écrit sur un panneau accroché sur la grille : « Interdit aux Juifs ».

— On pourra jouer tout à l'heure, comme d'habitude, tu sais, fit Jacqueline pour rassurer sa copine.

Frida opina en souriant. Sans laisser paraître sa peine.

— Demain, on part en Normandie avec mes parents. Pour les grandes vacances. Dans la maison de famille, il y aura tous mes cousins. Et toi, tu pars où ? questionna Jacqueline.

— Je ne sais pas, répondit-elle, gênée et triste de ne pas avoir de projet de vacances.

— Et ton père, il revient quand ?

— Je ne sais pas non plus.

Jacqueline se contenta d'acquiescer, puis s'excusa en désignant ses camarades qui s'impatientaient.

— J'y vais.

Elle rejoignit les autres filles en courant. Elles l'attendaient pour jouer à la marelle.

Frida resta sur place. Fixant l'eau qui s'écoulait de la fontaine dans un flux continu et hypnotisant. La petite fille rêvait de la liberté de l'eau qui coulait, de ce cycle intarissable et immortel. Elle jouissait du spectacle des étincelles de ses jets luisant au soleil. Le bruit qu'ils faisaient en retombant par flaques dans le bassin la délassait. Elle ferma les yeux quelques minutes pour en profiter. Lorsqu'un policier, qui avait remarqué l'étoile jaune cousue sur son vêtement, la sortit de ses rêveries.

— Allez, va jouer ailleurs, toi ! Ce n'est pas fait pour les Juifs ici !

— Mais… mais je ne joue pas, monsieur ! rétorqua-t-elle, surprise par cette main qui venait de l'extraire de son bien-être.

— Allez, file ! surenchérit le policier en haussant le ton.

Frida obéit et s'en alla.

Dans le jardin, aucune des filles n'avait prêté attention à la scène.

Frida avait compris que les seules fontaines qu'elle eût désormais le droit de contempler étaient celles qui s'écoulaient le long des trottoirs. Les petites rivières des caniveaux sur lesquelles ses copains du quartier faisaient naviguer des bateaux de papier.

Elle avait la clé de l'appartement et entra sans frapper. Elle se réjouit en voyant sa mère verrouiller une valise. Mais celle-ci était dans ses pensées, et si préoccupée qu'elle ne l'avait pas entendue rentrer.

— On part en vacances ! On part en vacances ! Chouette ! Merci maman ! s'écria Frida, au comble du bonheur, tout en sautant au cou de Fruma.

— Merci mon Dieu, tu es rentrée, ma fille !

Elle la serra dans ses bras.

— On va où, *mame* ? On va où ?

— On part...

— On part en vacances ?

— Oui, voilà... On part en vacances !

— Youpi ! On va à la mer ?

Les yeux écarquillés et remplis de joie, Frida attendait une réponse. Fruma se contenta de sourire. C'était une affirmation, sans être une confirmation. Elle détestait mentir à ses enfants. Mais comment lui expliquer qu'elles fuyaient ?

Ce 15 juillet, le commissaire Le Gendre avait organisé la fuite de Fruma et ses filles. Dans une enveloppe qu'il avait glissée sous la porte de l'appartement, il lui avait laissé toutes les indications nécessaires.

Elle termina de bourrer une valise avec le strict nécessaire. Voyant que l'heure tournait, elle commençait à paniquer. Elles ne devaient pas quitter l'appartement après sept heures pour se rendre à la gare de Lyon. Elle pourrait voyager avec ses filles par le train de nuit. Les cheminots prendraient soin d'elles.

Suivant les consignes de monsieur Le Gendre, Fruma demanda à sa fille de changer de robe.

— Et mon étoile ? interrogea Frida.

— On n'en a plus besoin.

La petite Ruth n'en portait pas. Le port de l'étoile était réservé aux enfants de plus de six ans. Et là où ils allaient, en zone libre, les Juifs ne la portaient pas non plus. Fruma découpa les deux étoiles jusqu'à les réduire en miettes. De manière compulsive. Comme une vengeance. Frida la regardait faire en riant. Puis elle dissimula ses papiers d'identité dans la doublure de son manteau, qu'elle tassa dans sa valise. Il valait mieux qu'elle dise qu'elle les avait oubliés si elles étaient contrôlées par des policiers ou des soldats SS.

Comme elles sortaient toutes les trois de l'immeuble, elles croisèrent Jacqueline qui rentrait du jardin, les pieds souillés dans ses sandales.

— Vous partez ? interrogea-t-elle, étonnée.

— On part en vacances ! s'écria fièrement Frida.

— Vous allez où ?

— À la mer ! répondit Frida, enjouée, et un peu narquoise.

Sa mère filait devant, entraînant la petite Ruth par la main. Elle se retourna et fit signe à Frida de se dépêcher.

Sur le trottoir d'en face, les Grandin, les pharmaciens de la rue de Turenne, chargeaient la galerie de leur voiture de tout un tas d'objets. Ils partaient eux aussi dans leur maison de campagne. Avisant comme ils étaient chargés, Jacqueline ne put s'empêcher de faire la remarque à Frida qui filait déjà devant :

— Et vous ? C'est tout ce que vous emportez ?

Frida se dépêcha de rejoindre sa mère et sa sœur. Elle avait juste une petite valise à la main. Une valise d'enfant dans laquelle il y avait toujours une paire de demi-pointes et un album de photos de famille protégé par du papier journal.

— On va à la mer, on n'a pas besoin de grand-chose, répondit-elle sans se retourner.

Ils étaient partis sans presque rien. L'urgence les avait dépouillés des objets de leur quotidien. Une valise dans la main, Ruth accrochée à l'autre, Fruma s'éloignait vers le bout de la rue. Frida la rattrapa et se retourna une dernière fois vers Jacqueline. Elle la salua de la main tout en criant :

— On se verra à la rentrée !

Jacqueline la salua à son tour, un peu surprise par ce départ subit.

Lorsqu'elles arrivèrent place de la Bastille, Fruma ralentit le pas et s'adressa à sa fille.

— On est sur la liste, *bubeleh*.

— Quelle liste, *mame* ?

— Je t'expliquerai.

Au ton de sa mère, Frida comprit qu'elles ne partaient pas en vacances, et elle s'assombrit d'un coup.

— C'est parce qu'on est juives ? questionna Frida.

Fruma confirma en hochant la tête.

— Et papa ?

Fruma se garda de répondre et se dirigea vers la rue de Lyon. Ruth avait du mal à suivre. Sa mère la souleva et la porta à bout de bras.

— Et papa ? répéta Frida.

— Papa nous rejoindra, ma chérie. Quand il sera libéré.

Fruma eut du mal à contenir ses larmes.

Une fois arrivée à la gare de Lyon, Fruma suivit les instructions du commissaire. Contourner le bâtiment central par la rue de Chalon, entrer dans une zone interdite au public, qui ne serait pas gardée pour l'occasion, longer un long mur de briques rouges, descendre quelques escaliers vers une galerie souterraine, remonter un autre escalier et ouvrir une lourde porte en fer qui donnait accès aux voies ferrées. Mais, lorsqu'elle tourna la poignée, elle constata que la porte était verrouillée. Elle insista, en vain. De l'autre côté, elle vit à travers une petite lucarne grillagée que les voies étaient gardées par deux soldats nazis et un chien. Elle recula d'un bond, mais, trop tard, son entêtement avait fini par attirer l'attention du chien, qui se mit à aboyer dans sa direction. Elle commença à paniquer, Frida était effrayée, et Ruth pleurait. Sa mère la réconforta tout en l'implorant de ne pas pleurer, de ne pas faire de bruit, et lui couvrit la bouche avec sa main pour étouffer ses cris. De l'autre côté, les soldats nazis se rapprochèrent de la porte et regardèrent à travers la lucarne. Fruma et ses filles s'étaient cachées derrière le mur pour qu'on ne les voie pas. Mais, comme le chien aboyait et grattait à la porte, l'un des soldats tapa dessus tout en parlant en allemand. Il tourna la poignée et constata lui aussi que la porte était fermée. Le chien aboyait de plus en plus. Les soldats semblaient bien décidés à avoir raison de cette porte. L'un d'eux mit son fusil en joue et visa la serrure.

17

Lauren
Une visite de courtoisie

Elina, notre cousine lituanienne, avait poliment refusé de poursuivre notre correspondance. Et nous laissait, Emily et moi, sans le moindre indice qui nous permette de remonter la filiation de ma mère.

Même si nos espoirs s'amenuisaient, j'avais de nouveau fouillé les combles de la maison pour tenter d'y découvrir une autre piste. Puis le sous-sol : tout y était passé, les vieux dossiers administratifs de mes parents, leurs relevés de compte en banque, datant de presque vingt ans et tachés de moisissure.

Mais c'était plus par acquit de conscience que j'avais en vain examiné tous ces documents, car je n'y relevai rien de suspect.

Décidément, seule la piste lituanienne méritait qu'on s'y intéresse.

Emily me poussa à en parler à Oliver. Qui sait, il pouvait peut-être retrouver des éléments significatifs là où nous nous heurtions à un mur. Elle connaissait bien son père et savait qu'il se jetterait corps et âme dans l'arène de nos recherches.

Ce qui ne manqua pas de se produire.

Quelques jours plus tard, il me fixa de nouveau un rendez-vous dans sa cantine. Depuis trois semaines, le restaurant avait encore changé de style et arborait fièrement un drapeau américain sur sa devanture. Tout ça pour finir en burgers !

Comme nous, Oliver fut incapable de retrouver le nom de jeune fille de Monika, la mère d'Elina. Visiblement personne ne s'était encore penché sur la généalogie de cette famille : aucun arbre généalogique les concernant n'était disponible sur Internet. Oliver n'avait pas accès au fichier d'état civil de la ville de Vilnius, et il confirma l'information que nous avions déjà vérifiée, qu'aucun Prunskiene ne figurait dans les sites de généalogie juive.

Mon ex avait cependant découvert que Lukas Prunskiene, l'arrière-grand-père d'Andrius, avait servi dans les *Einsatzgruppen* durant la Seconde Guerre mondiale. Des groupes créés pour assassiner les opposants politiques et les Juifs dans les territoires de l'Est occupés par les nazis. Milicien lituanien, Lukas avait participé activement à l'extermination des Juifs de Vilnius. J'avais déjà mentionné ces groupes d'intervention à mes étudiants en évitant d'insister sur leurs méthodes d'assassinat. Oliver crut bon de me rafraîchir la mémoire. Comme s'il pensait m'apprendre un fait historique qui m'était étranger.

Je le laissai parler pour ne pas le vexer.

— Ils appelaient ça la méthode des sardines : ils allongeaient les victimes sur le sol et leur tiraient une balle dans la nuque. Après ils les recouvraient avec d'autres et recommençaient, couche après couche.

J'avais beau agiter ma main pour qu'il cesse ses descriptions, il poursuivit jusqu'au bout tout en mangeant.

Pour ma part, je filai aux toilettes, la nausée m'avait vaincue.

Lorsque j'en ressortis, j'étais blême, Oliver s'excusa.

Il me proposa de rédiger un article en trois volets dans le *Globe* : le test ADN, la rencontre avec la famille lituanienne et en partie nazie, et enfin l'identité retrouvée de Suzana Baker. Arguant que cette publicité permettrait peut-être à des gens de cette famille ignorée de se manifester. Mais je refusai d'emblée. Par respect pour ma mère. Et étrangement, pour respecter son mensonge.

— Je n'en ai parlé à personne de la famille. Et je ne leur en parlerai probablement jamais.

Il accepta ma position.

— Quand pars-tu à Vilnius ? me demanda-t-il.

Je le regardai sans lui répondre. Sidérée par sa question.

— Ne me dis pas que tu vas baisser les bras ? Si près du but ? s'exclama-t-il.

— Mais enfin, Oliver, je ne vais pas débarquer chez des gens qui ne semblent pas m'attendre à bras ouverts !

Je lui avais pourtant expliqué la position d'Elina, qui avait décidé de ne pas donner suite à nos interrogations concernant sa famille.

— Lauren, tu dois y aller ! Tu dois enfoncer les portes ! Sinon tu ne sauras jamais qui est ta mère ! C'est Monika, la clé ! Si tu n'y vas pas, je veux bien m'y rendre à ta place !

Je retrouvai Oliver tel qu'il s'était toujours comporté avec moi. Il m'avait constamment poussée dans mes retranchements. « Pour me faire avancer », disait-il. Et il y était parvenu. Il portait une grande responsabilité dans l'obtention de mes diplômes et ma réussite professionnelle. Il avait très vite décelé que je manquais de confiance en moi, et grâce à lui, j'avais grandi. Il avait su me faire marcher, courir et, en fin de compte, gagner. Il avait été mon mentor, et j'en avais toujours été consciente.

Mais cela m'agaçait. Il devinait toujours sur quel bouton appuyer pour me mettre au pied du mur avant de me pousser à le franchir. Mais, cette fois, je trouvais le mur trop haut.

— Ça t'arrange de ne pas te battre ! enchaîna mon ex, à la limite de l'ironie.

Il me connaissait par cœur. Il me provoquait.

— C'est ta vraie famille ! insista-t-il. Et si ta mère avait une sœur ? Un frère ? Tu as peut-être des cousins germains quelque part dans le monde ! Peut-être même ici, à Boston ! Ou ailleurs en Amérique ! Je rêverais d'en découvrir de nouveaux, moi !

Il en rêvait ? Mais pour en faire quoi ?

— On ne choisit pas sa famille ! Rien ne garantit que tu t'entendes avec eux ! lui rétorquai-je.

Il haussa les épaules, presque amusé par ma réplique inconsistante. Et il avait raison, elle l'était.

— Souviens-toi de cette lettre que Suzana avait commencé à écrire… Elle voulait « que tu saches » ! Maintenant tu sais à quoi elle faisait allusion. Alors continue de chercher ! C'est elle qui te le demande, pas moi !

Lui aussi, à l'époque, avait cru que cette confession inachevée était un pense-bête de plus qu'elle nous destinait.

En l'écoutant, je me disais qu'il me connaissait mieux que quiconque. Et qu'il avait toujours été pour moi l'étincelle qui faisait flamber l'allumette.

Il marqua un temps, me fixa et me répéta :

— Vas-y, Lauren ! Vas-y ! Tu dois faire le premier pas. Tu n'as pas le choix.

Quand il me parlait sérieusement, il m'appelait toujours « Lauren ».

Il paya le burger que je n'avais pu manger et m'assura de son soutien si j'en avais besoin.

Une heure plus tard, j'arrivai à la maison bleue. Ma mère était dans le parc. Décidément, elle y passait les trois quarts de son temps. Si, moi-même, j'aspirais à un instant contemplatif, privé de toute pensée perturbante, si je souhaitais m'isoler du monde, oublier le temps présent, me débarrasser l'esprit de toute pollution mentale, je viendrais ici. Et bien à l'abri, sous un saule pleureur, protégée des rayons invasifs du soleil, je poserais mon regard sur l'étang, les nénuphars, les érables de Norvège et les chênes rouges d'Amérique. Je laisserais le temps défiler sans y prêter attention. Je m'effacerais comme les heures qui passent, dans cette atmosphère lénifiante. Comme un caméléon, je prendrais la couleur de ce banc pour devenir transparente. Parce que ce paysage faisait tant de bien au cœur.

— Bonjour maman, fis-je en l'embrassant sur le front.

Je collai ma joue contre la sienne. En appuyant un peu. Avec toujours l'espoir qu'elle m'identifie.

— Bonjour ma fille, me répondit-elle.

Elle m'avait reconnue. Je lui caressai la joue et m'assis près d'elle, sur le banc. Je n'avais pas envie de lui parler des banalités habituelles. De ses repas, de ses jeux de stimulation avec les soignants. Je n'étais pas venue pour ça. J'étais là pour lui parler d'elle. Et je devais profiter de cet instant magique de lucidité. Car il pouvait s'étioler d'une seconde à l'autre.

— Maman, j'ai retrouvé ta famille.

Je sentis sa respiration s'interrompre quelques secondes.

— Ta vraie famille, maman. Celle de l'autre continent. Je vais partir les rencontrer. À Vilnius. Je vais m'absenter quelques semaines, je pense. Ne t'inquiète pas.

Elle se tourna vers moi et me fixa longuement en souriant. Avec son sourire tendre d'avant. Le vrai que j'avais toujours connu. Celui qui faisait briller son regard. Ce sourire attendri et guérisseur à la fois. Parce qu'il avait toujours soigné mon âme.

J'étais abasourdie par cette situation. Jamais elle n'avait réagi aussi promptement dans ces moments où elle recouvrait un peu de discernement. Mais jamais je ne lui avais fait une annonce aussi solennelle, non plus.

Malheureusement, ce moment magique fut interrompu par une infirmière qui lui demanda de l'accompagner pour une visite médicale de contrôle.

Quand Emily rentra à la maison en fin d'après-midi, juste avant de ressortir avec Madison, je lui rapportai d'abord la discussion que j'avais eue avec son père au déjeuner, puis lui fis part de la réaction de sa grand-mère. Elle n'était pas surprise par le comportement d'Oliver, qu'elle savait curieux de nature et de métier, mais resta stupéfaite de l'attitude singulière de sa grand-mère. Elle me confirma que jamais elle n'avait autant communiqué son ressenti depuis qu'elle était malade. Elle me prit la main, émue à son tour. Il nous suffit d'un échange les yeux dans les yeux pour nous comprendre.

— On part ?

Je confirmai ma décision en hochant la tête.

— Je vais revendre mes places pour le Burning Man, me dit-elle.

Nous étions au mois de juin, et ce festival se tenait au mois d'août. J'estimais que notre voyage n'allait pas durer si longtemps. Emily était d'accord avec moi et savait qu'elle pourrait les vendre encore plus cher à la dernière minute. Au cas où.

— Tu es certaine de vouloir m'accompagner ?

— Oui, bien sûr !

— Ne penses-tu pas qu'il est plus important pour toi de vivre ta vie de jeune fille, plutôt que d'aller déterrer des fantômes ?

— J'ai toujours adoré les films d'épouvante !

L'humour de son père. Trop noir, à mon goût, vu le contexte.

J'avais promis à Emily qu'un jour nous irions en Europe toutes les deux. Mais j'avais projeté de l'emmener à Paris, à Rome, à Madrid. Pas à Vilnius !

Oliver ne s'était pas trompé. Elina fut enchantée d'apprendre que nous venions lui rendre visite et insista pour nous réserver une chambre. J'avais prévu de loger dans un hôtel international. Je ne connaissais pas les hôtels de charme de Vilnius et souhaitais disposer d'une connexion Internet irréprochable et d'une logistique appropriée à nos investigations. Emily et moi, nous en avions repéré quelques-uns sur des sites de voyagistes.

Le vol était long, avec une escale à Amsterdam.

J'avais acheté deux guides de Vilnius pour les lire dans l'avion. Je détestais ressembler à une touriste quand j'arrivais dans un pays étranger. Je découvris que cette ville ambitionnait de retrouver sa place sur un plan intellectuel et artistique. Jusque-là, j'avais en tête l'histoire d'un petit pays, envahi à de multiples reprises par ses voisins, et où plus de cinquante mille

Juifs avaient été exterminés durant la Seconde Guerre mondiale.

Quand l'avion se posa sur la piste de l'aéroport de Vilnius, je pris une profonde inspiration. Comme si j'avais cessé de respirer pendant la totalité du vol. Emily avait dormi paisiblement durant tout le voyage. Elina m'avait dit qu'elle viendrait nous chercher à l'aéroport. Une belle attention. En même temps, une énorme boule au ventre m'envahissait au fur et à mesure que les passagers se levaient pour débarquer. Emily ne pouvait que constater que je laissais passer tout le monde sans m'imposer dans l'allée centrale.

— Maman ! Allez, on bouge !

Il fallait bien que j'aille à la rencontre de mon passé. De mon vrai passé. J'étais effrayée à l'idée de cette rencontre, mais surtout de ce qui en découlerait. J'avais peur de trop en apprendre. Pourquoi m'étais-je égarée dans cette aventure ?

Et voilà que je regrettais d'avoir écouté Oliver et ma fille. Je proposai à Emily de ne pas passer la douane et de reprendre le premier avion.

— Maman ! Allez ! C'est pas le moment de faire l'enfant !

Emily ne partait jamais perdante. C'était pour cette raison qu'elle m'avait suivie dans ce périple : pour éloigner mes doutes.

— Ça ne m'étonne pas que tu hésites tout le temps, mes potes juifs ashkénazes, ils sont comme toi. Maintenant, on sait de qui tu tiens ! dit-elle en éclatant de rire.

Elle me poussa pour que je me lève. Nous fûmes les dernières à sortir de la carlingue.

Jamais je ne pensais mettre les pieds dans un aéroport qui ressemblait autant à une gare. Une petite gare.

Elina nous attendait. Nous avions échangé nos photos pour nous reconnaître. Jolie blonde, grande et féminine, Elina était fine pour ses presque cinquante ans. Vêtue d'une robe sombre, elle portait le deuil. Elle retira ses lunettes dès qu'elle nous vit passer la porte de la douane. Ses yeux cernés de peine se plissèrent de joie dès qu'elle nous reconnut. Emily fut la première à la repérer, alors que je la cherchais encore parmi tous les regards qui nous dévisageaient. Elina prit ma fille dans ses bras. Sans hésiter. Elle la serra très fort. Devant ce spectacle, un frisson d'émotion me traversa de part en part. Je me hâtai de me joindre à ces effusions. Elina lâcha Emily, et je pris ma cousine lituanienne dans mes bras, sans réfléchir. Je la serrai et ne pus contenir mes larmes de joie. Cette femme faisait partie de ma famille. Cette femme avait un bout d'ADN de ma mère. De toute mon existence, elle était le premier « parent » que je rencontrais de ma branche maternelle. Elina s'écarta un peu pour me regarder. Nous pleurions toutes les deux. Et nous riions toutes les deux. À cet instant, j'étais convaincue que nous cherchions, l'une et l'autre, à détecter une ressemblance physique, familiale. Emily ne cachait pas ses larmes, elle non plus. Heureusement que nous avions toutes des mouchoirs en papier à portée de main.

Elina parlait un bon anglais, comme dans ses mails, légèrement teinté d'accent.

— Je suis fière d'avoir une cousine américaine, fit-elle, tout en s'emparant de la valise à roulettes que traînait ma fille, une valise pour deux.

Quelques minutes auparavant, je me sentais loin. Si loin de la maison que je me sentais loin de moi-même.

Après avoir rencontré Elina, je me sentais presque chez moi. Apaisée.

Elle nous annonça qu'elle n'avait pas réservé d'hôtel, déterminée à nous héberger chez elle. Nous n'avions pas d'autre choix que d'accepter son invitation, au risque de la vexer.

Entre l'aéroport et Vilnius, il y avait la campagne. Ce pays semblait très vert et peu construit. Mis à part quelques rares barres de béton qui dataient de l'époque soviétique. C'était tellement étrange de se dire que mes ancêtres étaient originaires de ce coin de la planète éloigné de tout ce que je connaissais.

Sur le trajet, Elina nous posa des dizaines de questions sur notre famille. Elle n'avait pas été aussi bavarde par écrit. Elle nous interrogea sur ma mère et son mensonge. Elle-même se demandait si la sienne savait qu'elle était juive. Nous étions exactement dans les mêmes questionnements, à la seule différence que sa mère n'avait pas perdu la mémoire, et qu'elle était donc en mesure de lui répondre.

— Ici, beaucoup de gens font des tests ADN. Et nombreux sont ceux qui découvrent qu'ils ont des origines juives. En Pologne, en Ukraine, partout.

Elle nous rappela que plus de cinq millions de Juifs vivaient en Europe de l'Est avant la Seconde Guerre mondiale, avant qu'ils soient plus ou moins tous exterminés.

— À la fin de la guerre, beaucoup de survivants ont caché leur religion. Ta mère est-elle devenue très catholique ?

— En tout cas, elle a fait de moi une bonne croyante. Mais, depuis que j'ai découvert qu'elle était juive, je me demande quelle croyante elle a été elle-même.

— Les survivants des Juifs d'Europe de l'Est ont été très traumatisés. Je peux comprendre qu'elle ait caché sa religion elle aussi.

Elina était guide touristique et connaissait bien l'histoire de son pays, ainsi que celles des pays voisins. Elle avait souvent des groupes de touristes juifs qui la sollicitaient pour les accompagner dans leurs voyages de mémoire :

— Des descendants de Juifs qui avaient pu s'enfuir du ghetto de Vilnius, précisa-t-elle. Mais il y en a eu très peu. À peine quelques centaines.

— Penses-tu que tes grands-parents maternels faisaient partie de ces survivants ?

Elina me sourit.

— Non, je crois que c'est plus compliqué.

Elle nous annonça que sa mère voulait bien nous rencontrer.

— Pourquoi a-t-elle accepté finalement ? lui demandai-je.

— Je l'ai menacée de révéler les résultats du test à mon père.

Elle nous confia que son père était un sympathisant d'extrême droite.

— Si mon père apprenait qu'il est marié avec une Juive, il le prendrait très mal.

— Tu aurais vraiment dénoncé ta mère ? questionna Emily.

— Non ! Bien sûr que non ! C'était juste pour qu'elle consente à vous parler. Vous venez de loin ! Et moi aussi, j'ai besoin de savoir.

En parfaite guide touristique, Elina poursuivit son exposé.

— D'autres touristes viennent revoir leurs morts. Des familles comme vous. Qui retrouvent des cousins qui sont décédés ici. Malheureusement, il y a eu des agressions antisémites au cimetière juif. Sur des visiteurs et des profanations.

Elina laissa échapper une larme qu'elle essuya d'un geste rapide avec le dos de la main.

— Mon fils a fait partie d'un groupe d'agresseurs. Il avait été arrêté, mais mon père avait réussi à le faire libérer, sans poursuite.

Nous restâmes sans voix.

Elina s'excusa.

Après avoir traversé un pont au-dessus de la rivière Vilnia, nous étions rendus dans le quartier d'Uzupis. Elina y vivait depuis deux ans et en était très fière. Depuis quelques années seulement, ce faubourg malfamé de la ville était devenu le quartier bohème le plus prisé des artistes. Des rues étroites et pavées, des murs livrés au street art, des sculptures exposées un peu partout, des ateliers d'artistes grands ouverts, ce lieu semblait hors du temps. Elina habitait dans une petite maison ancienne dont elle avait confié la palissade aux bons soins d'un artiste local, très inspiré par l'art naïf.

— Il y avait aussi beaucoup de Juifs dans ce quartier, nous fit-elle remarquer.

J'avais l'impression que tout notre séjour tournerait entièrement autour du judaïsme.

Le temps de déposer notre valise dans la maison, de découvrir qu'elle jouissait à l'arrière d'un jardin planté de magnifiques roses, et Elina nous embarqua de nouveau dans sa voiture.

— Nous allons dîner chez ma mère.

Je fus extrêmement surprise que tout se déroule aussi rapidement. Quelques semaines auparavant, Elina ne semblait pourtant pas si pressée. Et Emily et moi nous étions faites à l'idée que Monika refuse de nous recevoir.

Elina nous expliqua que son père ne serait évidemment pas présent, car il participait à une réunion politique. Sa mère vivait à Teresiskès, un village à vingt-cinq kilomètres au sud de Vilnius. Avec le décalage horaire, nous commencions à avoir la paupière lourde et le sommeil nous gagna. Elina nous réveilla une trentaine de minutes plus tard.

Nous venions de faire un véritable saut au temps des kolkhozes !

— La plupart de ces maisons datent de l'époque où la Lituanie faisait partie de l'Union soviétique.

Tout semblait encore dater de ces années de misère : des champs traversés de routes en terre dont quelques-unes seulement étaient goudronnées, des maisons dont certaines étaient en bois, à moitié en ruine, des granges transformées en habitations aux toits de tôle, et quelques logements un peu plus salubres qui détonnaient avec le reste.

Elina gara son véhicule devant l'une de ces maisons, en lisière de forêt.

Nous descendîmes de voiture. Notre guide nous précéda jusqu'à la porte d'entrée. Mais, lorsqu'elle tourna la poignée, elle constata que la porte était fermée à clé. Elle nous invita à passer par-derrière, poussa le portillon, mais le même scénario se produisit. La porte à l'arrière de la maison était également verrouillée. Les fenêtres étaient closes, et les rideaux tirés. Elina frappa plusieurs fois à la porte, appela sa mère à plusieurs reprises. Lui demanda probablement en lituanien de nous ouvrir, la prévenant que nous étions arrivées.

Enfin, la porte s'ouvrit, et une femme apparut sur le pas de la porte. Froide. Elle nous fusilla du regard, Emily et moi, s'adressa à sèchement à Elina, puis lui claqua la porte au nez. On entendit le verrou tourner à l'intérieur.

Elina était confuse. Terriblement déçue, elle nous ramena à Vilnius et nous proposa d'aller dîner dans un restaurant kasher où elle emmenait parfois des touristes.

Le trajet fut silencieux. Personne n'osa commenter l'événement. Et Emily et moi avions le sentiment d'être revenues au point de départ. Sauf que nous étions cette fois-ci proches de là où tout avait commencé.

18

Léon
Destination inconnue

15 juillet 1942

« Sois comme tout le monde » avait pour habitude de lui seriner Rifke, avec son fort accent polonais. Son plus grand souhait était que son fils Léon s'intègre dans la société française. Cette société qui les avait acceptés et leur avait tant donné, ajoutait-elle souvent. Léon était bien conscient qu'il n'avait jamais manqué de rien. Mendel, son père, travaillait dur pour faire vivre sa famille décemment. C'était un ébéniste de talent. Il récupérait des vieux meubles de style pour les rénover. Sa spécialité, c'étaient les styles Louis XV et Louis XVI. Sa femme disait souvent qu'il avait hérité son talent directement de Dieu. Arrivés de Pologne en 1925, ils avaient eu la chance de pouvoir louer ce petit atelier dans une impasse du faubourg Saint-Antoine. Léon y était né en 1930. La remise faisait office de chambre à coucher pour toute la famille. L'hiver, ils avaient froid, et le poêle brûlait toute la nuit. Il n'y avait pas d'eau chaude, mais avoir un robinet d'eau froide était déjà un luxe. Ils faisaient chauffer de l'eau sur le poêle pour faire leur toilette. Les meubles que le père de Léon récupérait, souvent dans les rues des beaux quartiers, étaient stockés dans un coin de l'atelier. Une fois rénovés, Rifke s'appliquait à les vernir au tampon.

Le 8 juin 1942, Mendel, juif, mais avant tout communiste, se sentit humilié de voir son fils partir à l'école avec cette étoile en tissu jaune cousue sur la poitrine. Elle était obligatoire en zone occupée depuis la veille.

— On n'a pas le droit de marquer les humains comme du bétail ! avait-il lâché, révolté.

Mais, pour Léon, cette étoile ne signifiait pas grand-chose. Comme le fait d'être juif, d'ailleurs. Il avait grandi dans une famille laïque et se moquait bien de ce signe extérieur de judaïsme, puisqu'il ne le pratiquait pas. Ce qu'il connaissait de ses origines se limitait à quelques albums que ses parents avaient emportés avant de quitter Varsovie, des albums remplis de photos de gens qu'il ne connaissait pas. Lui, il voulait ressembler à son père et devenir communiste comme lui. Sa mère avait néanmoins insisté pour qu'il porte l'étoile, afin de ne pas être sanctionné. Le jour où il partit au lycée avec cette distinction sur la poitrine, Léon tenta de rassurer son père.

— T'inquiète pas, papa, on va faire comme si c'était une décoration ! On s'en fout, nous, d'être juifs ! On est communistes !

Il dressa le poing droit en l'air et s'en alla avec entrain.

En arrivant au lycée, il monta les escaliers jusqu'au deuxième étage, il avait cours de français et s'étonna qu'il n'y ait aucun élève dans le couloir. Lorsqu'il entra dans la salle, il découvrit que tous les élèves de la classe portaient l'étoile. Tous sans exception. Ils se contentèrent de meubler le silence de leurs sourires. Gonflant la poitrine avec fierté. Léon était médusé. Il les connaissait tous et savait bien qu'il n'y avait qu'un seul Juif parmi eux. Le chef de classe se leva et lui expliqua que, par solidarité, ils avaient tous souhaité que leurs parents leur cousent cette étoile sur leur tablier. Ajoutant qu'ils avaient eu parfois du mal à les convaincre. Certains avaient même dû recourir en cachette à une petite couturière du quartier. Léon était si ému par ce geste qu'il ne put s'empêcher d'avoir les yeux humides. Le prof de français entra à son tour dans la classe et s'excusa de son retard. Il resta coi devant une telle scène.

— Vous êtes tous juifs ? s'exclama-t-il.

— Oui, m'sieur !!! répondirent tous les élèves en chœur.

Comme il était gaulliste, il applaudit ses élèves des deux mains.

Ceux-ci l'imitèrent et la classe s'embrasa aux cris de « Vive de Gaulle » !

Ce fut la première et la dernière fois qu'une telle scène se produisit dans ce lycée. Le professeur de français fut renvoyé le lendemain par le proviseur, partisan du maréchal Pétain, et certains des camarades de Léon prirent progressivement leurs distances avec lui, influencés par des parents qui ne souhaitaient surtout pas que l'on croie que leur famille protégeait des Juifs.

Léon prit alors conscience que, finalement, ce n'était probablement pas anodin d'être juif. Les Juifs du lycée étaient devenus les têtes de Turc des plus grands, qui n'hésitaient pas à les tabasser en toute impunité. Léon se défendait toujours et rentrait souvent le visage tuméfié à la maison. Ses parents refusèrent qu'il retourne au lycée, mais Léon insista pour finir l'année scolaire « en beauté », comme il disait. Il ne lui restait plus que quelques jours. Quelques jours durant lesquels il se vengea en badigeonnant des sigles communistes un peu partout. Avec de la peinture rouge, il avait peint la faucille et le marteau sur tous les murs du lycée. Le proviseur se tirait les cheveux, croyant qu'il s'agissait de l'œuvre d'un groupuscule d'élèves extrémistes.

Léon avait bien ri. Se doutant qu'il ne remettrait plus les pieds dans ce lycée, il signa son dernier forfait : « Léon Goldberg – communiste et fier de l'être ». Lui qui était nul en orthographe et collectionnait plus les avertissements que les bons points, n'avait cette fois-ci commis aucune faute d'orthographe.

Son père reçut une lettre du proviseur : Léon était renvoyé du lycée. Mais, en ce début du mois de juillet 1942, Mendel semblait préoccupé par bien autre chose et avait presque envie de féliciter son fils pour son audace. Il refusait néanmoins de l'encourager dans cette voie et lui fit promettre de ne jamais signer aucun autre exploit de ce genre. L'incitant à se battre, mais à se protéger avant tout. Cela ressemblait à la mise en garde d'un chef de guerre. Léon fut à la fois surpris et amusé par la réaction de son père. Lui qui était convaincu de prendre une rouste suite à son exclusion du lycée, en ressortit plus fort. Mendel savait que Léon aurait bientôt besoin de force et de courage. Quelques jours plus tard, il lui annonça que Rifke et lui allaient devoir se séparer de lui temporairement. Et qu'il serait livré à lui-même le temps qu'ils puissent tous se retrouver.

Léon ne comprenait pas pourquoi ses parents avaient pris cette décision hâtive. D'autant que sa mère lui avait promis qu'il aurait bientôt une petite sœur ou un petit frère, et que pour rien au monde il n'aurait manqué un tel événement. Trop pressé de jouer les protecteurs, les héros même, comme John Wayne, son idole de *La Chevauchée fantastique*. Il adorait les westerns, et même si les lois du gouvernement de Vichy avaient interdit aux Juifs d'entrer dans les cinémas, il en avait vu avant.

S'il rêvait d'être un héros, ce 15 juillet 1942, ce fut d'abord au tour de ses parents de se montrer héroïques.

Encadré de son père et de sa mère, Léon se dirigeait vers la gare de Lyon. Ils avaient pris soin de ne pas porter l'étoile. Les Juifs n'avaient pas le droit d'entrer dans les gares et se faisaient même contrôler lorsqu'ils étaient vus aux alentours. Mendel, Rifke et Léon descendaient la rue de Lyon.

Sur le trottoir d'en face, une jeune femme se hâtait en direction de la gare avec ses deux fillettes. L'une, plus jeune, qu'elle portait à bout de bras, l'autre qui la suivait au pas de course, une petite valise à la main. Léon traversa la rue avec ses parents et les croisa alors qu'elles traversaient dans le sens opposé. Une traction avant noire tourna dans la rue de Lyon en faisant crisser les pneus et manqua de renverser Mendel. À l'intérieur du véhicule, il y avait quatre hommes qui portaient tous de larges chapeaux de feutre. Après son virage, la traction fila droit sur les deux fillettes et leur mère. Léon écarquilla les yeux, envahi par la peur et le désir de les avertir du danger. Alertée par le bruit du moteur, la jeune maman se retourna et fit un pas de côté :

— Frida ! hurla-t-elle à l'intention de la fillette pour la mettre en garde.

Elle réussit à lui attraper le bras et la tira brusquement en arrière. La traction frôla la fillette, monta sur le trottoir et pila en bas des escaliers de la gare de Lyon, barrant la route à une autre famille. Quatre hommes en civil en sortirent. En les voyant, le plus jeune du groupe, qui devait avoir une quinzaine d'années, se mit à courir, puis tourna dans une ruelle. Les hommes, qui parlaient allemand, sortirent leurs armes et le prirent en chasse.

Proche de la scène, la jeune femme cacha instinctivement ses gamines derrière un camion en stationnement. Sur le trottoir d'en face, Léon semblait médusé par ce qui se produisait à quelques mètres de lui. Mendel entraîna son fils et sa femme sous un porche pour les protéger.

On entendit des coups de feu. Curieux, Mendel tenta de voir ce qu'il se passait et s'ils pouvaient poursuivre leur chemin. Les hommes en civil remontèrent dans la voiture, accompagnés du reste de la famille du fuyard. La traction disparut.

La jeune femme en profita pour poursuivre son chemin en direction de la rue de Chalon avec ses deux fillettes.

Mendel embarqua son fils et sa femme :

— On peut y aller.

— C'était qui, papa ? questionna Léon.

— Gestapo. Ils ne l'ont pas eu. Sûrement un jeune résistant.

Léon sourit. Content que le jeune homme ait pu échapper à ses bourreaux.

Mendel et Rifke s'arrêtèrent à la hauteur d'une pharmacie de la rue de Lyon. Ils n'avaient pas droit aux effusions interminables. Ils embrassèrent furtivement le petit Léon. Un baiser mécanique. Pour ne pas attirer l'attention.

— Je ne veux pas y aller, dit Léon, qui se découvrait beaucoup moins téméraire qu'il ne le pensait lui-même.

Rifke serrait si fort la main de son mari, qu'elle en coupait la circulation du sang. Ses doigts devenaient blancs.

— N'oublie jamais, mon fils, ce n'est pas l'éducation qui fait l'homme, c'est le cœur, lui déclara Mendel, comme s'il s'agissait d'une maxime qu'il devrait suivre toute sa vie. Et surtout, ne dis jamais que tu es juif. Jamais.

La traction avant de la Gestapo refit un passage dans la rue. Sur les chapeaux de roue. Léon tourna la tête pour la suivre du regard. Lorsqu'il se retourna, ses parents avaient disparu.

Ils avaient répété la situation plusieurs fois, depuis trois jours. Tout était prévu. Ils l'accompagneraient jusque devant la pharmacie et s'en iraient discrètement, sans rien dire. Rapidement. Léon rabâchait les consignes de son père dans sa tête. « Ne nous cherche pas. On sera là, cachés, jusqu'à ce que tu entres dans l'officine, ne t'inquiète pas. » « Ne t'inquiète pas. » Des mots censés rassurer qui font l'effet contraire. Pour Léon, si son père le rassurait, c'était parce que la situation était justement inquiétante. Il était plutôt du genre à n'avoir peur de rien, ni de personne. « Ne t'inquiète pas. » Des mots que les adultes disent aux enfants pour ne pas les alarmer face au danger. Malgré tout, la peur se lisait sur son visage. Il se sentait à découvert. Comme si n'importe qui pouvait lire en lui comme dans un livre ouvert. « Tu ne dois pas avoir peur, car ça se voit. » Encore des mots que son père lui avait répétés maintes et maintes fois. Il s'avoua qu'il avait ressenti la peur à de nombreuses occasions et s'en était toujours sorti. À chaque fois qu'il croisait une patrouille de soldats nazis, ou des hommes de la Gestapo, quand il courait dehors le soir après le couvre-feu pour rentrer chez lui. Il avait beau crâner auprès de ses copains, il avait senti son corps se liquéfier à de nombreuses reprises. Mais ne l'avait jamais montré. Il avait toujours gardé son sang-froid.

Aujourd'hui, il sentait qu'il le perdait. Car il ressentait cet abandon comme définitif. Ses parents le sauvaient, mais eux, seraient-il saufs ?

Le cœur serré, ils s'étaient enfuis. Ils avaient fui leur propre fils. Léon arriva en courant à l'angle de la rue, convaincu qu'ils l'avaient empruntée, mais ils n'étaient pas là. Il tournait la tête comme une girouette pour les retrouver, en vain. Mendel et Rifke s'étaient enfoncés sous un porche, ils étaient restés là, derrière la lourde porte cochère verte, grande ouverte. Léon passa devant eux en courant, perdu. Il revint sur ses pas, une fois, puis repartit dans l'autre sens une deuxième fois. Rifke le voyait par l'interstice entre le mur et la porte. Elle pressait sa main sur sa bouche pour qu'on ne l'entende pas pleurer.

La tête basse et le cœur lourd, Léon se rendit à la pharmacie. Il voulait cacher ses larmes et ne put répondre à la sollicitation d'un vieillard qui lui demanda de bien vouloir l'aider à porter une valise jusqu'à la gare. Même moyennant quelques sous. Il essuya ses yeux avec sa manche avant d'entrer et se rapprocha du comptoir. Instantanément, la patronne l'accueillit avec un grand sourire et lui dit de venir s'asseoir derrière. Comme si elle l'avait connu depuis toujours. Il rejoignit l'arrière-boutique et s'assit sur un tabouret en bois, entre deux rangées d'étagères remplies de médicaments. Ça sentait le vieux et l'éther. Ce qui lui provoqua un haut-le-cœur. La patronne lui proposa un verre d'eau et une tablette de vitamine C. En cette période de disette, il était plus difficile de trouver du chocolat que de la vitamine C. Il la remercia et patienta sans lâcher l'horloge murale du regard. Comme pour se raccrocher à quelque chose de concret qui lui évitait de penser à ses parents. Elle était bruyante et cliquait à chaque seconde qui passait. Il entendit un homme avec un accent allemand et prit peur. Il se contracta, prêt à bondir pour se sauver. Mais se sauver où ? Il balaya rapidement la pièce du regard et, dans un renfoncement, aperçut la porte de derrière. Il s'en approcha, tourna la poignée, tira doucement dessus, mais elle était fermée. Le ton de la voix de l'homme semblait monter en volume, mais Léon ne comprenait plus ce qu'il disait, il parlait maintenant en allemand, et la patronne lui répondait en allemand. Ce qui l'intrigua. Il se mit à trembler. Tira sur la poignée de la porte. Plusieurs fois. De toutes ses forces avec les deux mains même. Elle céda enfin et s'ouvrit. Surpris, Léon fut projeté en arrière et se retrouva sur les fesses. Non, il n'avait pas ouvert la porte lui-même. Une jeune fille venait d'entrer après avoir tourné la clé dans la serrure.

— Que t'arrive-t-il ? interrogea-t-elle.

Léon se releva et posa son index sur ses lèvres, faisant signe à la jeune fille de se taire. En même temps, on entendit l'Allemand éclater de rire. Et la patronne de la pharmacie l'imiter. Ils riaient. Tout allait bien, alors ? Léon fut apaisé. L'Allemand salua la patronne de la pharmacie d'un *« Auf wiedersehen »*, et l'on entendit de nouveau le silence.

La jeune fille sourit, amusée. Elle devait avoir entre dix-huit et vingt ans. Elle tira Léon par la main.

— On y va ? fit-elle.

— On… On va où ? questionna Léon, hésitant.

Elle lui prit la main d'autorité, mais gentiment.

— Allez, viens, mon grand.

Léon la suivit. Il n'avait pas le choix puisque ses parents semblaient avoir tout organisé. Il leur faisait confiance.

Ils sortirent de la pharmacie par la porte de derrière. Léon en profita pour chercher ses parents du regard. Il n'était pas naïf, mais espérait au fond de lui qu'ils aient changé d'avis et reviendraient le chercher. Mais il fut déçu.

Ils se dirigèrent tout droit vers la gare de Lyon.

— Mais on n'a pas le droit de…

La jeune fille l'interrompit.

— Souris, petit. Tu as tous les droits, tu es avec moi.

Il ne savait absolument pas qui était cette jeune fille, mais elle le rassurait. Il montra ses dents blanches à qui voulait bien le regarder. Si heureux de braver la loi en mettant les pieds dans une gare.

— Comment tu t'appelles ? questionna-t-il.

— Raymonde.

— On va où, Raymonde ?

— À la gare.

Ça, il le voyait bien.

— Et après ?

Léon ne bénéficia d'aucune réponse.

Ils se postèrent devant le tableau d'affichage des trains. Le gamin scrutait la foule sans prendre conscience que la jeune fille lui avait lâché la main. Le temps qu'il se retourne vers elle, elle n'était plus là. Il la chercha en vain du regard. Son cœur se serra de nouveau. C'est alors qu'une main agrippa la sienne et l'entraîna. Soulagé, il releva la tête. Il s'attendait à revoir Raymonde et découvrit le sourire d'un jeune homme d'une vingtaine d'années. Ce dernier lui frictionna fraternellement les cheveux pour simuler une intimité bien réelle. Cette fois-ci, Léon se contenta de le suivre, sans lui demander qui il était ni où ils allaient. Ils descendirent un escalier, empruntèrent un souterrain, puis remontèrent vers un quai où stationnait un train. Ils le longèrent jusqu'à la voiture sur laquelle était affiché « Marseille ». Léon marqua son étonnement en voyant qu'il allait voyager en première classe. Des soldats nazis contrôlaient les papiers des passagers qui montaient dans le train. L'accompagnateur de Léon présenta les billets et ses papiers d'identité. Léon n'avait pas besoin de carte d'identité à son âge.

— C'est mon petit frère, fit le convoyeur.

Il faut croire qu'il avait été dûment choisi pour incarner son rôle. Il était rouquin comme l'était Léon. Avec quelques taches de rousseur autour du nez.

Le soldat les laissa monter dans le train sans poser une seule question. Le jeune homme marchait devant en tenant fermement la main du petit Léon. Il savait exactement où il allait. Il s'arrêta net devant un compartiment, ouvrit la porte, assit le gamin sur la banquette et repartit sans dire un mot. Léon le regarda refermer la porte coulissante sans comprendre. Son père l'avait prévenu : « Ne cherche pas à comprendre. » Pourtant il en mourait d'envie. Il se demandait où son accompagnateur était parti s'asseoir et quand ils se retrouveraient.

Le sifflet marqua le départ du train. Léon ne put se retenir de pleurer en voyant la brume épaisse que dégageait la locomotive à vapeur. Comme un symbole qui voulait faire disparaître sa vie, ses parents, son quartier, la ville où il était né.

Léon s'appuya contre la vitre et dévisagea le couple assis sur la banquette en face de lui. Un jeune couple de l'âge de ses parents. Madame avait les cheveux blond vénitien, et sa coiffure retenait à merveille un très joli chapeau raphia. Elle portait une robe portefeuille jaune imprimée de fleurs blanches et s'était plongée dans la lecture de *L'Affaire Saint-Fiacre*, un roman de Georges Simenon. Monsieur portait un léger blazer bleu marine, un pantalon blanc et un chapeau de paille de type panama. Il lisait *L'Action française*. Mendel avait expliqué à Léon qu'il s'agissait d'un journal antisémite.

L'enfant cherchait un regard, l'amorce d'une parole sur les lèvres de ces gens qu'il ne connaissait pas. Mais le voyage se poursuivit dans le silence et l'anonymat le plus total.

Léon avait écouté la leçon de sa mère : ne jamais fixer personne dans les yeux, éviter de parler, répondre poliment si on s'adressait à lui, et rester naturel. Comme s'il vivait une situation habituelle.

Il s'abandonna à ses pensées et finit par s'endormir. Tout comme le jeune couple.

Jusqu'à ce qu'une voix les réveille tous les trois.

Un officier SS demanda aux passagers du compartiment de présenter leur laissez-passer pour traverser la ligne de démarcation vers la zone libre.

Léon s'estima perdu. À travers la vitre du train, il cherchait un secours quelconque sur le quai de la gare. Implorant mentalement son convoyeur de la gare de Lyon de venir le sauver. Se demandant ce qu'il allait bien pouvoir répondre lorsque l'officier lui demanderait de décliner son identité. Il considéra rapidement quel nom il pouvait s'inventer. Pas juif. Pas Goldberg. Non, il ne fallait surtout pas qu'il dise qu'il s'appelait Léon Goldberg. Encore Léon, c'était jouable. Il avait toujours eu confiance en lui, le petit Léon, mais cette fois-ci il était désemparé.

19

Lauren
Une nouvelle impasse

Après avoir été renvoyées par Monika qui nous avait claqué la porte au nez, Elina proposa de nous emmener dîner. Elle avait choisi un restaurant kasher dans la vieille ville de Vilnius. Elle avait garé la voiture un peu en amont pour nous faire admirer le quartier. Mais il faut avouer que nous traînions la patte. Au sens propre du terme. Le décalage horaire avait raison de nos facultés physiques et intellectuelles. Elina le remarqua et proposa de revenir sur nos pas pour dîner chez elle. Nous ne souhaitions pas la contrarier tant elle se réjouissait de nous faire traverser ces ruelles. Elle connaissait l'histoire de cette ville sur le bout des doigts. Et encore plus celle de ses Juifs.

— Les Juifs ont fait notre culture, et aujourd'hui il y en a qui reviennent.

Elle semblait convaincue que le judaïsme lituanien renaîtrait de ses cendres. Elle nous montrait des pans de murs ayant échappé à la destruction du ghetto juif, d'autres rues où il y avait des écoles juives, des synagogues, des associations juives. De nombreuses plaques commémoraient le souvenir de tous ces lieux. Malgré tout, Elina ne semblait pas dupe et savait que, sans la pression des Américains et d'autres états occidentaux, les Lituaniens auraient aujourd'hui oublié leurs Juifs.

— Après la Seconde Guerre mondiale, être juif était devenu honteux. Quand la Lituanie faisait partie de l'Union soviétique, nous rappela-t-elle.

Elle s'arrêta devant une façade. En hauteur, une grande étoile de David avait été gravée maladroitement à l'intérieur d'un mur.

— C'est ce qui reste de la cloison d'un appartement après la destruction de l'immeuble. Il faisait partie du ghetto, précisa notre guide. Cette pièce avait servi d'oratoire pour les prières.

Sur la devanture du restaurant kasher préconisé par Elina était affiché le menu. Et, jouxtant la mention kasher, était inscrit « côte de porc » ! Avec Emily, nous ne pûmes nous retenir de pouffer de rire.

— Je sais, confirma Elina qui avait compris la raison de notre réaction. Mais vous allez voir qu'ils vont vous certifier que le porc est « kasher » !

Elle éclata de rire avant de nous précéder à l'intérieur du restaurant.

C'était un endroit très cosy, à la décoration pompeuse. Les murs étaient recouverts de tissu bordeaux, et la moquette était dans les mêmes tons. Un mobilier de bois foncé et verni, des tables recouvertes de nappes blanches. Un peu désuet, mais un restaurant et un patron qui se voulaient accueillants. Il ne restait qu'une seule table pour trois. Le restaurant était envahi par une vingtaine de jeunes gens qui partageaient une grande tablée. Elina me précisa qu'en cette saison il y avait beaucoup d'étudiants du monde entier qui participaient à des séminaires pour apprendre le yiddish.

— Ici ?

J'étais très étonnée.

— Nous parlons le lituanien, le polonais, parfois encore le russe et certains le yiddish. Après la guerre, le régime soviétique avait interdit cette langue.

Elina était heureuse de nous faire partager l'histoire de son pays et de sa ville, et je ne voulais pas lui gâcher son plaisir en lui parlant de son fils. Au fond, j'étais gênée, je culpabilisais d'arriver dans sa vie au moment où elle venait de perdre un enfant.

Emily s'en chargea, rompant ainsi avec ma pudeur.

— Comment est mort Andrius ?

La langue anglaise est très directe et impudique. Présentant parfois insuffisamment de nuances. Et j'espérais qu'Elina en était consciente.

Elle marqua un temps de réflexion avant de répondre. Elle se doutait bien que nous évoquerions cette question.

— J'aimais mon fils plus que tout au monde, dit-elle en baladant son regard entre Emily et moi. Malheureusement, il n'a jamais suivi les bons exemples.

Elle nous raconta qu'il était décédé au cours d'une course illicite sur des circuits improvisés avec des bandes de skinheads.

— Il n'a pas eu le temps de prendre connaissance des résultats des tests. Peut-être aurait-il renoncé à ses démons s'il les avait reçus plus tôt. « Ses nazis » n'auraient pas donné suite à sa candidature.

Elle poursuivit, au bord des larmes, contenant sa peine au fond de sa gorge. Mais sa voix devenait chevrotante.

— Je suis divorcée depuis dix ans. Mon mari est alcoolique. Et violent. Andrius s'était souvent interposé quand il levait la main sur moi. Je crois que ça l'a déstabilisé. Et qu'il a lui aussi cherché un refuge dans une autre sorte de violence.

J'étais très émue. Nous étions deux mamans, avions toutes deux accouché d'un seul enfant, et je ne pouvais faire abstraction du fait que j'avais eu de la chance. Plus de chance qu'elle.

— Pourquoi ta mère a accepté de passer ce test ? lui demandai-je à mon tour.

— Ma mère est née en 1947. Les enfants nés après la guerre ignoraient tout de leurs origines. Parce que leurs parents les cachaient. Quand je lui ai montré ses résultats, ma mère n'a rien dit. C'est quand je le lui ai dit que j'avais communiqué avec vous qu'elle m'a giflée. Elle m'a interdit d'en parler.

Notre hôte nous confirma, en souriant, que le porc était bien kasher. Tout au moins dans les pays baltes. Il nous fit comprendre que c'était une viande facile à trouver. Elina commanda du *krupnik*, une sorte de vodka régionale. Un alcool très fort qui nous plongea un peu plus dans un état second. À ce moment-là, une jeune femme et un accordéoniste prirent place au fond de la salle. Elle tenait un micro sans fil et réveilla l'assistance en se présentant en yiddish. Tout le monde l'applaudit. Elina nous traduisit ses paroles : à force d'emmener ses clients dans ce restaurant, elle connaissait l'entrée en matière de la chanteuse par cœur. Celle-ci entama une première chanson du répertoire du folklore yiddish : *Bay mir bistu sheyn*[1]. Ce fut très émouvant de constater que jeunes et moins jeunes reprenaient les paroles du refrain.

— C'était ça, Vilnius, avant la guerre, nous fit remarquer Elina.

Nous sentions bien qu'elle était fière de cette culture cosmopolite qui régnait ici, avant la guerre. Et qu'elle aurait tant aimé connaître cette époque.

---

1. *Pour moi, tu es belle.*

Nous avions passé une merveilleuse soirée. Et, de retour chez Elina, Emily et moi n'eûmes pas le courage de défaire la valise et nous endormîmes tout habillées sur le lit.

Nous ouvrîmes les yeux le lendemain vers midi, confuses. Au contraire, Elina était ravie et flattée de constater que nous avions pris nos aises. Elle avait préparé le café et des viennoiseries.

En sortant de la douche, je la vis à travers l'encoignure d'une porte entrouverte que je poussais délicatement. Elina était en train de remplir des cartons.

— Tu déménages ?

— C'est la chambre d'Andrius, s'excusa-t-elle en levant la tête, gênée.

Elle essuya une larme et m'expliqua qu'il s'agissait des reliques que conservait son fils. Des médailles de son arrière-grand-père du côté Prunskiene, celui qui s'était engagé dans les *Einsatzgruppen*. J'expliquai à Elina que j'étais au courant, car mon ex-mari avait déjà fait des recherches dans ce sens. Elina semblait si triste de l'influence que cette branche familiale avait eue sur son fils. Elle faisait porter une forte responsabilité à son propre père, nationaliste, qui n'avait jamais éloigné son petit-fils de cette peste noire. Bien au contraire, il la défendait lui aussi.

Sur les murs de la chambre de ce garçon étaient accrochés toutes sortes d'objets liés au Troisième Reich. Des croix gammées, des casquettes, un drapeau nazi, des photos d'Adolf Hitler et de Goebbels, un casque allemand siglé SS, et même une baïonnette. Jamais Elina n'était parvenue à les lui faire décrocher du mur.

Pour évacuer cet instant bouleversant, elle me proposa de nous asseoir dans le jardin pour faire le point sur notre enquête. Mais, lorsque nous sortîmes de la chambre de son fils, nous découvrîmes une invitée inattendue assise dans le salon.

— Maman ? fit Elina, stupéfaite.

Monika ne lui rendait jamais visite. C'était la première fois qu'elle faisait usage du trousseau de clés que lui avait confié sa fille.

Elles échangèrent quelques mots dans leur langue, qu'Elina nous traduisit instantanément :

— Mon père ne s'est finalement pas rendu à sa réunion politique. Il était à la maison hier soir quand nous sommes passées. Elle ne pouvait pas nous recevoir devant lui.

Je ne savais pas comment la saluer, mais Monika me tendit la main, un peu rigide. Ce n'est que lorsqu'elle sourit et afficha enfin une certaine amabilité qu'elle commença à ressembler à sa fille. Emily sortit de la salle de bains à son tour, enroulée dans une serviette-éponge et les cheveux encore humides. Elle fut gênée lorsqu'elle découvrit la présence de Monika. Celle-ci éclata de rire. Ma fille ayant participé à détendre l'atmosphère, Elina nous proposa de nous installer dans son petit jardin, derrière la maison, et prépara du thé pour tout le monde.

Sans attendre, Monika me tendit une photo du mariage de ses parents et s'adressa à moi en lituanien. Elina se chargea de jouer les interprètes.

— Je m'appelle Monika Moldavsky. Ce sont mes parents, Agne Rawicz, ma mère, et Vaidas Moldavsky, mon père.

Elina ajouta que ses grands-parents maternels s'étaient mariés à Vilnius. Puis elle laissa sa mère poursuivre. Monika déroula ce qu'elle savait, comme si elle avouait un crime. Comme si elle livrait des aveux à un officier du KGB. Elle se tenait bien droite et me fixait sans ciller. Parfois, elle se tournait vers Emily et lui souriait avant d'avaler une gorgée de thé.

— Mes parents se sont rencontrés en Sibérie. Ma mère était infirmière et a sauvé mon père, qui était soldat dans l'armée soviétique.

Pendant qu'Elina nous traduisait les confessions de sa mère, Emily prenait des notes.

Monika raconta cette histoire romanesque qu'elle avait toujours entendue dans la bouche de ses parents : Vaidas était blessé dans la forêt sibérienne, et Agne avait dormi sur lui toute la nuit pour l'empêcher de mourir de froid. Une fois rentrés en Lituanie, à la fin de la guerre, ils se marièrent.

Aujourd'hui, ce joli conte semblait insuffisant à Elina.

— Maman, tes parents étaient-ils juifs ?

Le test ADN ne donnait pas la filiation génétique. Monika pouvait être juive par son père, par sa mère ou les deux. Elina savait que la famille de son père, la branche Moldavsky, n'était pas juive. Les Moldavsky étaient une famille lituanienne, de tradition catholique, militaires de père en fils. La mère de Monika lui avait toujours raconté qu'elle était seule au monde. Originaire de la ville de Kaunas, sa famille, antisoviétique, avait été déportée par les communistes, qui avaient annexé la Lituanie à l'URSS à la fin de la Seconde Guerre mondiale. Jamais Monika n'avait douté du passé de sa mère. Jusqu'à ce jour….

— Après qu'Elina m'a parlé de vos découvertes et de celles de mon petit-fils, j'ai beaucoup réfléchi. Et je crois qu'en réalité ma mère est née en Pologne. À Lodz, nous avoua alors Monika, les larmes aux yeux.

— Quoi ? Mais comment le sais-tu ??? questionna sa fille, stupéfaite.

Monika poursuivit son récit : Agne était morte jeune, à soixante-trois ans. Sur la fin de sa vie, elle avait reconnu la ville de Lodz dans un film d'Andrzej Wajda. « C'est là que je suis née », avait-elle dit à Monika. Mais cette dernière avait toujours pensé que sa mère, atteinte d'une maladie mentale, n'était plus très cohérente. Et confondait les lieux.

Monika sortit de son sac à main la copie de son acte de naissance. Il était très bref : « Monika Moldavsky – née de Agne Rawicz 30 ans et Vaidas Moldavsky 33 ans, 1947 ». La feuille était visée d'un tampon de la mairie de Vilnius. Même le nom de jeune fille de sa mère n'avait pas éveillé de suspicions chez Monika, car autant de Juifs que de catholiques portaient parfois les mêmes noms.

Je fis rapidement un calcul mental : l'âge d'Agne quand elle s'était mariée, celui de la date de naissance de Monika, il était probable qu'Agne soit née aux alentours de 1915. Je me demandais comment nous allions pouvoir remonter l'arbre généalogique avec ces seuls éléments.

20

Frida
La ligne de démarcation

15 juillet 1942

Fruma et ses filles étaient bloquées derrière la porte qui donnait accès aux voies ferrées de la gare de Lyon. Elle avait pourtant suivi à la lettre le plan du commissaire Le Gendre. Cette lourde porte était censée rester ouverte. Elle ne pouvait revenir sur ses pas sans prendre le risque de croiser des soldats sur son chemin. Les horaires des patrouilles avaient été précisément notés par le commissaire. Mais il n'avait pas prévu que l'une d'entre elles serait en avance, et qu'elle serait flanquée d'un féroce berger allemand. Le chien ne cessait d'aboyer et de gratter à la porte. Frida et Ruth étaient tétanisées, réfugiées dans les bras de leur mère. À l'extérieur, l'un des soldats visait la porte avec son fusil et s'apprêtait à tirer pour faire sauter la serrure.

— EH LÀ !!! cria un cheminot en se dirigeant vers eux.

L'homme, d'une trentaine d'années, était un grand gaillard, plutôt costaud, et éveilla aussitôt la méfiance des soldats. Celui qui tenait son fusil en joue détourna son arme vers l'intrus, alors que le chien se mit à lui aboyer dessus tout en tirant violemment sur sa chaîne.

Le cheminot s'arrêta net et leva les mains en l'air.

— Eh, ça va pas, non ? Je suis le mécanicien[1]. C'est moi qui conduis le train, là-bas, ajouta-t-il en désignant d'un mouvement de tête la locomotive qui stationnait à une centaine de mètres de là.

Les soldats comprenaient à peine ce qu'il disait, mais voyaient bien à sa tenue, sa casquette et ses grosses lunettes, qu'ils avaient affaire au conducteur du train.

— Vos collègues, ils ont besoin de vous sur le quai ! Pour vérifier les papiers !

Les deux soldats se regardaient, sceptiques, hermétiques au langage du cheminot. Ce dernier baissa enfin les bras quand celui qui le visait baissa son fusil.

Il leur désigna les quais et cria :

— Train !!!...

Il imita même le bruit de la locomotive pour qu'ils comprennent. Mimant avec les bras le mouvement circulaire des roues...

— Tchou tchou, tchou tchou, tchou tchou...

Et ajouta le mot magique :

— *Papiere* ! Train, contrôle, *Papiere* !!!

Le mot magique avait fonctionné, les deux soldats et leur chien rejoignirent le quai en courant. Dès qu'il estima ne plus être dans leur champ de vision, le mécanicien sortit une clé de la poche de sa veste de travail et déverrouilla la porte en fer en chuchotant :

— Ne faites pas de bruit. Je suis là pour vous aider. Je fais partie du réseau de Monsieur Le Gendre.

---

1. Le *mécanicien* est un cheminot dont la fonction est de conduire la locomotive d'un train. Il faisait équipe avec un *chauffeur*, dont le travail était d'alimenter en combustible (charbon) et eau la chaudière de la locomotive.

Derrière, Fruma était assise par terre, ses deux fillettes prostrées contre elle. Il s'assura que personne ne risquât de les repérer, souleva Frida, puis Ruth, et les cala toutes les deux dans ses bras. Fruma attrapa sa valise ainsi que la valisette de Frida et les suivit le long d'un aiguillage jusqu'à la locomotive. Une fumée légère sortait de la cheminée. Comme l'embarquement n'avait pas encore commencé, le cheminot cacha Fruma et les filles derrière la machine, où elles s'accroupirent. Puis, tout en vérifiant attentivement le serrage des écrous et l'absence de fêlure des roues de la locomotive, il guetta le quai. Il patienta jusqu'à ce que l'animation des passagers qui montaient dans le train occupe toute l'attention des soldats contrôlant les accès aux voitures. Avec la complicité du chauffeur, il fit ensuite grimper Fruma et ses filles, avec leurs valises, sur le tender, le wagon placé immédiatement après la locomotive et chargé de charbon. Il leur demanda à toutes les trois de se glisser à l'intérieur de gros sacs en toile de jute, utilisés habituellement pour le transport de pommes de terre. Il les camoufla très sommairement avec quelques briquettes de charbon. Si elles pouvaient du coup respirer aisément grâce au maillage large de la toile, la peur leur serrait les poumons. Il les tranquillisa : comme le train allait rouler de nuit, elles pourraient bientôt sortir facilement la tête. En revanche, elles devraient se dissimuler sous le charbon chaque fois que le train s'arrêterait en gare. Et ne pas bouger jusqu'à leur arrivée. Il les rassura enfin sur le fait que le tas de charbon diminuerait progressivement, mais que cela ne présentait aucun risque. Il avait prévu deux gourdes pleines d'eau pour étancher leur soif. Fruma le remercia et, en attendant le départ du train, fredonna une berceuse en yiddish à ses filles, qui malgré les sacs de pommes de terre se collèrent comme elles purent à leur mère.

Plus tard, quand le sifflet de la locomotive retentit et que la vapeur envahit le quai, Fruma se sentit libre, et sauve. Le train ne roulait pas très vite, et même si leurs visages étaient devenus rapidement charbonneux, Frida et Ruth commencèrent à prendre plaisir à ce voyage à tous vents. Comme le soleil s'était caché et que la nuit tombait, elles sortirent la tête du charbon pour admirer le paysage. Étrangement, elles étaient heureuses. Heureuses comme des enfants qui se raccrochent, par réflexe, à leur innocence. Profitant d'une ligne droite, le mécanicien monta sur le tender. Comme ils roulaient déjà depuis deux heures, il leur apporta du saucisson et du pain.

— Vous devez avoir faim, fit-il à l'intention de Fruma.

Elle hésita, car elle ne mangeait pas de porc. Mais ses filles criaient famine et, en fin de compte, elle ne put refuser la proposition bienveillante.

— Où allons-nous ? Pourquoi faites-vous tout ça pour nous ? interrogea-t-elle.

Le commissaire avait refusé qu'elle paye quoi que ce soit pour passer en zone libre. Alors elle se demandait pourquoi cet homme les aidait, elle et ses filles.

— Parce que je n'aime pas les nazis, madame.

Il allait pour redescendre du tender et se retourna vers Fruma :

— Et je fais ça parce qu'il faut le faire, c'est tout.

Il reprit les commandes de la locomotive jusqu'à Chalon-sur-Saône, où des soldats montèrent dans les wagons pour contrôler les laissez-passer. Le mécanicien avait prévenu Fruma et ses filles qu'il s'agissait de la dernière gare avant la ligne de démarcation, et leur conseilla de ne pas bouger d'un cil.

Quelques passagers, qui probablement n'avaient pas été en mesure de justifier leur passage de la ligne, furent arrêtés et descendirent du train, escortés par les soldats nazis.

Le train était prêt à repartir, le mécanicien allait tirer sur le sifflet, quand il fut interrompu par un ordre :

— *Halt !*

Deux soldats se dirigeaient vers la locomotive. Ils s'adressèrent aux deux cheminots en allemand. S'ils ne comprenaient pas la langue, ils saisirent instantanément les intentions des deux soldats, qui grimpèrent sur la locomotive, puis sur le tender. Ils entreprirent de vérifier si quelque chose était dissimulé sous le chargement de charbon. Le mécanicien craignait le pire, mais il faisait nuit noire, la locomotive était loin du quai et à peine éclairée par les réverbères. Les soldats dégainèrent alors des torches électriques. Pourtant bien dissimulées, les filles furent effrayées par les éclats de voix des nazis et les rayons lumineux qui traversaient les briquettes de charbon. Elles ne purent s'empêcher de bouger. À peine. Mais ce fut suffisant pour que les soldats distinguent quelques briquettes se mouvoir à leurs pieds. Ils se mirent à crier, prêts à frapper avec la crosse de leur fusil. À l'aveugle, sur les tas qui remuaient. C'est alors que deux violents coups de pelle frappés à la nuque, juste en dessous de leurs casques, les assommèrent de manière radicale. Deux coups de pelle que le mécanicien et le chauffeur leur avaient assénés sans hésiter.

— Vous pouvez sortir ! fit le mécanicien, à voix basse, à l'intention de Fruma et ses filles. Vous ne risquez plus rien.

Elles parvinrent à s'extraire du charbon et des sacs en toile de jute, découvrant les deux soldats nazis étendus sur le chargement.

— Que s'est-il passé ? interrogea Fruma encore effrayée et tremblante.

— On n'avait pas prévu qu'ils viennent mettre leur nez là-dedans. En général, ils n'aiment pas se salir les bottes.

— Qu'est-ce qu'on va faire d'eux ? demanda le chauffeur.

— On va les mettre en dessous, et on les balancera sur la voie un peu plus loin, lui répondit le mécanicien. Sans scrupule. Attache-les !

Après un moment d'hésitation, le chauffeur leur ligota les mains dans le dos avec leurs propres ceinturons.

— Je n'avais rien d'autre sous la main, fit-il, ironique.

Puis il abandonna les soldats sous le charbon. À cet instant même, le mécanicien aperçut une patrouille qui se dirigeait droit sur la locomotive.

— Il faut qu'on parte..., lança-t-il.

Il souleva Frida et la colla dans les bras du chauffeur, puis prit la petite Ruth dans les siens.

— Il faut y aller, lança-t-il à Fruma, désemparée.

Elle cherchait à déterrer sa valise dans la montagne de briquettes de charbon, mais elle peinait.

— Laissez-la, on ne peut pas se charger, lui ordonna le mécanicien.

Seule Frida n'avait pas lâché sa valisette.

Le mécanicien portait Ruth sur un bras et aidait Fruma à ne pas tomber en descendant du tender.

— Et le train ? fit-elle. Qui va le conduire ?

— Ils trouveront des collègues, madame. Nous, on est grillés.

Fruma suivit les deux hommes dans le noir. Ils traversèrent un grillage percé et disparurent dans la nuit.

21
Léon
En zone libre

15 juillet 1942

Pendant que le train pour Marseille stationnait en gare de Chalon-sur-Saône, les soldats nazis contrôlaient les laissez-passer des passagers qui comptaient voyager en zone libre. Un officier SS termina de vérifier ceux du jeune couple qui partageait le compartiment avec Léon.

— Merci madame et monsieur Galtier, les gratifia poliment l'officier en leur rendant les documents. Vous partez en vacances ?

— Oui, avec notre garçon, Gabriel, fit la jeune femme en regardant Léon d'un air tendre.

— Ah, je vois. Beau petit garçon.

Léon en rougit presque. Et comme il était autant surpris que gêné, il joua le timide.

— Alors passez un bon séjour dans le sud de la France, conclut l'officier SS.

Il les salua, ressortit du compartiment, fit coulisser la porte et poursuivit le pointage des *Ausweise* un peu plus loin.

— Merci, fit Léon à l'intention du couple.

Ils se contentèrent de lui sourire. Léon ne s'attendait absolument pas à ce que ces gens soient complices de son exil. Lui qui pensait retrouver bientôt le convoyeur de la gare de Lyon, se fit une raison et comprit qu'il ne le reverrait jamais. Ni ne connaîtrait son prénom.

Le couple se révéla aussi soulagé que le gamin une fois que l'officier eut tourné les talons. Ils avaient été surpris dans leur sommeil et n'avaient pas eu le temps d'anticiper ce contrôle. Léon n'osa pas demander à ses faux parents comment ils s'appelaient vraiment, se doutant qu'ils ne lui répondraient pas. Il comprit aussi pourquoi ses propres parents avaient insisté pour l'habiller comme un petit garçon modèle et pourquoi il voyageait en première classe. Les Galtier n'auraient pas bénéficié d'une telle déférence de l'officier s'ils avaient occupé les bancs en bois de la troisième classe. Et dans ce cas, le contrôle aurait été bien plus pointilleux et risqué.

« Gabriel Galtier ». Ce nom sonnait bien aux oreilles de Léon. L'espace de quelques secondes, il se sentit à l'aise dans la peau d'un petit catholique. C'était rassurant de ne pas être juif, se dit-il pour la première fois de sa vie. C'était mieux que d'être chassé, pensa-t-il. Il se sentait protégé et, au fond, il remerciait presque ses parents de l'avoir confié à tous ces inconnus.

— Moi, c'est Josette, se présenta enfin la jeune femme.

À la grande stupeur de Léon qui ne s'y attendait absolument pas.

— Et moi, Maurice, fit l'homme.

Léon était ravi que ses faux parents aient décliné leurs identités.

— Nous aurions dû nous présenter plus tôt. Si l'officier t'avait demandé nos noms, on était fichus, précisa Maurice.

Maurice avait bien conscience qu'ils n'auraient jamais dû s'endormir avant d'avoir averti le petit bonhomme.

— Mon père, rétorqua Léon, mon « vrai » père, souligna-t-il, il dit qu'en temps de guerre « l'erreur est inhumaine ».

Maurice sourit. Il se sentait coupable d'avoir fait prendre un tel risque à Léon. Il le rassura pour la suite du voyage.

— On va où ? interrogea Léon.

— On descend à Marseille, lui répondit Josette.

— J'ai pas pris d'affaires. Mes parents vont me rejoindre bientôt ?

Il comptait bien sur le fait que les Goldberg se retrouvent rapidement au complet, comme le lui avait promis son père.

— Ne t'inquiète pas pour ça, le rassura Maurice.

Le train semblait s'éterniser en gare de Chalon. À la fenêtre, Léon avait vu quelques passagers, escortés par des miliciens, se diriger vers la sortie de la gare. Il observa une espèce de remue-ménage sur le quai et put distinguer plusieurs soldats qui se pressaient vers l'avant du train. Josette et Maurice avaient déjà effectué ce trajet à plusieurs reprises, à chaque fois pour une mission différente. Jamais pourtant le train n'avait été immobilisé si longtemps. Ce dernier aurait dû repartir depuis un moment. Un passager du compartiment voisin vint les prévenir qu'il n'y avait plus de mécanicien et qu'ils attendaient une nouvelle équipe pour conduire la locomotive jusqu'à Marseille. Il n'en savait pas plus. Léon sentit ses chaperons soudain inquiets. Ils étaient en zone occupée, et le pire pouvait encore arriver.

— J'ai un peu faim, avança Léon, hésitant.

En réalité, il était affamé. Il était près de onze heures du soir, et il n'avait rien dans le ventre depuis l'heure du déjeuner.

Josette sortit un peu de pâté et du pain de son sac en osier.

— Tu manges de tout ? s'inquiéta-t-elle.

— On est communiste, on mange pas kasher, affirma-t-il.

Cette réponse amusa le couple.

La jeune femme lui prépara un sandwich. Léon s'en régala, but de l'eau dans la gourde qu'on lui tendit, puis s'endormit contre la vitre.

Pendant qu'il dormait, le train étant toujours à quai, il y eut un nouveau contrôle. Ce fut un autre officier SS qui se présenta. Bien moins agréable que le premier, il constata que les *Ausweise* étaient en règle, puis dévisagea l'enfant. Léon n'était pas inscrit sur les laissez-passer, et l'officier balada son regard entre le couple et l'enfant. Josette allait intervenir, mais l'officier le fit avant elle :

— Il ressemble à son père, dit-il avec un fort accent allemand.

Ils ne s'attendaient pas à cette réaction. Josette et Maurice ne purent s'empêcher de pouffer de rire une fois que l'officier fut ressorti.

Le train finit par repartir aux alentours d'une heure du matin. Avec une nouvelle équipe de cheminots. Comme la banquette de Léon était inoccupée, Josette l'allongea pour qu'il dorme plus confortablement. Puis elle se laissa gagner par le sommeil en s'appuyant sur l'épaule de Maurice.

Jusqu'au petit matin. Jusqu'à Marseille. Josette avait mis de côté une pomme pour Léon. Ce fut son petit-déjeuner.

Quand le train fut en gare, ils quittèrent le compartiment. Josette attrapa Léon par la main et suivit Maurice qui portait leur valise. Ils descendirent les marches. Ils étaient en zone libre. Il n'y avait plus un seul uniforme nazi. Uniquement des gendarmes et des policiers en civil facilement repérables pour Josette et Maurice qui étaient habitués à croiser la police de Vichy. La petite troupe ne craignait rien, car elle s'intégrait parfaitement dans le paysage. Symbolisant une famille française modèle.

Ils remplirent leurs gourdes d'eau dans les toilettes de la gare, car il faisait très chaud en ce matin du 16 juillet 1942. Ils se postèrent ensuite devant le tableau des départs dans le hall. La voie n'était pas encore annoncée. Ils avaient une heure à attendre avant de récupérer la correspondance pour Nice. Ils patientèrent sur un banc qu'ils avaient choisi volontairement dans une zone de courants d'air pour se rafraîchir.

— C'est où, Nice ? demanda Léon.

Il n'avait jamais entendu parler de toutes ces villes qu'il traversait. Chalon-sur-Saône, Marseille, Nice. Il n'aimait pas la géographie et n'était pas attentif en cours. D'autant que, de leur côté, ses parents lui parlaient souvent de la Pologne et de la famille qu'ils avaient encore à Varsovie et à Lodz. À part Paris, et quelques villes de banlieue où les parents de ses copains possédaient une maison de campagne, il n'était pas au fait de la carte de France.

Maurice prit un carnet, dessina schématiquement la France et traça leur itinéraire. Il avait noté mer Méditerranée le long de la côte sud de la France. Léon constata donc que Marseille était située en bord de mer.

— On est au bord de la mer ? s'exclama le gamin avec des étoiles dans les yeux.

Il partit en courant jusqu'à l'entrée de la gare et chercha la mer. Josette le rattrapa sur le parvis. Elle lui saisit la main et lui fit la leçon : il ne devait pas s'éloigner d'eux.

— Elle est où, la mer ?

Il était déçu et la cherchait du regard, mais il n'y avait que des immeubles. Josette le rassura gentiment :

— Tu la verras bientôt.

Sous les yeux des gendarmes, qui ricanaient, elle le ramena avec elle vers le banc..

Léon parla à l'oreille de Maurice.

— Si on est en zone libre, on risque pas d'être arrêtés, hein ?

— Tu ne t'appelles pas Galtier, et tu es juif, Léon, lui rappela-t-il, tout en le fixant longuement pour vérifier que le gamin ait bien assimilé les risques qu'ils couraient.

— Tu as compris ?

Sombre, Léon confirma en hochant la tête.

Une fois que la voie du train fut annoncée au tableau, ils rejoignirent le quai en empruntant un souterrain.

Quelques minutes plus tard, la locomotive entra en gare. Maurice présenta les billets à un contrôleur, qui n'était pas un gendarme. Cette direction était moins surveillée que les trains qui rejoignaient l'Espagne. Ils montèrent dans une voiture de première classe qui portait une pancarte « Vintimille ».

— On ne va pas à Nice ? s'enquit Léon.

— Le train passe par Nice, mais le terminus, c'est Vintimille, lui apprit gentiment le contrôleur.

— C'est où ? enchaîna Léon.

— En Italie, lui répondit Josette.

Ils gagnèrent leur compartiment, qu'ils partageaient cette fois-ci avec un couple de personnes âgées.

Léon les fixait du regard, étonné par la langue qu'ils parlaient.

— C'est des Allemands ? fit-il à l'oreille de Josette.

— Des Italiens, répondit-elle amusée.

Pour lui, ils parlaient une langue étrangère, et les seules qu'il avait entendues, c'étaient l'allemand et le yiddish.

Jusqu'à ce que le train démarre, il continua de les épier. Il n'en avait jamais vu. Des Italiens, pas des vieux. Et ignorait où se trouvait ce nouveau pays.

Il garda le nez collé à la vitre durant tout le trajet. La fenêtre était à moitié baissée, et il attendait de voir la mer. Quand il l'aperçut enfin, il s'écria : « La mer ! » Son cri émut tout le compartiment.

Il ne lâcha pas la Grande Bleue des yeux. Époustouflé par un tel spectacle. Elle était bleu marine et calme. Comme colorée avec de la peinture à l'huile qui bavait sur les rochers qui la cernaient.

Les deux Italiens admiraient eux aussi le paysage et tentèrent de lier conversation avec Maurice et Josette, mais ces derniers choisirent de se montrer discrets, quitte à paraître hautains. Car ils ne prenaient aucun risque durant leurs missions.

Après la desserte de la gare d'Antibes, Nice n'était plus qu'à quelques kilomètres. Tout le reste du parcours, Léon l'avait passé la tête à la fenêtre. Balayée par l'air de la mer et les odeurs de la sève des pins. Comme il s'attendait à retrouver tôt ou tard ses parents à Nice, il se sentait apaisé et s'était autorisé à être heureux, ne pensant qu'à profiter de ce moment merveilleux, le visage au vent.

En gare de Nice, ils s'installèrent sur un banc, dans le hall.

— On va où ? demanda Léon, pour la énième fois.

— Ne bouge pas de là, lui rétorqua Josette. On va aux cabinets.

— Moi aussi, j'ai envie.

Maurice le tranquillisa :

— Je vais t'emmener tout de suite après.

Josette et Maurice se rendirent aux toilettes. Il entra chez les hommes, elle chez les femmes.

Pendant ce temps, assis face à la sortie, Léon était submergé par la lumière qui régnait à l'extérieur et pénétrait dans le hall de la gare par les fenêtres. Jamais il n'avait vu une telle luminosité à Paris. Il se dit que Nice était une ville « bénie des dieux », une expression de sa mère. Mais sûrement pas par les mêmes dieux qui veillaient sur Paris, qui lui semblait si gris dans sa mémoire d'enfant.

Dix minutes que Josette et Maurice avaient disparu aux toilettes et qu'ils n'étaient pas encore réapparus. Léon voyait le temps passer en regardant les aiguilles de la grande horloge. Lui aussi était pressé d'aller aux cabinets et se retenait en appuyant sur sa braguette. Pour penser à autre chose, il fit le bilan de son aventure, en concluant qu'il avait traversé la France sans se faire prendre par les nazis. Il reconnut qu'il avait eu de la chance. De la « chance » : cette notion venait de faire son apparition dans son vocabulaire.

Au loin, deux gendarmes avançaient vers lui. Un gamin, assis tout seul sur un banc dans une gare depuis près de vingt minutes, attirait forcément l'attention. Plus ils se rapprochaient, plus Léon les sentait suspicieux.

22

Frida
La liberté

15 juillet 1942

Tandis que les soldats nazis donnaient l'alerte, les cheminots guidaient Fruma et ses filles dans l'obscurité du couvre-feu. Le mécanicien connaissait un passeur à Chalon-sur-Saône, qui, comme lui, appartenait au réseau du commissaire Le Gendre. En général, c'était lui qui le contactait, pour qu'il passe du courrier ou des armes dans sa locomotive de l'autre côté de la ligne de démarcation. Mais il savait aussi comment le trouver. Même à cette heure tardive.

De nombreuses patrouilles de soldats nazis surveillaient le périmètre de la gare. Le mécanicien put cependant conduire le groupe jusqu'à l'arrière d'un café. Il frappa trois coups, puis deux, puis un. La porte s'ouvrit sur l'arrière-salle. Le cafetier, un homme aux cheveux grisonnants, d'une cinquantaine d'années, les fit entrer rapidement pour ne pas laisser filtrer la lumière. À l'intérieur, il s'éclairait à la bougie pour éviter d'être repéré par les soldats SS.

— Octave ? Qu'est-ce que tu fais là ? fit-il, étonné.

Ce fut la première fois, depuis le départ de la gare de Lyon, que Fruma entendit le prénom du mécanicien.

— Ils nous ont trouvés, chef.

Octave s'adressait au patron du café comme à un supérieur hiérarchique. Surprise, Fruma n'imaginait pas que le réseau du commissaire Le Gendre soit aussi étendu.

Le patron apprit à Octave que le passeur sur lequel il comptait venait d'être arrêté. Il proposa alors que Fruma et ses filles profitent du passage qu'il était en train d'organiser pour deux autres Juifs. Simon, un homme de quarante ans, et sa mère âgée. Ils étaient attablés au fond de la salle. Discutant des modalités de passage de la ligne de démarcation avec un autre passeur.

— Ça va coûter combien ? demanda Fruma.

Octave s'adressa à son chef tout en désignant du regard ce nouveau venu dans le réseau :

— Tu le connais ?

— Il ne fait rien pour rien.

L'homme dont ils parlaient semblait jeune. Une vingtaine d'années. Une coupe en brosse.

— Tu as confiance ? poursuivit Octave.

— Il en a fait passer trois la semaine dernière et deux cette semaine.

Octave fixait l'inconnu de loin. Celui-ci s'en aperçut. D'un signe de tête, le mécanicien lui fit comprendre qu'il voulait lui parler. L'homme empocha les bijoux que la vieille dame venait de lui confier en guise de paiement. Quand celle-ci s'écroula, en larmes, dans les bras de son fils, le passeur crut la consoler avec une petite tape amicale sur l'épaule et quelques mots lâchés sans empathie.

— Tout va bien se passer, madame. Demain vous serez en zone libre.

Puis il rejoignit le mécanicien qui venait de prendre place à une table isolée. Il s'assit face à lui.

— Je te connais ?

Octave secoua la tête. Négatif.

— Comment tu t'appelles ? questionna le passeur.

— Je te le dirai plus tard.

— La confiance règne.

— On est en guerre.

Le cafetier servit une limonade de sa fabrication à Fruma, ses filles et au chauffeur du train, qu'il connaissait bien. Puis il leur proposa un peu de nourriture.

— Comment tu vas les faire passer ? interrogea Octave, en désignant la vieille dame et son fils. La Saône ?

— Tu as la réponse à ta question.

— Combien ?

Le passeur se mit à réfléchir en jaugeant Fruma et les deux fillettes.

Octave le fixait droit dans les yeux depuis le début de la conversation. Mais le passeur avait le regard fuyant.

— Cinq mille. Ou des bijoux, si elle en a.

— Tu es sûr de ton coup ?

Le passeur ricana ironiquement.

— C'est pour quand ?

— Cette nuit.

Octave quitta la table et rejoignit Fruma et les filles.

— Je ne le sens pas, fit-il. Je vais vous trouver quelqu'un d'autre.

— Je veux passer, Octave. Je ne peux pas attendre. Les nazis risquent de nous retrouver.

— Je vais vous cacher le temps de trouver un autre passeur.

— Combien veut-il ?

Octave hésita à lui répondre.

Alors Fruma quitta la table et se dirigea vers le passeur :

— Combien ? lui demanda-t-elle, tout en restant debout.

— Cinq mille. Ou des bijoux.

Elle sortit cinq mille francs de dessous son corsage et les posa sur la table. Au même moment, la main d'Octave se plaqua sur celle de Fruma.

— Je fais partie du voyage.

— Alors c'est cinq mille de plus.

— Je suis du voyage, je t'ai dit. Sinon elles ne partent pas.

Le passeur comprit qu'il n'y avait pas matière à discuter la décision du mécanicien.

Fruma laissa poindre un petit sourire reconnaissant à l'intention d'Octave. Son nouvel ange gardien.

Le cafetier les abrita tous dans sa cave après les avoir restaurés. Ils dormirent quelques heures à peine à même le sol, sur de vieilles paillasses, jusqu'à ce que le passeur les réveille au milieu de la nuit. Ils quittèrent discrètement le café, laissant le deuxième cheminot, le chauffeur de la locomotive, derrière eux. Sur le trajet, qu'ils devaient parcourir silencieusement, ils ne croisèrent aucune patrouille de *Feldgendarmen*, les policiers SS.

Un fusil en bandoulière, le passeur les convoya vers un petit bois à proximité de la Saône. Une fois qu'ils l'eurent traversé en toute sécurité, il leur donna les consignes pour franchir la rivière : le passage de la ligne de démarcation se ferait dans une barque amarrée à deux cents mètres environ en aval du bois. Ils seraient à découvert jusqu'à ce qu'ils embarquent, mais le passeur leur assura que les *Feldgendarmen* ne surveillaient pas le secteur.

— Je vais faire le guet pendant que vous rejoignez la barque, déclara-t-il.

Tous partirent à tour de rôle. Octave fut le dernier. À ce moment-là, il reçut un coup de crosse sur le crâne et tomba, inanimé. Personne ne s'en aperçut.

Sortant du bois, les réfugiés se mirent à courir vers la barque amarrée à un piquet en bordure de Saône. Fruma portait Ruth, Frida suivait à quelques mètres derrière, sa petite valise à la main, la vieille dame, bien que soutenue par son fils Simon, se déplaçait difficilement. Le minutage était précis pour éviter les patrouilles. Tous réussirent à embarquer. Les aboiements lointains de chiens résonnaient jusqu'à eux, mais Simon les rassura sur le fait qu'ils étaient loin. Il s'empara des rames, mais, constatant qu'Octave ne les avait pas rejoints, Fruma lui demanda de patienter avant de quitter la rive.

— On ne peut pas attendre ! lui rétorqua Simon.

— S'il vous plaît ! insista-t-elle.

Fruma scrutait la lisière du bois, mais Octave n'en sortait pas.

Simon commença à ramer.

— Je suis désolé, madame, il faut y aller.

Fruma se mordit les lèvres, inquiète pour le mécanicien.

Dans l'obscurité, la barque se dirigeait doucement vers l'autre rive. Lourde de ses occupants. Le courant les entraînant légèrement en aval. La rive de la zone libre se rapprochait quand, d'un coup, un faisceau de lumière blanche et aveuglante se figea sur eux.

— *Halt* !!!

Des *Feldgendarmen* les tenaient en joue, debout sur la berge que les fugitifs venaient de quitter. L'opération ressemblait fortement à une embuscade.

— Il nous a vendus ! s'écria Simon, conscient que le passeur les avait trahis.

Il se mit alors à ramer plus vite pour atteindre l'autre rive en tentant de dégager l'embarcation du cercle de lumière qui l'avait prise pour cible. Les soldats leur intimèrent l'ordre de revenir sur la berge où ils se trouvaient, en zone occupée. Les femmes et les enfants levèrent les bras. C'était une folie de croire qu'ils s'en sortiraient.

— Ils vont nous tuer ! hurla Fruma, paniquée. Il faut se rendre, supplia-t-elle.

Malgré cela, Simon redoubla d'efforts. Mais la barque était assurément trop lourde. Après une dernière sommation, les soldats firent feu. Ruth et Frida pleuraient et s'accrochaient à leur mère.

Le fils de la vieille dame ne voulait rien entendre, même les cris stridents de sa mère. Il s'obstinait à se diriger vers l'aval où il faisait plus sombre. Mais le faisceau du projecteur ne les lâchait pas, permettant aux soldats de les viser. Sans les atteindre, car l'embarcation balançait de plus en plus. Fruma se leva, voulut attraper l'une des rames pour bloquer Simon dans son élan et immobiliser l'embarcation, mais l'homme résista. La barque commença à tanguer dangereusement. Terrorisées, les fillettes s'accrochèrent de plus belle à leur mère. La vieille dame, tétanisée, restait agrippée au plat-bord. Son fils, en voulant repousser Fruma, créa un déséquilibre, et la barque finit par chavirer. Ils tombèrent à l'eau les premiers. Fruma hurla juste avant que sa tête frappe la surface de l'eau, ses filles furent englouties. Le fils de la vieille dame était le seul de l'embarcation à savoir nager. Lorsqu'il ressortit la tête de l'eau, il chercha sa mère, qu'il ne voyait plus :

— Maman ! Maman ! Elle ne sait pas nager ! Elle ne sait pas nager ! cria-t-il à Fruma qui maintenait sa tête hors de l'eau, en s'agitant et en suffoquant.

Assommée par une rame qui l'avait heurtée à la tête, la vieille dame avait sombré rapidement au fond de la rivière. Son fils plongea pour tenter de la repêcher, mais il ne voyait presque rien tant la nuit rendait les fonds encore plus sombres. Puis il replongea pour éviter les balles et le faisceau du projecteur.

Fruma non plus ne savait pas nager. Elle n'avait jamais pu apprendre, ni en Allemagne, ni en Pologne, ni en France. Au moment où elle fut à deux doigts de se noyer, sa main trouva la coque de la barque. Elle s'accrocha comme elle put au bord saillant. Ses yeux exorbités tentaient de localiser ses filles. Elle vit Frida qui se débattait, emportée par le courant, et l'agrippa par les cheveux alors que son petit corps passait devant elle. Elle lui attrapa le menton pour l'extraire de l'eau.

— Tiens-toi au rebord, Frida ! Tiens bon !

Mais Frida n'avait plus de force et glissa comme un poids mort. Fruma la rattrapa et la maintint contre elle en croisant son bras sur la poitrine de la petite fille. En même temps elle scrutait la surface de l'eau, recherchant la petite Ruth.

— RUTH ! cria-t-elle hors d'haleine. Elle toussait, s'étouffait, s'époumonait.

Ruth avait disparu.

Les balles des fusils des *Feldgendarmen* sifflaient, mais la barque échappait lentement au champ lumineux du projecteur.

Le fils de la vieille dame plongea plusieurs fois sous l'eau pour remonter sa mère, en vain. À la fin, il ne tenait même plus compte des balles qui arrosaient la zone et en fut criblé. Son corps inerte et ensanglanté fila sous les yeux de Fruma, emporté dans le lit de la rivière meurtrière.

L'embarcation à laquelle Fruma s'était arrimée avec Frida dériva très en aval. Ni la lumière du projecteur, ni les tirs des *Feldgendarmen* ne furent en mesure de les atteindre. Il ne restait plus que Fruma, qui sanglotait, Frida, évanouie dans les bras de sa mère, le bruit de l'eau qui coulait silencieusement, la nuit noire, et le cri d'une mère qui venait de perdre une enfant. Un cri déchirant, semblable à celui d'un animal blessé, avant qu'il se meure. Un cri venant de la gorge et que personne n'entend.

— RUTH !

Ce fut son dernier râle, avant de perdre connaissance.

Le lendemain matin, le 16 juillet 1942, loin en aval de la rivière, un paysan retrouva la barque échouée sur la bonne rive. De l'autre côté de la ligne de démarcation, en zone libre. Accrochées à l'embarcation, sur le sol, étaient allongées Fruma et Frida, inanimées. Le paysan fit signe de loin à l'homme qui l'accompagnait. Il s'empressa de le rejoindre. C'était Octave.

23

LAUREN
UNE FAMILLE DE POLOGNE

Je me jetai sur mon ordinateur portable. Elina et ma fille vinrent s'asseoir près de moi. Impatientes de découvrir qui était en réalité Agne Rawicz, la mère de Monika. Depuis qu'elle avait découvert sa judaïté à travers son test ADN, cette dernière présumait qu'Agne était juive. Car les Moldavsky, sa branche paternelle, étaient une famille catholique orthodoxe. Elina avait hâte de confirmer cette hypothèse. Si sa grand-mère était juive, elle et sa mère l'étaient aussi. Puisque la religion juive était transmise par les femmes indépendamment de toute transmission génétique. Elle nous exprima son souhait le plus cher de révéler au grand jour qu'elle était juive. C'était la part qu'elle souhaitait prendre dans la lutte contre l'émergence de mouvements nazis dans son pays.

— La fille d'un nationaliste polonais, petite-fille de nazi, découvre qu'elle est juive ! Cela fera certainement la une de la presse internationale ! déclara-t-elle.

Elle était fière de pouvoir participer à ce grand ménage antiraciste.

— Mon ex serait ravi de publier une telle histoire dans le *Boston Globe*, lui proposai-je.

Elle fut emballée par ma proposition, qu'elle accepta sans détour. Et promit de nous accompagner jusqu'au bout de nos recherches en Europe de l'Est.

L'acte de naissance de Monika était très bref : « Monika Moldavsky – née de Agne Rawicz 30 ans et Vaidas Moldavsky 33 ans, 1947 ».

Je me connectai sur les sites d'archives les plus appropriés à mes recherches et débutai mes investigations avec le seul indice que je possédais, l'âge d'Agne, 30 ans.

L'acte de naissance d'Agne, retrouvé sur un site polonais, indiquait qu'elle était née de Marks Rawicz et Malka Zysman. Avec un renvoi à une liste des internés dans le ghetto de Lodz. Après vérification, tous les Zysman, à part Malka, avaient été exterminés. Marks et Malka figuraient déjà sur une fiche familiale de recensement des habitants de Lodz de 1916 avec leurs deux filles, Agne, et sa sœur, Szandjla. Agne était bien née à Lodz, mais l'avait quitté en 1939, avant l'installation du ghetto par les nazis en 1940. Tandis que sa sœur Szandjla était restée…

Ma mère était-elle la fille de Szandjla Rawicz ? Cette probabilité généalogique existait bel et bien, mais me semblait peu probable scientifiquement. Suzana et Monika seraient dans ce cas cousines germaines et partageraient bien plus d'ADN en commun. Pour en avoir le cœur net, il fallait néanmoins découvrir si Szandjla avait eu des enfants. Et donc se plonger dans les archives du ghetto de Lodz. Concernant les recensements, il y avait des centaines de pages à examiner. Dans lesquelles les fiches étaient classées par adresses, pas par noms. Nous décidâmes qu'Emily et Elina allaient s'y coller de leur côté, sur un autre ordinateur.

Cela nous prit presque trois jours. Trois jours, enfermées chez Elina, à faire des allers-retours entre la cuisine et nos ordinateurs. Une immersion obsessionnelle dans les archives du ghetto. Pénétrant dans la vie, ou la survie, de prisonniers qui tentaient de subsister presque normalement entre deux convois de déportation. Des fiches attestaient que les enfants se rendaient à l'école, bénéficiaient d'un centre de loisirs aménagé dans un espace vert. Ces archives mentionnaient que des adultes travaillaient dans des usines, déjeunaient dans des cantines, fréquentaient les théâtres du ghetto, assistaient à des concerts. À partir du mois de septembre 1942, des enfants disparaissaient mystérieusement des fiches, déclarés « sortis du ghetto », alors que leur famille semblait vivante. Intriguée, je cherchai à clarifier cette information qui me semblait étrange. Je fus alors anéantie quand je lus sur un site historique que je consultais parfois que les nazis avaient demandé aux parents de leur livrer leurs enfants de moins de dix ans, et les vieillards, toutes les bouches inutiles pour les usines, s'ils voulaient survivre. Prise d'un haut-le-cœur, je sortis fumer une cigarette dans le jardin et en profitai pour appeler ma mère. Malgré sa maladie, elle avait toujours conservé un portable. Elle répondait automatiquement. C'était un réflexe pavlovien. Mais elle n'appelait jamais. Et même si elle ne me reconnaissait pas, je pouvais au moins l'entendre.

— Bonjour maman.

— Bonjour, qui est-ce ?

— C'est… c'est une amie.

— Ah, très bien. Comment allez-vous, chère madame ? Je ne vous ai pas vue depuis longtemps. Quand venez-vous me voir ? Nous irons sous le saule, puis je vous ferai un thé.

— Bientôt. Très bientôt, « Suzana ».

Puis je fondis en larmes.

Je tâchai de lui cacher mes sanglots.

— Au revoir Suzana.

— Au revoir chère amie.

Elle raccrocha avant moi.

Quand je rentrai, Emily et Elina m'annoncèrent qu'elles avaient isolé une quinzaine de Rawicz qui vivaient dans le ghetto, à cette époque. Grâce aux recoupements des dates de naissance, nous pûmes isoler Marks Rawicz et sa femme, qui vivaient à la même adresse dans le ghetto, Nordstrasse 28. Mais Szandjla n'était pas mentionnée. Une autre fiche mentionnait que Malka était décédée dans l'hôpital du ghetto : « morte du typhus... mère de Szandjla Becak ». Il fut aisé de déduire que Szandjla avait épousé un homme qui s'appelait Becak.

Mais pour découvrir s'ils avaient eu des enfants, et ce qu'ils étaient devenus, il nous fallait nous rendre à Lodz. S'ils en avaient eu, et même s'ils avaient disparu dans le ghetto, nous étions bloqués par la confidentialité des actes d'état civil polonais de moins de cent ans, donc enregistrés entre 1920 et 1939. De fait, aucun de leurs descendants, s'ils en avaient eu, ne figurait sur les fiches du ghetto.

Elina me proposa de prendre rendez-vous avec le service des archives de la ville de Lodz, de réserver un hôtel et de nous accompagner.

À choisir entre une dizaine d'heures à voyager successivement en train puis en bus, et un peu plus de six heures de voiture, le choix fut rapide.

*

La route défilait. Je sentais le regard d'Emily assise à l'arrière. Elle savait que je préférais être au volant. Encore plus dans un pays qui n'était pas le mien, avec des panneaux écrits dans une langue qui n'était pas la mienne. J'étais concentrée, attentive, comme si je conduisais. Elina le remarqua et me rassura, me conseillant de dormir durant le trajet. Je fermai les yeux. Imaginant que ma mère avait peut-être un jour traversé les mêmes plaines dans des wagons à bestiaux. Ici, ou en Pologne. Je commençais à détester ce pays. Je m'y sentais oppressée. Je me trouvais sur une terre qui avait éliminé plus de quatre-vingt-quinze pour cent de sa population juive durant la Seconde Guerre mondiale, et je ne pouvais y être insensible. Je connaissais l'histoire de ces régions et avais du mal à les inclure dans un monde libre. Encore aujourd'hui. Je ne me sentais pas en sécurité, surtout depuis que j'avais vu les reliques nazies d'Andrius. Pour être franche, ma première préoccupation avant de quitter Boston avait été d'apprendre par cœur le numéro de téléphone et l'adresse de l'ambassade américaine de Vilnius. Désormais, j'espérais que mon grand pays possédait au minimum un petit consulat à Lodz.

Quelques longues heures plus tard, cette ville s'offrit enfin à nous. À son habitude de guide touristique, Elina nous transporta dans le passé de cette métropole, en nous contant comment elle avait été prospère au XIXe siècle, rendue célèbre par son industrie textile. Elle était intarissable, mais je ne l'écoutais que d'une oreille. Il était plus de vingt heures, et nous avions rendez-vous le lendemain matin au service des archives. Tout le reste m'importait peu. Je voulais savoir si Szandjla était ma grand-mère. Je ne pensais plus qu'à cela. Emily l'avait bien compris et me fit gentiment la leçon, me suppliant d'ouvrir les yeux. Car la ville que nous traversions méritait le détour.

Elle avait raison. Je l'avais stigmatisée en l'imaginant aussi sordide que dans mes livres d'histoire. J'étais furieuse après moi. Cela ne me ressemblait pas de me montrer aussi xénophobe. Je fis table rase de mes pensées pour apprécier la modernité de la ville que nous traversions. Elina nous désigna une ancienne manufacture textile dont les bâtiments en briques rouges constituaient désormais un immense décor digne de Disneyland.

Nous avions fait une réservation dans un hôtel cinq étoiles d'un groupe international pour profiter de son spa. Mais je n'avais pas l'esprit au farniente. Après avoir dîné rapidement au restaurant de l'hôtel, je me dépêchai de retourner dans la chambre que je partageais avec Emily.

J'avais demandé à la réception s'ils disposaient d'un paperboard. Je ne doutais pas qu'ils en utilisent eux-mêmes pour les réunions d'équipe. Lorsque j'entrai dans la chambre, le chevalet était déjà installé et prêt à l'emploi avec ses feutres.

Elina avait rejoint sa chambre après que j'eus décliné une visite du centre-ville *by night*. Emily ne souhaita pas me quitter, bien qu'elle mourût d'envie d'aller prendre l'air du pays. Je l'incitai à le faire, mais elle insista pour rester avec moi.

Je n'avais jamais construit d'arbre généalogique. J'improvisai et inscrivis Suzana, puis Andrius, Elina, Monika, Agne, et les prénoms de ceux que nous avions exhumés du ghetto. Puis je traçai des flèches dans tous les sens, entourant les prénoms deux fois de manière compulsive. Emily me regardait faire sans rien dire, dubitative, puis me fit remarquer que mon schéma ressemblait plus à un brief judiciaire sur un tueur en série qu'à un arbre généalogique.

Elle n'avait pas tort.

Je jetai le feutre avec force contre le tableau.

Je me sentais si inutile.

J'éclatai de rire. Je trouvai mon arbre vraiment nul.

Ma fille m'apprit qu'elle avait appelé sa grand-mère.

— Je lui ai dit qu'on était Pologne et qu'elle ne s'inquiète pas.

— Que t'a-t-elle répondu ?

— Rien. Je ne sais pas si elle m'a reconnue. Mais je voulais qu'elle sache.

Je lui souris. Elle avait tant fait pour que sa grand-mère n'oublie pas. Stimulant son esprit d'une façon ou d'une autre. Mais cela ne fonctionnait plus. Elle n'obtenait plus les résultats qu'elle espérait. Elle venait d'essayer à nouveau, mais nous n'étions pas présentes pour en mesurer les conséquences.

Le lendemain matin, nous étions pile à l'heure devant le bâtiment des archives de la ville de Lodz. Pour le coup, c'était un bâtiment sinistre. Un immeuble en béton blanc, qui, de l'extérieur, ressemblait à un vieil hôpital des années soixante-dix. Mais, une fois passé la grille et la guérite de contrôle, nous pûmes constater qu'il donnait sur un très beau parc.

L'archiviste fut soulagé que l'une d'entre nous parle polonais. Elina lui présenta ainsi les informations que nous détenions, il s'absenta quelques minutes et revint vers nous avec une grosse pile de registres. J'étais émue et impatiente de les ouvrir.

Elina déchiffrait les fiches du ghetto avec l'archiviste, rédigées en allemand ou en polonais. Elle me regarda, et je sentis instantanément sa déception.

— Je suis désolée, Lauren, Szandjla a bien eu deux enfants, mais toute la famille a été exterminée dans le camp de Chelmno.

Ma mère n'était donc pas la fille de Szandjla.

Constatant mon désappointement, l'archiviste pensa me rassurer en m'annonçant que, selon lui, le lien de parenté entre ma mère et Monika ne pouvait désormais correspondre qu'à des descendants de frères ou de sœurs de Marks Rawicz.

Nous n'avions pas encore examiné cette branche, et je nous imaginais déjà enchaînant les recherches sur Internet et de nombreuses visites dans les archives polonaises. Mais je me trompais. Notre hôte était habitué à recevoir des descendants de familles polonaises qui se déplaçaient du monde entier et, en très peu de temps, il nous renseigna sur la branche complète de notre ancêtre grâce aux listes de résidents de Lodz.

Elina prit en charge la traduction en différé pour qu'il n'y ait aucun malentendu.

— Marks avait un frère, Sender Rawicz. Qui lui-même a eu quatre enfants. Deux sont morts dans le camp de Chelmno. Une a été déportée à Auschwitz, elle s'appelait Estera. Le plus jeune des quatre, Abraham, a émigré en Allemagne en 1925.

L'archiviste poursuivit tout en explorant ses nombreux documents.

— Abraham est parti à Munich.

— Et sa sœur, Estera ? A-t-elle survécu ?

J'avais posé cette question spontanément, car l'archiviste ne nous avait pas donné de détails la concernant.

Elina traduisit, et il nous objecta que les archives des camps d'Auschwitz-Birkenau se trouvaient à Auschwitz. Qu'il était incapable de nous dire si Estera, la sœur d'Abraham Ravicz, avait survécu ou pas.

Avant de repartir, l'archiviste nous confia aimablement les photocopies des cartes des travailleurs du ghetto de Lodz, qui comportaient des photos de nos ancêtres. Qui étaient aussi ceux d'Elina.

Après avoir quitté le bâtiment des archives, celle-ci nous proposa d'aller déjeuner dans ce lieu typique qu'était la Manufactura. Ce centre commercial aménagé au milieu des bâtiments de l'ancienne usine textile Poznanski. Il faisait très beau, et je trouvais indécent de remuer un passé si sombre sous un ciel si bleu et un soleil si bienfaisant.

Après déjeuner, Elina insista pour nous faire visiter le Musée central du textile, mais sa voiture tomba en panne. Pendant qu'Emily l'accompagnait pour la faire dépanner, je pris un taxi et rentrai à l'hôtel.

Je complétai alors mon arbre généalogique, que j'étais d'ailleurs la seule à pouvoir interpréter correctement. Puis je m'assis face au paperboard. Toutes ces flèches qui partaient dans tous les sens m'étourdissaient. Je regrettais que cette recherche me semble autant désincarnée. Peuplée de fantômes dont j'étais incapable de reconstituer les histoires et les émotions. Cette quête devenait à la fois trop abstraite et trop concrète. Au milieu de tous ces étrangers qui n'étaient que des noms, je me faisais l'effet d'une voyeuse. Même Tess, dont de nombreux ancêtres avaient été déportés, ne s'était jamais penchée sur ses morts. C'était loin, c'était horrible et inconcevable, mais je ne les avais pas connus, même en photo. Quelques-unes étaient désormais en ma possession, mais j'étais incapable de ressentir une émotion. Alors qu'avec le temps, avec les histoires que ma mère m'avait racontées sur eux, j'avais même fini par m'attacher à la famille Baker, les faux Baker.

Quand Elina et ma fille rentrèrent à l'hôtel, elles m'annoncèrent que nous n'aurions pas de voiture pour aller à Auschwitz, si nous décidions d'y aller. Le véhicule de notre cousine interprète venait de rendre l'âme au bout de trois cent mille kilomètres.

« Si nous décidions d'y aller. » J'avais moi-même réfléchi à l'option de poursuivre l'enquête ou de tout cesser. J'étais terrorisée à l'idée de me rendre à Auschwitz. Il ne s'agissait pas d'un voyage initiatique. Des milliers de professeurs d'histoire avaient dû s'y rendre, mais pour d'autres raisons que les miennes.

— Je crois que nous n'avons pas le choix.

Je les avais incluses dans ma décision. Comme Elina avait oublié son permis de conduire à Vilnius, ce dont elle s'était seulement rendu compte en arrivant, et que je n'avais pas emporté le mien, nous ne pouvions pas louer de voiture et étions condamnées à prendre le train.

Lodz-Auschwitz en train. C'était très lourd de symbole.

24

Léon
La rencontre

16 juillet 1942

Arrivé en gare de Nice, Léon patientait dans le hall depuis déjà une vingtaine de minutes. Sans Josette ni Maurice, qui n'étaient toujours pas revenus des toilettes. Deux gendarmes s'avançaient vers lui.

— Salut toi !

La voix d'une femme dans son dos, puis une friction amicale sur le haut du crâne, firent sursauter Léon. Une grosse voix, presque une voix masculine, se dit-il. Quand il se retourna, il se retrouva face à une jeune femme sympathique aux cheveux courts. Malgré tout, il la prit d'abord pour un homme.

Elle lui sourit et lui tendit naturellement les bras.

— Viens, mon garçon, fit-elle discrètement, en affichant un large sourire jovial.

Il constata qu'elle n'avait pas de poils de barbe et en conclut qu'il s'agissait bien d'une femme.

— Serre-moi fort et souris, petit, lui confia-t-elle à l'oreille. À cause des gendarmes…

Il se mit debout sur le banc et la serra maladroitement dans ses bras.

Les deux gendarmes passèrent leur chemin.

La jeune femme s'empara de la valise abandonnée par le jeune couple quelques minutes plus tôt, puis saisit vigoureusement la main de Léon. Elle avait une poigne d'homme, il le sentit passer.

— Allez, viens, on y va !

— Mais j'ai envie de faire pipi !

— Tu feras dehors, petit.

Il la suivit. Comme elle le tirait, il n'avait pas d'autre choix. Mais, une fois dans la rue, il chercha un endroit où il pourrait se cacher. Il avisa un camion de livraison de charbon, qui stationnait dans la descente en face de la gare.

— Je peux, madame ?

— C'est bon, vas-y.

Pendant qu'il se soulageait derrière le camion, Josette et Maurice sortirent de la gare à leur tour. Ils échangèrent un regard lointain avec la jeune femme qui avait récupéré le petit Léon et s'éloignèrent, chacun de son côté.

Une fois qu'il eut terminé, Léon rejoignit la jeune femme et lui donna la main.

— J'espère que tu n'as pas mouillé ta main, fit-elle un peu dégoûtée.

— Si, répondit-il narquois. T'avais qu'à pas me l'écraser tout à l'heure !

Elle en convenait, amusée par la répartie du gamin.

Elle se mit en route, imprimant un rythme qui surprit le gamin dès le départ tant la convoyeuse faisait de grands pas. Elle était grande et avait de longues jambes. Léon était contraint de courir un peu pour la suivre.

— On ne peut pas marcher plus lentement, petit, sinon on va rater l'autocar.

Ils firent ainsi le chemin jusqu'à la gare des autobus, boulevard Jean-Jaurès, derrière la place Masséna. Il faisait excessivement chaud, mais elle avait prévu une gourde pour étancher la soif du petit Léon. Quand il but, il se régala.

— C'est quoi ? C'est vachement…

Elle l'interrompit, car de nombreux passagers commençaient à se regrouper devant l'arrêt.

Elle lui parla à l'oreille :

— C'est du sirop d'orgeat. Contrebande. Chuuuuut.

Il sourit et répéta « Chuuuut », coquin. Et enchaîna.

— Comment tu t'appelles ?

— Françoise, appelle-moi Françoise.

Léon n'était plus dupe et avait bien compris que « Françoise » endossait sûrement d'autres prénoms au gré de ses missions.

— On va où ? demanda-t-il discrètement.

Il n'eut aucune réponse et ne s'en étonnait plus non plus.

Sauf quand il l'interrogea sur ses parents, demandant quand il les retrouverait. Presque deux jours qu'il ne les avait pas vus. Jamais il n'avait été séparé d'eux aussi longtemps.

Elle se chargea de le tranquilliser en lui caressant la joue.

— Bientôt, bientôt. Ne t'inquiète pas.

Il trouva Nice bien différent de Paris. Gai.

— Ils parlent tous comme toi, les gens, ici ?

— Qu'est-ce que tu veux dire, petit ?

— En chantant ?

— Oui, c'est leur accent.

Il l'aimait bien, cet accent ; et puis personne ne faisait attention à lui. Il ne portait plus d'étoile. Il se sentait libre. Il s'assit sur la valise que Françoise avait posée sur le trottoir, croisa les bras en attendant l'autocar et s'endormit quelques minutes dans cette position. Son voyage l'avait épuisé. Et il n'avait pas déjeuné.

Le vacarme des freins de l'autocar le fit sursauter. Sur le pare-brise, un écriteau désignait la destination : Saint-Pancrace.

Le trajet devait durer plus d'une heure.

Le car se hissait sur les collines au nord de Nice. À cause des nombreux virages, Léon fut pris de nausées. Le chauffeur s'arrêta sur le bord de la route à la demande de la convoyeuse. Le gamin descendit en courant et partit vomir dans les buissons. Françoise ne l'avait pas accompagné dehors et sentit les regards réprobateurs des autres passagers. Des mots fusèrent : « Le pauvre petit », « Et son grand frère, il ne peut pas s'en occuper ? » On la prenait tout le temps pour un garçon. Elle aurait pu descendre du car pour assister Léon, mais elle avait la consigne de ne jamais se séparer de la valise. Lorsqu'il reprit sa place, il passa par toutes les couleurs : blanc, puis vert, puis gris.

Une fois arrivé à Saint-Pancrace, son calvaire fut enfin terminé et il reprit sa bonne mine. Il leur restait néanmoins un kilomètre à parcourir à pied. Jusqu'à la maison des Gambini. C'était une jolie maison rose. Un rose soutenu, comme on en trouve dans le sud de la France. Françoise tira sur la cloche et patienta jusqu'à ce que madame Gambini vienne leur ouvrir le portail.

Elle marchait vers eux en boitant. Un tablier bleu recouvrait sa robe. Elle portait bien ses cheveux gris et ses soixante ans passés et affichait un visage bienveillant, avec un sourire plein de dents qui se chevauchaient un peu. Ce qui la rendait le plus étrange aux yeux de

Léon, c'était sa moustache. Disons, le petit duvet qu'elle n'épilait pas, au-dessus de la lèvre supérieure.

— Alors c'est toi, Léon ? fit-elle gentiment.

Madame Gambini parlait avec une douceur extrême, qui contrastait avec sa présence un peu bourrue.

Il hocha la tête, jouant les timides. Poli comme Rifke, sa mère lui avait toujours appris à l'être.

— Tu vas rester un peu chez nous. Tout va bien se passer, tu verras.

Même si Madame Gambini était accueillante, Léon eut néanmoins un pincement au cœur en regardant Françoise. Il était parti de chez lui depuis quarante-huit heures et avait connu pas moins de cinq chaperons différents. Il commençait à s'habituer à ces aventures parce qu'il y avait de l'action et qu'il trouvait ça marrant, même s'il y avait aussi une part de danger. Mais il n'avait pas du tout envisagé de se faire adopter par une nouvelle famille. À ce moment-là, il se demanda quand il reverrait ses parents et avait envie de pleurer.

Madame Gambini lui montra sa chambre et lui proposa de prendre une douche pendant qu'elle discutait avec Françoise. Elle lui donna quelques habits pour se changer.

— Ils ne sont pas neufs, mais ils sont propres et à ta taille.

Elle lui montra où se trouvait la salle de bains de la villa, puis s'enferma dans une autre chambre avec Françoise. Celle-ci posa la valise sur un lit et l'ouvrit. À l'intérieur, il y avait des nappes en dentelles. Et sous les nappes, bien dissimulé, de l'argent. Elle sortit une liasse de billets qu'elle tendit à madame Gambini.

— Rangez-moi ça, jeune fille, je ne fais pas ça pour l'argent.

Françoise fut très étonnée par cette réaction, insista un peu, mais madame Gambini refusa catégoriquement de se faire payer.

— C'est par humanité que nous faisons ça. Parce qu'il faut le faire, c'est tout.

Françoise rangea l'argent dans la valise.

— Il y a eu des rafles à Paris aujourd'hui. On a pu sauver pas mal de gens, mais la police de Vichy en a arrêté beaucoup.

Madame Gambini afficha un air consterné.

— Bon, je m'en vais, lui dit Françoise. Vous savez où nous joindre.

Puis elle quitta la villa. Une fois sur la route, elle regretta de ne pas avoir salué le petit Léon.

Pendant ce temps, ce dernier découvrait, pour la première fois de sa vie, une vraie salle de bains. Avec de l'eau chaude qui coulait du robinet. Les seules fois où il prenait la douche, c'était à la piscine municipale. Il passa une bonne demi-heure sous le jet, puis se sécha, s'habilla et chercha madame Gambini dans la maison. Il la trouva à l'extérieur en train de bichonner son potager. C'était la première fois qu'il voyait pousser des légumes.

— Ah te voilà, toi ! Je suis certaine qu'on n'a plus une seule goutte d'eau chaude, fit-elle en plaisantant.

— J'ai tout nettoyé, s'exclama le gamin, fier de lui.

Sa mère lui avait appris à toujours laisser la zone du lavabo comme il l'avait trouvée.

Madame Gambini lui pinça le nez avec tendresse.

— C'est que tu es un bon petit, toi ! Allez, tu dois avoir faim !

Il hocha la tête en souriant et en écarquillant les yeux.

Dans la cuisine, le couvert était mis pour quatre.

— Y a des invités ?

— Y a Joseph, mon mari, et la petite.

« La petite ? » Il pensa à une parente. Pour Léon, madame Gambini était trop vieille pour avoir une fille, « petite ».

— Tu peux m'appeler tata Colette, si tu veux, lui proposa-t-elle.

— D'accord, madame.

Cela sentait bon, l'ail revenu dans l'huile d'olive. Cette odeur mêlée au coucher du soleil qui rougissait le ciel donnait au Sud toute sa raison d'être.

La cloche de l'entrée tinta deux fois, puis une fois. C'était le signal que Joseph Gambini avait imaginé pour avertir qu'il venait d'arriver. Il débarqua avec un gros pain tout frais.

— Alors il est là ! fit Joseph en s'adressant au petit Léon.

Le gamin lui sourit, mais n'osa pas en dire plus. Joseph était un homme imposant. Grand et costaud. Le crâne chauve et le sourcil très noir. Pour certains, il pouvait être effrayant. Il caressa les cheveux roux de Léon.

— T'est pas un petit gars du Sud, toi ! Avec cette couleur de cheveux ! s'exclama-t-il en éclatant de rire.

Puis il tendit la main à Léon.

— Moi, c'est Joseph.

Une énorme main. Une grosse paluche de boulanger que le gamin avait peur de serrer. Il lui tendit la sienne avec réticence.

— N'aie pas peur, petit !

Il éclata de rire en serrant gentiment la main de Léon.

La cloche tinta une nouvelle fois.

— Ça, c'est la petite ! s'exclama Joseph.

Hannah fit son apparition par la porte arrière de la cuisine. Elle se figea dès qu'elle vit Léon. Sous le charme. Un coup de foudre d'enfant. Mais un coup de foudre qui fait battre le cœur très vite. C'était la première fois qu'elle ressentait quelque chose de semblable. Et Léon avait ressenti la même chose lui aussi.

Depuis quelques semaines, elle prenait le car toute seule de Nice pour monter à Saint-Pancrace. D'habitude, elle venait prendre ses cours avec Colette durant l'après-midi, mais ce soir-là elle restait dormir. Les Gambini voulaient que le petit Léon ait de la compagnie. Ils avaient peur qu'il se sente mélancolique, loin de ses habitudes. Hannah avait accepté de le chaperonner, intriguée par ce nouvel arrivant.

— Je te présente Marie, fit Colette. Ses parents sont des amis de la famille.

Léon tendit la main à Hannah.

— Moi, c'est Léon.

Tous deux étaient intimidés.

Pendant le dîner, le gamin n'osa pas trop s'exprimer. Il avait peur de rater une bouchée. Il était affamé. Colette et Joseph prirent des nouvelles de Saul, le petit frère d'Hannah. Il avait désormais près de neuf mois. Ils l'avaient débaptisé lui aussi, il s'appelait maintenant Arthur. Esther et Meyer étaient devenus Estelle et Pierre Clausac sur les nouveaux papiers d'identité que le réseau de Diego leur avait fournis. Depuis qu'il s'était évadé, Meyer Braunstein était recherché. Ils étaient convenus entre eux qu'il était préférable qu'ils emploient ces nouveaux prénoms devant des étrangers. Hannah non plus ne devait jamais divulguer son vrai patronyme. Même à un enfant de son âge. Ils avaient déménagé dans un appartement à peine plus grand, deux rues plus loin, rue de Rivoli. Et avaient inscrit sur la boîte aux lettres le nom Clausac.

Meyer travaillait à la boulangerie de Joseph Gambini. Blessé pendant son évasion, il avait eu besoin de plusieurs semaines pour se rétablir. Hannah s'était très investie pour soulager Esther et Meyer. S'occupant du bébé et de l'approvisionnement, jusqu'à ce que Meyer soit de nouveau sur pied. De temps à autre, lorsqu'elle pouvait faire garder le bébé par la concierge de l'immeuble, Esther venait les assister à la boulangerie.

Après dîner, Hannah emmena Léon à l'extérieur. Elle lui montra fièrement le poulailler et le jardin, dont elle se chargeait elle-même d'arracher les mauvaises herbes pour rendre service à Colette.

— Tu vas pas à l'école ? lui demanda Léon.

— C'est ici l'école, pour moi.

Elle lui expliqua qu'elle avait du retard à cause de la guerre et n'avait pu faire sa rentrée au lycée.

Léon était sceptique sur ces explications.

— T'es juive ?

— Moi ??? Non, pas du tout ! Pourquoi ?

— Comme ça. Parce que t'es bizarre.

Elle ne releva pas et l'emmena jusqu'au portique. Elle s'assit sur la balançoire et lui demanda de la pousser. Il s'en donna à cœur joie.

— Je vais toucher le ciel ! criait-elle.

Joseph et Colette les observaient par la fenêtre et se réjouissaient qu'ils s'entendent déjà aussi bien. Ils évoquèrent néanmoins la grande rafle qui avait eu lieu à Paris, ce 16 juillet 1942. Désormais tout le monde en parlait en zone libre.

— Le réseau m'a contacté, confia Joseph, ils ont peur que les parents du petit aient été arrêtés.

Colette porta la main devant sa bouche, bouleversée.

Le lendemain, Léon suivit le cours de Colette avec Hannah. Même pendant l'été, elle lui organisait des devoirs pour réviser le programme. Il trouva amusant d'y participer. Il était flagrant qu'il regardait désormais Hannah avec des yeux d'amoureux. Colette s'en était aperçue.

Chaque jour Hannah venait voir Léon. Même si Colette n'avait pas prévu de révisions ce jour-là.

— T'es juif, Léon ? interrogea-t-elle un jour.

Il y eut un grand moment de flottement. Elle avait tellement envie qu'il le soit. Pour partager leur secret.

— Comment tu t'appelles ? poursuivit-elle.

Il chercha un nom à lui offrir et lui revint alors celui qu'on lui avait donné dans le train :

— Léon Galtier. Je m'appelle Galtier. Tu vois, c'est pas juif !

— Non, c'est vrai.

Il la sentit presque déçue.

Et se rattrapa :

— Je suis communiste, confessa-t-il alors fièrement.

— Qu'est-ce que ça veut dire ? interrogea Hannah.

Il ne savait pas exactement. Pour lui, être communiste, c'était juste marquer sa différence. Se rebeller. Ne pas se laisser faire. Être un héros. Il leva le poing :

— Je suis communiste. Et toi ? Tu veux être communiste ? demanda-t-il à Hannah.

— Je veux bien.

Elle l'imita et leva le poing :

— Moi aussi, je suis communiste ! fit-elle.

Hannah lui parlait de Marseille, de la boulangerie, du paquebot qu'elle rêvait de prendre pour aller en Amérique, en prenant soin de ne jamais dévoiler qu'elle était juive. Léon évoquait sa belle ville de Paris qui commençait à lui manquer. Mais c'étaient surtout ses parents, qui lui manquaient. Et il n'avait aucune nouvelle d'eux. Quand il se laissait aller aux larmes, elle le prenait par l'épaule pour le réconforter. Colette les épiait, émue par tant de tendresse émanant de deux enfants de cet âge.

Joseph crut bon d'inciter son épouse à faire visiter Nice au petit. Estimant qu'il ne risquait rien.

— Avec ma hanche, ça m'étonnerait que j'en sois capable, lui répliqua-t-elle.

Comme Hannah connaissait aussi bien la ville qu'une petite Niçoise, c'est elle qui lui servit de guide. Il fut émerveillé. Elle l'emmena voir la baie des Anges du haut de la colline du château, lui fit arpenter les ruelles du vieux Nice, dans lesquelles ils jouèrent à cache-cache.

— C'est moi le meilleur à ce jeu, s'exclama Léon. Je passe ma vie à me cacher !

Au jardin Albert-1er, ils rencontrèrent une famille avec deux enfants. La petite fille leur proposa de jouer à la marelle. Quand ils lui demandèrent comment elle s'appelait, elle répondit qu'elle s'appelait Rachel. Elle était plus jeune qu'eux. Certainement juive comme eux. Mais, elle, elle ne se cachait pas. Pas encore.

Le mercredi 26 août 1942, Léon descendit de Saint-Pancrace avec le car. Il le prenait désormais régulièrement et connaissait les horaires par cœur. Il portait son maillot de bain sur lui, comme à chaque fois qu'il avait prévu d'aller prendre un bain à Coco Beach avec Hannah, une plage de rochers à l'est de Nice, juste derrière le port. Un site enchanteur où l'eau était si claire que l'on pouvait voir les poissons filer entre les jambes. Les deux enfants y allaient le plus souvent possible tant il faisait chaud. Mais, ce jour-là, Hannah ne pouvait pas se baigner.

— Je ne peux pas y aller, annonça-t-elle à Léon.

— Pourquoi ?

Elle venait d'être indisposée pour la première fois et ne voyait pas comment l'annoncer à Léon. Se disant qu'il était un garçon et ne savait peut-être même pas ce que signifiait le mot « indisposée ».

— Je suis enrhumée, fit-elle.

— En plein été ?

Elle haussa les épaules.

Il lui proposa autre chose.

— Colette m'a donné des sous pour acheter un goûter. On peut s'en servir pour aller au cinéma si tu veux ? proposa-t-il.

Elle n'était jamais allée au cinéma, Esther et Meyer le lui avaient interdit. Inquiets qu'elle se fasse embêter par des pervers.

Cette fois-ci, elle ne risquait rien et accepta l'offre de son chevalier servant.

Elle ignorait où trouver une salle de cinéma. Ils interrogèrent un passant dans la rue, qui leur conseilla le cinéma Capitole, à proximité du vieux Nice.

On y jouait un western.

Avec l'argent que Colette lui avait donné, Léon eut largement de quoi inviter Hannah.

Ils s'assirent tout devant.

Il leur manquait juste un paquet de bonbons. Mais on était en temps de guerre, et il y avait pénurie de ce genre de sucreries. Léon se mit à penser à toutes ces séances de cinéma auxquelles il avait assisté avec son père quand il était petit. Il se souvenait du bruit de sa main d'enfant qui cherchait son bonbon préféré au fond d'un sac en papier. Et ne put s'empêcher d'avoir envie de pleurer. Hannah s'en aperçut.

— À quoi tu penses ?

— À mon père. À mes parents.

Elle lui prit la main, et le film débuta.

Non, ce n'était pas le film, mais les actualités Pathé. On y parlait de Pétain comme d'un sauveur, et des Juifs comme de parias. Leurs deux mains se crispèrent.

Le film démarra enfin et les emporta loin, bien loin, dans les plaines du Far West. Soudain, en plein milieu, la projection s'interrompit d'un coup. Une plainte générale monta des fauteuils. La lumière se ralluma. Non, la pellicule n'avait subi aucun dommage. Des policiers et des gendarmes pénétrèrent dans la salle en criant. Demandant à tous les spectateurs de présenter leurs papiers d'identité. Léon regretta d'avoir entraîné Hannah dans cette mésaventure.

— Fais comme moi ! Cache-toi ! lui ordonna-t-il en s'accroupissant derrière son fauteuil.

Il se pencha à l'oreille d'Hannah :

— Je suis juif, Marie.

— Moi aussi, fit-elle, dévoilant une expression remplie d'effroi.

Les policiers arrivaient par le haut de la salle.

Hannah et Léon se trouvaient à proximité de la sortie de secours. Pendant que les policiers vérifiaient les papiers des autres spectateurs, les deux enfants tentèrent de se rapprocher de la porte en marchant à quatre pattes. Jusqu'à parvenir à pousser le battant. Mais un policier les remarqua :

— Halte !

Léon tourna la tête et vit le policier se mettre à courir dans leur direction, tout en brandissant son arme. Les gamins se relevèrent, faisant valser la porte battante, et descendirent quatre à quatre les escaliers qui menaient à la sortie. Léon donna un grand coup de pied dans la porte, qui semblait bloquée, et sa détermination eut raison de la rouille qui avait fait gonfler les montants. Dehors, il n'y avait aucun policier pour garder la sortie de secours. Ils repérèrent le fourgon un peu plus haut, à l'angle du boulevard Jean-Jaurès et de la place Garibaldi, et se mirent à courir jusqu'à la rue du Lycée, qui longeait le lycée Masséna. Ils tournèrent dans la rue Gioffredo, quand ils entendirent le policier crier derrière eux. Il courait bien plus vite que ce qu'ils espéraient. Alors ils poussèrent jusqu'au boulevard Dubouchage et réussirent à disparaître dans les méandres de ruelles adjacentes. Il y avait des fourgons de police un peu partout dans le centre-ville. Les enfants ne comprenaient plus ce qu'il se passait. Ils se mirent à marcher pour ne pas sembler suspects, tout en s'assurant qu'ils avaient bien semé leur poursuivant. Ils étaient en sueur.

— Et ma mère ? fit Hannah, morte d'inquiétude. Il faut que je la prévienne !

— Je vais aller à la boulangerie prévenir Joseph et ton père.

Ils décidèrent de se séparer.

Léon se dirigea vers le boulevard Gambetta. Un fourgon de police en barrait l'accès. Il attendit au coin de la rue. Des policiers sortaient des immeubles avec des hommes, des femmes et des enfants, qu'ils entassaient dans les fourgons. Il réussit à contourner le périmètre, mais, quand il arriva à proximité de la boulangerie, il était trop tard. Joseph et Meyer montaient dans un fourgon, sous la menace des armes des gendarmes. « Pourquoi Joseph, pensa-t-il, il est pas juif ! » Il était révolté, mais impuissant. Il décida de remonter à Saint-Pancrace pour prévenir tata Colette.

Hannah était cachée derrière un groupe électrogène mis à disposition de la clinique de la rue de Rivoli. La rue était bloquée par un bus garé en travers. Il régnait une telle panique qu'elle n'osa bouger. Des gens sortaient des immeubles, puis des gendarmes les faisaient monter dans un autre bus garé au milieu de la rue. Parfois brutalement. Des hommes, des femmes et même des enfants. Le véhicule se remplissait à vue d'œil. Esther apparut à son tour devant chez elle. Elle guettait les alentours, cherchant la petite Hannah du regard. Elle avait peur qu'elle ne rentre à ce moment-là. Elle priait pour qu'elle soit plus maligne et qu'elle sauve sa peau. Hannah l'avait déjà repérée. Un gendarme la poussa dans le bus bondé. Une fois rempli, le véhicule démarra. Le regard d'Hannah croisa celui d'Esther. Intense. La jeune femme ne laissa paraître aucune réaction. Volontairement. Pour ne pas mettre la petite fille en danger. Les derniers mots qu'elle lui avait dits, avant qu'elle ne rejoigne Léon, c'était « à tout à l'heure », des mots qu'elle avait accompagnés d'un baiser sur le front. Esther était à ce moment-là affairée à nettoyer le tiroir d'une commode qui faisait office de berceau pour le petit Saul. Hannah retint ses larmes, elle n'avait pas le choix. Elle regarda le bus s'éloigner dans la rue du Maréchal-Joffre. Le bébé ? L'avaient-ils pris ? Il fallait qu'elle remonte au plus vite à l'appartement pour vérifier. Pour l'instant, l'accès de la rue était encore gardé par des gendarmes. C'est alors qu'elle aperçut la concierge de l'immeuble, à qui sa mère confiait parfois la garde de Saul. Elle discutait avec un gendarme. Hannah put même distinguer qu'elle plaisantait avec lui, pendant que des gens montaient dans le bus. Sans bagages, sans rien, nus de toute identité, mis à part celle d'être juifs. Mais, comme ils ne portaient même pas l'étoile, ça ne se voyait pas. Elle comprit. C'était elle qui les avait vendus.

La concierge. Hannah connaissait le prix d'un Juif. Dans les cinq mille francs de l'époque. Pourtant, Clausac, ce n'était pas un nom juif ! Hannah s'interrogeait.

Léon était monté à Saint-Pancrace à pied. Il ne voulait pas prendre le risque d'être arrêté dans le car. Il suffisait qu'on lui demande de baisser son pantalon et sa culotte pour que l'on découvre qu'il était circoncis. Il lui fallut plus d'une heure et demie pour arriver à la villa des Gambini. Le portail était grand ouvert. La porte d'entrée aussi. Et Colette n'était pas là. Il fut surpris par une voisine qui l'avait vu arriver.

— Ils l'ont emmenée. Les gendarmes. Tu es de la famille ? lui demanda la voisine.

Il hocha la tête.

— Où est-ce que tu vas aller ?

Il se garda de répondre. Il n'en savait rien, et Colette avait toujours dit qu'il fallait se méfier de cette voisine.

— Tu es juif ? demanda-t-elle. Je suis sûre que tu es juif. Je vais te dénoncer toi aussi, tu vas voir ! Je savais qu'ils cachaient des Juifs !

Elle allait ressortir quand deux hommes entrèrent dans la maison. L'un d'eux était armé d'un pistolet. Il tira sans hésiter sur la voisine. Une seule balle, en pleine tête.

Léon était pétrifié. Incapable de bouger. C'était la guerre et tuer était permis, il savait que cette balle l'avait sauvé.

Le deuxième homme chercha dans la maison, puis s'adressa au petit bonhomme.

— Tu as vu Marie ? Elle n'est pas avec toi ?

— Non. Vous êtes qui, vous ?

— Des amis de Diego. Tu vis ici ?

Il confirma d'un hochement de tête.

— Viens, on va te trouver une famille pour t'héberger. Joseph et Colette ne reviendront pas.

Comme Léon était paralysé par la situation, l'homme le chargea dans ses bras et l'emmena.

— On y va !

Ils sortirent tous les trois, montèrent dans une traction avant noire et disparurent.

25

LAUREN
LES CAMPS DE LA MORT

Après notre visite au département des archives de Lodz, il ne nous restait plus qu'à nous rendre à Auschwitz, puis à Munich. L'archiviste polonais n'était pas en mesure de nous donner des informations sur les Juifs assassinés à Auschwitz. Or l'une de nos ancêtres, Estera Rawicz, y avait été déportée avec son mari. Nous ne savions pas si elle avait survécu. Seules les fiches des archives conservées au mémorial d'Auschwitz étaient en mesure d'apporter des réponses à nos interrogations.

Nous avions pris le train, car la vieille voiture d'Elina avait rendu l'âme. Durant ce voyage de Lodz à Auschwitz, je ne pouvais m'empêcher de penser aux wagons de marchandises qui avaient peut-être transporté mes ancêtres, sur les mêmes rails. À cet instant, j'avais envie de me sentir un peu juive. Je compris que c'était par culpabilité quand le train ralentit et que le panneau Krakow[1] apparut. La culpabilité de ne pas avoir souffert. De ne jamais avoir été traitée de « sale Juive ». Personne ne m'avait jamais traitée de sale chrétienne. Ma mère avait certainement enduré ces insultes plus d'une fois. Pas moi. Ni Emily. Et c'était une chance.

---

1. Cracovie.

À peine étions-nous sur le quai de la gare de Cracovie que j'appelai ma mère sur son portable. Emily me regardait, les yeux écarquillés. Elina était déjà en quête d'un taxi pour nous rendre à Auschwitz.

— Maman… tu ne devineras jamais où je suis !

Je n'eus aucune réponse. Alors j'insistai, lui rappelai qu'elle avait sa fille en ligne. Elle finit par me répondre qu'elle n'avait pas d'enfant et que je devais faire erreur. Elle raccrocha.

Oui, elle n'avait pas tort. Je me sentirais toujours un peu orpheline tant que je n'aurais pas découvert qui elle était. J'étais en colère. En colère contre le passé. Emily le sentit, me prit le bras et m'entraîna avec elle à la suite d'Elina.

— Viens.

Durant toute la traversée de la gare de Cracovie, j'avais le cœur serré, et tellement lourd. Très certainement comme tous les touristes qui venaient visiter Auschwitz. Il était facile de les différencier des autochtones. Ils marchaient la tête basse, mimant inconsciemment ces êtres déshumanisés déportés plus de soixante-quinze ans plus tôt. Nous marchions la tête basse nous aussi. Était-ce par respect ? Comme si nous foulions le sol d'une église. Était-ce parce que la honte de ce que l'humanité avait été capable de fomenter nous collait à la peau ? Ou parce que nous sentions que les fantômes de ces gens étaient partout autour de nous. Qu'ils nous jugeaient, nous accusant de les avoir laissés mourir. Cette marche jusqu'à la sortie de la gare fut courte, mais étouffante. Je sentais que je m'accrochais lourdement au bras d'Emily.

— Ça va, maman ?

— Oui, oui. Enfin, non.

Elle me caressa les cheveux. Ma fille jouait les mamans. J'en fus terriblement émue. Je pris sa main et la collai sur ma joue.

— Ma poupée…

Je ne pus poursuivre ma phrase, mais cela ne s'avéra pas indispensable. Emily ressentait la même chose que moi. Elle me le fit savoir en baissant lentement ses paupières et en pinçant légèrement ses lèvres pour me livrer ce qui n'était ni un sourire, ni une moue, juste l'expression du partage de nos émotions. Elle était belle, ma fille.

Elina avait réussi à trouver un taxi. L'été, ils étaient pris d'assaut par les touristes qui se rendaient à Auschwitz. Je trouvais cela curieux de visiter les camps de la mort pendant les vacances. Je m'attendais forcément à des sensations glaçantes qui ne collaient pas avec l'ensoleillement d'un été paisible et innocent. Comme à Lodz.

L'arrivée à Auschwitz me prit tout de suite à la gorge. J'eus du mal à descendre de voiture. Emily se tourna vers moi et me fixa, avec des larmes dans les yeux en découvrant pour la première fois, au loin, les barbelés. Je me demandai ce que nous étions venues y chercher. Cet acharnement me pesait, mais j'étais aimantée par l'horreur.

Nous avions rendez-vous avec une archiviste contactée par son collègue de Lodz. Elle parlait anglais. Épargnant à Elina des contorsions linguistiques. Nous lui avions transmis au préalable les noms que nous recherchions. Ce qui lui permit de se montrer très efficace en nous éclairant sur Estera Rawicz et son mari, déportés de Lodz et assassinés à Auschwitz-Birkenau. Ils n'avaient pas survécu à leur déportation. Ni leur fille, Dvora, née en 1930, qui elle aussi avait été gazée dès son arrivée avec d'autres enfants de son âge après la sélection.

L'archiviste avait terminé. En même pas une minute. Il ne restait plus qu'un seul descendant de la famille Rawicz sur lequel nous pouvions compter pour résoudre notre énigme : Abraham Rawicz. Qui avait émigré en Allemagne en 1925.

La jeune archiviste nous proposa de nous guider à travers le camp.

Un musée à ciel ouvert. Un cimetière sans tombes où la mort et les morts n'étaient pas visibles. Seule la mise en scène l'était, propice à faire travailler l'imagination. Des photos, des centaines de chaussures entassées, des centaines de paires de lunettes amalgamées, des amas de valises. Comme s'il s'agissait de l'exposition de trophées de tueurs en série. En foulant l'herbe verte qui avait poussé entre les baraquements, je ne pus m'empêcher de penser qu'elle avait poussé sur une terre encore mêlée des cendres de toutes les victimes. Leurs noms étaient si nombreux qu'ils étaient inscrits sur de grandes pages fixées sur les murs d'une salle conçue à cet effet. Des noms sans dépouille. Sans stèle. Consignés, compactés dans un immense registre. Comme dans les pages d'un cahier de comptabilité.

Tout autour de nous, il y avait des gens qui écoutaient des guides leur racontant l'histoire du camp d'Auschwitz dans toutes les langues. On pouvait reconnaître ceux qui étaient venus en pèlerinage. Ils ne pouvaient se retenir de pleurer. Une femme sanglotait près de moi, alors que nous traversions une maison de brique, sans fenêtres, munie d'ouvertures au plafond. Elle m'expliqua qu'il s'agissait d'une chambre à gaz, qu'elle y avait perdu ses parents et sa sœur. Comme je voyais qu'elle allait s'évanouir, je lui pris le bras et l'entraînai à l'extérieur. Elle s'adossa un instant contre le mur.

— Je n'ai plus de larmes, me dit-elle. Je pleure quand même chaque jour.

Je ne lâchai pas sa main jusqu'à ce qu'un petit groupe de quelques personnes la rejoigne. Ils l'avaient perdue durant la visite. Un homme vint la prendre dans ses bras et me remercia de ma sollicitude.

— Pardonnez-moi. C'est très dur pour nous, vous savez.

Puis ils s'en allèrent. Je me dis que c'était injuste que je ne puisse pas partager la même peine, les mêmes drames qu'eux. J'avais le sentiment de ne pas avoir le droit d'être malheureuse. J'avais presque honte d'être vivante. Jamais je n'avais ressenti une telle culpabilité de vivre, auparavant. Jamais.

Elina tenait le bras d'Emily alors que nous passions devant les photos de tous ces enfants gazés, puis brûlés dans le camp. Elle sentait ma fille de plus en plus fébrile.

Emily s'arrêta devant le portrait d'une fillette. Le crâne rasé, inconnue. Ce personnage aurait même pu être un garçon.

— J'aurais pu être elle, me dit ma fille, émue et grave.

Elle s'identifiait alors que j'avais l'impression d'usurper ce statut de victime que nous ne méritions pas.

Elina avait appelé un autre taxi pour rentrer à Cracovie, où nous avions réservé une nouvelle chambre. Le lendemain, nous avions un vol pour Munich. Notre cousine lituanienne devait rentrer à Vilnius pour prendre en charge un groupe de touristes français. Elle promit de venir nous rendre visite à Boston, où nous lui avions ouvert notre maison.

Une fois réfugiée à l'hôtel, je me précipitai sous une douche bien chaude pour expurger les cauchemars que je venais de vivre éveillée. Depuis que j'avais pris la décision d'enquêter sur le passé de ma famille maternelle, j'avais l'impression que l'odeur de la mort ne me quittait plus. Que je construisais mon histoire sur des cadavres. Je courbai l'échine, comme un chien battu, laissant le jet du pommeau de douche inonder délicieusement ma nuque. Les yeux clos. Espérant effacer cette journée de mon cerveau. Mais je fus incapable d'oublier ce que nous avions vu. Je fixai le pommeau de douche qui devint flou. Je revoyais la chambre à gaz et ses trappes par lesquelles les nazis asphyxiaient leurs victimes au Zyklon B. Je coupai instantanément l'eau et me mis à grelotter. Épouvantée.

*

L'avion atterrit à neuf heures à Munich. Nous avions rendez-vous à midi aux Archives d'État. Je voulais en finir et comprendre. L'Allemagne était notre dernière piste.

Le bâtiment des Archives d'État était monumental. L'archiviste nous reçut avec une extrême amabilité. Il parlait couramment anglais et prit le temps d'écouter mon histoire. Je lui indiquai le nom que nous souhaitions retrouver dans les registres : Abraham Rawicz, immigré de Lodz en 1925. Je n'en savais pas plus. Comme les listes de recensement n'étaient pas numérisées, l'archiviste eut besoin de plus de deux heures pour nous répondre précisément. Pendant ce temps, nous nous étions installées dans une espèce de grande bibliothèque. Nous patientâmes sagement jusqu'à ce qu'il revienne nous chercher. Il avait pour nous des informations satisfaisantes, annonça-t-il : Abraham Rawicz était marié à Mirla Kronenberg. Cette dernière avait accouché d'une fille née en 1930, prénommée Feige.

Il continua de nous faire part de différents documents liés à la période munichoise de la vie des Rawicz, mais à cet instant même je ne l'écoutais plus. « Feige ». Nous avions remonté l'ensemble de l'arbre généalogique. Ce qui signifiait que Feige Rawicz avait de fortes probabilités d'être ma mère. Je découvrais finalement son vrai nom. Emily non plus n'était plus attentive au discours de l'archiviste. Nous l'avions enfin trouvée. Elle était la dernière pièce du puzzle.

— Madame ? Vous m'écoutez ?

L'archiviste m'avait prise en défaut.

— Non, désolée. Je suis confuse. Je pensais à…

Il reprit. Certainement habitué à recevoir des touristes américains bien moins disciplinés qu'il ne l'était lui-même.

— La famille Rawicz est morte dans l'incendie de leur boulangerie.

— Quoi ??? Qui ???

— Tous, madame. Ils sont morts tous les trois. Abraham, son épouse et sa fille, Feige.

— Vous êtes certain qu'ils n'avaient pas d'autre enfant ? interrogea Emily.

Il était sûr de lui.

— Mais dans quelles circonstances sont-ils morts ? répétai-je.

— Je vous l'ai dit, madame, dans l'incendie de leur boulangerie. Une boulangerie kasher. Les actes de décès sont datés du 10 novembre 1938.

La nuit du 9 au 10 novembre. La nuit de Cristal. En Allemagne, les nazis détruisent des synagogues, brûlent et pillent des magasins juifs. Les débris de verre de centaines de vitrines brisées dans tout le pays ont donné son nom à cet événement dramatique. Les derniers des Rawicz avaient donc péri pendant la nuit de Cristal !

— Mais, monsieur, c'est impossible, ma mère est vivante ! Est-ce qu'ils ont été inhumés ?

Il parcourut ses actes.

— Non, il n'y a aucune sépulture. Tout a été consumé.

« Tout ! »

En bon archiviste, focalisé sur les noms, il me demanda malgré tout comment s'appelait ma mère.

— Elle ne figure dans aucun registre, c'est inutile de la chercher, lui répondis-je poliment.

Emily n'en revenait pas non plus.

— Vous avez des détails sur leur mort ?

L'archiviste relisait les actes de décès, mais ne trouvait rien de satisfaisant.

— Depuis quand tenaient-ils cette boulangerie ?

Notre interlocuteur fut obligé d'aller récupérer ces informations dans d'autres registres. La grande table à laquelle nous étions installés commençait à crouler sous ces grands livres reliés.

— Ils avaient créé leur commerce en 1928. Monsieur Abraham Rawicz avait un associé, monsieur Meyer Braunstein.

Emily ne lâchait rien désormais.

— On peut savoir qui était ce Braunstein ? Vous devez bien avoir quelque chose sur lui dans tout ça ! s'énerva-t-elle en désignant les nombreux registres.

L'archiviste proposa de procéder à un peu de rangement avant de poursuivre. Il remit en place les livres dont il n'avait plus besoin et revint, les bras chargés de nouveau. Il prit le temps de les consulter consciencieusement. Ce qui nous agaça.

— Je peux constater que les Braunstein et les Rawicz vivaient à la même adresse. Là où se trouvait leur commerce. Je n'ai pas les détails, mais il semble qu'il y avait deux appartements au-dessus de la boulangerie. Regardez.

Il nous tendit une photo sur laquelle on voyait l'immeuble de la boulangerie, avant l'incendie.

— Personne d'autre n'habitait à cette adresse. Uniquement les Braunstein et les Rawicz.

Sur la photo, on voyait l'enseigne de la boulangerie : *Braunstein und Rawicz Bäckerei.*

Je désignai l'enseigne à l'archiviste, lui demandant ce que signifiait *Bäckerei.*

Il nous traduisit le mot :

— En allemand, cela signifie « boulangerie ».

— *Bäcker* : « boulanger » ! s'exclama Emily avant que je ne le fasse moi-même.

Si ma mère était bien cette Feige Rawicz, il était cohérent qu'elle ait choisi de s'appeler Baker.

Puis, sans attendre notre question, l'archiviste nous donna les noms et les états civils des Braunstein : Meyer Braunstein, son épouse Esther et leur fille Hannah, qui avait l'âge de Feige. Soulignant qu'il n'avait aucune trace de cette famille après la nuit de Cristal. Avant de partir, je lui demandai s'il possédait des photos de mes très probables grands-parents, Abraham Rawicz et son épouse Mirla. Il soupira, repartit dans les coulisses et nous rapporta les photocopies du double de leurs pièces d'identité. C'était la première fois que je voyais de vraies photos de mes grands-parents. La petite Feige n'avait aucune pièce d'identité à son nom. Ma fille me prit la main, partageant mon émotion.

Notre séance aux Archives d'État terminée, nous repartîmes directement vers l'hôtel que nous avions réservé pour la nuit. Emily était aussi impatiente que moi d'en apprendre plus sur cette famille Braunstein. Ils étaient forcément présents durant la nuit de Cristal dans l'immeuble de la boulangerie.

Désormais, tout portait à croire que ma mère était Feige Rawicz.

— Et si j'appelais Suzy, me proposa Emily. Peut-être que… si je lui rappelle son vrai nom, ça va la faire réagir !

J'étais contre ce nouvel électrochoc, qui risquait d'être trop violent.

Une fois dans notre chambre, je me connectai à Internet et recoupai rapidement les états civils que l'archiviste nous avait communiqués avec une famille Braunstein. Meyer et Esther avaient été arrêtés en 1942 à Nice, en France, puis déportés et assassinés à Auschwitz. Cependant, Hannah Braunstein ne figurait sur aucune liste. Ce qui signifiait qu'elle n'avait pas été déportée ni assassinée et qu'elle avait peut-être survécu. Elle aurait aujourd'hui l'âge de ma mère puisqu'elle était née en 1930, comme elle. Mais elle n'apparaissait dans aucune base de données quand je tentai de la retrouver.

J'appelai Tess et lui fis rapidement part de nos aventures. J'avais surtout une question concernant ma dernière étape. Son père avait lui-même mené des recherches concernant une de leurs cousines, déportée en France, et s'était adressé au mémorial de la Shoah, à Paris. Elle me confirma qu'ils étaient les mieux placés pour m'aider.

Je m'empressai de trouver leur numéro et de les appeler. On me fixa un rendez-vous pour le lendemain matin, à Paris. Ce qui impliquait de sauter dans un avion le plus tôt possible. Il valait mieux passer la nuit à Paris pour être sur place dès le lendemain matin.

La réceptionniste de l'hôtel, magnanime, nous remboursa le prix de la chambre que nous avions occupée durant tout au plus deux heures. Son geste me toucha et je lui promis de revenir bientôt. Je tenais à revoir un jour la boulangerie de mes grands-parents. Au pire, le lieu exact où elle se situait.

Une fois dans l'avion, Emily s'appuya sur mon épaule. Apaisée. Comme je l'étais moi-même.

Malgré le poids du mensonge, j'avais compris. Ma mère ne m'avait pas menti. Elle avait voulu me protéger. M'épargner l'hérédité de ses traumatismes. Avec ce courage de l'abnégation. Le courage de s'oublier. Refusant que le poison de l'Holocauste coule dans mes veines. Malgré tout, je sentais la ciguë m'envahir.

J'avais compris l'origine de ces bouffées d'anxiété qui me paralysaient chaque fois que je percevais le néant dans le regard ma mère. Comme si elle se vidait l'âme. Des moments d'absence que sa maladie avait amplifiés.

J'avais compris.

J'avais compris qu'elle se réfugiait dans la contemplation pour se souvenir. Ou pour oublier.

Désormais je faisais partie du livre d'histoire. Du chapitre « Holocauste ». Oui, j'étais « une enfant de survivante ». Ces mots étaient si lourds de sens que j'en ressentais déjà le fardeau. La question était : comment aurais-je vécu jusqu'à aujourd'hui si je l'avais su ? Je devenais à cause de ce test imbécile porteuse de la mémoire d'une rescapée. Porteuse de l'horreur de cette période damnée. Porteuse des traumatismes que ma mère avait réussi à ne pas me transmettre.

26

Frida
Une mission accomplie

16 juillet 1942

Octave, le mécanicien du train, reprit connaissance et s'échappa juste avant que les *Feldgendarmes* ne viennent l'arrêter. Le passeur l'avait assommé et abandonné dans le bois, inconscient, avant de livrer les fugitifs juifs aux SS. Octave parvint à regagner Chalon-sur-Saône pour prévenir son chef que le réseau était menacé. Ils quittèrent le café qui servait de point de ralliement quelques minutes avant qu'il soit investi par les nazis. La trahison du passeur avait été colportée par d'autres résistants.

Dans la nuit, avec un paysan qui connaissait bien les environs, Octave grimpa clandestinement sur un train qui traversait la ligne de démarcation. Ils sautèrent une fois en zone libre et s'appliquèrent à redescendre le long des berges de la Saône, à la recherche de Fruma et ses filles. Ce matin du 16 juillet 1942, ils retrouvèrent Frida et sa mère inanimées sur une berge de la Saône. Du bon côté de la ligne de démarcation. En zone libre. Accrochées à la barque avec laquelle elles avaient tenté de traverser la rivière. Ils les transportèrent sur une charrette jusqu'à une ferme à quelques kilomètres de là.

Fruma et sa fille restèrent inconscientes quelques heures durant. La femme du paysan les prit en charge en pansant leurs plaies. Mais celles qu'elle ne pouvait panser étaient la perte d'une fille, et d'une sœur.

Quand Fruma reprit connaissance, elle semblait avoir perdu la mémoire. Octave les avait veillées toutes les deux, elle et Frida. Elles étaient couchées côte à côte dans la même chambre. Comme Fruma cherchait Ruth, Octave lui apprit qu'il ne l'avait pas retrouvée au bord de la rivière. La jeune femme sembla alors se souvenir de tout ce qu'il s'était passé durant la nuit. Consciente qu'elle ne reverrait plus jamais la petite Ruth, elle se tourna vers Frida et la serra dans ses bras en même temps qu'elle étouffait de lourds sanglots.

La petite fille ouvrit les yeux. En voyant sa mère pleurer, elle comprit.

— Ruth ! s'écria-t-elle, avant de s'effondrer.

Fruma la consola en lui caressant son visage égratigné par les branches emportées par le cours d'eau.

— Je suis là, *bubeleh*. Je suis là.

— Non, *mame*, ma sœur ! Je veux voir ma sœur, dit-elle, la voix noyée de larmes.

Elle sanglotait, les lèvres tremblantes. Blême, elle s'agrippa à sa mère de toutes ses forces. Et cria de nouveau le prénom de sa sœur.

Octave se sentait impuissant. Ému par cette mère courage.

— *Mame* ! fit elle en sanglotant. *Mame*, répéta-t-elle, anéantie.

Elle n'acceptait pas la réalité.

— Où est Ruth, *mame* ?

Fruma eut bien du mal à lui répondre.

— Où est ma sœur ? insista-t-elle. Ils l'ont emmenée ? Les nazis ?

— Elle est au ciel, *bubeleh,* lui répondit-elle. Elle nous regarde. C'est une petite étoile dans le ciel. Et, tu sais, elle ne veut pas que tu pleures.

Frida cacha son visage trempé de larmes contre la poitrine de sa mère. Et pleura. Libérant toute la peine qu'elle avait dans le cœur. La mort de sa sœur, la disparition de son père qu'elle ne reverrait peut-être plus jamais non plus, la fuite ininterrompue, la haine des nazis, responsables de ses malheurs d'enfant.

— Pourquoi on nous aime pas ? fit-elle.

Fruma n'avait aucune réponse. Et colla ses lèvres contre le front de sa fille.

— Je t'aime, *bubeleh*. Oh oui, je t'aime. Ne l'oublie jamais.

Fruma tourna la tête vers Octave. Impuissante. Les yeux rouges de tristesse, de plaintes, car elle n'avait plus de larmes pour pleurer.

Elle le fixait, comme si elle l'implorait de lui apporter une explication cohérente à ce drame si injuste.

— Le passeur vous a vendus aux nazis, déclara-t-il. La vieille dame et son fils sont décédés eux aussi.

Octave lui raconta que le passeur l'avait assommé pour l'empêcher d'embarquer afin qu'il soit arrêté par les nazis.

— Un résistant vivant, ça rapporte beaucoup plus.

Fruma se sentait à moitié morte. À jamais.

— Qu'est-ce qu'on va devenir ? demanda-t-elle. Je n'ai plus rien. Plus d'argent non plus.

— Ne vous inquiétez pas pour ça. On a retrouvé le passeur. On a récupéré tout ce qu'il vous a volé.

Dans la nuit, dès que le réseau fut alerté, la toile d'araignée s'était refermée sur le jeune passeur. Il ne put leur échapper.

— Ce salaud a payé, faites-moi confiance.

Octave avait pour mission de convoyer Fruma et ses filles jusqu'à Nice. Même si Ruth n'était plus, il devait mettre Fruma et Frida en sécurité.

Le lendemain matin, après avoir remercié les paysans qui les avaient accueillis, Octave, Fruma et sa fille partirent à pied à travers champs. Après dix minutes de marche au milieu de nulle part, la jeune femme s'inquiéta de savoir s'ils avaient beaucoup de chemin à parcourir, car elle ne s'en sentait pas la force. À peine avait-elle terminé sa phrase qu'ils se retrouvèrent au bord d'une voie ferrée masquée par les herbes hautes.

— Le train va passer par ici. C'est un point de rendez-vous pour le réseau. On n'a pas besoin de prévenir.

Des mécaniciens faisaient partie de la résistance active, il suffisait de connaître les horaires de passage des trains qu'ils conduisaient. Et le prochain faisait partie de ceux-là.

— On va sauter dans le train ? s'exclama Frida, terrorisée.

— Ne t'inquiète pas, petite. Il va ralentir pour que l'on puisse monter tranquillement. Mais, en attendant, on va se cacher dans les herbes.

Octave ne leur avait pas menti. Ils ne tardèrent pas à entendre le bruit caractéristique de la locomotive et virent bientôt la fumée sortir de la cheminée. La machine ralentit, Fruma, Frida et Octave s'extirpèrent de leur cachette. Octave souleva Frida dans ses bras, attrapa la main tendue d'un cheminot et grimpa le premier sur le marchepied de la locomotive. Le mécanicien tendit la main à Fruma pour l'aider à monter dans la cabine, puis sauta du train en marche après avoir salué Octave. À la grande surprise de la jeune femme.

— C'est moi qui vais prendre les commandes, expliqua Octave. Trois cheminots dans une cabine, c'est louche. Rien ne ressemble plus à un cheminot qu'un autre cheminot, plaisanta-t-il, en même temps qu'il enfilait une paire de lunettes qui pendait à l'une des manettes.

— Et nous ? interrogea Fruma

— J'ai le droit d'emmener ma femme et ma fille en voyage, non ?

Cette répartie redonna le sourire à Fruma et à sa fille, qui profitèrent de la douceur du vent dans leurs cheveux jusqu'à Lyon, sans avoir à subir de contrôle.

En gare de Lyon-Perrache, un autre mécanicien monta dans la locomotive. Il venait prendre la place d'Octave. Tout était visiblement organisé ainsi. Octave quitta la cabine avec Fruma et sa fille.

— On va changer de machine pour éviter les gendarmes.

Le quai étant surveillé, ils descendirent sur la voie ferrée.

— Baissez-vous, ordonna Octave.

La jeune femme et Frida se courbèrent et suivirent le mécanicien de près. Celui-ci se faufila entre deux trains à l'arrêt, puis entre deux wagons en passant sous les tampons, et rejoignit ainsi une locomotive prête au départ. Ils grimpèrent discrètement dans la cabine. Un cheminot attendait Octave, lui confia sa paire de lunettes et descendit de la machine. Le chauffeur lui souhaita la bienvenue.

— En route pour Marseille ! fit Octave, content que son plan fonctionne.

La machine chauffait, elle était prête à rouler. Octave prit les commandes.

Au signal du chef de gare, berné par le changement de mécanicien, il actionna le sifflet, et le train prit son départ pour Marseille.

Une fois à bonne distance de Lyon, Octave installa Fruma et Frida sur le tender. Ce voyage sur les briquettes de charbon ne leur rappelait pas que des bons souvenirs, mais, allongées sur des bâches, elles purent dormir le temps du voyage.

À Marseille, Octave reproduisit le même stratagème. Prenant les commandes d'une autre locomotive, celle du train à destination de Nice. Fruma et la petite Frida firent cette fois le voyage dans la cabine. Quand le train commença à longer la Méditerranée, elles furent émerveillées. C'était la première fois qu'elles voyaient la mer. Il manquait Ruth et Samuel pour partager ce bonheur avec elles.

Octave avait été prévenu que la gare de Nice était infestée de gendarmes. Cette fois-ci, ils devaient descendre en marche. Il avait choisi de sauter du train quand il ralentirait sans attirer l'attention de passagers suspicieux qui pourraient les repérer en sortant la tête à la fenêtre : en général, deux kilomètres avant l'arrivée en gare de Nice. Quand la locomotive ralentit, un autre mécanicien, posté à l'aiguillage, grimpa dans la cabine pour effectuer l'échange. Octave descendit le premier, Frida dans ses bras. Une fois sur le remblai, il tendit la main à Fruma. Mais celle-ci fut prise de panique et n'osa pas descendre.

— Prenez ma main, Fruma ! Allez, vous ne risquez rien, cria Octave en courant à petites foulées à côté du train.

— *Mame* ! cria Frida, effrayée.

Agrippée à la rampe de la cabine, Fruma ne bougeait plus, tétanisée. Incapable de faire un geste.

Le train n'allait pas tarder à s'engager dans un tunnel. Il fallait qu'elle en descende immédiatement.

Octave n'avait plus le choix : il posa Frida et lui ordonna de courir se cacher derrière une baraque de stockage en bois. Elle refusa, mais il haussa le ton pour qu'elle obéisse. Puis il attrapa la main de Fruma et la tira d'autorité. Il la rattrapa dans ses bras et l'entraîna en courant derrière la baraque. Personne ne les avait vus descendre. Ils étaient saufs.

Deux heures plus tard, Octave conduisit Fruma et la petite Frida dans un petit meublé proche du port et de la place Garibaldi. La logeuse avait affiché la photo de Mussolini à la réception et ne cachait pas qu'elle était fasciste et fière de l'être.

Octave avait eu cette adresse par le réseau. Qui visiblement s'était trompé sur les affinités politiques de la logeuse. Mais il était tard, et il se dit que c'était peut-être le meilleur moyen de cacher des Juifs que de les cacher chez des fascistes.

— J'espère que vous n'êtes pas juifs, balança la logeuse.

— Est-ce qu'on a des têtes de Juifs ? rétorqua Octave.

— Vous n'avez pas de bagages. Les Juifs, eux, ils se déplacent avec leur maison sur le dos. Des vraies tortues, ajouta-t-elle en éclatant de rire.

Elle ne sembla pas convaincue pour autant, mais, lorsqu'elle vit les billets de banque, elle accepta de leur louer une chambre au dernier étage sans ascenseur, avec juste un lavabo.

Octave accompagna Fruma et sa fille à la chambre et, avant de repartir, confia à la jeune femme l'adresse d'une planque dans le vieux Nice, où elle pourrait toujours les trouver, lui ou quelqu'un d'autre pour lui porter secours.

Elle le raccompagna devant l'hôtel et le prit dans ses bras, tant il avait été bon pour elles. Octave était gêné et ému. Ce grand gaillard était même intimidé, car secrètement amoureux d'elle depuis le début. Mais il savait aussi que son mari avait été arrêté et emmené quelque part, probablement dans un camp de travail en Allemagne, et qu'elle avait perdu une fille, vingt-quatre heures plus tôt. Par décence, il refusa de lui révéler quoi que ce soit de ses sentiments.

La logeuse interpella Fruma qui remontait dans la chambre.

— Dites donc, je sais que vous êtes juive.

Fruma rougit.

— Ah ben voilà ! J'en étais sûre. J'en savais rien, mais j'ai tenté le coup, ajouta-t-elle avant d'éclater de rire.

— Ah vous, les Juifs, vous êtes pas très futés.

Fruma baissa les yeux et se dirigea vers les escaliers.

La logeuse la rattrapa.

— Dites, qu'est-ce que vous savez faire ?

— Je ne comprends pas.

— C'est que vous avez un petit accent, vous, en plus !

— Je suis alsacienne.

— Et mes fesses, elles sont alsaciennes ?

Elle éclata de rire de nouveau.

— C'est que… si vous voulez rester ici, va falloir payer plus cher. Je prends des risques en vous gardant.

— Combien ?

La logeuse multiplia le prix par cinq.

Quand, dix jours plus tard, Fruma n'eut plus de quoi la payer, elle la rattrapa sur le pas de la porte.

— Dites... Va falloir payer d'avance, parce que c'est la guerre, vous comprenez, on ne peut pas faire confiance à une Juive. Mettez-vous à ma place.

— Mais je n'ai plus d'argent... Je vais trouver du travail, justement, je vous paierai...

— Du travail ? J'ai une idée, vous allez travailler pour moi pour payer votre chambre ! Sinon... J'ai un ami dans la police de Vichy... Je pourrais très bien vous dénoncer. Ils chassent les Juifs étrangers comme vous.

— Qu'est-ce qu'il faut faire ? finit par demander Fruma.

— Qu'est-ce que vous savez faire ?

— Mon mari est tailleur. Il m'a appris la couture.

— C'est bien un métier de Juif, ça !

Et elle éclata de rire.

— Vous allez faire des vêtements, moi, je vais les vendre, et vous pourrez rester ici.

— Mais je n'ai pas de machine à coudre !

— Et alors ! T'as des jolis petits doigts !

La logeuse repartit derrière son comptoir, laissant Fruma remonter vers sa chambre.

Puis se manifesta une dernière fois.

— Eh !!! Interdiction de sortir d'ici ! J'ai pas envie qu'on vous arrête et qu'on vienne me chercher parce que je vous ai logées. Même tarif pour ta morveuse !

*

Déjà trois semaines que Frida regardait le ciel par la lucarne. Elle n'avait pas quitté la chambre depuis que la logeuse le leur avait interdit. Elle entendait quelques voitures, parfois, un vitrier criait « *Vitri* ». Pour meubler le temps, elle s'était empressée de le dessiner. Mais elle dessinait mal. Elle le savait, mais au moins elle avait des images à se mettre dans la tête. Elle dessinait tout ce qu'elle entendait, car la seule chose qu'elle voyait à travers la fenêtre, c'était le ciel. Un jour, un avion l'avait traversé. Toute la ville avait levé la tête et s'apprêtait à courir aux abris, mais il s'agissait d'un avion postal qui avait légèrement dévié de sa route. Cette fois-là, elle était aux premières loges et le dessina dans son carnet.

Fruma cousait. Des jours et des nuits entières. La logeuse l'exploitait en échange d'un peu de nourriture.

— Maman, pourquoi tu n'appelles pas monsieur Octave ? l'implora Frida.

Elle le lui avait répété à plusieurs reprises.

— Je ne veux pas mendier. Je vais trouver une solution.

Le 26 août 1942, quand la rafle débuta dans les rues de Nice, les bruits que Frida entendait de la rue étaient différents : des cris, des hurlements, des sifflets de policiers. Fruma descendit discrètement à l'étage en dessous et, à travers la fenêtre, elle put voir des gendarmes embarquer des gens dans des fourgons. Songeant à la grande rafle qui avait eu lieu le 16 juillet à Paris, elle comprit immédiatement ce qu'il se passait et imagina le pire. Convaincue que la logeuse les avait certainement dénoncées pour se couvrir.

Elle remonta dans la chambre, ordonna à Frida de s'habiller aussitôt et prépara rapidement un baluchon avec des vêtements qu'elle avait confectionnés ces dernières semaines.

— Mais comment on va sortir, *mame* ?

Elles descendirent l'escalier jusqu'au palier d'en dessous, mais des policiers étaient déjà en train de grimper dans les étages. Fruma tourna fiévreusement les poignées des portes, elles étaient toutes verrouillées. Elles descendirent alors d'un étage, sans discerner aucune issue. Elles tentèrent enfin leur chance à l'étage suivant : l'une des chambres était ouverte. À l'intérieur, il n'y avait personne. Elles venaient juste de s'y enfermer à double tour quand des policiers frappèrent lourdement à la porte.

— Ouvrez ! Police !

— Mais non, c'est au dernier ! fit un collègue du policier.

Ils montèrent jusqu'à la chambre de Fruma et Frida et redescendirent, bredouilles. Ils menacèrent la logeuse qui les avait dénoncées et qui ne comprenait pas comment les « deux Juives » avaient réussi à s'enfuir.

Fruma et la petite Frida ne quittèrent pas la chambre jusque tard dans la nuit. Étrangement, personne ne s'était présenté. Fruma y trouva, dissimulé sous le matelas, un album. Il contenait des photos de Pologne. D'une famille juive polonaise. Elle en déduisit que c'était un Juif qui occupait cette chambre. Un homme, au vu des vêtements qui étaient pendus. La logeuse l'avait sûrement dénoncé lui aussi. Fruma en conclut qu'il avait été raflé quelques minutes avant que les policiers viennent les chercher.

Au milieu de la nuit, Fruma et sa fille descendirent à la réception du meublé. À cette heure-là, la porte d'entrée était fermée, mais Fruma avait repéré où la logeuse cachait la clé. Elle l'entendait ronfler profondément. Elle dormait probablement dans le petit réduit mitoyen qui lui servait pour se reposer. Discrètement, elle fit le tour du comptoir, récupéra la clé et se dirigea vers la sortie. Un tour de clé, un deuxième, mais elle tira la porte sans prendre garde à la clochette, qui tinta bruyamment.

Frida et sa mère prirent la fuite en courant dans la rue, en direction du Vieux Nice.

Elles étaient sauves.

27

Hannah
Rescapés

26 août 1942

Dès que les gendarmes et les policiers eurent abandonné le quartier, Hannah se précipita dans son immeuble, monta vite au troisième étage, arracha les scellés posés sur la porte et rentra dans l'appartement. Elle courut jusqu'à la chambre et tira le deuxième tiroir de la commode. Il était resté entrouvert. Les pleurs du bébé la rassurèrent, il était vivant. Elle se demanda pourquoi les policiers ne l'avaient pas emmené. Mais ils ne semblaient pas avoir fouillé les lieux. Ils n'avaient rien remué. Tout était à sa place. Esther n'avait sûrement pas offert de résistance. Peut-être s'était-elle rendue d'elle-même aux autorités pour les contenter. La guerre, la chance, la vie, la mort, Hannah avait compris que le destin choisissait pour les hommes.

Elle partit fouiller dans le double fond du placard. Celui que Meyer avait fabriqué et où ses parents cachaient leurs économies. Le double fond avait disparu, et les économies avec. Esther ne les avait sûrement pas emportées avec elle. Non, Hannah se doutait maintenant qu'elle avait très certainement payé les gendarmes pour qu'ils n'emmènent pas son bébé.

Ce regard qu'Esther avait posé sur elle à travers la vitre du bus, le regard d'une mère impuissante qui fait comprendre à son enfant que la force de l'espoir l'a cette fois bel et bien quittée, elle s'en souviendrait toute sa vie.

Hannah prit le petit Saul dans ses bras et, pour l'apaiser, posa un baiser tendre sur sa bouche. Si tendre. Comme elle le faisait habituellement pour le faire sourire, elle le fit cette fois pour le faire taire. En regardant le bébé, elle fit le rapprochement avec la concierge de l'immeuble. Comme elle l'avait gardé, elle avait forcément changé sa couche. Et en découvrant qu'il était circoncis, en avait déduit que les Clausac étaient juifs. C'était elle qui les avait dénoncés, Hannah en était convaincue.

Elle patienta plus de deux heures dans l'appartement, jusqu'à neuf heures du soir. Elle attendit Meyer. Il aurait dû rentrer depuis longtemps. Chaque soir, il était à la maison dès sept heures. Mais ce soir-là n'était pas un soir comme les autres, et elle espérait qu'il n'avait pas été arrêté.

Il se faisait tard, il fallait qu'elle quitte les lieux. La concierge pourrait la trouver et rappeler la police ou des voisins. Elle n'avait plus confiance en personne.

Avant de sortir, elle fouilla dans les affaires d'Esther. Partout. Dans tous les papiers qu'elle accumulait dans des enveloppes. Elle mit enfin la main sur ce qu'elle cherchait : ce petit morceau de paquet de cigarettes sur lequel Diego avait écrit le nom du café de son oncle, à Marseille : le Brûleur de loups. Cette scène sur le port de Marseille, quand Meyer était rentré d'Algérie, resterait gravée toute sa vie dans sa mémoire. Elle glissa le morceau de carton dans sa poche, prit sa valisette, qui ne la quittait jamais, souleva Saul dans ses bras et quitta définitivement ce lieu désormais maudit à ses yeux.

Elle se baissa lorsqu'elle passa devant la loge de la concierge pour ressortir de l'immeuble. Elle pensa monter chez les Gambini, à Saint-Pancrace, mais il était déjà tard, et traverser la ville encore infestée de gendarmes et de policiers s'avérait risqué. Surtout avec un bébé qui pleure. Elle erra près d'une heure, évitant les patrouilles, à la recherche d'une solution, et entra dans le hall d'un immeuble dont la porte était restée ouverte. Elle se laissa glisser sur le sol et s'endormit épuisée, Saul contre son cœur.

Elle fut réveillée par la clarté de l'aube qui filtrait à travers le vitrail de la porte d'entrée. Ses yeux accommodaient en se plissant, quand un verre de lait apparut en gros plan. Il était tendu par une femme d'une trentaine d'années. Un peu ronde.

— Tiens, petite.

Hannah tendit la main droite tout en gardant l'autre bras serré contre elle. Elle but le verre de lait d'une traite.

Lorsqu'elle l'avait vue ainsi recroquevillée sous l'escalier, à l'abri des regards, cette femme avait compris instantanément ce qu'il s'était passé, le quartier ayant subi des rafles toute la nuit. Dans son immeuble, pas moins de quatre familles entières avaient été arrêtées. Hannah lui expliqua que ses parents l'avaient été aussi.

— On n'est pas juifs, on s'appelle Clausac. Ça doit être une erreur !

Quand la jeune femme lui demanda de se relever, Hannah ouvrit les bras et découvrit son petit frère, qu'elle avait couvé toute la nuit, sous son manteau.

Comme une poule couve un œuf, ou une maman kangourou abrite son petit dans sa poche.

— Je m'appelle Marta, je suis la concierge de l'immeuble, se présenta-t-elle en prenant le petit Saul dans ses bras. Viens, ajouta-t-elle.

Hannah se releva et suivit la concierge jusque dans sa loge en marchant sur la pointe des pieds pour l'imiter. Saul ouvrit les yeux dès qu'il se trouva dans les bras de Marta et lui rendit son grand sourire.

— *Ciao bambino*, lui dit-elle à voix basse.

Marta referma délicatement la porte de sa loge avec les fesses. Elle posa le petit garçon sur le lit, qui était déjà refait, car elle se levait tôt pour faire le ménage dans la cage d'escalier. Comme beaucoup d'Italiens, elle habitait Nice depuis longtemps. Elle s'occupait parfois des bébés des voisins et s'était équipée à cet effet. Elle proposa de changer la couche de Saul, elle en avait de toutes propres, fraîchement lavées. Mais Hannah préféra le faire elle-même. Craignant que la concierge ne découvre que le petit était circoncis. Marta lui prépara un biberon. Hannah lui demanda si elle pouvait l'emporter avec elle. Elle ne tenait pas à rester plus longtemps dans cette loge. Se défiant désormais des concierges du quartier. Malgré sa surprise, Marta accepta. Hannah fila dans la rue, avec son petit frère dans les bras, et lui donna discrètement le biberon tout en marchant. Elle se rendit d'abord à la boulangerie. Les rafles se poursuivaient de plus belle, et elle devait prendre garde à ne pas se faire interpeller par un agent de police. La boulangerie Gambini était ouverte aux quatre vents, pillée. Elle en déduisit que Meyer et Joseph avaient été arrêtés eux aussi.

Elle décida alors de monter à pied jusqu'à Saint-Pancrace. Le bébé avait fait dans sa couche et pleurait.

Hannah l'avait compris, mais elle lui demanda de patienter jusqu'à ce qu'ils arrivent chez les Gambini. Il lui fallut se dissimuler tout au long du trajet, marchant dans les buissons des collines. Couvrant parfois la bouche du bébé pour étouffer ses pleurs. Les gendarmes traquaient et contrôlaient tout le monde. Arrivée à proximité de la villa, elle vit un fourgon de policiers et une ambulance, garés dans la cour. Des brancardiers sortaient de la maison un corps recouvert d'un drap. Elle crut qu'il s'agissait de Colette et s'effondra, le cœur brisé, submergée par la peine. Une voix la surprit par-derrière.

— C'est la connasse, lui annonça discrètement un gamin du coin avec lequel elle jouait parfois. Ils l'ont arrêtée, Colette.

Hannah fut soulagée et en même temps si triste d'apprendre cette nouvelle.

Le gamin avisa le bébé.

— C'est qui ?

— Mon frère.

— Ils sont où, tes parents ?

Elle se garda bien de lui apprendre qu'ils avaient été arrêtés.

— Ils sont partis en vacances. C'est moi qui le garde.

Elle se sentit terriblement seule. Abandonnée. Comme tout enfant sans parents. Plongée dans une solitude dont elle ne savait pas combien de temps elle allait durer. Elle allait devoir survivre toute seule, trouver un plan pour subsister, pour elle et Saul, et elle avait conscience qu'elle n'avait que douze ans.

28

Léon
Les paysans de Guillaumes

28 août 1942

Après avoir été pris en charge par deux hommes du réseau de Diego, Léon monta dans le train à la gare du Sud. Direction Entrevaux, un village dans la montagne. Au bord d'un fleuve. On lui avait dit qu'il s'appelait le Var. Cette fois-ci, il n'avait pas embarqué comme passager, mais coincé au milieu de gros sacs de patates. Il fallait rapidement le faire partir, même si les gares étaient surveillées. Nice subissait plus que jamais rafles et arrestations.

La cargaison fut déchargée à Entrevaux. Le commerçant qui la réceptionna avait payé un gendarme pour qu'il « oublie » d'en vérifier le contenu et se tienne à l'écart. Il chargea les sacs dans la benne de son camion. Dès que le village fut à bonne distance, Léon sortit la tête du chargement de pommes de terre. Le paysan roula quelques kilomètres, le gamin resta ainsi, cheveux au vent. Profitant de sa nouvelle aventure, certes, mais le cœur gros d'avoir été séparé d'Hannah et meurtri par l'arrestation de Colette et Joseph. Une fois rendu à quelques kilomètres de là, le commerçant libéra le petit

Léon. Un homme l'attendait. Ou, plutôt, une montagne humaine.

Le gamin sauta de la benne. L'homme lui sourit en l'accueillant à bras ouverts.

— Alors, mon petit ! T'embrasses donc pas ton oncle ?

« Mon oncle » ? Léon se dit qu'il avait rencontré un nouveau « sauveur ». Il dut relever la tête pour apercevoir la moustache de l'homme qui lui souriait. Un colosse mal rasé, qui portait un béret et des bretelles à son pantalon. Il parlait avec cet accent chantant et rassurant dont Léon raffolait. Quand l'homme lui tendit la main, Léon hésita. On lui avait déjà broyé la sienne une fois. Mais l'homme se contenta de lui frictionner le haut du crâne.

— Allez, grimpe !

— Là-dessus ?

L'homme lui désigna un cheval attelé à une charrette. Comme le gamin hésitait, il le porta et l'assit sur le siège, puis il monta à son tour. Il prit les rênes et donna à l'animal le signal du départ.

— Hue, Mouton ! Hue !

— C'est pas un mouton ! s'exclama Léon.

— C'est son nom. Et le mien, c'est Georges. Tu peux m'appeler Jojo. Tiens…

Il tendit à Léon une carte de rationnement, ainsi qu'une carte de ravitaillement pour les textiles.

Léon y jeta un coup d'œil.

— Je m'appelle pas Ernest. C'est moche, m'sieur.

— Oui, c'est pas terrible, mais c'est moins risqué que Léon. Il y a beaucoup de petits Juifs qui s'appellent Léon.

— Avant, j'ai essayé Léon Galtier. Ça faisait pas juif.

— On va pas refaire tes papiers, petit ! Ça sera Ernest.

Léon continuait de détailler sa nouvelle identité.

— Ernest Lenoir ? Pourquoi pas Leblanc ?

— Parce que t'es le fils de mon frère qui est mort dans un bombardement. À partir d'aujourd'hui, t'es mon neveu, petit.

Résigné, Léon baissa les yeux et fixa ses chaussures.

— Tant qu'à changer de nom, j'aurais préféré être le fils d'un vivant.

Le grand gaillard esquissa un sourire. À peine amusé.

— On va où ?

— Chez des gens, petit. Tu vas rester chez eux jusqu'à ce que ça se calme en bas.

— Et mes parents ? Comment ils vont savoir que je suis là ?

— Ils sauront tout.

— Ils vont venir quand ?

— Je sais pas.

— Ils me manquent, rétorqua Léon, la voix chevrotante.

— Dis-toi que si tu es là, c'est qu'ils t'aiment.

Ils montèrent comme ça jusqu'à Guillaumes. Un petit village encore plus haut dans la montagne. Grâce à la charrette, ils pouvaient emprunter des chemins où les camions ne passaient pas.

Ils dépassèrent une maison isolée, toute en bois.

— Là, c'est chez moi, petit. La vieille baraque en bois. Elle appartenait à mon père. Avec toutes les terres autour.

— Et les moutons ? Ils sont à vous ?

— Tous ! Ils font des jaloux !

— Qui ?

— Les loups !

— Y a des loups ?

— Y a une meute pas loin.

La charrette traversa Guillaumes et Georges arrêta le cheval devant une ferme à la sortie du village.

— On est arrivés, tout le monde descend… sauf moi !

Georges croyait avoir fait une bonne blague.

— C'est moche, fit Léon en regardant la ferme.

— Justement, personne ne viendra te chercher ici.

Léon était dubitatif, mais n'eut pas d'autre choix que d'obéir.

Monsieur et madame Chaudron vinrent l'accueillir sur le pas de la porte avec un signe amical et un grand sourire bienveillant. Ils étaient accompagnés de leurs trois enfants. Deux garçons et une fille. Sept, dix et douze ans.

— Tu vois, ils ont pas l'air bien méchants.

Léon salua Georges et s'en alla rejoindre les paysans. Il regarda la charrette s'éloigner dans le coucher du soleil. Avec regrets.

— Allez, rentre, toi ! fit madame Chaudron.

Il s'exécuta, escorté du reste de la famille.

Il découvrit que madame Chaudron tenait un martinet.

— Alors lui, c'est monsieur Chaudron, moi c'est madame. T'as rien à savoir de plus. Et tu vas bosser, mon petit gars.

Comme le soleil se couchait et qu'ils avaient déjà dîné, ils avertirent Léon qu'il n'y avait pas de deuxième service. L'invitant à aller se coucher.

— Lever, cinq heures !

— Mais j'ai faim, madame Chaudron.

— Tu mangeras demain ! rétorqua-t-elle en brandissant son martinet.

Pour Léon, le bagne commença dès le lendemain à cinq heures tapantes.

Il avait dormi dans une remise sans fenêtres. Collée à la maison. Au milieu des réserves de quincaillerie, sur un matelas bourré de paille et une couverture. Il risquait de se blesser à chaque mouvement s'il n'y prenait garde.

Il se présenta à table. Il était mort de faim. Son café au lait fumant l'attendait, prêt. Avec une tartine de pain beurré. Des mois qu'il n'avait pas vu un morceau de beurre.

— Et les autres, ils dorment ?

Il faisait allusion aux enfants de la famille.

— Les autres ? Les autres, c'est mes enfants ! Toi, t'es mon ouvrier ! Allez, mange ! Tu vas aller t'occuper des vaches !

Monsieur Chaudron lui montra comment traire les vaches. Léon trouva cela amusant. En fin de compte, monsieur Chaudron n'était pas un mauvais bougre. La sale mégère, c'était sa femme.

Il mangeait avec tout le monde, mais on le servait moins que les autres. Le soir, il s'endormait parfois sans manger tant on l'avait usé toute la journée. Entre la traite des vaches à cinq heures, les foins à couper avec une faux bien trop lourde pour son gabarit, les bouses à ramasser, le désherbage, il était rompu. Sans oublier les punitions régulières et les volées de lanières de cuir sur les cuisses ou sur les fesses qui pleuvaient pour un oui pour un non. Chaque jour qui passait, il avait le sentiment d'avoir accompli le travail de toute une année.

Un jour qu'il était tout crotté des pieds à la tête, madame Chaudron lui dit qu'elle allait le laver avant de passer à table. Il ne s'était pas lavé depuis qu'il était arrivé. Voilà deux semaines.

— Non, je veux pas ! déclara-t-il, sec.

— Ah, tu vas voir ça...

Elle décrocha le martinet, et Léon releva les bras pour se protéger. Les trois enfants assistaient au spectacle. Si les plus jeunes semblaient s'en réjouir, la grande n'appréciait pas le comportement de sa mère.

— Je veux pas être lavé par une femme ! protesta-t-il.

Elle raccrocha le martinet et rappela son mari, qui était sorti chercher des bûches.

— Viens laver Ernest ! Il pue la charogne !

Monsieur Chaudron rentra, posa les bûches près de la cheminée et referma la porte.

— Qu'est-ce qu'il a encore, celui-là ?

— « Mossieur » ne veut pas être lavé par une femme !

— Si tu te laves pas à l'eau chaude dans la bassine, tu te laves avec les vaches. Sinon tu manges pas !

Après s'être déshabillé dans la remise, Léon partit dans l'étable et se lava avec l'eau glacée de l'abreuvoir dans lequel les bêtes buvaient. Il grelottait. Même l'été, l'eau de la montagne était gelée. Ce qu'il ne savait pas, c'est que madame Chaudron l'épiait par la fenêtre de derrière. Il n'avait pas de serviette pour s'essuyer, et le froid commençait à le pénétrer. Alors il se frotta contre Camille. La plus grasse des vaches. Il l'aimait bien, Camille. La vache le laissa se frotter tant qu'il en eut besoin. Il entrouvrit la porte de l'étable et vit de loin à travers la fenêtre que la famille était déjà à table. Ils ne l'accepteraient pas s'il revenait avec les mêmes vêtements qui puaient le fumier. Or il n'en avait pas pour se changer.

Il traversa les quelques mètres qui le séparaient de la remise, nu comme un ver. À l'intérieur de la maison, l'aînée le vit courir à travers la fenêtre en se cachant le zizi. Elle pouffa, puis replongea les yeux dans sa soupe.

— Qu'est-ce qui te fait rire, toi ? fit madame Chaudron.

Elle jeta un coup d'œil par la fenêtre et ne put apercevoir le petit Léon qui venait de refermer la porte de la remise.

— Ça nous rapporte combien, cette affaire ? demanda-t-elle à son mari ?

— Deux mille francs, je te l'ai déjà dit !

— D'où il vient, celui-là ?

Georges haussa les épaules :

— Ses parents sont morts dans un bombardement. C'est la famille qui paye. Ils ont pas de place pour lui.

— T'es un vrai naïf !

À table, elle gardait toujours son martinet près de son assiette. Prête à sévir. Et parfois, elle avait bien envie de l'utiliser contre son mari.

Ce soir-là, personne de la famille ne s'étonna de ne pas voir Léon revenir pour prendre son dîner. L'aînée tenta bien de sortir de la maison pour lui apporter une miche de pain et un morceau de fromage de brebis, mais, à peine eut-elle passé le seuil de la porte que sa mère la rappela à l'ordre. Le martinet à la main.

— Je vais voir Ernest, il doit avoir faim.

— Il manquerait plus que ça ! Tu rentres tout de suite ! insista-t-elle, en brandissant son martinet.

Comme chaque jour, à cinq heures, monsieur Chaudron entra le lendemain dans la remise pour réveiller Ernest. C'était l'heure de la traite des vaches. Le gamin n'était pas là. Il se précipita dans la maison.

Madame Chaudron terminait d'avaler son café quand son mari lui annonça qu'Ernest avait disparu. Le bol de café au lait qui lui était destiné fumait sur la grande table en bois. Monsieur Chaudron l'avala d'une traite.

— Ça me faisait mal de le voir boire un bol de café tous les matins, conclut-il.

— Et l'argent ? s'enquit madame Chaudron.

— Pour celui-là, ils ont payé d'avance. On en trouvera un autre ! Les orphelins, ça court les rues en ce moment !

29

HANNAH
LA PENSION DES EUCALYPTUS

27 AOÛT 1942

Hannah resta cachée dans les fourrés jusqu'à la tombée de la nuit. Une fois que les policiers eurent quitté les lieux, elle retourna dans la maison des Gambini, dont elle avait conservé un double des clés. Elle lava la couche de son petit frère, Saul, et se chargea de le protéger avec une serviette pliée. Elle trouva un vieux biberon et du lait en poudre dans la cuisine. À nouveau, elle lui improvisa un berceau dans le tiroir d'une commode, comme elle l'avait déjà fait auparavant. Elle savait où Colette rangeait ses jetons de téléphone et se rendit au taxiphone, derrière l'église de Saint-Pancrace, pour appeler le Brûleur de loups, dont elle avait précieusement gardé le numéro.

De retour chez les Gambini, elle serra Saul dans ses bras et patienta en silence jusqu'à ce qu'ils soient pris en charge par le réseau de Diego au petit matin. Mais, à son grand désarroi, elle dut se séparer de son petit frère, mais on lui promit qu'elle le reverrait bientôt et qu'on ferait tout pour le protéger.

C'est mademoiselle Cécile qui vint récupérer Hannah sur la route de Levens, dans l'arrière-pays niçois. Elle se déplaçait avec une vieille Peugeot alimentée par un gazogène. Un véhicule de famille.

— Bonjour, Marie.

Hannah fut étonnée que cette jeune femme connaisse son prénom.

— Bonjour, madame.

— Tu peux m'appeler mademoiselle Cécile.

— Oui, mademoiselle Cécile.

Elle appréciait que les enfants l'appellent ainsi. Même si elle était à peine plus âgée qu'eux. C'était la fille d'un châtelain, qui trouvait dans son engagement une forme de rédemption en réponse à son statut de privilégiée. Une rebelle avant l'heure. Installée à Cannes, dans la propriété de ses parents, il lui arrivait souvent de mettre ces derniers à contribution pour profiter de leurs relations haut placées.

— Je vais t'accompagner aux Eucalyptus. C'est une maison d'enfants catholique, à Levens.

— J'ai un ami à Nice, il s'appelle Léon. Est-ce qu'il a été arrêté ?

Mademoiselle Cécile savait de qui parlait Hannah, mais le réseau de Diego ne l'avait pas chargée de le placer.

— Je ne connais pas de Léon, Marie.

Hannah se renferma dans son appréhension.

— Vous savez où ils ont emmené mes parents ?

— Je ne sais pas, Marie. Est-ce que tu connais un peu les traditions catholiques ?

— J'ai déjà fêté Noël, et j'ai déjà vu une crèche, avec le petit Jésus.

— Bien. Tu connais le signe de croix ?

— Pas trop.

— Tu dois apprendre à te signer correctement... Regarde...

Mademoiselle Cécile se signa tout en conduisant. Contrainte de lâcher un peu le volant de temps à autre.

Ce qui effraya Hannah lorsqu'elle le fit avant un virage. Elle l'incita à l'imiter, puis, quand elle eut le sentiment que la gamine se signait correctement, elle lui apprit le « Notre Père » et le « Je vous salue Marie ». Hannah les apprit scolairement et les récita à plusieurs reprises.

— Parfait. Les autres enfants ne doivent jamais savoir que tu es juive.

Hannah acquiesça.

— Vous savez où est Saul, mon petit frère ?

— Il va bien. Tu le verras bientôt.

Mademoiselle Cécile arrêta son véhicule devant la pension des Eucalyptus, un bâtiment avec un toit en tuiles rouges, et entouré d'un mur d'enceinte en pierres.

Mademoiselle Cécile tira la cordelette de la cloche suspendue à l'entrée. Une sœur ne tarda pas à venir ouvrir la lourde porte en bois.

Quand elle passa le seuil, Hannah eut l'impression qu'on allait l'enfermer derrière cette enceinte pour toujours. Comme dans une prison. Mais le sourire de la mère supérieure, qui l'accueillit, la rassura instantanément. Sœur Bernadette était lumineuse. Hannah n'eut aucun mal à saisir la main bienveillante qu'elle lui tendit.

— Bonjour. Comment t'appelles-tu ?

— Marie Clausac, madame.

Mademoiselle Cécile lui confia la valisette de la gamine, en la remerciant d'un sourire. Puis s'accroupit pour s'adresser à Hannah.

— Tu pourras donner ton courrier à sœur Bernadette, elle se chargera de nous le transmettre.

Elle posa tendrement sa main sur sa joue :

— Tu seras bien ici… Tu ne dois jamais oublier qui tu es, mais tu ne dois jamais le dire à personne. D'accord ?

Elle hocha la tête.

Mademoiselle Cécile se releva et s'en alla. Sœur Bernadette referma la porte avec difficulté.

Alors qu'elle était terrorisée en entrant, elle se sentait maintenant presque en sécurité. Cette muraille semblait étanche à tous les dangers. Sœur Bernadette lui tenait la main. Elles se dirigèrent vers le bâtiment principal. Hannah posait les yeux partout. Le jardin était magnifique. Des roses y poussaient en abondance.

— C'est probablement la première fois que tu entres dans une pension catholique.

Elle se contenta d'acquiescer. Elle avait déjà vu des religieuses et ne doutait pas qu'il y avait un caractère sacré dans tout cela. Elle se dit que c'était probablement pour cette raison qu'elles cachaient une Juive. Par bonté.

Elle fut étonnée de voir des filles qui jouaient au foot dans le jardin du couvent. Il n'y avait pas de garçons. Ce n'était pas très différent de la cour de récréation d'une école en fin de compte. L'école de la République française n'était pas mixte non plus à cette époque. Mais des filles qui jouaient au foot avec une religieuse, ça, c'était très différent. Dès qu'elle aperçut la mère supérieure, sœur Marie-Thérèse, gênée, réajusta sa cornette et sa robe et se dirigea vers la petite Hannah. Elle lui sembla gigantesque. Grande et costaude, avec un nez busqué, encore plus accentué que les caricatures de Juifs que l'on voyait dans les journaux. Du coup, elle se dit qu'elle était peut-être juive et qu'elle se cachait elle aussi. Cette idée s'évanouit cependant aussi vite qu'elle avait mûri dans son imagination de gamine. Ce qui était certain, c'est que sœur Marie-Thérèse devait faire peur aux gendarmes, et pas le contraire. Hannah manqua de pouffer de rire et se retint. La mère supérieure fit les présentations. Sœur Marie-Thérèse souriait. Son sourire était aussi géant qu'elle. Jamais Hannah n'avait vu autant de dents. Même madame Gambini en avait moins, se dit-elle. On voyait ses gencives bien roses. Cette bonne sœur était effrayante de loin, et tellement attachante de près.

— Sœur Marie-Thérèse va t'emmener au dortoir.

Puis elle soupesa la valisette.

— Ce n'est pas bien lourd, dis donc !

— On est partis vite.

— Tu ne devrais pas être malheureuse ici.

— Oui, madame.

— Appelle-moi « ma mère », ou « sœur Bernadette », ma petite Marie. C'est la coutume.

— Oui, ma…

Elle eut du mal à le dire pour la première fois. « Ma mère », « sœur Bernadette »… c'était étrange d'inclure cette dame dans sa famille et encore plus de la substituer à sa propre mère. Mais, après tout, elle était drôlement gentille, alors elle ne rechigna pas à lui faire plaisir :

— Oui, « ma mère ».

Sœur Marie-Thérèse l'accompagna d'abord jusqu'au dortoir, lui montra le lit qu'elle occuperait et le petit placard qui lui permettrait de ranger ses affaires. Elle posa la valisette sur le lit et lui proposa de l'emmener faire la connaissance de ses nouvelles amies. Pour l'occasion, sœur Marie-Thérèse leur avait demandé de se réunir sous les arches du couvent lorsqu'elles avaient dû mettre fin à leur match de foot.

— Au fait, j'espère que tu as été baptisée, lui demanda sœur Marie-Thérèse.

Hannah secoua la tête. Négative.

— On va arranger ça avec le curé Fratelli. Ne t'inquiète pas.

Hannah fut terrorisée à l'idée de devoir se convertir.

30

Frida
Le curé Fratelli

28 août 1942

— Où on va, maman ?

Fruma et Frida s'étaient enfuies dans la nuit et avaient couru dans les rues sombres du vieux Nice jusqu'à la Vieille Cave. Une cave à vin où elles avaient trouvé refuge et réussi à joindre Octave.

Deux jours plus tard, elles marchaient sur des sentiers de l'arrière-pays niçois que seuls les contrebandiers connaissaient. Évitant ainsi les barrages des gendarmes grâce aux précieuses indications des informateurs d'Octave. Une longue marche que Frida avait terminée sur les épaules du mécanicien avant qu'un véhicule les récupère au col du Dragon.

Au prix de nombreux détours, ils arrivèrent enfin à Levens.

Frida et Fruma descendirent du véhicule d'Octave. Le réseau avait conseillé à la jeune femme de se séparer temporairement de sa fille, pour la sécurité de celle-ci. Mais, avant que Frida ne les quitte, Octave lui avait réservé une surprise. Après le drame de Chalon-sur-Saône, les paysans qui avaient hébergé et soigné Fruma et sa fille avaient retrouvé sa valisette éventrée, échouée sur les berges de la Saône. En zone libre. L'album photo qu'elle contenait était à peine humide, protégé par de nombreuses couches de papier journal. Ils n'eurent aucun mal à reconnaître la mère et la gamine sur certains clichés avant de les transmettre à Octave. Le soir, il les rendit à la petite fille.

— Frida, je crois que ces photos t'appartiennent.

— Mais… comment vous les avez retrouvées ? interrogea-t-elle, émue.

— Tu m'avais dit que tu les transportais dans ta valisette, souviens-toi.

Oui, un peu avant de traverser la rivière, il lui avait demandé pourquoi elle s'encombrait de cette petite valise. Et elle lui avait expliqué qu'elle contenait les photos de sa famille et ses chaussons de danse.

Ces photos représentaient son père, sa sœur, sa mère, des grands-parents restés en Pologne. Tous ces gens avaient participé à sa construction, à la charpente de sa mémoire. Et elle en était fière. Elle glissa ces photos dans son baluchon avec les quelques vêtements que sa mère lui avait fabriqués.

Fruma entra par la petite porte du jardin à l'arrière de l'église. Elle n'était pas visible de la rue. Il fallait descendre quelques marches, passer sous une tonnelle avant de se retrouver devant l'entrée. Comme le lui avait dit Octave, la bonne du curé n'avait pas fermé la porte à clé. Elle se retrouva dans le fond du jardin du presbytère, à l'abandon en ces temps de guerre. Le père Fratelli, le curé, qui avait pourtant la main verte, n'avait plus ni le cœur ni le temps de s'en occuper. Des roses sauvages jaillissaient des ronces et des herbes hautes comme des feux d'artifice dans un ciel noir sans étoiles.

Frida pressait la main de sa mère. C'était la première fois qu'elles pénétraient dans une église. Fruma avait retenu l'itinéraire par cœur. Elle descendit un escalier en colimaçon qui menait à une crypte. C'était difficilement accessible. À quelques pieds sous terre. Elle suivit un couloir étroit. Comme un tunnel. L'humidité suintait des murs en pierre brute. Le sol était recouvert de terre battue. Fruma et Frida étaient quasiment dans le noir. Seule la flamme instable d'une lampe à huile luisait au bout du couloir.

— Venez, venez, n'ayez pas peur ! lança une voix masculine qui résonna en écho dans le passage.

Cette voix qui semblait venir d'outre-tombe effraya Fruma et sa fille, qui marquèrent un arrêt.

— Allez, venez, n'ayez pas peur ! insista le curé avant d'éclater de rire. Je dois reconnaître que, pour un premier rendez-vous, l'endroit n'est pas très rassurant.

Fruma reprit sa progression, Frida tirant un peu sur son bras, réticente, traînant les pieds. Ce qui faisait voler la poussière de la terre et les faisait tousser. Elles arrivèrent dans la crypte. Le père Fratelli était debout, de dos, penché sur une table haute. Sa soutane noire créait une ombre effrayante sur le mur.

— L'humidité et la poussière ne font pas bon ménage avec les poumons, dit-il sans se retourner. Je sais. Je suis désolé. Mais au moins cela dissuade les curieux. Il y en a beaucoup.

Lorsqu'il se retourna enfin, il afficha un large sourire affable.

— Je viens justement de terminer de remplir vos nouveaux papiers d'identité.

Il récupéra une carte d'identité, ainsi que deux cartes de ravitaillement, et les tendit à Fruma.

— Thérèse et Irène Valois. N'oubliez surtout pas.

Le curé avait installé une véritable petite imprimerie de faux papiers sous l'église. Avec de vrais cachets confiés par une employée de la mairie qui lui fournissait aussi des cartes d'alimentation vierges. Le curé avait là sur sa table des dizaines de cartes d'identité en attente. Des cartes de ravitaillement. Et surtout des certificats de baptême.

— En ce qui me concerne, je vais conserver vos véritables identités dans un registre que je cacherai ici, dans ces livres.

Il désigna des livres anciens.

— Ne vous inquiétez pas, les dates sont falsifiées de vingt ans. Qui viendrait à remettre en question un registre de 1921 ? ajouta-t-il.

Ce qui rassura Fruma.

Il s'accroupit à la hauteur de Frida.

— Irène... Tu vas dire au revoir à ta maman. Je vais te conduire chez les sœurs.

Frida ne put s'empêcher de se raccrocher à sa mère. Elle pleurait à chaudes larmes.

— Tu viendras me voir ? lui demanda-t-elle, submergée de chagrin.

Fruma s'agenouilla et serra sa fille dans ses bras. Elle ne put s'empêcher de pleurer à son tour.

— Bien sûr, ma *bubelleh*, la rassura Fruma.

— Vous êtes très courageuse, madame, lui dit le curé, sachant à quel point il était héroïque pour une mère de se séparer de son enfant, encore plus après la perte d'un autre.

Le père Fratelli sortit un petit pendentif de la poche de sa soutane, une croix au bout d'une chaîne en plaqué or. Il la passa autour du cou de Frida, qui se décomposa.

— Mais je suis juive, protesta-t-elle.

— Et tu le resteras, lui déclara le curé.

La petite fille se sentait perdue entre ses deux destinées.

Fruma ressortit de l'église par-derrière, remonta dans le véhicule d'Octave, et ils s'éloignèrent. Il était convenu que Fruma reste dans la commune. Cachée chez des gens du réseau, dans la vallée. Elle pourrait ainsi régulièrement rendre visite à sa fille. Octave l'escorta jusqu'à Utelle, où elle fut accueillie dans une ferme isolée par un couple de fermiers. Avant qu'il ne reparte, Fruma remercia Octave et se blottit contre lui. Ce n'était pas de l'attirance, c'était de l'affection, mais elle en avait tant besoin que ces deux sentiments n'étaient pas loin de fusionner.

Le père Fratelli accompagna Frida jusqu'à la pension des Eucalyptus. Celle-ci étant presque adossée à l'église, le trajet fut très court, cependant il en profita pour apprendre à Frida à se signer correctement, car elle le faisait à l'envers. Sœur Bernadette avait été prévenue de l'arrivée de la petite Irène et le curé lui confia le faux certificat de baptême qu'il avait rédigé à son nom, ainsi que les autres documents qu'il avait falsifiés avant de repartir.

Les petites pensionnaires étaient déjà couchées. À voix basse pour ne pas réveiller les autres filles, la mère supérieure désigna à Frida son petit espace, son lit et son petit placard. Elle lui proposa de l'accompagner à la cuisine pour lui préparer un dîner, mais Frida refusa. Elle avait mangé sur la route, avec Octave et sa mère. Alors elle se déshabilla pudiquement et se glissa dans les draps.

Avant de s'endormir, pour que sa mémoire ne la trahisse pas en s'oubliant au profit de sa nouvelle identité, elle se remémora au moins dix mots de yiddish.

Dix mots différents, dont elle connaissait le son, la phonétique, mais pas la signification. Elle les prononça un par un. Tout doucement. Et à chaque mot qu'elle avait mémorisé, elle associait une intonation. De la tendresse ou de la colère. Elle revoyait ainsi défiler dans sa tête les scènes qu'elle avait vécues avec ses parents et sa petite sœur. Puis, pour s'endormir, elle fredonna tout doucement une berceuse yiddish que leur chantait Fruma. À elle et à Ruth. Et elle pleura en silence. Car elle revoyait les gestes de sa mère à son égard, ces gestes accompagnés de ses caresses qui lui manqueraient tant.

— Tu es juive ?

Cette question vint rompre sa peine.

Elle tourna la tête vers la gamine qui venait de lui poser la question.

— Moi aussi. Je m'appelle Marie, fit Hannah.

Frida lui sourit, elle n'avait plus envie de pleurer. Cette petite « Marie » venait de briser sa solitude.

31

La rafle des enfants

31 octobre 1942

Chaque dimanche, Frida et Hannah allaient à la messe. Elles suivaient une scolarité exemplaire au pensionnat et se disputaient la première place. Quand l'une avait la meilleure note, l'autre avait la deuxième meilleure note. Et vice versa. À tel point que les autres filles étaient jalouses. Là où Hannah faisait la différence, c'était au cours de catéchisme du curé Fratelli. Elle était toujours la première, alors que Frida briguait fièrement la dernière place. Elle refusait d'oublier qui elle était, ses traditions juives, ses parents, la mémoire de sa petite sœur Ruth, les photos de ses grands-parents, de ses oncles et tantes qu'elle n'avait pas connus, tout ce qui constituait pour elle la base de son éducation. Ses racines. « Mais moi aussi je suis juive ! lui répétait Hannah. Autant que toi ! » Leurs confessions n'allaient pas au-delà. Jamais les fillettes ne s'étaient divulgué leur véritable identité. Jamais elles n'avaient évoqué leurs parents. Jamais elles ne parlaient de leur vrai passé. Car n'importe qui aurait pu les entendre à leur insu.

Frida s'était malgré tout attachée aux sœurs et au curé Fratelli, car elle se sentait protégée, aimée. Elle pouvait grandir ici en toute sérénité. Sans avoir peur d'être arrêtée. Elle reprit la danse grâce à sa mère, qui lui apporta un jour des chaussons tout neufs. Fruma travaillait désormais pour le réseau de monsieur Le Gendre. Avec Octave. Elle était payée pour raccommoder des vieux vêtements destinés à habiller les résistants. L'hiver approchant à grands pas, elle confectionnait beaucoup de vêtements chauds. Chaque semaine, le samedi en général, elle rendait visite à sa fille. Elle lui apportait un pot rempli de lait Nestlé et de marrons que Frida partageait avec Hannah. Fruma parcourait une trentaine de kilomètres à vélo pour venir d'Utelle, avec de forts dénivelés. Souvent des patrouilles de gendarmes l'arrêtaient pour la contrôler, mais, munie de ses papiers au nom de Thérèse Valois, elle ne prenait aucun risque. Elle emmenait Frida déjeuner dans un restaurant du village, puis elle l'accompagnait chez le coiffeur. Jamais la petite fille n'avait mis les pieds chez un coiffeur du temps où elle habitait Paris.

Un jour, elle décida de présenter Hannah à sa mère : « Personne ne vient la voir, elle peut venir avec nous ? » Elle omit volontairement de lui révéler qu'Hannah était juive et savait qu'elle l'était elle aussi. À compter de ce jour, Fruma emmena les deux filles déjeuner chaque samedi. Hannah racontait que ses parents vivaient à Marseille, mais préféraient qu'elle soit en pension pour ne pas affronter les affres de la guerre. Un jour, Octave s'était joint à elles. Comme Frida sentait une complicité entre sa mère et lui, elle fut contrariée toute la journée. La semaine suivante, elle confia à sa mère qu'elle ne voulait pas qu'Octave prenne la place de son père dans son cœur. Fruma la rassura, mais fut néanmoins bouleversée à l'idée qu'elle ait pu blesser sa fille.

Malgré les rafles de Juifs, qui s'étaient multipliées à Nice, les filles vivaient presque normalement. Même cachées. Elles parlaient aussi d'avenir. Frida rêvait toujours de devenir danseuse étoile, Hannah d'être libre. « Mais c'est pas un métier, ça ! » avait rétorqué Frida. Ce qui les avait fait éclater de rire. Dans tous les cas, elles avaient à nouveau des rêves. Jusqu'au jour où cette innocence qu'elles avaient fini par retrouver leur fit négliger qu'il ne fallait pas avoir confiance en tout le monde.

Frida en pinçait pour le petit Roger. Il était enfant de chœur, et elle ne le voyait que le dimanche, à la messe.

— Il ne te plaît pas, à toi ? s'était-elle renseignée auprès d'Hannah.

— J'ai déjà un amoureux, répondit-elle.

Elle pensait à Léon. Énormément. Espérant toujours qu'il ait échappé aux policiers et aux gendarmes pendant la rafle du 26 août, à Nice.

Un dimanche après la messe, le petit Roger et les filles se mirent à jouer à cache-cache dans l'église. Il avait gardé son aube. Il faut avouer que le petit Roger était un beau gosse, grand pour son âge, très brun, les yeux bleus, les filles faisaient tout pour qu'il les remarque. Ce jour-là, la partie de cache-cache se termina dans la crypte, sous l'église. Roger ne savait même pas qu'elle existait. Hannah et Frida l'y avaient volontairement entraîné pour l'égarer, et qu'il soit incapable de les retrouver. Pendant qu'elles le narguaient en l'appelant, planquées dans des recoins insoupçonnés, il se retrouva dans l'antre du curé Fratelli. Comme ce dernier ne soupçonnait absolument pas que quelqu'un puisse descendre dans ce lieu « saint », il ne dissimulait pas les faux documents qu'il réalisait. Ce jour-là, cette négligence allait le conduire à sa perte. Le petit Roger découvrit son secret, déroba quelques pièces pour témoigner de sa trouvaille et disparut, en abandonnant les filles dans leurs cachettes.

Il s'empressa d'aller raconter tout cela à son père, gendarme, notoirement pétainiste et antisémite, qui s'avoua fier de son fiston.

Ce dimanche 1er novembre 1942, Frida guettait. Le front plongé dans l'œil-de-bœuf de la lourde porte en bois du pensionnat. La route semblait couler du haut de la colline comme une rivière grise. Le bitume était cabossé par endroits à cause de la chaleur, qui l'avait fait gonfler.

Fruma n'était pas venue rendre visite à sa fille la semaine précédente. Elle n'était pas non plus venue la veille, le samedi. Depuis deux semaines, Frida était sans nouvelles de sa mère. L'inquiétude dans laquelle elle se trouvait avait ému la mère supérieure, qui lui avait accordé de manquer la messe pour aller l'attendre à la porte. Espérant de tout cœur que la mère de la fillette lui rendrait visite ce dimanche de la Toussaint.

Cela faisait déjà plus d'une heure qu'elle surveillait cette route, quand Frida aperçut la roue d'un vélo surgir dans le virage. Puis le vélo tout entier.

— C'est maman ! s'écria-t-elle. C'est ma mère !

Sœur Bernadette s'empressa de regarder à son tour dans l'œil-de-bœuf.

— Tu vois, ma petite, je te l'avais dit, que ta maman reviendrait vite.

La tête baissée dans le guidon, la cycliste pédalait vite. Pressée. Le chapeau de paille qu'elle portait se pliait en arrière, déformé par la vitesse et la tramontane qui soufflait ce jour-là. La roue avant se bloqua alors dans un des nids-de-poule qui criblaient cette route.

Mais elle tira d'un coup sec sur le guidon et le vélo poursuivit sa descente, évitant ainsi une embardée qui aurait pu être fatale à la cycliste.

Elle s'arrêta net devant la lourde porte en bois. Le chapeau de paille était redescendu et lui masquait une partie du visage.

Sœur Bernadette fit glisser le gros loquet en fer-blanc et tira la lourde porte.

Frida se précipita pour se blottir contre sa mère. Elle avait grandi ces derniers temps, et sa tête arrivait un peu plus haut que la ceinture de Fruma. Elle releva la tête lorsqu'elle remarqua que sa mère n'exhalait pas son odeur habituelle.

Découvrant avec déception que la femme contre laquelle elle se pelotonnait n'était pas sa mère, Frida fit un pas en arrière.

— Bonjour Frida.

— Vous êtes pas ma mère ! rétorqua la petite fille, prête à fondre en larmes.

— Je m'appelle mademoiselle Cécile, rétorqua la jeune femme, d'ailleurs bien plus jeune que Fruma, ce qui d'un coup justifiait l'agilité dont elle avait fait preuve quelques minutes plus tôt à vélo.

Aujourd'hui, elle n'avait pas emprunté la Peugeot de son père à cause de trop nombreux contrôles sur les routes de l'arrière-pays.

Sœur Bernadette avait compris que quelque chose d'inattendu s'était produit.

— Et si nous allions assister à la fin de la messe, proposa-t-elle en même temps qu'elle prit la main de Frida pour regagner l'église.

Comme à son habitude, Frida s'assit auprès d'Hannah dans la travée.

Sœur Bernadette et mademoiselle Cécile restèrent au fond de la chapelle et chuchotaient.

— La mère d'Irène a été arrêtée par les gendarmes à Utelle avec d'autres résistants. Ils savent qu'elle est juive. Elle avait sur elle des photos prises au restaurant avec Irène et la petite Marie. Il faut cacher les filles.

— Où ont-ils emmené cette pauvre femme ?

Mademoiselle Cécile lui expliqua qu'elle était partie dans un convoi par chemin de fer, vers le camp de Drancy.

Sœur Bernadette longea les bancs de la chapelle et glissa un mot à l'oreille du curé. Puis elle fit sortir Frida et Hannah de la travée. Cette dernière reconnut instantanément mademoiselle Cécile, qui ne manqua pas de la saluer gentiment.

— Vous allez devoir partir, les filles, leur annonça-t-elle à voix basse.

— Il est arrivé quelque chose à ma mère ? demanda Frida, qui avait compris qu'on ne lui disait pas tout.

Mademoiselle Cécile et sœur Bernadette se regardèrent, hésitant sur la réponse à offrir à la petite fille.

— Elle a été arrêtée ? interrogea Frida.

Cécile confirma, sans rien dire. Désolée. Son silence était parlant.

Hannah accompagna son amie à l'extérieur de l'église.

— Tu as le droit de pleurer, mais pas devant les autres.

Elles sortirent en même temps que la messe se terminait. Dès que toute l'assistance eut quitté les lieux, elle entraîna de nouveau Frida à l'intérieur de l'église.

— Viens !

— Où ça ? La messe est dite !

Hannah alluma un cierge, s'agenouilla devant l'autel et se signa. Disant un « Je vous salue Marie » à l'intention de la mère de Frida.

Elle invita celle-ci à l'imiter.

— Arrête ! On n'est pas catholiques ! C'est pour de faux qu'on fait tout ça ! C'est pas lui qui va la ramener ! s'exclama-t-elle en colère, avec des sanglots dans la voix, tout en désignant Jésus sur la croix.

— T'en sais rien !

— Et toi, tes parents ? Ils sont où ? Pourquoi tu pries jamais pour eux ?

— Mes parents ? Je ne les reverrai jamais.

— T'en sais rien !

— J'en suis sûre.

C'était la première fois qu'elles s'étaient autorisées à parler de leurs parents.

Hannah se signa une dernière fois, se releva et se dirigea vers la sortie de l'église. Comme à son habitude, Frida eut du mal à se signer, mais elle le fit quand même. Elle se sentait si mal que ce geste la soulagea un peu.

La mère supérieure les attendait devant l'église. Elle leur répéta qu'il fallait qu'elles quittent sur-le-champ la pension avec mademoiselle Cécile.

— On ne risque rien ici. Vous nous emmenez où ? demanda Hannah qui se sentait en sécurité dans le pensionnat.

— Dans la montagne. On va vous cacher à Barels, leur confia mademoiselle Cécile discrètement. On ne peut y accéder qu'à dos de mulet, personne ne vous trouvera là-haut. Il faut vous dépêcher. Des camarades vont nous aider, ne vous inquiétez pas.

Les filles se résignèrent et partirent en courant jusqu'au dortoir afin de récupérer leurs effets personnels.

Frida se saisit de ses chaussons de danse ainsi que de ses photos de famille tandis qu'Hannah ramassait ses livres et ses cahiers, qu'elle fourrait dans sa valisette avec deux vêtements. Sœur Marie-Thérèse venait de monter pour les aider quand elle vit la valisette d'Hannah. Elle fabriqua un baluchon avec l'une de ses robes, dans lequel elle mit en boule le plus qu'elle put.

— Elle est trop voyante, ta valise, petite !

Quand elle eut détourné la tête, Hannah dénoua la robe et reprit sa valisette.

À ce moment-là, on entendit de grands coups frappés à la porte d'entrée de la pension. C'était la police de Vichy, accompagnée de gendarmes. Une sœur n'eut pas d'autre choix que de leur céder le passage. Ils avaient en main les photos découvertes dans le sac à main de Fruma. Ils cherchaient les petites Juives qui se cachaient dans l'école.

Quand les filles se pressèrent à l'extérieur, elles tombèrent nez à nez avec les gendarmes. Elles se mirent à courir si vite qu'elles n'y croyaient pas elles-mêmes. Elles fuyaient vers le portail dissimulé à l'arrière de l'enceinte, que seules les pensionnaires connaissaient. Hannah avait pris de l'avance et réussit à s'échapper, alors que Frida dut se cacher dans les buissons. Elle se mordit les lèvres quand un gendarme armé d'un fusil passa devant le talus. Elle respirait sans faire de bruit et sa souplesse lui permit de se glisser entre deux massifs de gerberas sans faire tressaillir une seule feuille des arbustes. Elle remercia mentalement sa mère de lui avoir permis de faire de la danse. Elle s'était roulée tel un chat, quand le canon du fusil jaillit à quelques centimètres de son visage. Elle ferma les yeux.

— Grouille-toi, elles ne sont pas là !

Frida rouvrit les yeux. Cet ordre la sauva. Le canon se rétracta d'un coup sec. Elle entendit les pas du gendarme qui écrasait les feuilles en s'éloignant. Il rejoignit la patrouille, qui poursuivit ses recherches un peu plus loin dans le parc du pensionnat. Dès qu'ils furent à une bonne centaine de mètres, elle reprit une respiration normale. Son rythme cardiaque ralentit. Son cœur battait la chamade et son cerveau manquait d'air. Elle se glissa entre les bosquets jusqu'à l'arrière de la pension et sortit en prenant garde à ne pas faire grincer la grille.

Quelques minutes plus tard, le père Fratelli cacha les filles dans la crypte, les pensant en sécurité pour la nuit. Il improviserait le lendemain pour les transférer ailleurs. Il retourna vers son presbytère quand, soudain, il entendit des coups sourds frappés à la porte de l'église. Les gendarmes et les policiers voulaient entrer dans la maison de Dieu. Il s'empressa de descendre les marches le plus vite possible vers la crypte. Elle était assez profonde pour décourager les curieux de la visiter, mais rien ne stopperait la haine de la police de Vichy. Il le savait. Il s'empara des registres dans lesquels il avait consigné les noms des enfants qu'ils avaient cachés, et il y mit le feu. Les feuilles se consumèrent rapidement. Considérant que la crypte pouvait constituer un guet-apens dans lequel Frida et Hannah se trouveraient finalement piégées, il les fit remonter dans l'église pour aller se cacher sur le balcon de l'orgue. Elles y grimpèrent par l'étroit escalier en bois. Hannah n'avait pas lâché sa valisette. Frida avait glissé ses chaussons de danse dans les poches de sa robe du dimanche, mais l'un d'eux tomba en bas de l'escalier. Elles se postèrent de manière à surveiller la grande porte sur laquelle les policiers continuaient de tambouriner en ordonnant que l'on vienne leur ouvrir.

Le père Fratelli finit par obtempérer et sortit sur le parvis. Un des policiers en civil lui signifia son arrestation pour avoir fabriqué des faux papiers. Il traita alors les gendarmes et les policiers de « collabos », ricana et fit demi-tour vers l'église. Le policier lui donna l'ordre de ne plus bouger, menaçant de faire usage de son arme. Le père s'arrêta net et leva les mains. Frida et Hannah étaient convaincues que personne n'oserait s'en prendre à un messager de Dieu. Elles assistaient à la scène, dans l'angoisse la plus totale quand les rayons du soleil percèrent à travers un vitrail et les aveuglèrent, les contraignant à fermer les yeux. Au même moment, elles entendirent deux détonations, puis un bruit sourd. Elles rouvrirent les yeux et virent le père Fratelli allongé par terre, face contre terre. Elles plaquèrent leurs mains sur la bouche. Terrorisées. L'homme qui l'avait froidement exécuté donna l'ordre de laisser le curé devant l'église, pour faire un exemple. Puis les gendarmes investirent le lieu saint. Ils descendirent directement à la crypte, après avoir traversé l'église et le presbytère. Les filles reconnurent le commandant de la gendarmerie, le père du petit Roger. Elles l'avaient déjà croisé à la messe du dimanche. Il jubilait et comptait bien que cette opération lui rapporte une promotion bien méritée. Il était las de perdre son temps « avec des bouseux », comme il disait.

L'un de ses gendarmes, pas forcément en accord avec ses pratiques, entra dans l'église et alla s'agenouiller devant la croix de Jésus. Il se signa, baissa la tête pour prier, plongé dans son humilité et son désarroi face à ce qu'il venait de vivre à l'instant. Il dit un « Je vous salue Marie », se signa de nouveau, puis remarqua le chausson de danse. Il releva la tête. C'est là qu'il croisa le regard d'Hannah. Il la fixa quelques secondes, puis découvrit Frida à ses côtés. Il se douta qu'il s'agissait des deux petites filles qu'ils recherchaient.

Le père du petit Roger remarqua l'attitude préoccupée du gendarme.

— Tu as vu quelque chose ? lui lança-t-il.

— Oui… des anges, répondit le gendarme en souriant et en glissant discrètement le chausson dans sa poche.

— T'es une vraie grenouille de bénitier, toi !

— La rédemption, ça existe, chef !

— La quoi ?

Le gendarme sourit, puis sortit de l'église, alors que les policiers remontaient de la crypte, les bras chargés des faux papiers d'identité confectionnés par le père Fratelli et qui n'avaient pas encore brûlé.

— Mon fiston avait raison, fit le père du petit Roger. Un enfoiré de cureton qui fabrique des faux papiers ! On est tombé bien bas !

Un gendarme arriva avec une nouvelle information. Ils avaient arrêté une résistante sur la route. Une certaine « mademoiselle Cécile ». Le père du petit Roger s'en réjouit. La journée était faste.

— Je suis sûr qu'elles sont encore là, quelque part dans le village. Barrez tous les accès, elles ne vont pas s'en sortir comme ça, ces sales petites Juives.

32

Lauren
Paris

Ce n'était pas ma première fois à Paris. J'étais venue à plusieurs reprises en Europe quand j'étais étudiante. Souvent dans le cadre de mes recherches historiques. Ce vieux continent avait tant à nous raconter. À chaque fois, je me débrouillais pour passer quelques jours à Paris. C'était cependant la première fois que ma fille découvrait cette ville grandiose. J'aurais rêvé qu'elle le vive de façon bien plus romantique, avec son amoureux, et qu'ils arpentent le quartier de Saint-Germain-des-Prés dans lequel nous nous trouvions, bras dessus bras dessous. Je culpabilisais un peu de la priver de cette joie, néanmoins, c'était elle qui me bousculait ce matin de juillet, car nous n'étions pas en avance.

Nous longeâmes la cathédrale Notre-Dame, traversâmes la Seine jusqu'à l'île de la Cité et empruntâmes un dernier pont jusqu'à l'Hôtel de Ville. Emily était émerveillée par tant de beauté. Il était tôt le matin et le soleil du mois de juillet nous donnait l'impression de traverser une carte postale.

Après avoir marché le long des quais pendant une dizaine de minutes, nous rejoignîmes le mémorial de la Shoah aux portes du quartier Saint-Paul.

Karen Taïeb, la responsable des archives, nous attendait dans son bureau. Je l'avais contactée de l'aéroport de Munich et lui avais communiqué le nom d'Hannah Braunstein, en l'informant que nous recherchions des indices qui nous permettraient de savoir si elle était toujours de ce monde.

Je me débrouillais en français. Je l'avais étudié à l'école, puis au lycée. Karen nous confirma que les parents d'Hannah avaient bien été arrêtés à Nice, déportés, puis assassinés à Auschwitz. Mais elle n'avait aucune trace de leur fille.

— Si elle a survécu, il se peut qu'elle ait été prise en charge par une association juive à la fin de la guerre. Mais nous ne disposons pas de toutes les fiches des orphelins placés dans des maisons d'enfants après la Libération.

Karen était très empathique, comprenant parfaitement la situation dans laquelle nous nous trouvions. Elle était prête à nous aider et nous proposa de rencontrer Kathy Hazan et Bernard Flam, deux spécialistes des enfants juifs cachés en France durant la Seconde Guerre mondiale.

L'entretien se déroula dans les locaux d'une association qui avait géré des milliers d'enfants juifs pendant et après la guerre. Dans une salle encombrée de dizaines de boîtes contenant elles-mêmes des fiches cartonnées blanches, qui permettaient de se connecter à ce passé dramatique. Elles étaient classées par ordre alphabétique, ce qui facilita notre recherche. L'une d'elles était libellée au nom d'Hannah Braunstein, une des enfants sauvées par l'association. Il n'y avait pas de photo. Dans la case « histoire de l'enfant » était indiqué le nom de la convoyeuse qui l'avait placée : mademoiselle Cécile. Elle l'avait prise en charge dans les Alpes-Maritimes en août 1942, cependant le lieu de placement était rayé et illisible.

— Cette convoyeuse est peut-être vivante, fit Bernard.

Il nous conseilla de nous rapprocher de nouveau de Karen, qui sans doute pourrait nous informer plus précisément et nous invita à les appeler, lui ou Kathy si nécessaire.

Karen nous fixa un nouveau rendez-vous après déjeuner. J'en profitai pour emmener ma fille place des Vosges. J'avais gardé un souvenir mémorable de ce petit parc entouré d'immeubles en briques rouges et aux toits en ardoise. La magie opéra à nouveau. Nous fîmes le tour du parc, d'une fontaine à l'autre, il y en avait quatre, toutes identiques, et je me souvenais parfaitement de ces somptueuses gerbes qui ruisselaient depuis leur sommet jusqu'au sol. Il faisait si chaud que le simple fait d'écouter l'eau s'écouler était suffisant pour nous rafraîchir.

Avant de repartir vers le mémorial de la Shoah, nous prîmes le temps de déjeuner chez Ma Bourgogne, sur la place. Un typique restaurant parisien avec des nappes roses à l'abri sous les arcades. Je poussai Emily à commander un steak tartare. Unique en son genre. Elle suivit mes conseils, mais, quand elle s'aperçut qu'il s'agissait de viande hachée crue assaisonnée, elle manqua de s'évanouir. Elle ferma presque les yeux et goûta, écœurée… Elle me regarda et, en éclatant de rire, me déclara qu'elle adorait. Jamais ma fille n'aurait accepté de manger un tel plat à Boston.

— Greg m'avait parlé de ce steak, il adore ça, m'annonça-t-elle. Je ne me souvenais plus du nom. J'étais dégoûtée quand il m'en parlait.

— Greg ?

— Mon Greg. Mon petit copain, maman ! me rappela-t-elle.

— Ah…

Elle m'en avait à peine parlé le soir où nous avions dîné à Boston, au bord de l'Atlantique.

— Son père est français. On s'est connus il y a six mois. Il est à Harvard, il a un an de plus que moi. Je pourrai te le présenter si tu veux.

— Ah… oui… avec plaisir… ton père le connaît ?

— Oui, il l'adore. Je ne voulais pas qu'il t'en parle. C'était pas sérieux.

— Et maintenant ?

— Je ne sais pas. Peut-être. Mais j'avais vraiment envie de t'en parler, ajouta-t-elle.

Je commençais à bénir ce voyage qui nous réunissait, ma fille et moi, au-delà de toutes mes espérances.

Après un café accompagnant un baba au rhum, nous prîmes la direction du mémorial.

Karen nous attendait dans une salle réservée aux consultations de documents et au visionnage de vidéos. Elle nous apprit que mademoiselle Cécile était décédée à quatre-vingt-quatorze ans, mais qu'il existait un témoignage filmé qu'elle avait enregistré un peu avant son décès.

Le témoignage de cette vieille dame qui, dès ses quinze ans, s'était engagée dans le sauvetage des enfants était saisissant. Elle racontait que son père était châtelain et qu'elle usait de cette étiquette pour avoir accès à des tas de gens qui avaient accepté de la soutenir dans son action. Après son arrestation par la police de Vichy, son père parvint à la faire libérer grâce à ses relations haut placées. Elle mentionnait dans cette vidéo un certain nombre de lieux où elle avait placé des enfants. Essentiellement dans les Alpes-Maritimes, où elle vivait. Elle citait surtout des couvents, des institutions religieuses, et des pensionnats dans les Alpes-Maritimes. Dont un pensionnat dans le village de Levens, où, de 1940 à 1943, elle avait caché plus d'une vingtaine d'enfants. Comme les parents d'Hannah Braunstein avaient été arrêtés à Nice en août 1942, il était légitime de penser que leur fille avait été prise en charge à ce moment-là par Mademoiselle Cécile, puis placée dans l'un de ces établissements. Après l'arrivée d'Aloïs Brunner et ses troupes à Nice en septembre 1943, elle racontait qu'elle avait abrité des enfants dans la propriété de ses parents, sur les hauteurs de Cannes. Brunner était assoiffé de sang juif et n'hésitait pas à rafler, même dans les couvents.

Nous avions noté les noms de ces institutions situées dans les Alpes-Maritimes et décidâmes de nous y rendre sans perdre une minute. Sans même passer une deuxième nuit à Paris. À notre grand regret.

Avant de se poser, l'avion survola la fameuse baie des Anges. Emily était subjuguée.

— Il faut croire que, durant la Seconde Guerre mondiale, certains anges s'étaient transformés en démons, me fit-elle remarquer.

Nous avions consulté Internet pour retrouver les institutions religieuses citées par la convoyeuse. Certaines n'existaient plus, l'une d'elles avait été remplacée par une maison de retraite médicalisée, il n'en restait qu'une seule à visiter.

Elle sentait bon, cette ville de Nice. Elle sentait bon l'air chaud. Elle sentait bon la brise de la Méditerranée et les senteurs de la garrigue. C'était épicé et capiteux.

Un taxi nous accompagna jusqu'au village de Levens et patienta sur place le temps de notre visite.

La porte de l'institution était une vieille porte en bois de l'époque médiévale. Lourde. Après que nous eûmes sonné à l'interphone, une sœur vint nous ouvrir. Elle accepta de nous conduire à leur doyenne, qui était pensionnaire dans cette même institution avant de devenir nonne. Sœur Louise. À plus de quatre-vingt-cinq ans, cette dame était vive, gaie même, et prête à nous aider. Elle connaissait la vie de cette institution par cœur.

— Comment s'appelle votre mère ? me demanda-t-elle.

Je lui expliquai que nous recherchions une petite fille qui s'appelait Hannah Braunstein, parce qu'elle était notre seule piste. Le dernier témoin qui aurait vu ma mère.

— J'ai toujours su que, pendant la guerre, nous avions caché des petites Juives. Nous avions un curé qui fabriquait des faux papiers. Le pauvre homme a été tué par un gendarme.

Elle poursuivit en nous racontant qu'une sœur, appelée Bernadette et qui avait été sa mère supérieure, lui avait raconté quelque chose qui ressemblait à l'époque à une légende. Mais, aujourd'hui, elle était prête à la croire. Elle attisait notre impatience.

— Le curé avait inscrit les noms des enfants qu'il avait cachés, ainsi que leurs fausses identités, dans des registres. Malheureusement, il les a brûlés avant d'être exécuté.

Après l'espoir, la douche froide.

— Mais le pensionnat avait aussi ses registres, enchaîna sœur Louise. Les filles y étaient inscrites sous leurs noms catholiques. Ils doivent être rangés dans notre bibliothèque.

— Serait-il imaginable qu'elle ait conservé son identité ?

— Non. Les filles juives se cachaient des nazis. Les sœurs n'auraient pas pris ce risque.

Nous ne connaissions pas la fausse identité qu'Hannah avait endossée. Mais la fiche que nous avait montrée Katy Hazan mentionnait bien qu'elle avait été prise en charge par l'association en août 1942. En la recoupant avec la date de naissance d'Hannah que nous avait communiquée l'archiviste à Munich, peut-être pourrions-nous déjà obtenir une liste des pensionnaires.

Nous parcourûmes un long couloir vide. Les internes étaient tous en vacances d'été. Nous étions accompagnées par sœur Louise et la jeune sœur qui nous avait ouvert, sœur Marie-Madeleine.

La bibliothèque était magnifique, toute en bois ancien. Il existait un registre par année. C'était de grands livres reliés, similaires à ceux que nous avions consultés dans les différents centres d'archives, mais ceux qui correspondaient aux années de guerre étaient en mauvais état, car ils avaient pris l'humidité. Le registre le plus intéressant était celui qui contenait les photos de classe. Sœur Louise nous montra la photo des fillettes ayant fait leur rentrée scolaire en 1942, nous désignant plus particulièrement une des élèves, qui était encore vivante et avait vieilli au village : Jeanne Barbillon. Elle nous conseilla d'aller la rencontrer. Peut-être se souviendrait-elle d'un événement qui nous permettrait d'identifier Hannah.

Ce ne fut pas très compliqué de retrouver Jeanne. C'était un personnage haut en couleur que tout le village de Levens appréciait pour son franc-parler. Elle accepta gentiment de nous recevoir. Elle était née en 1930, comme ma mère. Je lui tendis la photo que sœur Louise avait accepté de nous confier. Avant de poser ses lunettes sur son nez, pour l'examiner, elle commença par nous raconter un peu son quotidien. Ce ne fut pas désagréable, d'autant que son accent méridional très marqué pimentait le tout de thym et de romarin. Seule la partie consacrée aux visites du médecin, aux retards de courrier, aux problèmes de mutuelle liés à son incapacité de se connecter sur ce « diable d'Internet », était un peu assommante. Après avoir bu son excellent café, trop serré pour deux Américaines, mais bon, elle partit fouiller dans le tiroir d'un vieux bahut et nous rapporta ses vieilles photos de classe. Elles avaient jauni depuis le temps, mais étaient restées distinctes. Elle était en possession de la même photo que nous venions de lui présenter. Sauf que, par chance, sa mère avait, à l'époque, noté le prénom de toutes les filles au dos. Chaque prénom à l'emplacement de la gamine qui se trouvait sur la photo.

— Une de ces filles vous avait-elle paru différente des autres ? lui demandai-je, en m'appliquant à parler un français compréhensible pour elle.

Elle sembla racler le fond de sa mémoire, le regard fixe, mais n'avait aucun souvenir d'une telle gamine.

Une lueur l'illumina d'un coup :

— Il y a eu une rafle, je me souviens. Par les gendarmes. Ils ont tué le curé, le pauvre Père Fratelli. La faute à ce petit con de Roger !

Je lui demandai des détails.

Alors elle me désigna deux fillettes.

— ELLES ! Elles se sont sauvées !

Nous étions étonnées qu'elle nous désigne deux enfants.

— Oui, ces deux-là ! insista-t-elle, sûre d'elle. On ne les a plus jamais revues après ça.

Je consultai le dos de la photo : l'une s'appelait Irène et l'autre Marie.

— Je m'en souviens bien maintenant ! ajouta-t-elle, fière de sa prouesse. Oh, je me souviens très bien de cette pagaille ! On criait quand les gendarmes sont arrivés. On a eu peur !

— Vous souvenez-vous, madame Jeanne, de leurs noms de famille ?

Elle afficha une moue dubitative. Non, elle secoua la tête. Elle n'en avait aucune idée.

— Tuer un curé ! Si c'est pas un péché, ça ! Petit con de Roger ! répéta-t-elle.

Ce Roger commençait à m'intriguer, et je lui demandai des détails sur le personnage.

— Il avait balancé à son père que le curé fabriquait des faux papiers. Il vit à Entrevaux. Ici, il était devenu pestiféré. C'était un petit con, c'est devenu un vieux con.

Ce fut difficile à traduire :

— C'était un jeune *Shmock* et c'est devenu un vieux *Shmock*, lançai-je à Emily avec un clin d'œil.

C'était la meilleure traduction que j'avais imaginée. Cette expression, au départ typiquement juive, était devenue courante dans des villes comme Boston ou New York pour désigner des « cons ».

Nous regagnâmes l'institution.

Sœur Louise nous permit de consulter à nouveau le registre de 1942 afin de déterminer le nom de famille des deux fillettes que Jeanne nous avait désignées. Mais les pages qui nous intéressaient étaient illisibles à cause des taches d'humidité.

Il nous restait à savoir ce qu'étaient devenues les filles après avoir échappé à la rafle.

— Et si on allait voir le fils du gendarme ? proposa Emily.

— Le « petit con de Roger » ?

Emily éclata de rire.

33

Cachés à Entrevaux

15 novembre 1942

Après s'être enfui de la ferme des Chaudron, Léon avait pris les sentiers de la garrigue pour se rendre chez Georges. Le colosse qui l'avait accompagné avec sa charrette. Il avait retenu des petits indices sur la route au cas où il voudrait retrouver la maison. Un rocher en forme de dolmen, un arbre qui ressemblait à un squelette, un massif de lavande, la falaise abrupte et lisse d'une montagne. Tout avait été bon pour qu'il mémorise le parcours. Sauf qu'il devait le reconstituer dans l'autre sens et que cela lui prit bien plus de temps que prévu.

Il frappa à la porte vers dix heures du soir. À l'intérieur brillait la lueur d'une lampe à pétrole.

— C'est qui ? interrogea la grosse voix à travers la porte.

— C'est moi, m'sieur Georges. C'est moi, Léon. Enfin, Ernest, compléta-t-il en faisant la moue.

Le grand Georges ouvrit, surpris.

— Qu'est-ce que tu fais là ? Et comment t'as réussi à retrouver la maison ? Même les gendarmes, ils me trouvent pas !

— C'est mon secret, rétorqua le petit bonhomme, fier de lui.

Georges s'assura que le petit Léon n'avait pas été suivi et le laissa entrer.

À l'intérieur régnait une atmosphère chaleureuse. Il y avait une femme près de la cheminée, en train de recoudre un vieux pantalon. Léon la trouva belle. Elle était blonde comme les blés et affichait un sourire si doux. Le gamin avisa un fusil debout à côté de la porte.

— C'est pour aller à la chasse, le rassura Georges qui avait remarqué son regard.

Il lui demanda de lui raconter ce qu'il s'était passé. Léon ne se priva pas de lui narrer tous les détails de son séjour chez les Chaudron.

— C'est comme ça, la vie, fit-il. Y a les salauds et y a les autres.

— Ça veut dire qu'il y a plus de salauds ? questionna Léon.

Georges fit une moue de pessimiste. Validant effectivement cette option.

— Tu vas rester avec nous. Enfin, si Marguerite est d'accord.

« Marguerite ». Ce nom lui allait tellement bien, se dit le petit Léon.

Le sourire de Marguerite valut confirmation.

Léon fixa Georges.

— Je peux vous appeler tonton ?

— Pourquoi « tonton » ?

— Vous m'avez dit que j'étais votre neveu. Vous vous souvenez. Pour les papiers d'identité.

— Non, non, non, pas entre nous. Appelle-moi Jojo.

Léon fut déçu. Et Georges s'en aperçut.

— Ça te fait plaisir de m'appeler « tonton » ?

— C'est que je vois plus mes parents. J'ai besoin de ma famille.

Il était au bord des larmes.

— C'est bon, mon neveu, appelle-moi « tonton ».

Léon lui sourit et tenta de lui sauter au cou. Mais, vu la taille du gaillard, c'était une mission impossible. Et avant tout, Georges était un rustre qui avait du mal à laisser paraître ses émotions. Il se contenta de frictionner le crâne du petit comme il l'avait déjà fait quand il l'avait rencontré.

Marguerite lui donna une chambre. Avec une fenêtre. Rien à voir avec la remise dans laquelle il dormait chez les Chaudron. Il demanda de lui-même à participer au travail de la ferme.

Le lendemain, Georges lui fabriqua des outils à sa dimension : une petite faux, un petit râteau, et lui donna une brosse pour Mouton, le cheval. Il s'entendait bien avec lui et pendant qu'il le brossait il lui racontait sa vie. Mouton savait maintenant que Léon était juif.

Georges lui avait également offert un de ses canifs. Quand il gardait les moutons avec Michel, le chien, il aimait sculpter des bouts de bois qu'il trouvait dans la nature. Ça lui rappelait son père, qui travaillait le bois dans l'atelier.

Un soir, Léon débarqua dans la pièce principale avec une lettre qu'il venait d'écrire.

— Tonton, est-ce que tu as une enveloppe ? J'ai écrit une lettre à mes parents. Vous pourrez la leur transmettre ? Ils ne m'écrivent jamais, je me fais du souci.

Avec Marguerite, Georges était en train de compter leur argent en empilant les pièces sur la table en bois. Ils se regardèrent. Émue, Marguerite prit le gamin sur ses genoux, comme si elle allait lui dire quelque chose d'important. Mais, quand elle lui prit la main, elle la trouva chaude. Elle lui toucha le front pour évaluer sa température :

— Mais tu es bouillant, dis donc !

— Je sais pas, tata.

Il l'avait rebaptisée elle aussi.

— Ouvre la bouche, lui ordonna-t-elle, gentiment.

Léon s'exécuta et l'ouvrit en grand.

— Il y a des taches blanches. Si ça ne va pas mieux demain, on va nettoyer tout ça. Tu n'as pas mal quand tu avales ?

Il secoua la tête, dubitatif. Il s'était déjà endurci et ne trouvait pas matière à se plaindre parce qu'il avait un peu mal à la gorge.

Georges prit la lettre et lui promit de la transmettre.

— Viens, je vais te coucher, tu aurais attrapé la grippe que ça ne m'étonnerait pas, ajouta Marguerite.

Elle le raccompagna dans sa chambre et le borda dans son lit. Quelques minutes plus tard, elle revint avec un bol de lait chaud dans lequel elle avait plongé une cuiller de miel. Ils avaient une ruche dans la ferme, et c'était bien utile.

Elle colla un baiser sur le front de Léon, qui lui rendit un sourire. Il se sentait si bien, même s'il frôlait probablement les quarante de fièvre.

Elle ressortit et le laissa seul.

Il ne savait pas si Marguerite et Georges l'aimaient, mais il sentait qu'il comptait pour eux.

Marguerite retourna dans la pièce principale, prit la lettre sur la table, s'assit au coin du feu et la lut. C'était la même lettre que Léon écrivait à ses parents chaque jour, depuis un mois. Et qu'ils ne leur enverraient pas. La lettre débutait par : « Ma petite maman chérie. Mon petit papa chéri. Vous me manquez. » Elle avait de la peine. Georges et elle ne savaient pas comment lui dire que ses parents avaient été envoyés à l'est. Par le réseau des résistants communistes, ils avaient reçu une lettre qui avait été jetée sur une voie ferrée, dans l'est de la France. Il était écrit : « Pour Léon Goldberg, de ses parents, Mendel, menuisier, faubourg Saint-Antoine, et Rifke : en route pour Auschwitz. »

Le réseau avait mis plusieurs mois avant de retrouver le destinataire.

Le lendemain, le miel des abeilles de Georges et Marguerite avait fait son effet. Léon se portait comme un charme. Il s'attela normalement à ses tâches quotidiennes.

En fin de journée, Georges rentra de Guillaumes, où il avait été livrer du foin. Il avait une mauvaise nouvelle. La Chaudron l'avait retrouvé et dénoncé aux gendarmes, qui comptaient venir l'arrêter le lendemain matin. Il lui fallait fuir une fois de plus. Georges lui avait déjà trouvé où se cacher. Marguerite s'occupa de lui remplir son baluchon avec des vêtements qu'elle avait confectionnés, et ils partirent sur-le-champ.

Nous étions au début du mois de novembre 1942, il faisait nuit, et la neige s'était mise à tomber précocement. L'hiver arrivait plus tôt que prévu.

La neige, la nuit, les étoiles, le bruit mat des sabots de Mouton sur la neige, c'était malgré tout un voyage enchanteur pour le petit Léon. Il avait l'habitude de fuir.

Pour entrer dans le village d'Entrevaux, il fallait passer un pont-levis. Léon était fasciné par ce village fortifié. Georges arrêta la charrette devant une maison dissimulée derrière des arbres et un mur en pierres.

Cette fois-ci, il était triste d'abandonner le petit Léon. Il ne trouvait pas ses mots pour lui parler.

— Merci tonton, fit Léon.

Lui aussi était malheureux.

Le petit se demandait ce qu'il allait bien trouver, cette fois, derrière le mur de cette maison.

— J'espère que ça sera pas comme chez la Chaudron, ajouta-t-il.

— Non, petit, ça va être bien.

Georges sortit quelques pièces de sa poche et les lui donna.

— Tiens. T'en auras peut-être besoin.

Personne d'autre que son père ne lui avait jamais donné d'argent. Il le remercia, mais n'osa pas tenter les effusions, s'attendant à ce que Georges le prenne mal. En réalité, Georges ne savait pas comment dire au revoir au gamin. Il se sentait gauche. Alors il le serra fort contre lui, puis laissa Léon descendre de la charrette. Il sonna la cloche suspendue à l'entrée de la maison. Une jeune femme vint lui ouvrir. Il regarda une dernière fois son sauveur de Guillaumes et disparut à l'intérieur.

De l'autre côté du mur, il y avait un grand jardin. La maison était dans le fond. Léon fut accueilli par Denise, une jeune femme brune d'une vingtaine d'années qui portait des lunettes sans que cela durcisse ses traits pour autant. Elle avait une voix douce, avec l'accent chantant. Comme il aimait. Une peau hâlée, même en novembre, se dit Léon. Teintée de soleil. Elle portait un serre-tête pour tenir ses cheveux longs. Il remarqua qu'elle sentait la lavande. Il la connaissait maintenant, cette odeur.

— Alors, c'est toi Ernest, c'est ça ? fit-elle.

Il avait du mal avec ce prénom, mais il confirma en haussant les épaules.

Elle s'amusa de sa réaction. Elle connaissait tout de lui, mais voulait savoir s'il avait bien compris le danger qui existait à décliner son identité.

— Je suis Denise, l'institutrice du village, et tu pourras rester avec nous tant que tu en auras envie.

— L'institutrice ? C'est vous ?

— Oui, c'est moi.

Il se demandait à quoi ressemblait le mari de l'institutrice. Il espérait qu'il n'aurait pas de martinet accroché à la ceinture.

Lorsqu'il entra dans la pièce principale, il découvrit que le « nous » évoqué par la jeune femme n'était pas un homme. Mais d'autres enfants. Il y avait un bébé aussi, qui ne marchait pas encore, mais qui, vu sa façon de se mouvoir, ne tarderait pas à le faire, et deux fillettes qui semblaient avoir son âge.

— Je te présente mon fils, André, tout le monde l'appelle Dédé, Irène et…

Il l'interrompit et enchaîna à sa place :

— Marie.

L'institutrice fut surprise de constater qu'ils se connaissaient déjà.

— Salut Marie, fit Léon.

Pour Hannah et Léon, ce fut un deuxième coup de foudre tant ils étaient heureux de se retrouver. Irène aussi semblait sous le charme de Léon.

— Je vous présente Ernest, les filles, fit l'institutrice.

Frida et Hannah pouffèrent de rire.

Léon regarda Hannah en haussant les épaules. L'air de dire qu'il n'avait pas choisi ce prénom.

Comme il n'avait pas dîné, elle fit réchauffer un peu de soupe, alors que les filles étaient déjà parties se coucher. Elles avaient une chambre pour deux.

Denise était curieuse de savoir comment Léon avait connu Marie. Il lui raconta son histoire, les Gambini, leur rencontre, et les drames qui suivirent. Il parlait de Marie avec beaucoup d'émotion. Même si ses joues ne rougissaient pas, sa gêne était perceptible. Denise en était bien consciente.

Une fois qu'il eut terminé sa soupe, bonne et épaisse, l'institutrice l'accompagna à sa chambre. Il avait la chance d'être le seul garçon, mis à part Dédé, et avait une chambre pour lui tout seul. Cependant, la seule pièce chauffée était la cuisine.

Dès le lendemain débuta sa nouvelle vie à Entrevaux. Les gendarmes avaient raflé des Juifs jusque dans les montagnes, mais ils semblaient avoir cessé depuis quelques jours. Néanmoins, les enfants devaient suivre les consignes et ne pas sortir du jardin. En fin de journée, Denise avait mis un point d'honneur à les tenir à jour de leurs études. Elle avait pu récupérer des manuels scolaires grâce à une collègue professeur au lycée et leur faisait l'instruction à la maison. Jusqu'à présent, les filles s'étaient un peu ennuyées. Elles jouaient dans le jardin et avaient pour mission de s'occuper du petit Dédé.

— C'est qui, le père de Dédé ? demanda Léon.

— Il paraît que Denise l'a adopté, lui répondit Frida.

Hannah et Frida lui rapportèrent comment elles avaient passé deux jours dans le presbytère du père Fratelli après sa mort. Il y avait tant de gendarmes dans Levens qu'elles avaient patienté à l'église. Puis sœur Bernadette, la mère supérieure de la pension, était venue les chercher. C'était grâce à elle qu'elles avaient survécu jusqu'à ce que quelqu'un les emmène chez Denise, à Entrevaux.

Dès la mi-novembre 1942, une véritable effervescence régna subitement dans le village. Des patrouilles de soldats italiens arrivaient de partout et envahissaient les vallées. Terrorisée, Denise fut encore plus stricte avec les enfants, leur interdisant même de jouer dans le jardin. Mais, rapidement, toute la population du village comprit qu'il n'y avait pas de commune mesure avec les gendarmes français. Les Italiens n'avaient rien contre les Juifs et, même, ils avaient tendance à les protéger de la police de Pétain et des gendarmes trop zélés. Les Juifs ne craignaient plus rien. À condition bien sûr de ne pas être communistes ou antifascistes. Léon en oublia même que son père était communiste et fier de l'être, tant il était heureux de recouvrer la liberté. Il se lia d'amitié avec Mario, un soldat italien qui en pinçait pour Denise. Chaque jour, Mario l'accablait avec de nouvelles questions concernant l'institutrice : sur le parfum qu'elle portait, les fleurs qu'elle aimait, les gâteaux dont elle raffolait… Contre quelques chocolats, Léon questionnait Denise et rapportait les réponses à l'Italien, qui la couvrait ensuite de cadeaux. Elle se demandait comment Mario pouvait être aussi perspicace dans ses choix.

D'un coup, de nombreux enfants que personne n'avait jamais croisés dans le village, et dont personne ne connaissait l'existence, apparurent dans les rues et les champs. Libres de vivre comme ils l'entendaient. Sans risquer d'être persécutés ou arrêtés. Tous étaient auparavant bien cachés dans des familles de la commune.

L'hiver redoubla de froidure. C'est cette année-là que Léon et Frida fêtèrent leur premier Noël. Ni l'un ni l'autre ne le célébraient dans leurs familles respectives. Denise et Hannah avaient confectionné la crèche. Cette dernière aimait bien cette tradition. Elle trouvait ça chaleureux. Le soir de Noël, Denise avait préparé un bon repas avec la nourriture qu'elle avait dégotée au marché noir. À minuit, l'institutrice s'agenouilla. Elle ne demanda pas aux enfants de l'imiter, mais Hannah se mit à genoux pour prier. Elle proposa à Frida de l'imiter. Pour implorer que ses parents reviennent la chercher. Léon, ne se sentant pas concerné, monta dans sa chambre. Malgré tout, cette fête revêtait pour lui un aspect émotionnel qui lui faisait immanquablement penser à ses parents. Frida se mit à genoux devant la crèche. Hannah lui conseilla de fixer le petit Jésus le plus intensément possible, si elle voulait que ça marche. Et de prier. Et elle pria, dans sa tête. S'adressant à Dieu le Père :

« Tu verras, un jour, il y aura un endroit où les Juifs pourront vivre comme les autres. On pourra aller à l'école comme les autres, tu verras, tu verras. »

Elle reconnut que cette prière l'avait réconfortée.

Dans sa chambre, Léon cherchait son canif dans son baluchon quand il y trouva une enveloppe vierge. Il l'ouvrit et découvrit la lettre que lui avaient envoyée ses parents : « Pour Léon Goldberg, de ses parents, Mendel, menuisier, faubourg Saint-Antoine, et Rifke : en route pour Auschwitz. » Même s'il ne comprenait pas comment ce courrier lui était parvenu, il était content de l'avoir reçu. Il se dit que Georges ou Marguerite n'avaient pas eu le temps de lui en parler le jour où ils avaient fui à Entrevaux.

Il redescendit demander à Denise où se trouvait Auschwitz. Pensant que ses parents étaient eux aussi partis se cacher, comme lui. Elle devint blême. Denise savait que cela signifiait déportation. Même si elle ne savait pas exactement ce qu'il se passait là-bas. Elle serra fort Léon dans ses bras, mais eut bien du mal à jouer la comédie.

— Je crois qu'ils sont partis se cacher.

— Ah, je le savais, je le savais ! s'écria le gamin, tout content.

Malgré le froid, Denise s'éloigna dans le jardin pour pleurer.

Le lendemain matin, chaque enfant trouva un cadeau au pied de l'arbre de Noël, que tous avaient aidé à décorer sans pour autant en connaître la signification. Mais c'était festif. Ils remercièrent Denise en lui sautant au cou.

Quant à Mario, il ne manqua pas de se manifester, apportant à Denise et aux enfants un énorme *panettone* et des chocolats de toutes sortes. Hannah et Frida étaient impatientes qu'il fasse sa déclaration.

L'année se poursuivit ainsi, dans la joie. Même si les enfants étaient sans nouvelles de leurs parents. Ils avaient vécu tant de péripéties qu'ils se disaient que leur famille n'avait probablement plus leur adresse.

Hannah et Frida se rendaient chaque dimanche à la messe. Pour Léon, qui était athée et fier de l'être, comme son père, il n'en était pas question. Il claironnait à qui s'interrogeait sur ses croyances qu'il ne croyait en aucun dieu. Hannah y allait, elle, pour sentir une présence chaleureuse, Frida s'était faite à l'idée de prier plusieurs dieux. L'essentiel étant que ses parents reviennent la chercher.

Léon avait sculpté une petite croix en bois pour Hannah. Avec les sous que lui avait donnés Georges, il acheta un bout de lanière de cuir, à laquelle il l'accrocha. Elle fut si touchée par ce geste qu'elle lui donna un baiser sur la bouche. Lui voulait juste qu'elle ait une belle croix, plus belle que celle des autres filles quand elle allait à la messe, Hannah y voyait un geste d'amour.

Ces enfants-là voulaient aimer. Ils savaient aimer, peut-être mieux que les autres. Ils avaient le droit d'aimer. Ça n'était pas interdit aux Juifs. On pouvait leur interdire d'aller à l'école, d'étudier, d'enseigner, de devenir médecin, avocat ou fonctionnaire, on pouvait les priver de nourriture, de leurs droits civiques, mais on n'assassinait pas l'amour. Même après la mort.

Leur répit prit brutalement fin en septembre 1943. Les troupes nazies d'Alois Brunner envahirent toutes les Alpes-Maritimes suite au départ des Italiens, qui venaient de signer un armistice avec les Alliés.

Il fallait fuir avant leur arrivée. Les enfants ne pouvaient plus rester à Entrevaux. Et le réseau qui les avait cachés chez l'institutrice décida de les faire passer clandestinement en Suisse.

34

Le piège de la route Napoléon

Septembre 1943

C'est Georges, le « tonton » de Léon, qui avait été choisi pour cette mission. Léon se sentit en confiance et rassura les filles.

Déjà dix kilomètres qu'ils marchaient dans la montagne et la garrigue, et ils n'en pouvaient plus. Georges leur avait promis qu'un camion les attendrait à Sisteron, de l'autre côté du pont, mais, lorsqu'ils arrivèrent enfin au village fortifié, des soldats nazis avaient dressé un barrage au niveau du pont, face au rocher de la Baume. Ce dernier était perché à soixante-dix mètres au-dessus de la rivière, les enfants se regardèrent impuissants et consternés. Il était impossible de le traverser.

Ils n'avaient pas peur.

La peur n'était plus un sentiment inconnu, irrationnel, qui les surprenait et les tétanisait. Ils avaient appris à vivre avec. Elle faisait partie de leur quotidien. Comme la joie ou le désespoir. Ils l'avaient apprivoisée, savaient la contourner, la mater. C'était tactique. C'était leur façon d'entrer en résistance. Plus jamais, ils ne se laisseraient surprendre. Au péril de leur insouciance.

Georges balaya le périmètre à la jumelle. Il ne fallait pas dire un mot, et les gamins se conformèrent aux ordres, ce qui ne les empêchait pas de regarder le rocher de la Baume avec appréhension. Le village de Sisteron gisait au pied de cette montagne gigantesque qui semblait vouloir l'avaler.

Frida ne put s'empêcher de glisser son sentiment à l'oreille de ses camarades.

— On dirait des grandes dents pourries, dit-elle, non sans dégoût.

Hannah se prit à partir d'un fou rire qu'elle étouffa dans ses mains. Léon sourit, amusé.

Ce site naturel était sublime, mais, dans les yeux d'une enfant, il pouvait paraître inquiétant.

Un guetteur du réseau arriva un peu en retard pour les prévenir qu'ils avaient modifié la prise en charge et qu'il fallait marcher quelques kilomètres de plus pour rejoindre le camion. Le guetteur prit Frida sur le dos, parce qu'elle avait troué ses chaussures. Pour qu'il n'y ait pas de jalouses, Georges porta Hannah sur le sien. Léon avait fièrement l'impression d'être un homme, car personne ne le portait, lui.

Cinq kilomètres plus loin, le camion était au rendez-vous. Ils montèrent tous à bord, sauf le guetteur. Pour ne pas croiser de patrouilles, le camion emprunta des cols vertigineux. Les enfants s'écroulèrent à l'arrière et s'endormirent.

*

Il faisait nuit quand Georges et les enfants atteignirent Annemasse. Ils étaient attendus dans une école pour bivouaquer, avant de passer la frontière. Elle était vide à cette heure tardive, mais il y avait de quoi se restaurer. Georges leur serina le plan pour qu'ils le retiennent par cœur. Réclamant même qu'ils le récitent chacun individuellement.

Dans un moment d'intimité, alors que les filles s'étaient éloignées dans les cabinets, Léon s'inquiéta d'avoir des nouvelles de Marguerite. Georges lui apprit qu'il allait être papa.

— Chouette ! s'écria Léon, je vais avoir un cousin !

Georges secoua la tête, amusé. Il trouvait ce petit Léon incroyable !

Ce fut l'heure du départ. Il était trois heures du matin.

Ils partirent à pied. Il fallait rejoindre un bois, le traverser et passer un torrent. Il suffirait de courir quelques mètres pour atteindre les barbelés et se faufiler en dessous en s'aidant de couvertures pour ne pas se blesser.

Dans le bois, ils entendaient les clapotis du torrent qui était tout proche. Léon ne lâchait pas la main d'Hannah. Georges, celle de Frida. Mais, d'un coup, des aboiements de chiens les firent sursauter. Ils se rapprochaient. Georges accéléra la cadence, puis ils se mirent à courir. Ils ne savaient plus d'où venaient les aboiements. Frida avait déjà vécu cette situation en passant la ligne de démarcation, et cela faillit la paralyser sur place. Elle commença à paniquer. Georges la prit dans ses bras tout en continuant de courir avant de la reposer cent mètres plus loin.

— On va se séparer, sinon on n'y arrivera pas ! fit-il. Allez tout droit, les enfants.

Il se mit à cavaler dans une autre direction.

Mais Léon ne voulait pas le laisser partir et voulut le rattraper.

— Non ! Tonton ! Tonton ! Ne nous laisse pas !

— Laisse-moi ! Va avec les filles ! cria Georges.

Fort. Comme s'il voulait que les nazis le prennent en chasse. Il tenta de se dépatouiller de Léon qui le suivait. En vain. Les filles étaient restées en arrière. Hannah appelait Léon pour qu'il revienne, mais il courait toujours. Jusqu'à ce qu'une rafale colle Georges au sol. Pétrifiées, les fillettes restèrent à distance.

Des soldats éclairèrent le cadavre de Georges, sur lequel était allongé Léon. Au loin, Frida posa sa main sur la bouche d'Hannah pour l'empêcher de hurler.

35

Lauren
le petit Roger

Je marchais dans la petite rue de cette ville médiévale où les pierres si vieilles ont une mémoire. Si seulement elles avaient pu parler. Je guettais les anciens. Les seuls témoins encore vivants. Les moindres cheveux blancs attiraient mon attention. Je me disais qu'habituellement cette balade dans l'arrière-pays niçois, aux senteurs de fleurs de montagne, aurait focalisé mon attention sur les rosiers grimpants qui s'accrochaient amoureusement aux façades millénaires. Mais non. Je cherchais des têtes aux cheveux blancs. Emily et moi avions certainement l'air de deux Américaines en vacances. Deux touristes. J'évaluais mentalement leurs âges approximatifs, que je rapportais à celui de Roger. Le petit Roger avait l'âge de ma mère. Qui sait, était-il allé à l'école avec elle ? Ou avaient-ils joué ensemble dans les rues, dans les bois ? J'étais envahie d'espoir. Cette fois-ci, Emily savourait ce qu'elle découvrait pour la première fois de sa vie : un vieux village. Un vrai, qui était bien plus chargé d'histoire que ceux de Disneyland.

Sœur Louise nous avait dit qu'il suffisait de demander le petit Roger pour qu'on nous indique son adresse. Il était très connu, même s'il n'était pas apprécié. Deux personnes avaient levé les yeux au ciel quand nous avions posé la question.

J'interrogeai alors une vieille dame qui tenait une charcuterie, et elle m'indiqua immédiatement où logeait ce monsieur. Comme si elle voulait se débarrasser de nous. Concluant par un « Pfffft » bien appuyé.

Il était à deux pas.

Je sonnai à l'interphone. Il habitait un immeuble à deux étages. Une voix nasillarde me répondit, et comme je ne voulais pas tenter le diable, je lui dis qu'il y avait un colis pour lui. Il me rétorqua qu'il n'en attendait pas, alors j'insistai en lui disant que c'était un cadeau. Il refusa d'ouvrir. Il se méfiait tant que je finis par lui avouer la vérité. Et la porte s'ouvrit miraculeusement.

Ce vieux Roger n'était pas si méchant. Fils de pétainiste, sa vie avait été gâchée à cause de son père. Il nous confia que, le jour où il avait dénoncé le curé, c'était pour que son père lui accorde de la considération. Il le maltraitait, le battait et, pour cette raison, Roger avait tenté de se comporter comme un homme. Ce jour, il l'avait regretté toute sa vie.

Quand finalement j'évoquai Irène et Marie, il m'apprit qu'il avait un petit faible pour la petite Marie et qu'il était content que les filles s'en soient sorties après la rafle.

— Mais comment savez-vous qu'elles ont pu s'échapper ? lui demandai-je.

— C'est la mère de l'ancien instituteur d'Entrevaux qui les a cachées. Elle était elle-même institutrice à l'époque.

L'instituteur d'Entrevaux !

Nous étions à Entrevaux !

Roger connaissait l'adresse de ce monsieur, qui avait soixante-dix-huit ans aujourd'hui. Il se réjouit même de nous la communiquer. C'était une façon pour lui de se racheter.

Après quelques minutes de marche qui nous conduisirent à l'extérieur du village, nous accédâmes à un enchaînement de collines dont le paysage nous plongeait directement dans un conte d'Andersen. Un joli chalet était perché à quelque cinq cents mètres de là. Il était visible de la route. Si seulement je n'avais pas eu la mauvaise idée de garer ma voiture de location tout en bas du village. Malgré tout, nous ne boudions pas le bonheur d'avoir retrouvé cet instituteur. Non seulement j'avais le sentiment que nous nous rapprochions du but, mais le paysage était si bucolique qu'il était impossible d'imaginer que des drames, tels que ceux que nous avions découverts, s'y étaient produits.

Nous fûmes accueillies par André Simon en personne. Il nous demanda qui nous étions. Quand je lui fis part de notre quête, il fut particulièrement ému. Il nous proposa de nous asseoir dans le jardin, sous la tonnelle. Ce qu'il appelait son jardin ressemblait plutôt à un champ et s'étendait même sur la colline entière. Son épouse nous rejoignit. Elle portait un long tablier. Elle était en train de nourrir les animaux…

Trois enfants passèrent devant nous en courant. Ils jouaient. Tout simplement avec des bâtons de bois. Des années-lumière que je n'avais plus vu des gamins jouer à l'épée avec des bâtons. Leur grand-père les interpella pour qu'ils viennent nous saluer.

— On joue aux superhéros ! s'écria l'un d'eux, puis ils disparurent en direction de la grange.

Je fus étonnée de constater que l'un d'eux était noir. D'autant que la mère, qui ressortit de la bergerie et vint se présenter, était blonde comme les blés. C'était la fille d'André.

Très probablement, celle-ci put lire mon étonnement dans mon regard.

— Il s'appelle Martin. Il est rwandais.

Je fus ému par cette déclaration. En fin de compte, ces gens-là sauvaient des enfants de père en fille.

— Oui, je sais. On doit avoir la fibre de sauveurs dans la famille, fit André.

Il se fit une joie de nous parler de cette époque et de sa mère.

— Une sainte ! J'ai fait mes premiers pas avec ces trois enfants, vous savez ? C'est ma mère qui me l'a dit. J'étais leur mascotte si l'on peut dire.

Il déplia son portefeuille pour nous montrer une photo de sa mère, en robe de mariée, qui datait de la Libération.

— Elle a épousé un soldat italien. Mario. Lui aussi a connu les petits.

Comme il semblait heureux de me conter le grand amour de Mario et de sa mère, je me demandai qui était le père d'André.

— Votre père est mort pendant la guerre ? osai-je.

Il prit un air plus grave pour m'expliquer qu'il n'avait jamais connu ses parents.

— Mes parents étaient juifs. Ma vraie mère a été raflée le 27 août 1942 dans la rue, à Nice. Avec mon père. Elle profita d'un instant d'inattention des gendarmes pour m'abandonner dans les bras d'une passante. C'était Denise.

Sous le coup de l'émotion, j'eus du mal à reprendre le fil de notre conversation. Mais André m'invita à poursuivre. J'exhibai à mon tour la photo de classe que nous avait confiée sœur Louise et lui désignai Irène et Marie. Bien évidemment, il ne put reconnaître les deux gamines.

J'espérais au moins qu'il se souviendrait de leurs noms.

— Connaissez-vous leurs noms de famille ?

Il nous demanda de patienter et se leva. Sa mère avait noté leurs noms dans une lettre qu'il conservait dans le tiroir du buffet.

— C'est une lettre qu'elle m'avait écrite quand j'étais parti faire mes études à Nice. Elle voulait que j'essaye de retrouver les petites. Elles s'appelaient Irène Valois et Marie Clausac.

Nous étions enfin en possession des fausses identités complètes des deux fillettes. Il nous restait à déterminer qui se cachait derrière ces deux noms.

— Savez-vous ce qu'elles sont devenues après ?

— Elles sont parties en Suisse. Avec un passeur. J'espère qu'elles ont pu traverser la frontière.

Puis André nous donna une nouvelle information, mais qui ne nous fut pas d'un grand secours.

— Il y avait un petit garçon aussi. Je crois qu'il s'appelait Ernest.

36

Lauren
La résolution

Nous étions devenues des habituées des archives. Et ce ne fut pas très compliqué pour avoir un rendez-vous aux Archives d'État de Genève.

J'espérais qu'Hannah fût inscrite sous son vrai nom, c'eût été plus simple. L'archiviste, une vieille dame un peu froide, semblait néanmoins émue par notre recherche.

— Vous savez, mes parents ont accueilli un petit Juif chez eux. Durant presque trois années.

Cette femme était fière de l'action de ses parents. Elle m'offrit enfin un sourire. Comme si nous étions devenues complices. Et elle poursuivit.

— Le petit garçon qu'ils ont accueilli m'a contactée, figurez-vous. Il vit à Paris. Il a quatre-vingt-cinq ans.

Si le sauvetage des Juifs pendant la Seconde Guerre mondiale avait marqué à vie ceux qui avaient été sauvés, je constatais qu'il avait autant marqué ceux qui les avaient secourus.

Je mentionnai à l'archiviste les deux noms que nous recherchions : Marie Clausac et Irène Valois.

Elle ne mit pas très longtemps pour retrouver un procès-verbal enregistré par la police suisse, suite à l'interrogatoire de ces enfants qui traversaient la frontière.

— J'ai bien une Marie Clausac…

Nous poursuivîmes avec le procès-verbal d'Irène.

— Et j'ai aussi une Irène Valois, mais… celle-ci a indiqué sa véritable identité. Irène Valois s'appelait Frida Horowitz.

Marie Clausac n'avait pas dévoilé sa véritable identité. Et à part mon intuition, rien ne prouvait que Marie Clausac était Hannah Braunstein.

Qu'étaient devenues ces deux filles après leur passage en Suisse ?

37

Libération
Le retour à Paris

Juillet 1945

Le quai de la gare de Lyon était bondé lorsque le train affrété par la Croix-Rouge arriva en gare. Frida était à l'affût. Elle cherchait ses parents. Scrutant la foule sans la voir. Sa vision était floue jusqu'à l'arrêt du train, où elle sécha discrètement ses larmes. Elles étaient belles toutes les deux. Frida la brune, Hannah la blonde. Elles avaient grandi. Elles avaient quinze ans. C'étaient deux belles jeunes filles. Presque des femmes. Elles étaient élégantes, propres. Habillées par les soins de ceux qui les avaient accueillies en Suisse et qui avaient mis un point d'honneur à les renvoyer chez elles dans un état irréprochable. Elles avaient de jolies petites valises en cuir marron. Mais Hannah avait gardé sa valisette, qu'elle n'avait jamais lâchée, même lors de leur fuite funeste vers la Suisse. Elle s'en servait de sac à main. Les cheveux lissés, elles avaient même osé un peu de maquillage. Celui qu'elles avaient découvert en Suisse, pour la première fois de leur vie. Elles portaient des robes blanches, avec de la dentelle, et une petite étole sur les épaules. Mais, comme il faisait chaud et lourd, elles les glissèrent dans leurs valises. À l'intérieur de la voiture qu'elles occupaient, les enfants, de tous âges, se bousculaient pour se rapprocher des fenêtres. Certains se mirent à crier les noms de leurs parents, d'autres pleuraient. Ils étaient une centaine. Une centaine d'enfants qui revenaient vivants alors que tant d'autres étaient morts. Des enfants retrouvaient leur famille, d'autres l'attendaient en vain, livrés à eux-mêmes. Du plus jeune au plus âgé. Ils étaient tous beaux, mais tellement tristes. Ils se sentaient une fois de plus abandonnés. Comme la première fois où ils avaient passé la frontière, dans l'autre sens. Ils étaient rentrés en France, chez eux, et malgré cela ils étaient de nouveau des réfugiés. Même s'ils n'en avaient pas l'air. Des gens, des inconnus parvinrent enfin à se frayer un passage au milieu de cette foule qui pleurait, s'embrassait, sous les flashs des journalistes et des cameramen, venus couvrir l'événement. Mais Frida ne voulait pas attendre plus longtemps. Elle entraîna Hannah par la main.

— Viens !

Hannah la suivit jusqu'au hall de la gare après avoir joué des coudes.

— Où va-t-on ?

— Chez moi ! Mes parents n'ont pas dû avoir l'information que je rentrais aujourd'hui. Et demain, on prendra le train pour Marseille. On ira chez toi pour voir les tiens.

— Mais ils sont…

Frida s'arrêta en pleine course et fit face à Hannah. Elle posa sa valise au sol et attrapa son amie par les épaules.

— Non, ils ne sont pas morts !!! Tu n'en sais rien ! Ils ne sont pas morts !!! répéta Frida en secouant son amie.

Puis elle cessa d'un coup, regrettant son geste, et réajusta la robe de sa camarade. C'était à elle-même que Frida destinait ces mots. Elle serra Hannah dans ses bras, s'excusa, ramassa sa petite valise et reprit le chemin de la sortie.

Lorsqu'elles réussirent à s'extraire enfin de la foule qui bloquait quasiment toutes les issues de la gare, Hannah et Frida marquèrent un arrêt, effrayées. Des dizaines de soldats, des chars et des camions militaires stationnaient devant la gare. Elles n'avaient jamais vu ces uniformes, tous les soldats souriaient. Et surtout, personne ne semblait avoir peur d'eux. Au contraire même, ils semblaient blaguer avec les civils. Comprenant qu'elles n'étaient pas rassurées, un vieux monsieur qui se présentait à la gare avec sa valise les rassura.

— Ce sont des Américains ! Ils nous ont libérés ! N'ayez pas peur, mesdemoiselles.

Il sourit, enjoué, et poursuivit son chemin vers l'intérieur.

Les filles se regardèrent. Elles avaient entendu dire que la France était libérée, elles avaient entendu parler des Américains, mais la vision des uniformes les avait traumatisées.

Un policier s'adressa à elles.

— Bonjour mesdemoiselles.

Elles furent incapables de répondre. Même si le policier s'était montré courtois. Elles partirent en courant, encore terrifiées par ces hommes qui en d'autres temps, encore si proches, avaient arrêté leurs parents respectifs. Et même si d'autres les avaient un jour sauvées, ces uniformes-là continueraient de les hanter encore longtemps.

Le métro Gare-de-Lyon était ouvert. Avec les sous que la Croix-Rouge leur avait distribués, elles prirent deux tickets. Frida monta automatiquement dans la dernière voiture. Celle qui pendant la guerre était réservée aux Juifs, mais elle se rendit compte très vite que ce n'était plus le cas. Elles croisèrent beaucoup de soldats américains, qui n'hésitaient pas à les courtiser gentiment. Malgré leur jeune âge. Car le rouge à lèvres et le rimmel les vieillissaient. Elles étaient fières, ricanaient doucement, intimidées. Tout avait changé à Paris depuis la fin de la guerre. Au fond de la voiture, un accordéoniste sortit son instrument de son étui et entama une joyeuse ritournelle bien française. *Mon amant de Saint-Jean*. Le dernier succès à la mode de Lucienne Delyle. L'un des soldats ouvrit le bal en invitant Hannah à danser. Un peu honteuse, elle baissa la tête tout en marquant un pas en arrière. Mais le soldat se mit à genoux et lui tendit la main en bredouillant dans un français imparfait. Il lui sourit. Elle n'avait jamais vu des dents aussi blanches.

— Mademoiselle… s'il te plaît…

Frida donna un discret coup de coude à son amie.

— Vas-y, fit-elle en chuchotant. Allez !

— Mais je ne sais pas danser, moi !

Le soldat restait agenouillé, le bras tendu vers Hannah.

Elle lui sourit, il était beau, elle posa sa valise et accepta de lui prendre la main. L'accordéoniste se rapprocha du couple malgré la suspension chaotique du train. Le soldat était un très bon danseur et commença à la faire valser. Elle n'avait rien à faire. Juste à le suivre. Et lui sourire. Comment ne pas perdre la tête en plongeant son regard dans les yeux bleus de l'Américain… Après tous les drames qu'elle avait vus et vécus, Hannah vivait là le premier plus beau jour de sa vie. Frida ne fut pas en reste. Un beau soldat blond, qui avait glissé son béret sous l'une de ses épaulettes, l'invita à se joindre à la danse. Elle n'hésita pas une seconde. Le jeune homme sentit instantanément que la jeune fille qui chaloupait au bout de son bras avait le sens du rythme. Elles tournoyaient avec ravissement. Un nouveau bonheur qu'elles n'avaient encore jamais connu. Les stations défilaient, et l'accordéoniste enchaîna avec *La Java bleue*. Les filles riaient et se regardaient. Tous les passagers frappaient dans leurs mains, et les couples, s'ils n'étaient pas encore formés, s'assemblèrent rapidement. Tout euphorique et sans marquer de pause, l'accordéoniste poursuivit avec la chanson *Qu'est-ce qu'on attend pour être heureux !*. Ainsi se déroula le parcours… jusqu'au terminus. Tous les passagers avaient oublié de descendre à leur station. Il ne leur restait plus qu'à faire demi-tour. Les deux soldats usèrent du peu de mots français qu'ils possédaient, et surtout de leurs sourires ravageurs et de leurs belles manières, pour tenter de fixer un rendez-vous à leurs cavalières, mais Hannah et Frida leur exhibèrent le petit carnet bleu, le livret pour réfugiés que leur avaient donné les Suisses. Faisant état de leur âge. Quinze ans ! Ils eurent bien du mal à le croire, mais, résignés, s'en allèrent, tout en leur soufflant quelques baisers de loin, avec les mains.

Les deux filles avaient des papillons dans le ventre et des étoiles dans les yeux, en longeant la rue de la Roquette. Elles se dirent qu'en fin de compte c'était facile d'accepter d'être heureuse. Mais, lorsque Frida s'arrêta devant son immeuble, son visage se figea. Hannah lui prit la main et la serra. Tout remonta d'un coup dans sa mémoire. Ses parents qui se disputaient en yiddish, sa mère qui l'appelait *bubeleh*, sa petite sœur Ruth qui essayait de l'imiter lorsqu'elle répétait ses arabesques et s'écroulait sur le parquet, se cassant une dent de lait. Elle poussa la porte cochère, prit le deuxième escalier sur la cour et monta l'escalier jusqu'au quatrième étage. Hannah la suivait. Elles s'arrêtèrent devant la porte d'entrée. Elle n'osa pas frapper. Son ventre était noué, sa bouche sèche, et son cœur rempli d'espoir. Elle recroquevilla ses doigts, leva la main et cogna à la porte. Trois coups, puis deux. Exactement comme avant. Chacun dans la famille avait sa façon de s'annoncer. Au dernier coup, elle découvrit que la porte était ouverte. Elle la poussa doucement.

— Maman ? Papa ?

Elle n'eut aucune réponse.

Juste l'écho de sa propre voix.

38

LAUREN
LE MYSTÈRE HANNAH

Avant de quitter Genève, j'avais transmis à Bernard Flam les nouvelles informations que les Archives d'État nous avaient communiquées. Avec Kathy Hazan, ils avaient ainsi retrouvé la trace de Frida Horowitz à son retour en France. Elle avait été prise en charge par une association et placée dans une maison d'enfants avec Marie Clausac en région parisienne. Elles étaient orphelines, leurs parents avaient été assassinés à Auschwitz. Trois ans plus tard, les deux filles émigraient à New York. Elles avaient dix-huit ans. L'affidavit lié à leur émigration avait été accordé par Louis Braunstein, pour parrainer sa nièce, Marie Clausac. Une recherche rapide sur Internet avait confirmé que Louis Braunstein était le frère de Meyer et qu'il avait vécu à Strasbourg avant de quitter la France en 1939. Il n'était plus de ce monde. Même si Louis Braunstein était décédé, Emily m'avait fait remarquer qu'une telle histoire familiale était forcément connue de tous ses descendants.

Si nous avions une chance de retrouver Irène ou Marie, c'était quelque part aux États-Unis.

Mais où ?

Nous avions mis Oliver à contribution. Internet ne suffisait pas pour découvrir en quelques minutes la descendance de Louis Braunstein. Mais, grâce au concours de mon ex, ce fut possible.

J'achetai deux billets à destination de New York. Par chance le vol n'était pas complet.

Le vol retour nous ramenait en quelque sorte à la case départ. Nous avions traversé l'Europe, alors que nous avions peut-être la solution sous nos yeux. En Amérique. À quelques kilomètres à peine de chez nous. L'espoir d'être si près du but et de la vérité nous avait revigorées. Oliver avait retrouvé le petit-fils de Louis Braunstein, à Brooklyn. Un certain Philip Braunstein. Il ne m'avait pas donné d'autre information le concernant. Sinon que nous étions dimanche et que nous avions des chances de pouvoir le trouver chez lui.

Néanmoins, je profitai des quelques minutes de retard de notre vol pour le rechercher sur Internet.

— Regarde, ma chérie, fis-je à Emily en lui tendant mon smartphone.

— Beau gosse ! s'exclama-t-elle.

Elle poursuivit sa lecture, stupéfaite d'apprendre que Philip Braunstein était un avocat célèbre. Réputé pour son engagement dans la défense des droits des femmes.

Le commandant de bord annonça le décollage imminent, je déconnectai mon portable et m'enfonçai dans mon fauteuil. Sereine.

— Tu as dépensé beaucoup d'argent, me demanda Emily alors que l'appareil prenait sa vitesse de croisière à un peu plus de trente mille pieds d'altitude.

Je faillis éclater de rire. Ma fille pouvait être aussi romantique que pragmatique. Je n'avais pas cette faculté.

— J'avais fait des économies pour t'emmener un jour en Europe. Mais je n'ai pas tout dépensé. Il m'en reste pour qu'on retourne à Paris.

Elle me prit la main et me colla un smack sur la joue.

— Merci maman.

Elle s'endormit ainsi sur mon épaule. C'était tellement bon. Nous vivions ensemble, mais en fin de compte, et pour reprendre l'expression d'Emily, « nous nous étions perdues de vue ».

Je parvins à peine à fermer l'œil durant toute la durée du vol, alors qu'Emily dormit profondément du décollage à l'atterrissage.

Plus fraîche que moi à l'arrivée, elle trouva aisément la file des taxis à la sortie de l'aéroport JFK.

Il ne nous fallut pas plus de quarante minutes pour rejoindre Brooklyn.

Le taxi nous déposa devant un hôtel particulier. Mais, maintenant que je savais qui était Philip Braunstein, je doutais qu'il soit chez lui à cette heure-là.

Emily et moi, nous montâmes les quelques marches qui nous séparaient de la porte, et de la vérité. Elle sonna. Après quelques minutes d'attente, sans que personne vienne nous ouvrir, nous faillîmes repartir. Quand un homme vint enfin nous accueillir. Plutôt froidement. C'était bien lui, l'homme que j'avais vu en photo sur Internet : une cinquantaine d'années, plutôt mon genre, grand, grisonnant, sportif. Comme diraient mes copines de mon âge, « c'est le genre de tout le monde ».

Évidemment, je n'étais pas là pour draguer, et je ne tenais pas à ce que Philip Braunstein présume que nous l'avions trouvé sur Internet.

— Bonjour, êtes-vous bien Philip Braunstein ?

— Vous êtes journaliste ? me rétorqua-t-il sèchement.

— Euh… non… pourquoi ?

— Qui êtes-vous ? fit-il, toujours sur la défensive.

— Je…

L'émotion m'avait fait perdre mes moyens. Mais quelle émotion ? Celle de me retrouver devant un

Braunstein, ou devant cet homme qui me plaisait ? Comprenant la situation, Emily prit le relais.

— Nous recherchons Hannah Braunstein.

— Hannah ? Vous voulez dire, Hannah, notre cousine allemande ? Je croyais qu'elle était morte ! Nous n'avons plus jamais eu de ses nouvelles.

Il nous invita à entrer.

C'était très cosy. Et luxueux.

Il nous demanda de le suivre jusqu'au salon et nous offrit à boire. Avec cette chaleur, c'était bienvenu.

Il revint avec un plateau de jus de fruits.

Après m'être déshydratée, j'expliquai à notre hôte les motivations de notre recherche. Puis je conclus :

— Hannah Braunstein est notre unique lien avec Feige Rawicz, ma mère. Hannah et Feige se connaissaient très probablement, car elles vivaient dans le même immeuble à Munich. Feige est censée être morte dans un incendie, et pourtant la science et la généalogie se recoupent pour dire que Feige est bien ma mère. Et ma mère est bien vivante.

Je sentais que Louis Braunstein était perdu. Et peu concerné.

J'allai droit au but :

— Hannah Braunstein aurait-elle des chances d'être encore de ce monde ?

— QUOI ?

Il trouvait la question totalement saugrenue. Il nous raconta ce qu'il savait : son grand-père, Louis Braunstein, s'était porté garant pour Hannah afin qu'elle puisse émigrer en Amérique. Elle avait insisté pour continuer de s'appeler Marie Clausac.

— Elle refusait qu'on l'appelle Hannah. Elle se fâchait quand ça se produisait.

— Votre grand-père avait la preuve qu'il s'agissait bien de sa nièce ?

Il nous expliqua que Louis Braunstein lui avait posé un certain nombre de question très précises pour savoir si Marie était bien la petite fille qu'il avait hébergée chez lui à Strasbourg, avec ses parents, Meyer et Esther. Et qu'il n'avait jamais eu de doute là-dessus.

— Hannah avait imposé comme condition d'émigrer avec sa meilleure amie, Frida qui est d'ailleurs devenue danseuse dans une troupe de Broadway. Elles avaient pris un appartement ensemble, pas loin du théâtre. Je me souviens que mon grand-père était furieux contre Hannah, car, au fil du temps, elle assistait de moins en moins souvent aux dîners de shabbat et aux fêtes de famille. Jusqu'au jour où elle a disparu définitivement des radars.

Il poursuivit en nous racontant qu'Hannah avait un jour quitté l'appartement qu'elle occupait avec Frida et n'avait plus jamais donné signe de vie à personne.

— À quel âge s'est-elle « volatilisée » ?

— D'après ce que je sais, elle avait à peine vingt ans.

— Était-elle restée en contact avec Frida ?

— Non. Comme je vous l'ai dit, tout le monde l'a crue morte. Mon grand-père avait même engagé un détective pour la retrouver, en vain. Frida par contre a maintenu des liens avec la famille pendant quelques années. Je ne sais pas si elle est toujours de ce monde.

Je lui demandai si par hasard il savait où les deux filles avaient vécu. Il n'en avait aucune idée, mais me conseilla de me renseigner auprès des troupes de Broadway, Frida ayant joué dans les plus grandes comédies musicales de l'époque.

Je remerciai Philip Braunstein, le saluai cordialement et m'apprêtai à redescendre les marches du perron.

— Si vous retrouvez Hannah, je serais ravi de le savoir, voici mon téléphone, me rétorqua-t-il en me glissant sa carte de visite avant de refermer la porte.

Emily, coquine, leva son pouce, contente de constater que sa mère plaisait encore. Hannah ne lui semblait pas être le seul prétexte.

Nous avions tant espéré de ce dernier rendez-vous que nous étions toutes les deux très déçues, et la fatigue commençait à se faire sentir, mais il n'était pas question d'abandonner si près du but.

Un taxi nous déposa sur Broadway. La terrasse d'un café fut la bienvenue, nous avions faim. Je connectai mon ordinateur portable au wi-fi du café et ouvris mes sites préférés. Marie Clausac n'apparaissait nulle part malgré l'affidavit de Louis Braunstein. L'orthographe de son nom avait très certainement été écorchée. Car il existait des centaines de noms se rapprochant, avec des orthographes très anglo-saxonnes. Frida Horowitz était quant à elle décédée cinq ans plus tôt après avoir fait carrière dans les plus grandes troupes de Broadway. J'avais imaginé que les informations la concernant étaient confidentielles, mais je m'étais trompée. Même son adresse apparaissait sur le Web, ainsi que le nom de son mari, qu'elle avait épousé en 1952 et qui semblait toujours être parmi nous, à quatre-vingt-neuf ans.

— Nous sommes à deux blocs de chez Frida, fis-je remarquer à Emily.

Nous échangeâmes un sourire complice.

39

Lauren
Faux-semblants

Horowitz figurait bien sur l'interphone, mais il était accompagné de Goldberg. Impatiente, Emily appuya sur le bouton. La porte du bâtiment ne tarda pas à s'ouvrir, sans que personne nous ait même répondu.

Heureusement, le numéro de l'étage était noté sur la boîte aux lettres. Je trouvais étrange que ce couple n'ait jamais déménagé. Cet immeuble ne me semblait pas en adéquation avec le standing qu'une star de Broadway pouvait attendre.

Nous prîmes l'ascenseur, qui s'arrêta au cinquième étage.

Une porte était entrouverte. Monsieur Horowitz l'avait probablement laissée ainsi à notre intention. Je la poussai délicatement et me retrouvai devant lui. Un vieux monsieur rondelet avec une bonne tête sympathique.

— Qui êtes-vous ? Vous ne ressemblez pas à mon livreur habituel.

Je m'excusai auprès de lui.

— Personne n'a répondu à l'interphone.

— Oh, tout le monde me connaît. Ça fait soixante-dix ans que je vis ici. J'avais commandé un burger, c'est toujours le même livreur qui vient, je n'ai qu'à ouvrir.

Un burger, à son âge !

— Que puis-je pour vous, madame ?

Et avisant Emily, il ajouta, « et mademoiselle ».

— Nous souhaitions vous parler d'Hannah Braunstein.

Je crus que l'homme allait défaillir. À tel point qu'il s'accrocha à la poignée de la porte. Je proposai de lui venir en aide, mais il déclina et nous proposa d'entrer.

Nous remarquâmes qu'il boitait. Il nous invita à nous asseoir à table pendant qu'il préparait du café.

Je fus attirée par une série de cadres photo, exposés sur le buffet du salon. De banales photos de famille en noir et blanc.. Stupéfaite, je jetai un regard explicite à Emily, qui se pencha à son tour sur les clichés. Et fit instantanément le rapprochement.

Le vieux monsieur rapporta une cafetière de la cuisine. Il marchait lentement, et Emily se précipita pour lui prêter main-forte en s'emparant délicatement de la cafetière encore fumante.

— Donnez-moi ça, je vais la poser sur la table.

Il la remercia et s'enquit de récupérer des tasses dans un vaisselier. À l'intérieur, la vaisselle était bien rangée. Comme neuve. Une vaisselle de réception, décorée de liserés dorés.

— Nous la sortions pour les enfants. Mais ils vivent en Californie maintenant, alors nous n'en avions plus trop l'occasion. Ils venaient pour les fêtes, Irène, pardon, Frida, cuisinait très bien.

— Qui êtes-vous ? me demanda-t-il enfin.

Je commençai à lui résumer notre histoire et terminai par :

— Je suis... Son nom ne vous dira rien, je suis la fille de Feige Rawicz, et...

Je crus que le vieil homme allait à nouveau défaillir. Je me dis qu'à la troisième fois on risquait d'appeler le 911.

Il se tut, se leva, partit dans une pièce et revint avec une valisette d'enfant. Usée, abîmée, décolorée. Il me la tendit.

— Alors, je crois que cet objet a appartenu à votre mère.

Emily saisit la valisette, perplexe.

— Ouvrez-la.

Je la pris en main et lui obéis.

La doublure en tissu était déchirée, sale. Je n'aurais pu dire de quelle couleur elle était. Et dans le fond, il y avait une photo, et des papiers d'identité. Deux passeports si vieux que j'eus même peur qu'ils ne s'effritent entre mes mains. Quand je parvins enfin à déchiffrer leurs propriétaires, ce fut à mon tour de manquer d'air.

Emily s'en aperçut, me retira les documents des mains pour les consulter. La stupéfaction se lut sur son visage.

Il s'agissait des passeports d'Abraham et Mirla Rawicz. Et la petite Feige était inscrite dessus.

— Je m'appelle Léon Goldberg, déclara le vieux monsieur. J'étais caché avec votre mère et Frida.

Je me demandai bien comment ce fut possible.

Il me parlait avec une telle émotion dans la voix que j'en fus bouleversée. Tant de peine le traversait que sa douleur était perceptible.

Alors, à son tour, il nous raconta son histoire. Depuis le début. Léon avait été caché et ballotté d'une famille à l'autre. Il tomba amoureux de Marie Clausac, et ce ne fut que beaucoup plus tard qu'il apprit qu'elle s'appelait Hannah Braunstein. Il nous raconta comment il avait été arrêté à la frontière suisse par les soldats nazis qui l'avaient trouvé allongé sur le cadavre de son convoyeur. Comment il avait réussi à leur échapper en sautant d'un camion. Se brisant le pied en atterrissant dans un précipice. Il avait été sauvé et soigné par des résistants et boitait depuis ce jour. Ses parents n'étaient jamais revenus d'Auschwitz. Après la guerre, il avait cherché à retrouver Marie. En vain. Il trouva un emploi dans un théâtre, à la fabrication des décors. Un jour, sur l'affiche d'un spectacle de danse, il reconnut la frimousse de la petite Irène Valois, la meilleure amie de Marie. Sauf qu'elle s'appelait Frida Horowitz. L'affiche datait et, quand il prit des renseignements sur la jeune danseuse, il apprit qu'elle avait émigré en Amérique, avec Marie. Il s'empressa de partir retrouver celle qu'il aimait, mais, une fois arrivé à New York, Frida lui annonça que celle-ci avait disparu. Quelques mois plus tard, ils se marièrent.

Il sécha ses larmes, gêné de pleurer à son âge, qui plus est devant des jeunes femmes.

— Pardonnez-moi.

Emily lui prit la main tendrement.

Il se ressaisit et poursuivit en désignant la petite valise.

— Un jour, alors qu'elles vivaient encore ensemble, Frida a retrouvé par hasard cette valisette qui appartenait à Hannah. Elle était mal rangée, en déséquilibre sur le placard. Elle est tombée et s'est ouverte. À l'intérieur, il y avait ces documents.

Frida demanda des explications à son amie, qui lui avoua qu'elle n'était pas Hannah Braunstein. Que, depuis l'âge de huit ans, elle vivait dans la peau d'une étrangère. Hannah Braunstein était morte dans l'incendie de la boulangerie de ses parents, avec les parents de Feige Rawicz. Celle-ci avait survécu, sauvée in extremis par Meyer Braunstein, qui lui-même avait été incapable de sauver sa propre fille. Comme elles se ressemblaient, comme c'était la guerre, comme les Braunstein venaient de perdre une fille et qu'il fallait fuir les hordes nazies, ils firent porter à Feige Rawicz l'identité d'Hannah.

Arrivée à New York, Hannah avait commencé à prendre ses distances avec la famille Braunstein. D'ailleurs Frida le lui avait reproché. Elle ne supportait pas qu'on l'appelle « Hannah », parce qu'elle n'avait jamais été « Hannah ». Elle préférait qu'on l'appelle « Marie », ne supportait plus ce mensonge, ne supportait plus les shabbats en famille, ne supportait plus de faire semblant. Et elle retourna régulièrement à la messe.

— Je crois qu'elle n'aimait plus notre religion.

— Vous en êtes sûr ?

— Je peux la comprendre. Toute ma vie, chaque fois que j'ai échangé avec un étranger, je me suis demandé s'il n'était pas antisémite.

— Pourquoi avez-vous épousé Irène… Frida, pardon.

— Pourquoi pas ? Elle avait un avantage par rapport aux autres, c'est que je la connaissais déjà et nous avions partagé tant de moments aussi heureux qu'horribles. Cela crée un lien comme avec nul autre.

— Vous n'avez jamais gardé l'espoir de revoir Hannah ?

— Au fond de nous, Lauren, l'espoir, c'est un mot qui n'existe plus depuis longtemps. Et je crois que votre mère l'avait compris, elle aussi.

Emily servit le café. J'étais très émue par ce vieux monsieur qui semblait tellement seul.

Je tournai mon regard vers les photos sur le buffet.

— Il s'agit de votre famille ?

— Une partie, oui. Mes enfants, mes petits-enfants. En ce qui me concerne, je n'ai jamais retrouvé une seule photo des miens. De mes parents, de mes grands-parents, tout a disparu.

Je me levai et pris l'une des photos. Un bébé dans les bras de sa mère dans un parc.

— C'est Frida. Avec sa mère au jardin des Tuileries.

Je poursuivis en lui tendant la photo du même bébé dans les bras d'un homme.

— Et celle-ci ?

— Frida avec son père.

Je lui révélai alors que j'avais retrouvé ces mêmes photos dans un album de ma mère. Et d'autres aussi qui figuraient sur le buffet. Toutes avaient pris l'eau, comme l'avait souligné Léon. Curieusement, il ne fut qu'à moitié étonné que ma mère ait pu reproduire ces photos. Il s'agissait de crédibiliser son passé vis-à-vis de mon père, et de sa famille. D'exister.

— Quand on n'a plus le son de la voix de ses parents, quand on n'a plus d'images, vous savez, n'importe quelle photo fait l'affaire. On ne voit que le symbole, pas la personne.

— Comment a réagi Hannah quand vous avez été arrêté à la frontière ?

— Une enfant de douze ans, quand elle est témoin de ça, ce n'est plus une enfant.

— Vous aimeriez la revoir ?

Il serra les lèvres pour se retenir de pleurer, mais en vain.

Deux heures plus tard, nous étions tous les trois dans le train pour Boston.

40

SUZANA
L'IDENTITÉ

Dans le train qui nous ramenait à Boston, je ne pus m'empêcher de me dire que ma mère avait vécu trois vies, avant de devenir Suzana Baker. J'avais du mal à croire qu'elle ait été vraiment heureuse dans la peau de Suzana. Qui peut passer toute une vie dans la peau d'une autre en acceptant de se perdre à jamais ? Qui peut se nier toute une vie ? Se mentir ? S'oublier au point de sacrifier son âme ? Non, j'étais convaincue que son choix était une question de survie. La vie lui avait tué ses parents et Léon parce qu'ils étaient juifs, alors elle avait décidé de ne plus être juive. En devenant Suzana, elle avait suicidé son passé, son nom, ses origines et sa religion. Tout cela pour vivre en harmonie dans un monde où personne ne voudrait la tuer.

Jusqu'à ce qu'une nouvelle réalité la rattrape : je ne savais pas si c'était une coïncidence, mais je me rendis compte que c'était juste après les attentats du 11 septembre 2001 qu'elle avait décidé de m'écrire et que son AVC l'avait coupée dans son élan. Comme si cet acte diabolique l'avait réveillée. Et réveillé des sentiments trop difficiles à supporter. Lui dictant de se confesser. Le terrorisme, qui tuait des gens innocents, sans défense, l'avait peut-être ramenée à ce dont elle avait été victime.

Nous n'avions plus vu ma mère depuis des semaines. Et pourtant, nous n'avions jamais été autant avec elle. Elle se jouait bien du temps et nous manquait plus que nous lui manquions.

J'avais invité Léon quelques jours à la maison. Il était très nerveux à l'idée de revoir celle qu'il appelait « Hannah ». La dernière fois, ils avaient douze ans.

Comme à son habitude, ma mère était dans le parc. Elle nous vit arriver de loin et répondit à mon signe de la main par un autre. Je ne savais pas si elle faisait cela par automatisme. J'avais prévenu Léon qu'elle était atteinte de la maladie d'Alzheimer.

Je le laissai aller vers elle et restai un peu en retrait avec Emily. Je ne savais pas comment elle réagirait, et je préférais ne pas troubler ce moment d'intimité. De là où nous observions la scène, nous ne pouvions les entendre parler. C'était une scène muette. Ma fille était accrochée à mon bras.

Léon prit place près de ma mère sur le banc. Il lui parlait, je voyais ses lèvres remuer. Elle lui répondait. J'aurais tant donné pour savoir ce qu'elle lui disait. Les lauriers blancs jaillissaient du saule pleureur dans lequel ils s'étaient mêlés amoureusement. Les branches fleuries leur caressaient les cheveux. Il lui prit la main. Puis elle récupéra quelque chose dans son petit sac à main. Un sac dans lequel, à ma connaissance, il n'y avait rien d'autre qu'un smartphone, ses clés, et parfois ses médicaments de la journée. Mais, là, je la vis sortir son pendentif. La croix qu'elle portait à la messe. Pourquoi donc lui montrait-elle cette croix ? Puis elle la rangea et posa la tête sur l'épaule de Léon. Tout était si paisible.

Un rayon de soleil couchant filtra dans les branchages et les arrosa telle une bénédiction divine.

Une infirmière vint s'adresser à elle. J'imaginais qu'elle lui rappelait qu'il était l'heure de la messe quotidienne. Je la vis alors écarter gentiment le bras de la nurse, pour attraper celui de Léon. C'était la première fois depuis son admission dans cette maison qu'elle refusait de se rendre à la messe.

Léon resta chez nous toute une semaine et se rendit chaque jour à la maison bleue. Il refusait de nous rapporter ce que ma mère lui confiait, c'était leur histoire. Emily était heureuse de voir sa grand-mère sourire à nouveau. Du matin au soir. Elle avait retrouvé dans le regard de Léon ce qu'elle y avait laissé soixante-dix-sept ans plus tôt.

Mais, un matin très tôt, je reçus un appel de la maison bleue. Ma mère ne s'était pas réveillée. Emily et Léon m'accompagnèrent jusqu'à l'appartement qu'elle occupait à la maison de retraite.

J'étais si triste, car mon vœu le plus cher avait été de me trouver auprès d'elle pour son dernier instant, ma main dans la sienne. Je ne saurais jamais si elle avait cherché une main pour l'accompagner. La mienne, celle de Léon ou celle de sa petite-fille. J'étais néanmoins convaincue qu'elle était partie apaisée. Cela se voyait. Elle reposait sur son lit, calme, sa croix dans la main.

Léon me raconta qu'il avait sculpté la petite croix en bois lui-même. C'était un cadeau pour son amoureuse. Parce qu'il voulait qu'elle arbore la plus belle croix à la messe. L'aspect religieux était secondaire. Pour Léon, comme pour ma mère, cette croix était un symbole. Une bague au doigt pour l'éternité.

Je lui avais ramené son Léon. Et si elle n'avait pas reconnu son amoureux, elle avait au moins reconnu la lueur de l'amour.

*

Ma mère fut inhumée dans la tradition juive. Comme je pensais qu'elle l'aurait souhaité, si je faisais référence à sa demande de débaptisation.

Cette nuit-là, je me réveillai en sursaut. Oppressée par les battements de mon cœur, dont le rythme s'accélérait. J'avais besoin d'air. Il fallait que je sorte. Que je crie. Je courus jusque dans le jardin et me mis à hurler. Un AHHH qui n'en finissait plus.

La voisine, une vieille dame, alluma la lumière dans sa chambre et sortit à la fenêtre.

— Tout va bien, Lauren ?

Je mis un temps avant de lui répondre, avant de lui sourire.

— Oui, madame Steven, ça va mieux, merci.

— J'avais cru entendre hurler à la mort.

Je me contentai de sourire gentiment.

— Non, madame Steven, j'ai hurlé CONTRE la mort !

Le lendemain, je fis paraître un avis de décès dans le *Boston Globe* et je l'accompagnai d'une dédicace spéciale. Comme une épitaphe :

À ces inconnus qui ont sauvé ma mère

À tant d'inconnus ! À tant de policiers, de gendarmes, de soldats parfois désobéissants, à tant de chance, avant tout. À tous ceux qui n'ont pas été nommés Justes parmi les nations, parce qu'ils n'ont jamais été retrouvés par les enfants qu'ils ont sauvés, je promets que je vous rendrai hommage chaque fois que j'évoquerai votre courage. Chaque fois que je parlerai de cette guerre qui n'en était pas une. Une guerre a des ennemis armés, casqués, qui roulent dans des chars, qui ont des canons, des avions et des bombes pour se battre. Cette guerre-là était une chasse à l'homme. Une chasse au Juif. Le Juif n'était pas un soldat, il ne pouvait se défendre, il était une proie si facile. Une proie qui ne pouvait comprendre pourquoi on le préférait plutôt mort que vivant. Non, ce n'était pas une guerre, c'était un terrain d'expérimentation de la mort. La mort industrielle. À la chaîne. Les nazis ont assassiné des millions d'âmes, dont six millions d'âmes juives. Un chiffre invraisemblable. Chimérique. Un chiffre qui semble sorti d'un jeu vidéo. Ou de l'imagination d'un romancier de science-fiction. Et pourtant, moi-même, aujourd'hui, j'ai bien conscience de cette réalité irréelle.

À ces inconnus qui ont sauvé ma mère, je leur dois d'avoir pu raconter cette histoire.

Lauren Moore-Baker

Remerciements

À

Éléonore Delair, Sophie de Closets et toutes les équipes des Éditions Fayard/Mazarine.

Ouarda Benlaala, mon agent.

Bernard Flam, généalogiste et historien.

Katy Hazan de l'OSE (Organisation de Sauvetage des Enfants).

Jacques Fredj, Karen Taieb, Jacques-Olivier David du Mémorial de la Shoah à Paris.

Frida Wattenberg (convoyeuse et agent de liaison, Chevalier de l'Ordre du Mérite, et Chevalier de l'Ordre de la Légion d'Honneur).

Bernard Goldberg (Association Passerelles), Helena Goldberg, André Panczer, Ida Apeloig (cachés et sauvés par des Français non juifs durant la Seconde Guerre mondiale).

Jeanette Wolgus et Andrée Pache (sauvées par le Réseau Marcel et cachées par des Français non juifs durant la Seconde Guerre mondiale).

Mireille Revkolevsky-Tapiero, Edmond Richemond (réfugiés en Suisse durant la Seconde Guerre mondiale).

Nathalie Zajde, psychologue clinicienne, spécialisée en ethnopsychiatrie.

Nathalie Jovanovic-Floricourt, experte en généalogie génétique.

Corinne Melloul (Comité français pour Yad Vashem).

Max Hizer, Daniel Wancier (Président de Yad Vashem Nice).

Michèle Mérowka de l'AMEJDAM (Association pour la Mémoire des Enfants Juifs Déportés des Alpes-Maritimes).

Johan Zittoun de l'OPEJ (Œuvre de Protection des Enfants Juifs).

Joyce Benassi (découvre son judaïsme par hasard sur Internet).

Et merci à Carolyne Simon (la lumière dans l'ombre).

Composition et mise en pages
Nord Compo à Villeneuve-d'Ascq

Fayard s'engage pour
l'environnement en réduisant
l'empreinte carbone de ses livres.
Celle de cet exemplaire est de :
2,200 kg éq. CO_2
Rendez-vous sur
www.fayard-durable.fr

PAPIER À BASE DE
FIBRES CERTIFIÉES

55.0241.3/03
Achevé d'imprimer en septembre 2022
par La Nouvelle Imprimerie Laballery (Clamecy, France).
Pour les éditions Fayard, 13 rue du Montparnasse, 75006 Paris
N° d'impression : 209122